LA FILLE DE L'HORLOGER

GLASS AND STEELE SÉRIE 1

C.J. ARCHER

Traduction par
VALENTIN TRANSLATION

CHAPITRE 1

LONDRES, PRINTEMPS 1890

Si j'étais tombée amoureuse d'Eddie Hardacre, c'était pour plusieurs raisons, mais en voyant un peintre ajouter la touche finale à l'enseigne proclamant « E. HAR-DACRE, HORLOGER » sur la devanture de la boutique qui avait appartenu à ma famille pendant plus d'un siècle, je n'arrivais à m'en rappeler aucune. Mon ancien fiancé était pire qu'un pirate : au moins, les pirates sont loyaux à leur équipage, eux. La loyauté était une monnaie d'échange dont Eddie se servait pour gagner la confiance de quelqu'un. Quelqu'un comme feu mon pauvre père, si naïf. Et moi.

Il était temps de dire à Eddie ce que je pensais de lui. J'avais gardé ma colère enfouie en moi bien assez longtemps, et si je ne la laissais pas sortir, je ne pourrais jamais guérir. Sans compter que le moment était on ne peut mieux choisi : un client était justement en train d'examiner l'une des montres de mon père. Eddie avait horreur des étalages d'émotions en public.

Aussi m'apprêtais-je à lui offrir un étalage d'émotions aussi public que possible.

Je tirai sur les revers de ma veste, me redressai et, passant devant le fiacre noir rutilant de ce monsieur, entrai d'un pas déterminé dans la boutique qui aurait dû me revenir.

Je ne pus aller plus loin que l'entrée, en proie à un pincement au cœur en me retrouvant dans un cadre si familier. Le riche parfum de bois poli se mêlait à l'odeur subtile du métal. Le concert des *tic-tac* qui, au bout de quelques minutes, irritait tant de clients, fit remonter en moi un flot de souvenirs. Ces rythmes individuels avaient un effet chaotique lorsqu'ils étaient rassemblés dans la même pièce, mais ils me rassuraient, me promettant que tout irait bien, que j'étais ici chez moi. Cela faisait deux semaines que je n'avais pas entendu leur douce mélodie. Deux semaines que je n'avais pas remis les pieds dans la boutique. Deux semaines depuis la mort de mon père.

Le moment était venu.

À l'intérieur, rien n'avait changé. Le comptoir, toujours aussi rutilant, occupait toute la longueur du fond de la boutique. Derrière, la porte qui donnait sur l'atelier était fermée. Je reconnaissais chacune des horloges suspendues aux murs et posées sur les tables, et toutes les vitrines d'exposition en verre semblaient pleines des mêmes montres, allant des modèles sans couvercle les plus abordables à ceux dont le boîtier d'argent était orné de motifs sophistiqués, et qu'on appelait des montres chasseur. Même la vieille montre en écaille et similor de Père faisait toujours tic-tac à son rythme inimitable, mais personne n'avait pris la peine de la régler. Elle retardait de trois minutes.

— Je suis à vous tout de suite, dit Eddie sans lever les yeux de la montre qu'il était en train de présenter à son client.

Quelle attitude peu commerçante ! Il fallait toujours croiser le regard de chaque client. Un sourire chaleureux et une salutation cordiale ne faisaient jamais de mal non plus.

Cependant, j'étais ravie qu'il ne m'ait pas vue tout de suite.

— Excusez-moi, Monsieur, fis-je, m'adressant aux cheveux bruns à l'arrière de la tête du client.

Il ne se retourna pas, mais je ne me laissai pas décourager pour autant.

— Excusez-moi, Monsieur, mais je vous déconseille d'acheter quoi que ce soit à cet individu si vous ne voulez pas financer un menteur et un escroc.

Eddie releva la tête en sursaut, blanc comme un linge.

— India !

Après avoir bredouillé quelques excuses hâtives à son client, il fit le tour du comptoir. Il tendit le bras pour me pousser vers la porte, son visage ayant retrouvé ses couleurs aussi vite qu'il les avait perdues.

— C'est très aimable à vous de me rendre visite ici, mais comme vous pouvez le voir, je suis un peu occupé. Je passerai vous voir plus tard, chère amie.

Je me baissai pour esquiver son bras, me retournai de façon à le garder dans mon champ de vision et reculai vers le comptoir. Je voulais voir le visage d'Eddie virer au rouge brique lorsque j'informerais son client de son comportement abject.

— Je ne suis plus votre *chère amie,* et j'ai du mal à croire que j'aie un jour pu vouloir le devenir.

Il fut un temps où je le trouvais beau, avec ses boucles blondes et ses yeux bleus, et je croyais avoir de la chance qu'il ait choisi de faire de moi sa femme. Ma gratitude avait volé en éclats deux semaines plus tôt, en même temps que mon avenir. À présent, il était à mes yeux l'homme le plus laid que j'aie jamais vu.

—India !

Il tenta de se jeter sur moi, mais je m'y attendais. Je me réfugiai derrière la table où était exposée la collection de petites pendules de cheminée.

— Venez ici immédiatement.

Comme je n'obtempérais pas, il se mit à taper du pied tel un enfant gâté qui fait un caprice.

Je lui répondis avec un petit sourire pincé.

— Si vous voulez que je parte, il faudra d'abord m'attraper.

Il lança un coup d'œil au monsieur derrière moi, qui devait être sidéré par ma conduite scandaleuse. Je ne me souciais guère de son opinion. J'avais toujours été connue comme la très respectable fille d'Elliot Steele mais, suite à des événements récents, j'avais changé. Les vieillards décrépits pouvaient bien faire courir sur moi tous les bruits qu'ils voulaient aux dîners de la guilde ; ça n'avait plus aucune importance, puisque plus rien ne m'y rattachait désormais : ni mon père, ni la boutique.

Eddie fit un bond brusque sur la gauche, mais je me dérobai et contournai la table, la mettant prudemment entre nous. Il poussa un grognement de frustration.

Je me rapprochai en riant pour le mettre au défi de réessayer.

Une part de moi avait envie qu'il m'attrape, pour pouvoir le forcer à se conduire devant un client comme le rustre dominateur qu'il était.

— Vous vous donnez en spectacle, siffla Eddie entre ses dents.

— Tant mieux.

Il se lécha les lèvres et reporta son regard sur l'homme qui se trouvait derrière moi. Il s'éclaircit la gorge et bomba le torse pour avoir l'air de contrôler la situation.

— Allons, India, comportez-vous comme une brave fille et laissez ce monsieur tranquille. Il n'a pas demandé à assister à votre crise d'hystérie.

— Je n'ai plus vraiment l'âge qu'on m'appelle une *fille*, ne croyez-vous pas, Eddie ?

— Ma foi, c'est vrai, rétorqua-t-il d'un ton grinçant. À vingt-sept ans, vous avez indéniablement passé votre prime jeunesse.

Autrement dit, d'après lui, j'étais trop vieille pour qu'on m'épouse. J'étais surprise qu'il n'ait pas invoqué ce prétexte pour rompre nos fiançailles, mais après tout, il connaissait mon âge avant de demander ma main.

— Et je ne suis pas hystérique, ajoutai-je.

Eddie eut un rictus cruel. Je frémis, devinant que sa réponse serait cinglante.

— India et moi avons été fiancés, expliqua-t-il à son client qui, debout derrière moi, avait gardé le silence. Hélas, elle n'a dévoilé son tempérament quelque peu fantasque et impétueux qu'après nos fiançailles. Je suppose que je devrais lui être reconnaissant de ne pas avoir dissimulé sa vraie nature jusqu'à ce qu'il soit trop tard.

Son rire était aussi insipide que ses yeux bleu ciel.

— J'ai été contraint de rompre nos fiançailles de peur que nos futurs enfants en héritent, les pauvres.

— Vous avez rompu nos fiançailles parce que vous avez obtenu ce que vous vouliez, et ce n'était pas moi que vous vouliez, c'était la boutique de mon père.

Je venais seulement d'entendre l'homme qui se tenait derrière moi s'éclaircir la gorge par-dessus le bruit du sang qui battait entre mes oreilles. Eddie, qui l'avait sans doute entendu aussi, reprit une contenance. Il se passa à nouveau la langue sur les lèvres, une manie qui me faisait désormais horreur.

— Monsieur, je vous présente mes excuses, fit Eddie avec un hochement de tête qui le faisait ressembler au petit oiseau mécanique qui émergeait toutes les heures des pendules à coucou. Il était aussi ridicule que pathétique.

— India, m'interpella-t-il brusquement. Allez-vous-en ! Tout de suite !

Me campant la main sur la hanche, je fis demi-tour avec un sourire dans l'intention de m'adresser au nouveau venu pour faire un scandale encore plus grand. Je me retrouvai face à face avec un homme au teint extrêmement hâlé, avec des yeux très noirs, des pommettes bien dessinées et des cils épais. Sans son air rogue et les signes d'épuisement qui lui soulignaient les yeux et la bouche, il aurait été bel homme. Il était tout ce qu'Eddie n'était pas : grand, brun, large d'épaules. Il portait un costume noir parfaitement coupé pour couvrir sa carrure massive, un chapeau haut-de-forme et une cravate de soie grise. Si ses vêtements étaient sans conteste ceux d'un gentleman, c'était loin d'être le cas de son allure. Il s'accoudait au comptoir comme s'il était à moitié ivre et avait besoin de s'y tenir pour ne pas tomber. Un monsieur comme il faut se serait redressé en présence d'une femme, mais il ne s'en donna pas la peine. Peut-être n'était-il pas anglais, comme le suggérait son teint hâlé.

Je mis quelques instants à retrouver le fil de mes pensées, ce qui lui laissa le temps de prendre la parole en premier :

— J'ai à parler affaires avec Mr Hardacre, dit-il dans une imitation imparfaite de l'accent de la haute société anglaise.

L'affectation y était, mais la raideur de l'intonation avait été gommée et remplacée par un ton légèrement traînant.

— Merci d'aller chercher querelle ailleurs.

De sa main tendue, il me désigna la porte.

Je me rappelai soudain ce que je voulais dire.

— Mr Hardacre est un menteur et un scélérat.

Eddie poussa un petit cri étranglé.

— Oui, vous l'avez déjà dit, répondit le client.

Il avait l'air blasé, mais cela venait peut-être de son accent.

— Est-ce là le genre d'homme que vous voulez honorer de votre clientèle ? insistai-je.

— Pour le moment, oui.

Eddie eut un petit rire. Ma main quitta ma hanche et je serrai le poing le long de mon corps. Je ravalai le sentiment de découragement qui menaçait de me submerger. Ma stratégie pour discréditer Eddie était en train de retomber comme un soufflé.

— Dans ce cas, vous apportez votre soutien à un homme qui n'a pas plus de sens moral qu'un rat. Il n'hésite pas à détruire les autres pour obtenir ce qu'il veut, et il est prêt à tout pour parvenir à ses fins.

Je me rendais bien compte que j'avais l'air pathétique et désespérée, mais ces paroles m'avaient échappé comme malgré moi. J'étais lasse de me contenir, de sourire en assurant mes connaissances que je m'en sortirais. Je ne m'en sortais pas. J'étais bel et bien pathétique et désespérée. Je n'avais ni travail, ni argent, ni maison. J'avais perdu mon fiancé et mon père à quelques jours d'intervalle, même s'il s'était avéré que je n'avais jamais vraiment eu de fiancé. Nos fiançailles n'avaient été qu'une façade, un moyen de décider mon père à léguer sa boutique à Eddie.

— Je suis désolé, Miss, dit le gentleman, qui semblait compatir sincèrement.

— Ça, je n'en doute pas. Eddie ne vaut pas mieux que la boue sur vos bottines.

Il soupira, et les fines rides au coin de ses yeux se creusèrent davantage.

— Non, je veux dire que je suis désolé de ce que je m'apprête à faire.

En deux longues enjambées, il s'approcha assez de moi pour me laisser contempler sa taille et sa stature impressionnantes. Mais un court instant seulement. Deux grandes mains me saisirent à la taille, me soulevèrent et me jetèrent sur l'une de ces épaules vigoureuses que j'admirais un instant plus tôt.

— Mais enfin, que faites-vous ? m'écriai-je. C'est indigne ! Reposez-moi immédiatement !

Mais il ne m'écoutait pas. Un bras passé par-dessus l'arrière de mes cuisses, il se dirigea vers la porte d'un pas décidé, comme si je n'étais qu'un vulgaire sac de farine. Le sang me monta à la tête. Mon chapeau ne tenait plus que grâce à quelques épingles. Je lui martelai le dos de mes poings, mais sans effet. Je ne pouvais absolument rien faire, et ça ne me plaisait pas du tout.

Derrière moi, Eddie hurlait de rire. Je sentis les muscles de mon ravisseur se raidir et je l'entendis inspirer brusquement. Sans ralentir, il se contenta d'ouvrir la porte d'une simple poussée et me déposa sur le trottoir. Il me tint par les épaules le temps que je reprenne mon équilibre, encore chancelante, puis il relâcha son étreinte.

— Toutes mes excuses, Miss, dit-il avec un brusque hochement de tête. Mais votre conversation s'éternisait, et je suis un homme pressé.

Je me redressai en rajustant mon chapeau, tâchant de rester aussi digne que possible, ce qui n'était pas chose aisée : tous les commerçants de la rue et leurs clients s'étaient mis aux portes et aux fenêtres pour voir ce qui avait causé cette altercation.

— Ça m'est égal !

Horrifiée, je m'aperçus que ma voix était en train de se briser. Il était hors de question que je pleure. Plus maintenant. J'avais bien assez pleuré d'avoir perdu Eddie, et tout le reste.

— Ça m'est égal que vous soyez en retard à un rendez-vous, ou que vous décidiez de ne pas aller chez Eddie. Vous êtes un rustre ! Un sauvage ! Vous ressemblez peut-être à un gentleman, mais il est clair que vous n'en êtes pas un !

— Cyclope, dit l'inconnu, s'adressant à quelqu'un qui se tenait derrière moi.

Tournant la tête, je vis une silhouette gigantesque portant un bandeau sur l'œil sauter lestement du siège du cocher et s'avancer vers moi. Je ravalai un cri et reculai en me faisant toute petite, mais il me prit par le bras. Je tentai de me dégager, mais il m'attrapa l'autre bras et resserra son étreinte. La cicatrice rouge et boursouflée qui dépassait de sous son bandeau tranchait sur sa peau couleur de charbon qui faisait ressortir la blancheur éclatante de ses dents étincelantes sous ses lèvres retroussées en un rictus menaçant.

— Lâchez-moi ! hurlai-je en me débattant de plus belle. Mr Macklefield ! À l'aide !

Mr Macklefield, le tailleur d'à côté, jeta un bref regard sur le géant avant de courir se réfugier dans sa boutique. Partout dans la rue, les commerçants refermèrent leur porte. Des gens que je connaissais depuis toujours retournèrent se terrer chez eux comme des lâches. Même le peintre, au sommet de son échelle, se figea comme s'il espérait passer inaperçu. Personne ne vint à mon secours. Je ne m'étais jamais sentie si seule ni si vulnérable.

Je levai les yeux sur le colosse qui me tenait les deux poignets et clignai des yeux pour retenir des larmes brûlantes.

— Laissez-moi partir, je vous en prie, murmurai-je.

— Je ne peux pas, Miss, répondit-il d'une grosse voix dont l'accent ressemblait à celui du monsieur bien mis, mais qui évoquait davantage les bas-fonds que la demeure bourgeoise. Vous allez devoir rester ici avec moi le temps que Mr Glass finisse de discuter.

Je reniflai.

— Alors vous refusez de me lâcher, même si je promets de ne pas y retourner ?

Il secoua la tête.

— Je n'en ai pas pour longtemps, dit son maître derrière moi.

— Je vois.

Je pris une profonde inspiration et, en expirant, je plantai mon talon dans la botte du colosse.

Il grimaça de douleur et son œil unique s'agrandit, mais il ne me lâcha pas pour autant.

Son maître eut un léger rire.

— Bien joué !

Le colosse poussa un grognement.

— Pas mal, pour une poulette.

J'aurais dû être terrifiée, mais le ton badin sur lequel ils plaisantaient apaisa mes craintes. Sans aller jusqu'à me sentir en sécurité ni en confiance, au moins je ne pensais plus que le colosse ni son maître me voulait du mal.

— Je vous en prie, Monsieur, dit Eddie d'un ton écœurant d'obséquiosité. Entrez, que nous puissions parler de ce qui vous amène.

— J'ai quelques questions à vous poser d'abord, dit Mr Glass, le gentleman.

— Des questions ? À propos de la montre ? Naturellement.

— Monsieur, dis-je par-dessus mon épaule.

Je devais intervenir vite si je voulais gâcher cette opportunité pour Eddie comme il avait gâché la majeure partie de ma vie.

— Chez Mason et Fils, vous trouverez une montre chasseur à répétition minutes de bien meilleure qualité que celle que vous admiriez… ici.

Je ne pouvais me résoudre à appeler cette boutique l'*horlogerie Hardacre*. Pour moi, son nom était et resterait toujours l'*horlogerie Steele*.

— Croyez-en mon conseil, il vaut mieux dépenser votre argent dans leur établissement. Non seulement vous y trouverez un service hors pair, mais vous apporterez aussi votre clientèle à une famille irréprochable.

— India ! cria Eddie. Si vous ne vous calmez pas, j'envoie chercher un agent.

D'un claquement de doigts, il appela Jimmy, le garçon qui faisait parfois le coursier pour les commerçants de la rue. C'était le seul qui n'était pas rentré se mettre à l'abri, mais c'était sans doute parce que Jimmy n'était pas autorisé à entrer dans les boutiques. Les commerçants craignaient tous qu'il ne leur vole quelque marchandise. Ou plus exactement, tous les commerçants depuis que mon père était mort et qu'Eddie m'avait chassée. Il s'approcha d'un pas nonchalant, les mains au fond de ses poches, mais en gardant ses distances ; de toute évidence, il ne voulait pas prendre le parti d'Eddie, mais il ne pouvait rien faire pour m'aider.

— Je suis déjà allé chez Mason et Fils, me dit Mr Glass en ignorant Eddie. Je n'y ai rien vu d'intéressant. C'est *cette* montre que j'aimerais examiner.

— Venez, Monsieur, dit Eddie en prenant Mr Glass par le bras.

Mr Glass le fixa du regard, les yeux soudain rétrécis, et Eddie le lâcha en déglutissant bruyamment.

— Je vous ferai un bon prix pour cette montre.

— Je suis sûre que vous n'êtes pas allé chez Mason et Fils, dis-je à l'inconnu. Mr Mason a vraiment le même modèle, mais de bien meilleure qualité, je vous assure. Je l'ai vu hier en fin de journée, je doute qu'il l'ait déjà vendu.

Mr Glass tourna vers moi un regard intrigué. Lui qui, un instant plus tôt, avait l'air fatigué, semblait maintenant avoir tous ses sens en éveil. C'était comme s'il venait d'avoir une révélation d'une importance capitale – et qui avait un rapport avec moi. Son regard croisa le mien avec une intensité fervente et implacable. C'était déstabilisant, d'être l'objet d'un tel regard, bien plus que la présence physique de son cocher. Si j'avais été libre de mes mouvements, je serais partie, soulagée d'avoir échappé… à quoi ? Je l'ignorais.

— Vous connaissez bien Mr Mason et son travail ? me demanda-t-il.

— Oui. C'était un ami et un rival de mon père.

Leur relation avait toujours été compliquée. Malgré tout le respect et l'affection qui les liaient, ils avaient dû se livrer une concurrence constante pour avoir la clientèle de l'aristocratie londonienne. Heureusement, la capitale comptait bien assez de citadins aisés pour leur fournir du travail à tous les deux, ainsi qu'à plusieurs autres horlogers. Mr Mason avait été le premier auquel je m'étais adressée quand Eddie avait rompu nos fiançailles, mais ayant lui-même trois fils et une fille, il n'avait pas pu m'engager.

Mr Glass ferma les yeux et se massa le front comme pour se débarrasser d'une migraine. C'était si étrange, après avoir vu l'intensité de son regard, que j'observai son serviteur pour déterminer s'il était surpris par son attitude.

Le cocher regardait son maître, l'air déconcerté.

— Matt ?

Il appelait son maître par son prénom ? Voilà qui était bien curieux.

— Euh, je veux dire… patron ? Vous avez besoin de… ?

— Je vais très bien, répondit Mr Glass d'un ton cinglant.

— Ben on dirait pas, grommela le cocher, l'air un peu vexé.

— Votre père est horloger ? me demanda Mr Glass en baissant sa main.

Il tâta son manteau comme pour vérifier la présence d'un objet dans sa poche. Peut-être une blague à tabac ou une pipe qu'il souhaitait fumer pour retrouver quelques couleurs. Il était tout pâle.

— Il l'était.

Écartant les mains, je fis un geste en direction de la vitrine avec l'étagère du bas, où étaient exposées les montres, et les étagères du haut, chargées d'horloges de toutes les formes et toutes les tailles.

— Il était le propriétaire de cet établissement, qui portait le nom de Steele jusqu'à sa mort, il y a deux semaines.

Je ravalai la boule qui s'était formée dans ma gorge, mais cela n'empêcha pas mes yeux de s'emplir de larmes.

— C'est à *moi* qu'il l'a légué dans son testament, intervint précipitamment Eddie.

— Parce que vous lui aviez assuré que vous tiendriez votre promesse de m'épouser, et mon père a été assez naïf pour vous croire. Et moi aussi, m'étranglai-je.

Je ne me souciais plus guère de ce que l'inconnu et son serviteur allaient penser de ma conduite. Il y a encore deux semaines, j'étais trop triste et trop bouleversée pour dire à Eddie ce que je pensais de lui, mais plus maintenant. J'étais toujours triste, mais en deux semaines, j'avais eu le temps de réfléchir. Je n'étais plus bouleversée, j'étais furieuse.

— À ce moment-là, je ne savais pas encore que vous étiez si obstinée, dit Eddie. Sinon, je n'aurais jamais demandé votre main. Prenez cet esclandre, par exemple. À lui seul, il suffit à prouver combien vous êtes entêtée.

Je sentis la colère m'envahir. C'était comme si elle me consumait de l'intérieur.

— Je vais vous dire ce que je suis : je suis la fille et l'assistante d'Elliot Steele, horloger.

— Non, c'est ce que vous *étiez*. Maintenant, vous n'êtes plus que... pitoyable. Allez-vous-en, India. Personne ne veut de vous ici.

Serrant les dents, je me dégageai de l'étreinte de l'homme qui m'immobilisait. À ma grande surprise, il me laissa partir. Je vins me planter devant Eddie et, sans même lui laisser le temps de voir ma main arriver, je le giflai.

Eddie tituba en arrière en se tenant la joue. Il me dévisagea, bouche bée, avec un air à mi-chemin entre la peur et l'effarement, comme si j'étais une créature étrange et monstrueuse. J'imagine que, d'une certaine façon, c'était le cas. Ce qui est sûr, c'est qu'en cet instant, je n'étais pas moi-même. J'éprouvais… une sensation de légèreté, de soulagement… Oui, c'était très étrange.

Mr Glass s'éclaircit la gorge.

— Miss Steele ?

Je leur souris, à lui et à son domestique borgne. Le cocher me rendit mon sourire.

— Oui, Mr Glass ? dis-je.

— Accepteriez-vous de me retrouver cet après-midi au salon de thé de l'Hôtel Brown ?

— Moi ?

Je le dévisageai, toute trace de mon sourire disparue.

— Mais… pourquoi ?

— Oui, marmonna Eddie. Pourquoi elle ?

Mr Glass l'ignora.

— Pour parler de votre père.

Je tâchais de décider s'il était inconvenant de prendre le thé seule avec un inconnu dans un hôtel parfaitement respectable, et si je me souciais encore de ce genre de détails, quand Eddie profita de mon silence.

— Je peux vous dire tout ce que vous voulez savoir sur Elliot Steele. Je l'ai bien connu.

— Oh, faites-moi plaisir, Eddie, taisez-vous.

J'avais fini par trouver quelque chose à dire, après tout.

— J'accepte votre invitation à prendre le thé, Mr Glass. Avec plaisir.

Une lueur furtive passa dans ses yeux bruns et ses lèvres esquissèrent l'ombre d'un sourire. Celui-ci disparut bien vite, néanmoins, et sa mâchoire se serra. Le muscle se crispa pour ne plus se desserrer. C'était comme s'il luttait pour réprimer une douleur. Je ressentis un profond malaise. Je ne connaissais pas cet homme, et son domestique avait une allure pour le moins effrayante, et pourtant, j'avais accepté son invitation à prendre le thé. Visiblement, aujourd'hui, c'était le jour où je prenais des décisions qui ne me ressemblaient pas. Je résolus d'ignorer mon appréhension.

— Nous pourrons parler de montres, dis-je à Mr Glass rien que pour le plaisir de voir le visage d'Eddie redevenir rouge de colère. Si c'est une montre chasseur à répétition minutes que vous cherchez, vous trouverez de nombreux modèles en ville. De bien meilleure qualité qu'ici.

— Ces montres étaient l'œuvre de votre père ! s'exclama Eddie. Celle-ci est remarquable.

— Les broches du régulateur frottent et elle perd cinq secondes toutes les douze heures. Je n'ai jamais réussi à éliminer ce défaut.

— Votre père n'a jamais réussi, vous voulez dire, rectifia Eddie d'un ton suffisant.

— Non, je veux dire que je n'ai jamais réussi, *moi*. Cela faisait trois ans que c'était moi qui me chargeais de toutes les réparations, depuis que la vue de Père avait commencé à baisser.

— Eh bien, c'est à moi de les réparer, à présent. Elliot m'a laissé toutes ses notes.

— Elles ne sont plus à jour depuis trois ans. Quant à mes notes *à moi*, elles n'étaient pas comprises dans l'héritage.

Je tournai les talons, saluai Mr Glass et son domestique d'un signe de tête, et dis :

— Disons trois heures, alors ?

— Parfait, répondit Mr Glass avec un sourire qui chassa momentanément la fatigue de ses yeux. À tout à l'heure.

En remontant la rue, j'avais l'impression que toute la ville avait les yeux braqués sur moi. Après avoir tourné l'angle, je fis demi-tour juste à temps pour voir Mr Glass s'éloigner. Il avait retiré ses gants et examinait un objet dans sa main. Il referma les doigts autour, la tête renversée en arrière, et respira profondément comme s'il pouvait enfin se reposer après avoir tant attendu.

Toutefois, ce n'était pas son attitude qui fit tambouriner mon cœur dans ma poitrine. C'était l'objet qu'il tenait dans son poing serré, et l'intense lueur violette qui en émanait. Une lueur qui nimbait sa peau et disparaissait en remontant dans sa manche.

CHAPITRE 2

— Vous m'aviez promis hier de me payer, dit Mrs Bray, ma propriétaire, qui se tenait dans l'encadrement de la porte de ma chambre. Et vous m'avez dit la même chose avant-hier, et le jour d'avant.

Elle croisa les bras sous son ample poitrine, la faisant tellement remonter qu'elle risquait de l'étouffer, et elle me toisa le long de son nez mince.

— Je ne suis pas du genre à faire la charité, Miss Steele.

Ça, c'était le moins qu'on puisse dire. Elle voulait que je lui verse d'avance le loyer de son petit grenier mansardé, et chaque jour où j'étais en retard, elle me rappelait que si je ne trouvais pas de quoi la payer, je devrais quitter les lieux. J'avais réussi à garder la chambre à force de charme et en faisant appel à sa compassion, mais je craignais que cette tactique ne fasse plus effet très longtemps. À en juger par sa mine intraitable et son air pincé, sa patience était épuisée.

En vérité, je n'avais pas prévu de rester longtemps dans sa pension quand Eddie m'avait chassée du logement que j'occupais au-dessus de la boutique, le jour où j'avais enterré mon père – *le jour même*. J'avais cru pouvoir trouver un travail d'assistante dans la boutique d'un horloger. Mais j'étais allée en personne me présenter à tous les artisans du quartier, et aucun n'avait d'emploi à me proposer, bien que quelques-uns m'aient fait part de leur sympathie pour la situation dans laquelle je me trouvais. Hélas, ce n'était pas leur sympathie qui allait me nourrir ni mettre un toit au-dessus de ma tête. Il fallait que je trouve du travail. C'est pourquoi j'avais offert mes services à d'autres commerçants. Jusque-là, trois merciers, deux marchands de tissu, quatre maraîchers et un apothicaire avaient refusé de m'employer, car je n'avais pas de références. J'étais plus que lasse d'entendre le mot *non*.

— Je comprends, Mrs Bray, dis-je en puisant dans des réserves de politesse insoupçonnées, mais laissez-moi juste un jour de plus. Je vais chercher un poste de gouvernante.

Elle gloussa d'un ton cynique.

— Ne me faites pas rire.

— Je vous demande pardon ?

Elle remonta sa poitrine sur ses bras croisés.

— Les gens de la haute choisissent leurs gouvernantes dans leur milieu. Vous n'êtes qu'une vendeuse, vous.

En réalité, j'avais été horlogère et réparatrice de montres, mais je ne la repris pas. Personne ne me croyait jamais lorsque j'affirmais que mon père m'avait appris tout ce qu'il savait. Pas même mon amie, Catherine Mason, dont le père et les trois frères tenaient l'horlogerie Mason et Fils. Elle m'avait dit qu'un père respectable ne permettrait jamais à sa fille de se salir les mains à l'atelier. Comme j'appréciais Catherine, je n'avais pas insisté.

— Il faut que j'essaye autre chose, dis-je à Mrs Bray. J'ai *besoin* de trouver un travail.

— Il y a toujours l'hospice qui emploie les femmes sans ressources.

Je frémis à ces mots. L'hospice était pour celles qui n'avaient nulle part où aller, aucune instruction, et aucun autre moyen de subsistance. Travailler là-bas vous assurait un lit où dormir et deux repas par jour, bien que le lit soit infesté de poux, et les repas constitués d'un gruau infect. Cela impliquait aussi de longues heures de travail à la fabrique, au milieu de machines dangereuses où l'on risquait de se tuer ou de perdre une main, tout en supportant les outrages d'hommes dépravés pour qui ces pauvres femmes ne valaient guère mieux que des putains. Une femme que j'avais connue en parfaite santé avait fini dans l'un de ces établissements après la mort de son mari. Quand je l'avais revue un an plus tard, elle était à l'article de la mort et crachait du sang, ravagée par la syphilis. L'hospice était un taudis. À côté, la mansarde de Mrs Bray, basse de plafonds et imprégnée d'une forte odeur d'urine de chat, était un véritable palais.

Si je ne trouvais de travail nulle part, je n'aurais pas d'autre choix que de finir à l'hospice.

Je ramassai sur le lit mes gants et mon réticule, mais elle refusait de me laisser passer. Ses hanches respectables occupaient toute la largeur de la porte.

— Pour le moment, je dois sortir, lui dis-je, mais je passerai à l'Institution de Bienfaisance pour les Gouvernantes au retour pour voir s'il y a du travail pour une femme instruite telle que moi.

Passant sa langue sur ses dents du haut, elle émit un sifflement désabusé.

— Puisque je vous dis que vous ne trouverez rien. Vous n'avez pas le profil pour être gouvernante.

— Je dois pourtant essayer.

— Vous êtes persévérante, je dois bien le reconnaître.

Elle aspira à nouveau de l'air entre ses dents.

— Mais il faut faire vos bagages et les emporter avec vous.

— Vous me chassez ? m'indignai-je avec un hoquet de stupeur.

— J'ai un monsieur comme il faut qui serait intéressé pour louer la chambre.

Elle recula et se dirigea vers l'escalier de sa démarche gauche et chaloupée.

— Vous avez un quart d'heure.

— Mais je n'ai nulle part où aller !

— Vous avez des amis. Demandez de l'aide à cette jolie jeune fille qui est venue vous voir la semaine dernière.

Debout en haut de l'escalier, je la regardai s'éloigner. Les Mason n'avaient pas les moyens de me prendre à leur charge, eux qui avaient déjà tant de bouches à nourrir. Il faudrait que je dorme dans la chambre de Catherine, à même le sol. Ils essayeraient de m'aider s'ils savaient dans quelle détresse j'étais, mais je me refusais à demander l'aumône. Ma fierté, c'était tout ce qu'il me restait.

— Je vous en prie, Mrs Bray. J'aurai votre argent d'ici ce soir.

Elle s'arrêta au pied de l'escalier et secoua la tête.

— Et comment ? me lança-t-elle. Vous n'avez pas de travail, et plus rien à vendre. Même si vous trouvez un poste aujourd'hui, vous ne serez pas payée avant plusieurs semaines. Il me faut cet argent tout de suite, Miss Steele. Moi aussi, j'ai besoin de manger, rétorqua-t-elle avant de s'en aller. Je vous laisse un quart d'heure ; après, j'appelle un agent et je vous fais arrêter pour violation de domicile.

Me faire arrêter ! À voir son expression, elle était sérieuse.

Je retournai dans ma chambre et me mis à faire ma valise, comme hébétée. Ayant vendu tous les effets personnels que j'avais pu pour payer mon loyer et de quoi me nourrir ces deux dernières semaines, il ne me restait plus que quelques maigres biens. Je possédais deux changes de linge intime, une chemise de nuit, une autre robe, un manteau, une brosse à cheveux, un miroir à main et des peignes qui avaient appartenu à ma mère. Mon sac était si léger que je n'eus aucun mal à le descendre par l'escalier.

Mrs Bray me fit sortir et referma la porte à la seconde où je venais de franchir le seuil, la claquant presque sur mes talons. Je descendis les marches et rejoignis le trottoir en me tenant aussi droite que possible, portant à la main ma valise en cuir toute râpée. C'était une maison humide et sombre, de toute façon. Je trouverai un meilleur logement dès que j'aurai décroché un emploi. En attendant, j'allais devoir me contenter du plancher de la chambre de Catherine Mason.

Cependant, je n'avais pas l'intention de faire appel à la charité des Mason pour très longtemps. Ce ne serait pas nécessaire. J'avais toutes les qualités requises pour une employée, à condition qu'on me donne une chance de faire mes preuves sans avoir de références. Après mon rendez-vous avec Mr Glass, j'irai me présenter à l'Institution de Bienfaisance pour les Gouvernantes. Je pouvais même lui demander s'il avait dans son entourage quelqu'un qui a besoin des services d'une femme instruite. Je commençais à me dire que ce rendez-vous avec Mr

Glass pouvait vraiment s'avérer très profitable. J'avais un bon pressentiment.

Je partis de la pension, qui était près de King's Cross Road, et me dirigeai vers Mayfair. Le trajet me prit près d'une heure, mais le temps était relativement dégagé, laissant même quelques rayons du soleil de printemps filtrer entre les nuages gris. Je connaissais assez bien le chemin étant donné que j'avais déjà livré des articles à de riches clients qui habitaient dans ce quartier. J'avais même, une fois, livré une montre exquise à un prince étranger qui logeait à l'Hôtel Brown. Toutefois, cela ne m'empêchait pas de me sentir toute petite devant les façades à colonnades de ces édifices aussi majestueux qu'imposants.

Lorsque j'arrivai au niveau d'Albermarle Street, ma valise commençait à me peser, et les épaules et les bras me tiraient. Le portier en livrée de l'Hôtel Brown m'ouvrit la grande porte. Ignorant la courbe perplexe de ses sourcils et sa façon sans équivoque de détailler ma tenue modeste et ma valise, j'entrai d'un pas décidé en affichant ce qui, je l'espérais, passerait pour de l'assurance. Je voulais au moins avoir l'air de savoir où j'allais, bien que mon estomac ne soit plus qu'un amas de nœuds. Le portier rangea ma valise dans un cabinet à l'écart et m'indiqua le salon de thé.

J'inspectai tous les visages à la recherche de celui de Mr Glass, et reçus plus d'un regard curieux. Il était rare de voir de simples employées de boutique se mêler aux gens de la haute société dans le salon de thé de l'Hôtel Brown. J'avais l'impression d'être vêtue d'un sac au milieu de toutes ces toilettes de soie colorées et ces dentelles délicates.

J'aperçus Mr Glass à une table près de la fenêtre. Il se leva et m'accueillit avec un sourire éblouissant que je ne pus m'empêcher de lui rendre, malgré mon estomac noué. Il s'était sans doute bien reposé depuis notre dernière rencontre, parce qu'il n'y avait plus aucune trace de fatigue dans ses yeux, aussi lumineux et chaleureux que son sourire. Il n'y avait pas non plus la moindre trace de la lueur violette que j'avais vue sur la peau de sa main nue. Elle paraissait parfaitement normale : hâlée et vigoureuse, comme elle aurait dû l'être.

— Merci d'être venue, Miss Steele, dit-il en tirant une chaise pour moi.

— Merci de m'avoir invitée, Mr Glass, bien que je ne sois pas encore très sûre de ce que vous voulez me demander.

— J'ai des questions à vous poser à propos de votre père.

— Oui, c'est ce que vous avez dit, mais que voulez-vous savoir à son sujet ?

Nous fûmes interrompus par le serveur, et je sentis ma gêne me rattraper. Non seulement j'ignorais si j'allais devoir payer ma part de l'addition, mais de plus, tous les clients assis aux tables voisines avaient toujours les yeux fixés sur nous. Était-ce moi qui les fascinais, ou était-ce Mr Glass, avec son physique avantageux et sa posture un peu désinvolte ? Ou était-ce de nous voir ensemble qui les intriguait ? Personne ne me connaissait, mais il était parfaitement possible que, parmi la clientèle, il y ait des connaissances de Mr Glass, et que son rendez-vous avec une femme comme moi alimente les commérages pour toute la semaine.

— Votre meilleur thé, je vous prie, demanda Mr Glass au serveur, et ce que vous avez de plus raffiné comme pâtisseries… ce genre de choses, ajouta-t-il avec un geste dédaigneux de la main. Peu importe, ça m'est égal. Et vous, Miss Steele, avez-vous une préférence ?

— Euh, non.

Du moment qu'on ne me demandait pas de payer. Malgré l'allure décalée de Mr Glass et ses manières flegmatiques, je jugeai qu'il devait être un gentleman, et jamais un gentleman ayant invité une dame à prendre le thé ne lui demanderait de payer sa part.

Le serveur se retira et Mr Glass s'avança sur son siège. Il prit la petite fourchette en argent et la fit tourner entre ses doigts.

— Vous devez trouver étrange que je vous aie donné rendez-vous, dit-il.

— Pas plus que le fait que j'aie accepté. Il n'est pas dans mes habitudes de prendre le thé avec des inconnus.

Il leva la fourchette comme pour indiquer qu'il capitulait.

— Bien entendu. Je vois bien que vous êtes une jeune femme respectable.

— Vous avez vu cela lors de notre brève entrevue de ce matin ? Quand j'ai dit ses quatre vérités à mon ancien fiancé, tenté de nuire à ses affaires et écrasé les orteils de votre domestique ?

— Pour être honnête, Cyclope l'avait bien mérité. Je ne pensais pas qu'il vous serrerait aussi fort.

Il lâcha la fourchette et posa une main sur son cœur.

— C'est plutôt moi qui l'aurais mérité. Permettez-moi de vous demander sincèrement pardon pour la façon dont je vous ai traitée. Je n'étais… pas vraiment moi-même. En temps normal, je ne suis pas aussi brutal avec les femmes. C'était injustifié, et je ne peux que vous présenter mes plus plates excuses.

— Vous êtes pardonné. Je dois avouer que sur le moment, j'ai été un peu choquée, mais je n'ai pas été blessée. Néanmoins, la prochaine fois que vous n'êtes pas vraiment vous-même, je vous suggère d'éviter de transporter les femmes sur votre épaule comme un homme des cavernes. D'autres pourraient se montrer plus rancunières.

Il eut la réaction que j'espérais : il sourit. J'aimais tant son sourire, avec ses dents blanches et parfaites qui contrastaient avec sa peau brune et satinée. Il faisait aussi étinceler ses yeux.

— Je tâcherai de me contenir, mais il faut dire que j'ai du caractère, et je ne suis pas habitué à la délicatesse des Anglaises ni à leur sensibilité.

— Les femmes acceptent donc d'être soulevées comme des fétus de paille, là d'où vous venez ?

— Non, pour la plupart. Elles ont tendance à nous écraser les orteils, et plus si l'occasion se présente.

Il reprit la fourchette et se remit à jouer avec. Il semblait avoir du mal à tenir en place. C'était sans doute un homme d'action. Le genre qui reste rarement assis dans les salons de thé avec des dames.

— J'aime votre franc-parler, Miss Steele. C'est très rafraîchissant. Je commençais à croire que tous les Anglais tournaient toujours autour du pot sans jamais dire clairement ce qu'ils pensaient.

— D'habitude, je ne suis pas aussi directe, mais ce matin, j'avais épuisé mes dernières réserves de patience.

La digue avait fini par céder après avoir vu le sourire satisfait d'Eddie et entendu son rire idiot. Ma colère n'avait pas eu d'autre choix que de sortir. Ce n'était que plus tard, assise dans le silence de ma mansarde, que j'avais réalisé que ma colère était essentiellement dirigée contre moi-même, à présent : je m'en voulais d'avoir pu accepter la demande en mariage d'un homme que je n'aimais pas, et que je n'aurais jamais pu aimer.

— D'où venez-vous, Mr Glass ? Votre accent est peu commun.

— Mon accent est un mélange, à ce qu'on m'a dit, que je dois aux origines différentes de mes parents et à nos voyages. Dernièrement, j'ai vécu en Amérique.

— En Amérique ? Voilà qui est fascinant.

Il répondit avec un petit rire.

— Pas spécialement.

— Ça l'est pour quelqu'un qui n'est jamais allé plus loin que Cheshunt.

Il me dévisagea, le regard vide.

— C'est un peu au nord de Londres.

Le serveur arriva avec un présentoir en argent chargé de parts de gâteau, de sandwiches et de pâtisseries. Je n'en avais encore jamais vu autant à la fois ni présentés si élégamment. Mon estomac se mit à gargouiller. Je n'avais rien mangé depuis ce matin, et encore, à peine une tranche de pain moisi que Mrs Bray s'apprêtait à jeter.

Mr Glass me regarda sous ses longs cils, mais il ne fit aucun commentaire. Il attendit que le serveur nous ait versé notre thé et soit parti en nous laissant la théière, avant de m'inviter à remplir mon assiette.

Je pris une délicate pâtisserie que je dévorai en deux bouchées avant même qu'il ait commencé. Il rapprocha un peu le présentoir de moi, et je me servis une part de gâteau et la mangeai. Lorsqu'il m'invita à me resservir, je secouai la tête.

— Je vous remercie, mais je ne pourrais plus rien avaler, mentis-je.

Ma mère m'avait toujours dit de ne pas avoir l'air gloutonne, et j'appliquais presque toujours ses conseils. Cependant, je tâchai de ne pas regarder les gâteaux de crainte de trahir mes regrets.

— C'est possible, mais je serais bien incapable de manger toutes ces pâtisseries tout seul. S'il vous plaît, aidez-moi, autrement elles seront gâchées.

Puisqu'il me le proposait si galamment, autant accepter.

Il but son thé à petites gorgées, et je dus me retenir de rire. Il semblait si peu à sa place dans cette pièce remplie majoritairement de femmes, tenant dans une main une jolie tasse à motif floral, et dans l'autre, une pâtisserie. Je me demandai s'il faisait ce genre de choses en Amérique. J'imaginais qu'il devait être une sorte de riche cultivateur, avec ses mains hâlées.

— Cela ne vous ennuie pas si je commence à vous poser mes questions, maintenant ? demanda-t-il.

— Allez-y. Je suis là pour ça.

Il reposa sa tasse avec précaution, comme s'il craignait de la casser. Il garda un instant les yeux fixés sur son contenu, et quand il les releva, il avait retrouvé ce regard intense avec lequel il m'avait dévisagée un peu plus tôt. Un frisson parcourut ma colonne vertébrale et me glaça la peau. Je n'arrivais pas à décider si j'aimais qu'il me regarde ainsi ou non.

— Quel âge avait votre père ? demanda-t-il.

C'était curieux, comme première question.

— Quarante-neuf ans. Pourquoi ?

Il se rappuya contre le dossier de sa chaise en jurant à mi-voix.

— Pourquoi ? répétai-je. Et d'ailleurs, pourquoi voulez-vous en savoir plus sur mon père ? Quel rapport avec le fait de vouloir acheter une nouvelle montre ?

La commissure de ses lèvres se releva légèrement, mais sans pour autant dessiner un vrai sourire.

— Vous voilà bien curieuse, maintenant que vous avez le ventre plein.

Je haussai un sourcil, attendant qu'il me réponde.

Il se repencha en avant et souleva sa tasse de thé.

— J'essaye de retrouver un homme que j'ai rencontré il y a cinq ans. C'était un horloger, et il m'a fabriqué une montre qui a maintenant besoin d'être réparée.

— Elle ne marche plus ?

— Elle marche, mais de plus en plus lentement.

— Avez-vous essayé de la remonter ?

— J'ai donc l'air d'un imbécile ?

— Je vous demande pardon.

Je bus une petite gorgée de thé en évitant son regard. Je l'entendis pousser un nouveau soupir et changer de position sur sa chaise, comme s'il regrettait de m'avoir invitée à prendre le thé.

— Pourquoi ne l'avez-vous pas montrée à Eddie ? lui demandai-je. Il aurait peut-être pu la réparer.

— Non, pas cette montre.

— Pourquoi pas ? C'est une montre américaine ? Certains modèles de là-bas sont différents des nôtres, mais un bon horloger est capable de déterminer d'où vient la panne sans endommager le mécanisme. Eddie n'est pas un mauvais horloger, c'est juste qu'il ne sait réparer que certains types de montres. Il n'a pas fait son apprentissage auprès de mon père. Voulez-vous que j'y jette un coup d'œil ? Je vous assure que, bien que je ne sois qu'une femme, j'ai été l'apprentie du meilleur horloger de la ville, et peut-être même de tout le pays. La seule raison pour laquelle je n'ai pas été autorisée à rejoindre la Guilde et à prendre le titre de maître horloger, c'est à cause de leurs règles archaïques qui interdisent aux femmes de devenir membres. C'est pour ça que…

— Miss Steele.

De sa main levée, il me fit signe de me taire. Je me mordis la langue.

— Merci pour votre proposition, mais cette montre est très spéciale. Le seul au monde qui soit capable de la réparer, c'est celui qui l'a fabriquée.

— Si c'est ce qu'il prétend, c'est bien présomptueux de sa part.

— Quoi qu'il en soit, je souhaite le retrouver.

Je voulais le convaincre de me la montrer, mais je me ravisai. S'il pensait qu'une seule personne pouvait la réparer, ça ne changerait rien pour moi.

— Parlez-moi de cet horloger si arrogant. Pour le moment, je connais plusieurs membres de la Guilde qui pourraient correspondre à cette description.

Il sembla trouver ma remarque amusante. Il sourit, et ses épaules se détendirent.

— J'admets que j'ai sillonné Londres sans vraiment savoir ce que je faisais ni où j'allais.

Il s'avança sur sa chaise.

— Pourriez-vous m'aider à rétrécir le champ de mes recherches ?

— J'en serais ravie. J'imagine que vous ne connaissez pas son nom.

— Il se faisait appeler Chronos.

— Le dieu grec du Temps ? Il est donc non seulement arrogant, mais aussi ridicule. Continuez.

Les coins de ses yeux se plissèrent.

— Je l'ai rencontré il y a cinq ans dans un saloon du Nouveau-Mexique. Il était anglais, et m'a dit venir de Londres.

Une ombre assombrit soudain ses yeux et il prit un air sérieux en examinant sa tasse de thé.

— C'était déjà un vieillard à l'époque, alors ça ne pouvait pas être votre père.

— Mon père n'a jamais quitté l'Angleterre, de toute façon. Il a vécu toute sa vie au-dessus de cette boutique, comme son père et son grand-père avant lui. Et maintenant, elle appartient à Eddie, ajoutai-je, amère.

Son regard se fit plus pénétrant.

— Votre grand-père est horloger ?

— Il l'était. Il est mort.

Il me fixa de ses yeux qui ne clignaient pas. Je me fis toute petite sous l'intensité de son regard.

— Quand est-il mort ?

— Avant ma naissance, alors il ne pouvait pas être votre mystérieux Chronos, lui non plus.

Il se passa une main sur les yeux et sur le visage avant d'expirer lentement. Cette montre devait vraiment être unique, pour le mettre dans un état pareil. Je percevais son angoisse depuis l'autre côté de la table.

— Voyons si j'ai bien compris, récapitulai-je. Il y a cinq ans, un Anglais de passage en Amérique vous a donné une montre, en prétendant être le seul à pouvoir la réparer. Et comme vous refusez de laisser qui que ce soit d'autre essayer, vous avez fait tout ce chemin pour le retrouver. Vous ne connaissez ni son nom ni son adresse à Londres, et tout ce que vous savez, c'est qu'il doit être vieux.

— C'est bien cela, confirma-t-il en tâtant machinalement la poche de son manteau.

Je ne mentionnai pas la possibilité qu'il soit mort. Il y avait certainement déjà pensé, et je ne voulais pas voir la déception assombrir son beau visage.

— Dans ce cas, vous vous êtes adressé à la bonne personne. Je connais tous les plus grands horlogers de Londres, et la plupart des médiocres aussi.

— J'étais sûr que vous pourriez m'aider, dit-il. Je vous paye-rai, bien entendu. Il nous faudra peut-être plusieurs jours pour trouver l'homme que je cherche.

Me payer ! Ah, maintenant je comprenais mieux pourquoi il m'avait choisie, moi, et non pas Eddie, ou n'importe qui d'autre. Il avait dû voir, ce matin, que j'étais prête à tout, et dû deviner que j'avais du temps à consacrer à une telle entreprise.

— Si vous insistez, dis-je avec autant de délicatesse que possible tout en m'efforçant de réprimer un sourire.

— Quels sont les tarifs actuels pour les assistants dans les boutiques de Londres ?

— Un assistant expérimenté peut prétendre à une livre. Je n'en connais pas d'autres sortes.

— Une livre, alors.

Il me tendit la main.

— Marché conclu ?

Je lui serrai la main fermement, comme mon père m'avait appris à le faire après une transaction particulièrement lucrative.

— Marché conclu, répétai-je en imitant son accent.

Il partit d'un léger rire.

— Reprenez donc une part de gâteau, Miss Steele. Ensuite, nous nous mettrons au travail.

Je mangeai une part, me tamponnai les coins de la bouche avec ma serviette et fis descendre le tout avec une gorgée de thé. Ce n'était pas très distingué, mais je n'étais pas une grande dame, et il n'eut pas l'air de le remarquer.

— Traditionnellement, la plupart des horlogers sont installés à Clerkenwell et dans le quartier Saint-Luke, dis-je, mais vous en trouverez plusieurs autres éparpillés un peu partout. Mon ancêtre a ouvert son commerce sur Saint-Martin's Lane, et depuis, c'est là que nous avons toujours été.

— Jusqu'à ce que votre ancien fiancé vous en dépossède.

Je ne pus me résoudre à croiser son regard. C'était une chose que de laver mon linge sale en public quand j'étais furieuse contre Eddie, mais qu'on me rappelle ma conduite scandaleuse, c'en était une autre, surtout venant d'un gentleman.

— Mon père estimait que seul un homme pouvait faire tourner la boutique.

J'ignorais pourquoi je tenais à lui expliquer la situation. Il me semblait important qu'il sache que mon père m'aimait, mais qu'il avait été dupé.

— Il aimait la précision, l'organisation et l'ordre, alors une fois que j'ai été fiancée, il a modifié son testament en pensant pouvoir compter sur Eddie pour tenir parole. Personne ne s'attendait à ce qu'il meure si soudainement avant le mariage. Et pour la défense de Père, Eddie était absolument charmant jusqu'à ce moment. Ce n'est qu'après l'enterrement qu'il s'est conduit comme le misérable vermisseau qu'il est.

Mr Glass resta silencieux, et je commençai à regretter d'avoir étalé tous mes problèmes, encore une fois. Il devait me trouver aussi pathétique que je pensais l'être.

— Ma mère disait que Dieu punirait ce genre d'individus après leur mort, dit-il.

— Je préférerais qu'Eddie ait ce qu'il mérite dans *cette* vie, pour que je puisse profiter du spectacle.

L'un des coins de sa bouche se releva légèrement.

— Nous sommes du même avis, vous et moi.

Il leva sa tasse de thé en une sorte de salut. Comme elle était vide, il la remplit à nouveau, et la mienne également.

— Comptez-vous rester longtemps à Londres, une fois que vous aurez retrouvé votre vieil horloger ? m'entendis-je lui demander d'une voix qui était presque un murmure.

Il secoua la tête.

— J'ai des affaires à régler chez moi.

Dommage.

— Décrivez-moi un peu votre horloger, dis-je. En dehors de son grand âge, je veux dire.

— Il avait les yeux bleus, les cheveux blancs, et à part ça, un physique assez ordinaire. J'avais l'impression qu'il cherchait à échapper à quelque chose, ou à quelqu'un.

— Pourquoi dites-vous cela ?

— Parce que la plupart de ceux qui arrivent à Broken Creek, au Nouveau-Mexique, essayent généralement d'échapper à quelque chose ou à quelqu'un.

— Est-ce donc pour cela que vous y étiez, Mr Glass ?

Une lueur s'alluma au fond de ses yeux, mais aucun sourire n'anima ses lèvres.

— J'étais là pour admirer les paysages.

— C'est un bel endroit ?

— D'aucuns trouvent que oui.

Il n'en dit pas plus, et je devinai qu'il n'avait plus envie de parler de son passé à Broken Creek.

— Alors, dites-moi à quels horlogers vous avez déjà rendu visite, dis-je. Cela permettra de réduire le champ de nos recherches.

— Mon avocat m'a indiqué que la plupart vivaient à Clerkenwell, comme vous me l'avez dit vous-même. C'est par là que j'ai commencé ce matin.

Il me cita une demi-douzaine de noms qui m'étaient familiers, même si je n'en connaissais aucun personnellement.

— J'ai décidé de m'arrêter chez Mason et chez Hardacre sur le chemin du retour. Et en effet, on m'avait dit que l'horloger s'appelait Steele, ce qui explique ma surprise quand j'ai vu le peintre en train de modifier l'enseigne. Je suis bien content de vous avoir trouvée là, Miss Steele. Notre rencontre a des airs de providence.

— Je suis du même avis, répondis-je avec un sourire. Dès notre première rencontre, vous m'avez fait bonne impression.

— Même quand je vous ai brutalisée ?

— Un peu après, peut-être.

Nous aurions pu retourner voir les artisans de Clerkenwell, mais nous décidâmes finalement d'aller interroger les horlogers plus huppés d'un autre quartier de la ville. Mr Glass était formel : l'homme qu'il avait rencontré il y a cinq ans était un homme instruit, avec un accent des classes moyennes, pas des quartiers populaires. Après avoir passé le plus clair de la matinée à Clerkenwell, il était déjà en mesure de faire la différence.

Heureusement, je connaissais bien la plupart de ces horlogers puisque Père avait été en bons termes avec eux, à l'époque où il avait encore de l'amitié et du respect pour les membres de la Guilde. Je sentis mon estomac se nouer à l'idée que j'étais à l'origine de sa brouille avec eux. C'était à cause de *ma* candidature qu'il avait été en froid avec les autres membres.

Lorsque la théière fut vide et que la plupart des délicieuses pâtisseries eurent disparu, Mr Glass tâta la poche de sa veste et se leva. Le serveur lui apporta son chapeau et ses gants, et Mr Glass paya la note pour nous deux. Il me raccompagna jusqu'à l'entrée de l'hôtel, mais je m'attardai un peu pour récupérer ma valise. J'avais prévu d'attendre qu'il soit parti, mais il avait l'air d'attendre que je sorte la première.

— Logez-vous ici, à l'Hôtel Brown ? lui demandai-je.

— Non, j'ai une maison non loin d'ici, dit-il.

Je ne lui demandai pas comment il était possible que quelqu'un qui, il y a deux jours encore, n'avait jamais mis les pieds en Angleterre y possède une maison, mais il avait peut-être de la famille ici. Cela expliquerait en partie son accent et le fait qu'il ait un avocat.

— Merci, Miss Steele. J'ai passé un agréable moment en votre compagnie aujourd'hui, dit-il.

Oh non. Il voulait que je parte la première. Que faire ? Partir et revenir chercher ma valise après son départ ? S'il la voyait, il saurait que je n'avais plus nulle part où aller.

C'est le portier que j'avais croisé à mon arrivée qui prit cette décision à ma place en déposant la valise à mes pieds.

— Vous alliez oublier vos bagages, me dit-il avec une lueur mauvaise dans les yeux.

Je piquai un fard.

— Merci. C'est très aimable à vous de me la rapporter.

Il s'inclina et disparut. Les dents serrées, je me tournai vers

Mr Glass, qui regardait ma valise d'un air perplexe. Maintenant que le portier avait vendu la mèche, je pouvais bien tenter le tout pour le tout. Je n'avais rien à perdre.

— Mr Glass, si j'osais, je vous demanderais une avance sur mes gages. C'est que j'ai des frais, voyez-vous, et je n'ai pas d'autre emploi pour le moment.

Il cligna lentement des yeux.

— Naturellement. Je vais vous donner tout de suite vos gages pour toute la semaine. Cela suffira-t-il à couvrir vos frais ?

Toute une semaine ! Il était décidément bien généreux.

— Sans aucun doute. Je vous remercie.

Il jeta un coup d'œil aux alentours.

— Faites comme si vous aviez les larmes aux yeux, me souffla-t-il à mi-voix.

Je mis un moment à comprendre qu'il cherchait un moyen d'effectuer la transaction tout en protégeant ma réputation. Je portai le doigt à mes yeux baissés en reniflant tandis qu'il plaçait discrètement quelques pièces dans son mouchoir, qu'il me tendit. J'essuyai mes larmes feintes avec avant de le glisser dans mon réticule. Tout cet échange se fit de manière clandestine, et j'étais certaine qu'il avait échappé au regard de quiconque aurait pu s'imaginer des choses – ou éventuellement soupçonner la vérité.

— Miss Steele, dois-je comprendre que vous êtes en route pour un nouveau domicile aujourd'hui ? demanda-t-il en désignant ma valise d'un signe de tête.

— Je vais chez mon amie Catherine Mason.

Ce n'était pas tout à fait un mensonge, et ce serait trop gênant de lui avouer que je venais d'être mise à la porte de la pension où je logeais ces deux dernières semaines.

— Catherine Mason, comme l'horlogerie Mason et Fils ? s'enquit-il. Elle habite au-dessus de la boutique familiale ?

— Juste à côté. Maintenant, c'est son frère aîné qui occupe le logement au-dessus de la boutique avec sa femme et leur enfant. Avec l'omnibus, ce n'est pas très loin.

— Si vous acceptez de m'attendre ici, je peux dire à Cyclope de vous y conduire.

— Merci, c'est très aimable, mais je ne voudrais pas abuser davantage de votre générosité. L'avance sur mes gages est déjà largement suffisante. Et d'ailleurs, l'omnibus passe tout près d'ici, et par un si beau temps, je peux marcher.

Il leva les yeux vers le ciel derrière la vitre.

— Vous appelez ça du beau temps ? Il fait tout gris, et le ciel est si bas que j'ai l'impression d'étouffer.

— S'il y avait un grand ciel bleu, ce ne serait pas vraiment Londres.

Je me saisis de ma valise et le portier me tint la porte.

Mr Glass me suivit dehors et descendit les marches à ma suite.

— Je viendrai vous chercher chez les Mason demain matin, dit-il en passant le pouce sur la poche de sa veste d'un geste qui semblait machinal. C'était au moins la troisième fois qu'il faisait cela, cet après-midi. Il devait avoir quelque chose d'important dans cette poche – peut-être ce drôle d'objet luminescent.

— Méfiez-vous des pickpockets, lui dis-je.

Comme il fronçait les sourcils, je fis un geste du menton en direction de la poche de sa veste. Il mit alors ses mains dans son dos.

— Il n'y a rien là-dedans, dit-il, crispé. Juste un mouchoir.

— Vous en avez deux sur vous ?

— Les femmes pleurent beaucoup, en Amérique.

Je faillis éclater de rire, mais je me retins. Il avait l'air très sérieux, et passablement agacé. Je ne comprenais pas vraiment que mon avertissement puisse irriter quelqu'un, mais je n'y fis pas attention.

— À quelle heure, demain ? lui demandai-je.

— Neuf heures, ce n'est pas trop tôt ?

— Pas pour moi.

Clairement, il était bien différent des autres hommes de son genre, qui dormaient jusqu'à midi.

Il s'inclina brièvement et je me mis en route. Je ne pus m'empêcher de jeter un regard furtif depuis le coin de la rue, mais Mr Glass avait déjà disparu. L'omnibus passait en effet tout près, et je n'eus pas longtemps à attendre avant que l'un d'entre eux n'arrive dans un bruit de ferraille. La fortune me souriait, cet après-midi, parce que je parvins à trouver un siège à l'intérieur, en face d'un monsieur bien mis qui lisait son journal. Quand la vue de Père avait baissé, je lui lisais le journal tous les soirs, mais je n'en avais plus racheté depuis sa mort : j'avais dû économiser le moindre penny.

Je promenai rapidement les yeux sur la première page à la recherche d'une information intéressante. Il y avait plusieurs articles, mais un gros titre surtout attirait l'attention : UN HORS-LA-LOI AMÉRICAIN APERÇU EN ANGLETERRE.

Ma poitrine se serra et mon sang se glaça dans mes veines. Non, c'était impossible. Mr Glass, qui était si beau et si distingué, n'était certainement pas un hors-la-loi. Le fait qu'il soit récemment arrivé en même temps que cet homme dont le portrait était esquissé dans le journal avec la mention RECHERCHÉ au-dessus ne pouvait être qu'une coïncidence. Le dessin en noir et blanc ne permettait pas de déterminer s'il s'agissait de la même personne. Le bandit avait une barbe et une moustache hirsutes, et il portait un chapeau à larges bords rabattu sur son visage. *Voilà* à quoi ressemblait un hors-la-loi. Il n'était ni bien habillé ni rasé de près. Les bandits du Far West étaient des rustres malpropres. Ils se comportaient comme… des hommes des cavernes.

Doux Jésus.

Dans quel pétrin m'étais-je fourrée ?

CHAPITRE 3

Je lus ce que je pus de l'article avant que l'homme ne descende de l'omnibus avec son journal. Apparemment, on savait très peu de choses de ce bandit, pas même son nom. La *Gazette de Las Vegas* l'avait surnommé le Cavalier Noir parce que personne n'avait jamais vu son visage, et qu'il commettait tous ses crimes de nuit. Le Cavalier Noir avait dévalisé des diligences, volé des chevaux et assassiné un shérif qui avait retrouvé sa trace. L'essentiel de l'article était un récit haut en couleur de l'arrestation manquée, mais c'est le dernier paragraphe qui attira mon regard : on offrait deux mille dollars de récompense pour sa capture. J'ignorais ce que cela faisait en argent anglais, mais c'était un montant impressionnant. Cela revenait certainement à plus que la livre que j'avais à présent en pièces dans mon réticule. Cette récompense et ce hors-la-loi occupèrent mon esprit pendant le reste du trajet jusqu'à la maison des Mason.

— Bien sûr que tu peux rester, dit Catherine en m'emmenant à la cuisine. N'est-ce pas, Maman ?

Mrs Mason me salua d'un sourire hésitant avant d'enfoncer son poing dans une boule de pâte.

— Du moment que ton père n'a pas d'objections.

— Pourquoi en aurait-il ? India est mon amie d'enfance, et elle a besoin de nous, maintenant.

Catherine serra ma main dans la sienne en levant les yeux au ciel.

— Il ne va pas tarder, dit Mrs Mason en pétrissant la pâte avec une vigueur toute particulière.

Les Mason n'avaient pas de bonne, et chaque fois que je voyais Catherine ou sa mère, elles étaient dans la cuisine, un tablier autour de la taille. Leur maison était toujours pleine d'odeurs délicieuses.

— Je ne veux pas vous déranger, dis-je en me mordillant la lèvre inférieure.

J'avais peut-être eu tort de venir ici. Les Mason n'avaient pas vraiment les moyens de faire la charité.

— C'est juste pour cette nuit. Je peux dormir par terre et me contenter de manger des restes. Oh, et je peux vous payer. Mon nouvel employeur m'a versé une semaine de gages d'avance.

Mrs Mason cessa de pétrir.

— Avec un penny ou deux, Mr Mason sera plus tranquille.

Elle sourit, plus chaleureusement, cette fois.

— Tu es une amie très chère de Catherine, et tu es toujours la bienvenue ici. C'est juste que…

Elle secoua la tête, les yeux fixés sur le sol.

— Qu'y a-t-il, Maman ? s'enquit Catherine.

— Tu es une jeune femme, India, et nous avons encore deux garçons impressionnables qui vivent avec nous. C'est tout.

— Oh. Je n'y avais pas pensé, avouai-je.

Catherine éclata de rire.

— India ne s'intéresse pas le moins du monde à Ronnie et Gareth, Maman. Elle peut trouver bien mieux que mes imbéciles de frères.

Sa mère retourna à sa pâte à pain.

— Mais tout de même…

— Ronnie et Gareth sont comme des frères pour moi, intervins-je.

J'espérais que cela suffirait à la convaincre que je n'avais pas l'intention de piéger ses fils pour les forcer à m'épouser. Je devais bien avouer que j'étais un peu blessée qu'elle puisse s'imaginer une chose pareille. Sans compter qu'elle devait se douter que ses fils ne s'intéresseraient pas à moi, quels que soient les stratagèmes dont je pourrais user pour les séduire. Comme Catherine, les frères Mason étaient tous beaux et séduisants. Ils pouvaient avoir toutes les filles qu'ils voulaient. J'étais trop vieille pour eux, trop quelconque, trop petite, avec mes cheveux bruns et raides et ma taille trop épaisse pour se plier aux caprices de la mode, quand bien même je m'efforçais de lacer mon corset aussi serré que possible.

Catherine me prit la main et m'entraîna dans l'escalier qui menait à sa chambre. Après avoir fermé la porte, elle se jeta sur le lit et tapota le matelas à côté d'elle.

— Ronnie a entendu dire que tu étais allée dire ses quatre vérités à Eddie. C'est vrai ? Raconte-moi tout !

Elle battit de ses longs cils blonds au-dessus de ses grands yeux bleus avec un air d'émerveillement innocent. Ce n'était pas étonnant que plusieurs prétendants se battent pour obtenir sa main. Elle était un peu plus jeune que moi, bien plus grande et plus jolie, et toujours entourée de jeunes gens qui la suivaient comme de petits chiots. Elle avait l'air d'apprécier toute cette attention, mais je me disais que ça devait devenir lassant, au bout d'un moment.

— J'ai essayé, lui dis-je. Au moins, j'ai réussi à l'empêcher de faire affaire avec un client.

Cela dit, je n'étais plus vraiment sûre que Mr Glass soit venu pour acheter une montre, en définitive.

Catherine gloussa, la main sur sa bouche.

— Bien fait ! Cet affreux petit homme, il est vraiment… eh bien, vraiment affreux. Père refuse de lui envoyer le moindre client, maintenant, même si c'est pour un article que nous n'avons pas en stock et s'il sait qu'il y en a chez Steele… enfin, je veux dire, chez Hardacre.

— Ton père est quelqu'un de bien.

Elle posa sa main par-dessus la mienne sur mes genoux et me sourit d'un air de commisération.

— Je suis bien contente que tu le penses. Je sais que ça n'a pas été facile de lui pardonner après la décision de la Guilde, mais il n'a pas eu le choix, il a dû se rendre au verdict de la majorité.

— Je ne lui en veux pas.

Je dus avoir l'air convaincante, parce qu'elle sembla me croire. En réalité, j'en voulais bel et bien à Mr Mason de ne pas avoir pris ma défense. Mon père m'avait raconté qu'il était resté assis là sans rien dire lors de la réunion des membres les plus anciens de la Guilde quand ma demande d'admission avait été à l'ordre du jour. À peine une semaine plus tôt, Mr Mason m'avait encouragée à en faire la demande. Un tel revirement m'avait laissée sans voix. Depuis, les relations entre nos deux familles n'avaient plus jamais été vraiment les mêmes, bien que mon amitié avec Catherine n'en ait pas été affectée, Dieu merci. Je connaissais si peu d'autres femmes du même âge que perdre son amitié aurait été pire que l'annulation de mes fiançailles avec Eddie.

— Parle-moi de ton nouveau travail, dit Catherine. Est-ce que ça a un rapport avec les montres ?

— D'une certaine façon, oui.

— Tant mieux. Tu es très douée pour les réparations délicates, c'est Père qui le dit. Il a été très impressionné par la rapidité avec laquelle tu as tout appris. Avant, il te citait comme exemple quand il disait que les femmes devraient être autorisées à faire des métiers d'homme si elles voulaient.

Elle fronça le nez.

— Désolée, India, mais je suis contente qu'il ait renoncé à tout ça. Je commençais à me sentir inférieure, alors que toi, tu es si parfaite.

— Je suis loin d'être parfaite, répliquai-je, étonnée.

— Père a toujours eu plus d'estime pour l'intelligence que pour la beauté, dit-elle en caressant ses magnifiques boucles blondes. Certains hommes sont comme ça, tu sais, ajouta-t-elle comme si ces hommes étaient une rareté.

— La plupart préfèrent un peu des deux, rétorquai-je en riant, mais pas trop ni de l'une ni de l'autre.

Elle se remit à rire.

— Si nous étions une seule et même personne, ça ferait un sacré mélange, dis-je sans cesser de sourire. Avec ta beauté et mes compétences en horlogerie, les hommes viendraient de loin pour acheter nos montres.

— Arrête de te dévaloriser comme ça, India, protesta-t-elle en me donnant un léger coup de coude. Tu es jolie. Je ne sais pas ce qui te fait croire que tu ne l'es pas.

— Parce que comparée à toi, je ne le suis pas.

— Foutaises.

Elle rit d'avoir osé prononcer un mot si vulgaire.

— C'est la faute de ce satané Eddie Hardacre, aussi : il était toujours à te rabaisser. Je me demande ce que tu as bien pu lui trouver.

— Moi aussi, soupirai-je. J'imagine que c'est parce qu'il a été le premier homme à faire attention à moi, et le premier à me demander de l'épouser.

— S'il a été le premier, c'est seulement parce que tu intimides la plupart des autres hommes.

— Mais pas du tout !

— Bien sûr que si. Demande à Ronnie et Gareth : tu les terrifies.

— C'est parce que je ne me pâme pas à leurs pieds et que je ne me précipite pas à gauche et à droite pour leur plaire, comme le font les autres filles.

— Oui, et aussi parce que tu as de la répartie. Ils ont peur que tu te moques d'eux.

Je levai les yeux au ciel, mais ses paroles me laissaient pantoise. Les hommes me trouvaient-ils réellement intimidante ? Tous les hommes, ou seulement les beaux garçons écervelés comme ses jeunes frères ?

— Où se trouve la boutique ? demanda-t-elle.

Comme je la regardais sans comprendre, elle ajouta :

— La boutique où tu vas travailler ?

— Ce n'est pas une boutique. J'ai été engagée de façon ponctuelle pour aider un gentleman à retrouver un horloger qu'il a rencontré il y a quelques années. Ça paraît étrange, je sais, dis-je comme elle me dévisageait en clignant des yeux. Mais c'est un monsieur qui a l'air très aimable, et il me paye bien. Je n'aurai pas beaucoup de travail, et comme je serai amenée à rendre visite à tous les horlogers de la ville, je pourrai en profiter pour continuer à chercher un emploi après celui-là.

— Tu vois, c'est ça, que je voulais dire. Je n'aurais jamais pensé à ça, moi. C'est très malin. Et dooonc…

Elle me donna un nouveau coup de coude.

— Ce monsieur, il est beau ?

— Très. Et il est sympathique, aussi, et riche. Nous avons pris le thé à l'Hôtel Brown.

Elle poussa un cri.

— Alors il faut que tu mettes quelque chose de plus joli que ce vieux chiffon !

Se levant d'un bond, elle ouvrit le tiroir où elle rangeait ses robes.

— Catherine, aucun de tes vêtements ne m'ira.

— Oh.

Elle referma le tiroir et m'examina d'un œil critique.

— Dans ce cas, arrangeons un peu tes cheveux. Ça fait un petit moment que j'ai envie de te faire une coiffure plus moderne.

Avec un soupir, je m'abandonnai à ses bons soins. Elle me retira mes épingles et passa ses mains dans mes tresses.

— Ce beau monsieur qui t'emploie sera surpris en te voyant demain. Je crois qu'on devrait pouvoir t'affiner un peu plus la taille, aussi.

Je protestai.

— Ce n'est pas un mari potentiel, Catherine.

— Tous les célibataires sont des maris potentiels.

Elle s'interrompit, les mains toujours dans mes cheveux.

— Il n'est pas marié, n'est-ce pas ?

— Il n'a pas mentionné d'épouse, mais je n'ai pas posé la question.

— Avant toute chose, il faut que tu en aies le cœur net. Bon, que peux-tu me dire d'autre à son sujet ?

Je lui dis son nom, qu'il était américain, et potentiellement d'ascendance anglaise. Elle s'extasia à chaque détail, comme je m'y attendais, et se mit à trépigner d'excitation quand je lui dis qu'il avait une maison dans le quartier de Mayfair. Je lui répétai notre conversation aussi fidèlement que me le permettaient mes souvenirs.

Mais je ne lui dis pas qu'il y avait de fortes chances qu'il soit un bandit du Far West recherché par les autorités.

* * *

— ELLE NE DEVRAIT PAS RESTER ICI.

J'arrivais tout juste à distinguer le chuintement de la voix de Mr Mason par-dessus le bruit des poêles et des casseroles qui s'entrechoquaient dans la cuisine tandis que Mrs Mason faisait la vaisselle. Après le dîner, il nous avait tous congédiés, sauf sa femme. Pendant tout le repas, il m'avait lancé de drôles de coups d'œil, comme s'il me voyait sous un jour nouveau. C'était tellement curieux que j'avais failli lui demander si quelque chose n'allait pas, avant de me raviser. C'était probablement juste étrange pour lui de m'accueillir sous son toit sans mon père, dont la compagnie lui manquait peut-être aussi. J'avais voulu retourner à la cuisine pour boire, mais je m'étais arrêtée en entendant Mr Mason parler à voix basse.

— Elle est trop proche de Catherine, poursuivit-il.

— India est une jeune fille très bien, et raisonnable, dit Mrs Mason. Ça ne ferait pas de mal à Catherine, de prendre un peu exemple sur elle.

Je m'approchai encore un peu.

— Tu ne comprends pas, dit-il d'un ton las.

Bien que je ne puisse pas le voir, je l'imaginais assis à table, passant ses mains sur son crâne chauve.

— Explique-moi, alors.

— Je… je ne peux pas.

J'entendis le grincement d'une chaise sur le sol et des pas approchèrent. Je me cachai dans un recoin sombre et attendis qu'il s'en aille avant de remonter dans la chambre de Catherine. J'avais les pieds lourds comme des bûches et le cœur meurtri. Pourquoi Mr Mason ne voulait-il pas de moi ici ? Étais-je réellement une menace pour ses fils ? S'imaginait-il que, maintenant que mon père n'était plus là, je n'étais plus une femme vertueuse ? Je ne voyais pas d'autre raison ; rien d'autre n'avait changé depuis notre dernière entrevue. Alors pourquoi ne voulait-il plus que je côtoie sa famille ?

— Tu n'as pas remonté la cruche, dit Catherine quand je regagnai sa chambre.

— Je n'ai plus soif.

* * *

TOUTE LA MAISONNÉE des Mason avait le nez collé contre la vitre de la façade quand Mr Glass arriva dans son carrosse. Les hommes parlaient d'attelage, de limonières et d'essieux comme s'ils étaient non pas horlogers, mais charrons, tandis que les femmes discutaient de la rente annuelle qu'il devait toucher pour posséder un si bel équipage. J'ouvris la porte et sortis à sa rencontre.

— Bonjour, Miss, dit Cyclope, juché sur son siège de cocher. Pardon de ne pas descendre, mais j'ai un pied esquinté, et ne voudrais pas qu'il arrive malheur à l'autre.

Il me salua en portant la main à sa casquette avec un sourire jusqu'aux oreilles.

Quelqu'un qui sentait le bacon vint se faufiler derrière moi.

— India, me glissa Mrs Mason à l'oreille. En tant que femme respectable et bonne amie de tes pauvres parents défunts, je crois qu'il est de mon devoir de m'assurer que tu sais ce que tu fais.

— Pourquoi maintenant ? Vous saviez déjà hier que Mr Glass venait me chercher.

— Oui. Eh bien… Maintenant que j'ai vu son cocher, j'ai quelques doutes. Tu es sûre que ce n'est pas un pirate ? Il lui manque un œil.

— Je doute que les pirates aient d'aussi charmants sourires.

Je lui avais répondu sur un ton désinvolte pour la taquiner un peu, mais en réalité, mon cœur battait à tout rompre. Il n'était pas dans mes habitudes de monter en voiture avec des hommes que je ne connaissais pas. Si mes parents étaient là, ils me l'interdiraient, ou insisteraient pour m'accompagner. Je savais que les Mason ne me traiteraient pas comme ils le feraient avec leur propre fille, mais c'était gentil de la part de Mrs Mason de se faire la voix de ma conscience. Même si, en l'occurrence, je comptais bien en faire fi. Je ne pouvais pas me permettre d'être méfiante. L'enjeu n'était plus seulement d'une livre, il s'élevait à deux mille dollars américains.

Sortant ses longues jambes de la voiture, Mr Glass descendit sur le trottoir.

— Bonjour, Miss Steele. Mr Mason, ajouta-t-il en tendant la main au père de Catherine. Ravi de vous revoir, Monsieur.

Mr Mason m'avait évitée toute la matinée. Enfin, peut-être pas vraiment *évitée*. Il était parti dans son atelier avant que je sois levée. J'aurais voulu savoir avec certitude pourquoi il jugeait que je n'avais plus une bonne influence sur Catherine, mais je n'étais pas prête non plus à m'entendre dire en face que j'étais un mauvais exemple. Mes nerfs à vif ne l'auraient pas supporté. Et puis je m'estimais déjà heureuse qu'il ne m'ait pas chassée de chez lui.

Mr Glass serra la main de chacun des membres de la famille Mason à mesure que le chef de famille faisait les présentations.

— Vous cherchez toujours l'artisan qui a fabriqué votre montre ? demanda Mr Mason.

— Oui, répondit Mr Glass.

— Mon offre d'hier tient toujours. Je peux essayer de voir pour vous la réparer.

— Merci, mais je préfère que ce soit le fabricant qui s'en charge lui-même.

— La plupart des montres sont assez similaires, vous savez. Même si c'est un modèle que je n'ai jamais vu, je suis sûr d'arriver à comprendre comment elle fonctionne.

Il eut un petit rire nerveux qui fit trembloter ses bajoues.

— Non, pas cette montre.

Mr Glass déplia le marchepied pour moi avant de me tendre la main.

— Quelle est notre première destination, Miss Steele ?

— Oxford Street, du côté de Marble Arch, dis-je. Savez-vous où c'est, Mr Cyclope ? Ce n'est pas loin de Mayfair.

Cyclope étudia une carte sale et toute froissée qu'il avait étalée sur ses genoux.

— Oui, je connais. Et inutile d'être aussi formelle, Miss, appelez-moi simplement Cyclope.

Mr Mason boutonna le pan de son gilet sur son ventre. Mrs Mason était une excellente couturière capable de retoucher toutes sortes de vêtements, mais elle ne pouvait pas élargir le gilet de son mari pour s'adapter à sa corpulence toujours plus grande.

— Qu'a-t-elle donc de si spécial, cette montre ? insista Mr Mason.

Son rire nerveux s'était éteint, et il semblait à présent attendre avidement chaque mot qui allait franchir les lèvres de Mr Glass.

Mr Glass lui sourit, mais ses épaules étaient passablement crispées.

— Si je le savais, je n'aurais pas besoin de retrouver l'horloger qui l'a faite.

Il remonta en voiture et Gareth, après avoir replié le marche-pied, ferma la portière. Avant même que Mr Mason n'ait le temps de dire un mot de plus, Cyclope avait déjà fait repartir le cheval, et le carrosse s'éloignait du trottoir. Le pauvre homme resta là, bouche bée, ses yeux allant de Mr Glass à moi. Il était devenu un peu pâle, ce qui n'avait pas échappé à sa femme. Elle lui prit le bras, mais il ne sembla pas remarquer sa présence.

J'agitai la main pour dire au revoir à Catherine à travers la vitre en tâchant de ne pas lui montrer combien j'étais nerveuse. À en juger par son expression, elle l'était bien assez pour nous deux.

Mr Glass décala ses jambes pour qu'elles ne touchent pas mes jupes.

— J'espère que vous avez pu vous reposer, Miss Steele. Nous avons du pain sur la planche, ce matin.

— Il y a plusieurs horlogers situés sur Oxford Street et aux alentours, lui dis-je. Cyclope peut rester près de Marble Arch, et nous finirons à pied. Mais cela va nous prendre plus que la matinée. Comme vous l'avez dit, nous avons du pain sur la planche.

Il s'accouda sur le rebord de la fenêtre en se passant le dos du doigt sur les lèvres, pensif. Des ombres dansaient au fond de ses yeux fatigués.

— Nous pourrons revenir cet après-midi après le déjeuner.

— Il y a d'excellents bistrots dans le quartier. Nous pourrons déjeuner dans l'un d'entre eux et reprendre nos recherches immédiatement.

— Je préfère prendre une heure ou deux pour rentrer chez moi.

J'allais protester – personne n'a besoin d'aussi longtemps pour déjeuner –, mais je me ravisai. Peut-être les Américains avaient-ils l'habitude de prendre leur temps pour manger à midi. Je n'étais pas en position de le contredire, puisqu'il me payait. Et je n'avais pas non plus à lui demander pourquoi il était aussi fatigué ce matin, même si ma curiosité allait sans doute finir par m'y pousser à un moment ou un autre de la journée.

— Comme vous voudrez, Mr Glass, dis-je. Mais nous avons un grand nombre d'horlogers à aller voir, et j'aurai besoin d'un peu de temps pour moi.

— Pour faire des emplettes ?

— Pour aller me renseigner auprès de bureaux de placement, et trouver une pension qui loue des chambres.

Il haussa les sourcils.

— Vous ne restez pas chez les Mason ?

Il aurait bien fallu que je lui dise que ce n'était pas là qu'il faudrait venir me chercher demain matin, mais j'hésitai tout de même. Finalement, je n'y parvins qu'en évitant son regard.

— J'ai déjà bien assez dérangé les Mason, je ne veux pas m'imposer plus longtemps.

Il garda le silence un long moment pendant lequel, sentant son regard sur moi, je feignis de m'intéresser à la vue qui défilait à la fenêtre.

— Vous pouvez loger chez moi tant que vous travaillerez pour moi, dit-il finalement.

Je sursautai et ramenai brusquement les yeux vers lui. Je ne savais pas quoi dire, chose qui m'arrivait rarement.

Il sourit, faisant s'emballer mon cœur qui battait déjà à toute allure.

— Eh bien ? demanda-t-il, voyant que je ne répondais rien.

— Je… Je… Je…

J'avais l'air d'une idiote, mais je ne trouvais aucun prétexte pour refuser. Vivre sous le même toit qu'un étranger qui était potentiellement un brigand ? Ce serait de la folie.

— Je ne devrais pas. Ce ne serait pas convenable.

— Vous n'avez pas l'air en situation de pouvoir vous soucier des convenances.

Comme je me récriais encore, il haussa simplement les épaules.

— Je me trompe ?

— N-non, répondis-je d'un ton hésitant, mais c'est impoli d'en faire la remarque à une femme qui est en difficulté financière.

— Je vous fais mes excuses. Les règles de politesse sont nombreuses, ici. Je ne les connais pas encore toutes.

— Vous êtes pardonné.

— Dois-je comprendre que vous refusez ma proposition ?

Je devrais confirmer sans hésitation. Insister pour trouver un logement par mes propres moyens.

Mais ce serait merveilleux de ne pas avoir à m'en inquiéter cette semaine. Et en vivant sous le même toit que Mr Glass, je pourrais plus facilement l'espionner et savoir la vérité. Si je verrouillais ma porte la nuit et si je dormais avec un couteau sous mon oreiller, je ne risquerais sans doute rien. Et d'ailleurs, l'article de journal ne disait pas que le hors-la-loi attaquait les femmes ; il avait seulement volé des chevaux et dévalisé des diligences – si on oubliait le meurtre, bien sûr. Je n'avais aucun objet de valeur à voler, et je n'étais pas shérif. Si je découvrais un lien entre lui et l'homme décrit dans les journaux, je n'en parlerais qu'à la police, sans le laisser deviner un seul instant que j'avais des soupçons.

— J'accepte de venir chez vous, à condition d'être logée dans les quartiers des domestiques, et que vous disiez à tout le monde que je suis votre intendante ou votre femme de chambre, dis-je.

— J'emploie des femmes de ménage à la journée, je n'ai pas de femmes de chambre. Ma cousine m'a accompagné dans mon voyage, et elle habite avec moi. La présence d'une autre femme vous met-elle plus à l'aise ?

— Oui.

— Dans ce cas, considérez que vous logez pour le moment à Park Street, au numéro seize. C'est à Mayfair.

La vitesse avec laquelle cette décision avait été prise était étourdissante. Il me fallut quelques instants pour prendre conscience que, pendant une semaine, j'allais vivre comme une duchesse dans l'un des quartiers les plus huppés de Londres. Lorsque j'en eus vraiment conscience, je dus me mordre l'intérieur de la lèvre pour dissimuler mon sourire.

Mr Glass, lui, ne cachait pas le sien.

— C'est une belle maison, dit-il d'un ton malicieux. Un peu plus grande que ce à quoi je suis habitué, mais elle me plaît.

— Merci, dis-je. C'est très aimable à vous. Oh, mais j'y pense…

J'ouvris mon réticule pour en sortir son mouchoir.

— Merci pour ce mouchoir. Sans lui, je ne sais pas où je serais.

— Ravi d'avoir pu vous être utile.

Il avait une façon de le dire qui ne me poussait pas à m'apitoyer sur mon sort. Au contraire, j'avais l'impression que c'était moi qui lui avais fait une faveur en acceptant son offre d'emploi. C'était peut-être un peu le cas. Les seules autres personnes capables de lui indiquer tous les horlogers de la ville avaient déjà une occupation rémunérée à plein temps et ne seraient pas disponibles pour une tâche aussi prenante.

Il empocha le mouchoir et, en reculant sa main, fit un geste pour toucher la poche de son manteau comme il l'avait fait à plusieurs reprises la veille, avant de se reprendre. Il me jeta un coup d'œil et me sourit, mais je n'étais pas dupe. Il cherchait à voir si je m'en étais aperçue. Je lui rendis son sourire en faisant mine de n'avoir rien remarqué.

Cyclope arrêta la voiture sur le bas-côté près de Marble Arch et Mr Glass m'aida à descendre.

— Pas plus de trois heures, lui lança Cyclope. Monsieur.

Mr Glass balaya sa remarque d'un vague geste de la main et attendit sur le trottoir que la circulation se fasse moins dense. Au bout d'un moment, je pris la parole :

— Profitons de cet espace pour tâcher de traverser.

Tenant mon chapeau d'une main et relevant mes jupes de l'autre, je traversai Oxford Street en courant, Mr Glass à mes côtés.

— Y a-t-il autant de passage là d'où vous venez ? lui demandai-je lorsque nous passâmes devant la boutique d'un marchand de tissu où une soie rouge exquise était exposée de façon à accrocher le mieux possible la lumière du matin.

— Non, dit Mr Glass.

Sa réponse laconique me fit détacher les yeux de la soie. Je mis un moment à réaliser qu'il éviterait de m'en dire trop sur lui-même s'il était un bandit. Cette pensée m'électrisait autant qu'elle m'inquiétait.

— Vivez-vous en ville, ou dans un village ? insistai-je néanmoins.

— En ce moment, une grosse bourgade, mais j'ai vécu un peu partout à travers le monde.

— Vraiment ? Où cela, exactement ?

— En France, en Italie, en Prusse, et maintenant en Amérique.

— Où cela, en Amérique ?

— Ici et là.

Il fit un écart pour éviter un jeune garçon qui portait sur son épaule une caisse vide et attendit que je le rattrape. Il réduit l'allure pour me permettre de rester à sa hauteur.

— Vous avez mentionné un endroit au Nouveau-Mexique, poursuivis-je. Broken Creek, je crois ?

— Oui.

— Combien de temps avez-vous habité là-bas ?

— Je n'y ai pas habité.

— Où habitiez-vous, alors ?

— Vous posez beaucoup de questions, Miss Steele.

— Je suis d'un naturel curieux, mais si je dois vivre sous votre toit, cela me mettrait plus à l'aise de vous connaître mieux.

Voilà. Comme ça, je ne risquais pas d'éveiller ses soupçons en fourrant mon nez dans sa vie privée, j'avais simplement l'air prudente.

— On dirait que nous sommes arrivés à notre première destination, dit-il en désignant d'un signe de tête l'enseigne qui surplombait une porte quelques boutiques plus loin. Il ne voulait pas me répondre, ça ne faisait aucun doute.

La boutique de Mr Thompson ressemblait un peu à celle de mon père ou celle de Mr Mason, bien que légèrement plus petite. Les loyers étaient plus élevés sur Oxford Street, et il n'y avait pas la place d'installer un atelier à l'arrière. Il se trouve que je savais que Mr Thompson ne fabriquait plus de montres ni d'horloges, mais vendait celles qui étaient produites dans les manufactures de Clerkenwell.

Mr Thompson leva les yeux de la vitrine où il était en train de disposer des montres et sourit à Mr Glass. Il se tourna vers moi et son sourire disparut.

— Miss Steele ! Que faites-vous ici ?

Il recula et fit le tour du guichet pour le placer entre lui et moi.

— Bonjour, Mr Thompson, dis-je en m'approchant du comptoir.

Il s'écarta sur le côté, s'éloignant de moi. Je le suivis, mais il se recula encore, faisant mine de s'affairer sur une sélection de chaînes pour montres disposées sur un tapis en velours. Il me lança un regard en coin. Cela faisait deux ans que je n'avais pas vu Mr Thompson, et il était clair que je n'avais pas changé, autrement il ne m'aurait pas reconnue. Il s'était montré aimable avec moi à l'époque, alors pourquoi se comportait-il aussi étrangement aujourd'hui ?

— Voici Mr Glass, dis-je. Il est à la recherche d'un certain horloger qui est allé en Amérique il y a environ cinq ans.

Mr Thompson leva les yeux sur Mr Glass et le salua d'un signe de tête.

— Il doit être plus âgé que vous, Mr Thompson, précisa Mr Glass. Connaissez-vous des horlogers qui sont allés en Amérique à cette époque ? Il doit être très âgé maintenant. Votre père, peut-être ?

Mr Thompson, qui avait à peu près l'âge de mon père, secoua la tête.

— Mon père fabriquait des cierges, pas des montres. Et je ne connais personne qui soit allé en Amérique. Souhaitez-vous acheter une montre neuve, Monsieur ? Ou une pendule ?

— Pas aujourd'hui.

Mr Thompson s'éclaircit la gorge, me regarda, moi, puis la porte, d'un air sans équivoque. Il n'aurait pas pu être plus clair s'il avait hurlé *Dehors !* à pleins poumons.

Je quittai la boutique d'un pas décidé, suivie de Mr Glass. Je m'interrogeai sur les raisons d'un accueil aussi froid jusqu'à notre arrivée chez l'horloger suivant, qui occupait une échoppe exiguë à peine plus large qu'une porte, coincée entre celle d'un bijoutier et celle d'un marchand de tabac.

Mr Baxter, le propriétaire, avait été un ami de mon père, et l'un des rares à assister à son enterrement, même s'il n'était pas resté après la cérémonie. Je m'attendais au moins à un accueil amical et chaleureux, car c'était un homme aussi exubérant que généreux, avec une personnalité aussi forte que sa silhouette en forme de barrique. Pourtant, il resta lui aussi derrière son comptoir pour me parler, comme si c'était un bouclier derrière lequel se cacher en cas de besoin. Contrairement à Mr Thompson, Mr Baxter évitait mon regard et semblait très mal à l'aise, une attitude à laquelle je ne me serais jamais attendue de sa part.

Nous lui posâmes nos questions, il y répondit brièvement, et Mr Glass et moi repartîmes sans plus de chances de retrouver ce fameux Chronos. Il nous fallut traverser Oxford Street pour gagner la boutique suivante sur ma liste : moi qui appréhendais déjà de m'y rendre auparavant, je ne le redoutais que davantage à présent, après avoir été reçue de manière si étrange par Mr Thompson et Mr Baxter. Je ne pouvais même pas décrire leur accueil comme glacial. C'était comme s'ils se méfiaient de moi. Ils s'attendaient peut-être à ce que je leur reproche d'avoir refusé de me laisser rejoindre la Guilde. Après tout, ils avaient voté contre mon admission, à l'instar des autres membres.

Mais c'était l'horloger suivant sur ma liste qui avait refusé ma candidature avec le plus de véhémence, à en croire ce qu'avait raconté Père en rentrant chez nous, le soir du vote. Mr Abercrombie était le président de la Guilde, une position qu'il occupait depuis plusieurs années parce que personne n'osait jamais s'opposer à lui. Son père, en même temps que sa boutique, lui avait légué une fortune qui lui permettait d'acheter ce qu'il y avait de meilleur en termes d'instruments et de matériaux. La Reine avait acheté une horloge à son père trente ans plus tôt, ce qui assurait à Mr Abercrombie une réputation qui suffisait à lui garantir des revenus confortables. Il se vantait à présent de fournir des princes et des lords, et il avait quatre employés qui travaillaient pour lui, rien que dans sa boutique. Il avait une grande influence au sein de la Guilde, et tous les autres membres se pliaient à ses désirs. S'il ne voulait pas qu'un horloger en fasse partie, celui-ci ne serait pas accepté. Tous les membres votaient comme Mr Abercrombie le leur conseillait. Et si un horloger ne pouvait pas faire partie de la Guilde, il ne pouvait pas légalement vendre de montres en Angleterre. C'est la raison pour laquelle mon père avait été si contrarié que ma candidature soit refusée – et c'est pourquoi il avait légué sa boutique à Eddie au lieu de me la laisser. Eddie étant un homme, il avait été accepté.

La boutique *Abercrombie, Montres et Horloges de Qualité* était trois fois plus grande que celle de Mr Thompson, et elle était bien en vue à l'angle de la rue. Mr Glass me tint la porte, mais je déclinai d'un signe de tête.

— Entrez poser vos questions sans moi, lui dis-je. Ma présence n'est pas nécessaire.

Il se retourna pour regarder la boutique de Mr Baxter, de l'autre côté de la rue, fronça légèrement les sourcils, puis hocha la tête.

— Très bien.

J'observai la scène à travers la vitrine. La silhouette élancée de Mr Abercrombie se tenait au milieu de sa boutique, les mains dans le dos. Avec sa moustache huilée et son binocle perché au bout de son nez, il avait l'air aussi respectable que n'importe lequel de ses clients les plus distingués. Il ordonna à l'un de ses employés de prendre le chapeau et le manteau de Mr Glass, mais celui-ci refusa. Il dit quelques mots, et Mr Abercrombie prit un air perplexe. Il lui répondit, sans doute pour proposer à Mr Glass d'examiner cette montre si unique. Bien qu'il ait le dos tourné, je vis Mr Glass pousser un soupir. Il devait en avoir assez d'entendre sans cesse la même chose.

De ses mains ouvertes, Mr Abercrombie lui montra toutes ses superbes marchandises. Mon regard suivit son geste, et je ne pus détacher mes yeux de la magnifique horloge sur pied en acajou à cadran de cuivre qui se trouvait derrière le comptoir. C'était vraiment une pièce spectaculaire.

Mon regard fut attiré par un mouvement, et soudain, Mr Abercrombie passa la porte en trombe. Il m'attrapa par le bras avant que j'aie le temps de m'enfuir.

— C'est bien vous !

Il me toisa par-dessus son binocle. Si la haine qui brillait au fond de ses yeux ne suffit pas à me faire reculer, son haleine fétide y parvint.

— Que faites-vous là, Miss Steele ?

Je déglutis et tentai de me dégager, mais il me serrait le bras comme dans un étau.

— Je suis venue en simple cliente, Mr Abercrombie. Je vous en prie, lâchez-moi ou je crie.

— Allez-y, criez. Je dirai à tout le monde que vous êtes venue me voler.

Je poussai un cri de stupeur.

— Pourquoi feriez-vous une chose pareille ? Pourquoi me haïssez-vous autant ?

Pour toute réponse, il enfonça plus profondément ses doigts dans mon bras. Je grimaçai de douleur en sentant ses ongles me labourer la peau à travers ma manche.

— Lâchez Miss Steele, gronda une voix grave derrière Mr Abercrombie.

Je n'avais pas vu Mr Glass sortir de la boutique, mais il venait de surgir derrière l'épaule de l'horloger, le front marqué d'un pli mauvais, les yeux plus noirs qu'un ciel lourd d'orage.

— Vous la connaissez ? demanda Mr Abercrombie sans desserrer son étreinte. Qu'est-ce à dire ? Que se passe-t-il ?

— Je vous ai dit de la lâcher. *Tout de suite.*

Si j'étais Mr Abercrombie, et si Mr Glass m'avait parlé sur un ton aussi menaçant, j'aurais obtempéré, et vite. Mais pas Mr Abercrombie.

— Dites-moi ce que vous voulez vraiment, ou je l'accuse de vol, dit-il.

— Vous ne pouvez pas m'accuser de vol, je n'ai rien qui vous appartienne, rétorquai-je. Laissez-moi partir, Mr Abercrombie. Vous me faites mal.

Et pour cause : il me coupait la circulation du sang dans l'avant-bras et la main. Je sentais un fourmillement dans mes doigts.

Mr Abercrombie m'attira contre lui et, avec un rictus, il glissa quelque chose dans ma poche. Je n'avais pas besoin de regarder pour deviner que c'était une montre.

— Voleuse ! cria Mr Abercrombie. Envoyez chercher un agent ! J'ai attrapé une voleuse.

CHAPITRE 4

Ce cri de Mr Abercrombie fit réagir tous les commerçants de la rue et leurs clients. Une femme se mit à hurler, une autre serra son petit enfant contre ses jupes, des portes claquèrent. Trois hommes se ruèrent cependant sur nous. L'un d'eux, un boucher, à en juger par son tablier maculé de sang, brandissait un couteau.

— Je ne suis pas une voleuse ! m'écriai-je en tentant désespérément de me dégager de l'étreinte de Mr Abercrombie.

Ses lèvres se retroussèrent en un rictus mauvais que Mr Glass fit disparaître d'un coup de poing.

L'horloger écarta les doigts et me lâcha. Il tituba de côté avec un gémissement de douleur en se tenant la mâchoire. Sans me laisser le temps de reprendre mes esprits et de rassembler mes jupes, Mr Glass m'attrapa la main et m'entraîna à sa suite dans une course effrénée. Son autre main était pressée contre son manteau, par-dessus sa poche intérieure.

— Arrêtez-les ! Au voleur ! rugit quelqu'un derrière nous.

Je n'osai pas me retourner. J'avais déjà bien assez de mal à suivre Mr Glass qui esquivait ceux qui essayaient de nous bloquer le passage et les autres obstacles sur notre chemin. Cependant, nous avions beau courir à toutes jambes, les voix derrière nous ne se laissaient pas distancer.

Et je ne pouvais pas aller plus vite. À cause de ce maudit

50

corset, il m'était impossible d'inspirer à fond. Ma poitrine me brûlait, j'avais besoin d'air. J'avais l'impression que mon visage allait exploser de chaleur, et j'avais la gorge serrée. Pourtant, je n'osais pas lui demander de ralentir. Si l'on nous rattrapait, j'irais en prison, et Dieu sait quand j'en sortirais. Les prisons de Londres étaient un véritable enfer grouillant de poux et de toutes sortes de maladies.

Les piétons et les obstacles se faisaient plus rares à mesure que nous nous éloignions des rues commerçantes. Nous nous retrouvâmes dans une ruelle étroite où s'alignaient des écuries derrière les maisons luxueuses de Mayfair. Du haut de leurs fiacres vides, des cochers regardèrent les hommes qui nous poursuivaient toujours, mais ils ne s'arrêtèrent pas pour leur prêter main-forte.

Un garçon d'écurie s'avança devant nous au milieu de la rue, les poings levés. Mr Glass aurait pu facilement repousser ce petit teigneux, mais il fit un écart sur sa gauche pour passer sous une arche – qui débouchait sur une cour sans aucune autre issue.

Il poussa un juron avec un fort accent américain, s'écriant que Londres était plus déroutante qu'une « ruche construite par des abeilles saoules ». Je lui aurais reproché d'utiliser un pareil langage si je n'avais pas été à bout de souffle. Et en l'occurrence, je devais lutter pour chacune des bouffées d'air que j'inspirais. Les bords de mon champ de vision commençaient également à s'obscurcir, et je dus lui serrer fermement la main pour rester d'aplomb. Une part de moi était soulagée de s'arrêter, mais je savais que cela voulait dire que c'était fini. Nous étions pris au piège.

Le boucher et deux autres se tenaient sous l'arche, arborant un sourire carnassier.

— On vous tient, maintenant, gronda le boucher.

Avec son tablier maculé de sang et son couteau gigantesque à la main, il avait l'air prêt à nous débiter comme des pièces de viande.

— Retournez d'où vous venez, et personne ne sera blessé, dit Mr Glass de la même voix grave et impérieuse avec laquelle il avait parlé à Abercrombie. Elle n'eut pas plus d'effet sur eux que sur lui. Le boucher et ses acolytes s'approchèrent d'un pas décidé.

Je reculai contre un mur de briques, Mr Glass à mes côtés.

— Pouvez-vous courir ? me murmura-t-il.

Je n'avais pas encore repris mon souffle et j'avais de petites étoiles qui dansaient devant mes yeux, mais je hochai la tête. Il fallait que je coure. Je n'avais pas d'autre choix.

— Je vais les distraire pendant que vous filerez, dit-il. Rasez le mur et tournez l'angle jusqu'à l'arche. Puis prenez à gauche, et ensuite à droite. Attendez-moi là-bas.

Je lui pressai la main en espérant qu'il comprendrait que je voulais lui demander comment il comptait faire pour me retrouver alors que trois hommes lui bloquaient la route. Mais il ne comprit pas le sens de mon geste, et se contenta de me pousser de côté, loin du danger.

Le boucher et l'un de ses amis se rapprochèrent de Mr Glass. Le troisième homme s'avança vers moi pas à pas. Il avait le visage et les cheveux trempés de sueur, et la respiration haletante. Il fixait sur moi des yeux que je n'avais encore jamais vus chez personne : ils étaient vitreux, le regard vide, les pupilles tellement dilatées qu'on n'en voyait presque plus le blanc. Il semblait indifférent à la lutte qui s'engageait tout près de lui, et totalement concentré sur moi. Ça n'aurait servi à rien d'essayer de lui expliquer qu'il y avait erreur. Je ne pouvais pas raisonner avec une personne en proie aux fièvres de la démence.

Je reculai en chancelant, mais parvins par miracle à garder l'équilibre. Les bras ouverts de part et d'autre de son corps, il avança sur moi en se léchant les lèvres. Je pouvais essayer de faire le tour comme l'avait suggéré Mr Glass, mais je ne serais pas assez rapide. Il fallait que je l'affronte, et que je trouve le moyen de l'emporter physiquement sur lui.

La meilleure solution, c'était de lui faire un croche-pied. Avec un peu de chance, il serait emporté par son élan et finirait sa course dans le mur qui était derrière moi. Pour ce faire, il fallait que je l'incite à s'approcher de moi en courant.

Je rassemblai mes jupes et fis un bond vers la gauche. Avec un rictus triomphant, il se rua sur moi. Je courus un peu en regardant par-dessus mon épaule. Lorsqu'il fut presque à mon niveau, je me jetai de côté en tendant le pied.

Il tomba, mais sans se cogner dans le mur. Je n'attendis pas de voir s'il se relevait. Je me précipitai sous l'arche et tournai à gauche, puis à droite, et me plaquai le dos contre un mur, emplissant péniblement mes poumons d'autant d'air que je le pouvais.

Quelques instants plus tard, j'entendis quelqu'un arriver en courant. Je me préparai à tendre à nouveau mon pied, mais c'était Mr Glass. Il tenait le couteau du boucher. Sans un mot, il me reprit la main et je le suivis, dévalant la rue à toutes jambes.

Plus personne ne nous suivait. Je n'entendais aucun bruit de pas derrière nous, seulement le son de ma respiration – pas la sienne – et les roues des voitures qui résonnaient au loin. Sans Mr Glass pour me tenir par la main, je me serais cognée partout. Les étoiles que j'avais devant les yeux étaient devenues des taches noires. C'est à ce moment-là, alors que nous tournions dans une autre rue, que mon épaule heurta un mur.

Je trébuchai et fus rattrapée de justesse par Mr Glass. J'avais la tête qui tournait et je le distinguais à peine à travers ce brouillard noir. Je me sentis tomber et atterrir sur le pavé. À moins qu'il ne m'y ait allongée. Je n'étais plus sûre de rien, sinon qu'il fallait que je respire, ou je risquais de perdre complètement connaissance.

— Déboutonnez votre gilet, m'ordonna Mr Glass.

Je tentai d'articuler *Pardon ?* mais le seul son qui sortit de ma bouche fut un hoquet étranglé.

— Déboutonnez votre gilet. Et la robe aussi.

Comme je me contentais de fixer sa silhouette floue d'un regard vide en espérant que cela suffirait à lui faire comprendre combien cette demande me scandalisait, il fit claquer sa langue d'un air agacé. Il ouvrit mon gilet de ses doigts forts et adroits. Je tentai de les repousser d'une tape, mais sans effet.

M'ayant débarrassée de mon gilet, Mr Glass s'attaqua ensuite à la rangée de boutons qui fermaient ma robe. Ils se révélèrent plus difficiles à déboutonner rapidement et, renonçant à la déli-catesse, il finit par tirer dessus en grondant. Les boutons volèrent dans toutes les directions, atterrissant un peu partout sur le trottoir autour de moi.

— Je m'excuse, Miss Steele, mais si vous ne respirez pas, vous allez vous évanouir. Ou mourir.

Il devait avoir retiré ses gants à un moment ou un autre, parce que ses doigts nus frôlèrent le renflement de mes seins au-dessus de mon corset.

Ma poitrine se contracta un peu plus. De fines veines de chaleur parcoururent ma peau en partant de l'endroit où s'étaient attardés ses doigts. Je toussai et il se mit en devoir de desserrer le laçage au dos de mon corset. Une délicieuse bouffée d'air s'engouffra dans mon corps, gonflant ma poitrine comme un ballon. J'inspirai à plusieurs reprises jusqu'à ce que le voile noir disparaisse progressivement et que mon vertige se dissipe, remplacé par une conscience aiguë de l'homme accroupi devant moi – la peau lisse de ses joues, la chaleur de son souffle, les paillettes d'or dans ses yeux qui continuaient de m'observer, emplis de sérieux et d'une autre émotion que je ne parvenais pas tout à fait à déchiffrer.

Son pouce caressa ma peau tout près de mon sein. Une partie de moi avait envie que sa main poursuive son exploration, me touche partout, et aurait voulu sentir ses bras autour de moi. À l'idée de nos cœurs battant l'un contre l'autre à l'unisson, le mien recommença à s'emballer, mais cette fois-ci, l'essoufflement n'y était pour rien.

Ces pensées étaient une pure folie. De toute évidence, tous ces efforts intenses m'étaient montés à la tête.

— Merci, Mr Glass.

Ma voix était à peine plus qu'un murmure.

Il cligna des yeux rapidement, puis retira ses mains. Sa chaleur fut aussitôt remplacée par de l'air frais, mais je sentais encore l'empreinte de ses mains sur ma peau.

— Êtes-vous en état de continuer ?

— Je ne vais pas m'évanouir, mais il va falloir que je rajuste ma tenue.

Je mis immédiatement les mains derrière mon dos pour relacer mon corset.

— Bien entendu.

Il ramassa mes boutons et mon réticule, que j'avais dû faire tomber dans ma chute.

— Je suis vraiment navré pour…

Il s'éclaircit la gorge.

— Pour tout.

— Vous êtes tout pardonné, mais si je vous entends en parler à qui que ce soit, non seulement je nierai tout, mais en plus, je viendrai au milieu de la nuit pour vous castrer dans votre sommeil.

Il partit d'un léger rire.

— Inutile d'en arriver à de telles extrémités. J'étais prêt à vous donner ma parole d'honneur.

J'ignorais quelle valeur pouvait bien avoir la parole d'honneur d'un hors-la-loi, mais je gardai cette remarque pour moi. Il venait de me sauver, après tout.

Il fit tomber les boutons dans mon réticule tandis que je rajustais de mon mieux ma veste par-dessus ma robe déboutonnée. En relevant les yeux, je le surpris en train de tâter sa poche. Quand il vit que je le regardais, il s'arrêta et ramassa ses gants, ainsi que le couteau du boucher. Il me tendit sa main et nous nous relevâmes tous les deux.

Il détourna brusquement la tête en portant les mains à ses tempes, mais j'eus tout de même le temps de voir qu'il était devenu blanc comme un linge.

— Tout va bien, Mr Glass ? lui demandai-je. En avez-vous trop fait, vous aussi ?

— Je vais bien. Inutile de vous affoler.

— Ce n'est pas s'affoler que de poser une simple question sur votre état de santé, surtout quand je vois comme vous êtes pâle.

Il poussa un soupir agacé.

— Je vais bien. Allons-nous-en. Nous ne devrions pas traîner.

Il me tendit mon réticule et glissa le couteau dans la ceinture de son pantalon.

— Mais nous n'avons pas besoin de courir. Je pense que nous sommes plus près de chez moi que de Cyclope et de Marble Arch, alors allons-y directement.

— Savez-vous comment rejoindre Park Street d'ici ? lui demandai-je.

— Oui.

— Vous êtes déjà venu dans ces rues ?

Étant donné que nous étions entourés d'écuries, de stalles et de locaux consacrés à l'entretien des attelages et des chevaux, j'avais quelques doutes. La plupart des gentlemen ne prenaient pas la peine de venir ici.

— J'ai un excellent sens de l'orientation. Il faut prendre par là.

Ne connaissant pas bien Mayfair, je me laissai guider. Il était toujours pâle, hormis les cernes noirs qui étaient apparus sous ses yeux. À peine un instant plus tôt, il avait l'air en pleine forme, aussi doutai-je que ce soit notre face-à-face avec le boucher qui l'ait mis dans cet état. Il avait plutôt l'air de quelqu'un qui n'aurait pas bien dormi depuis plusieurs jours.

— Avez-vous mis ces hommes en fuite après avoir pris son couteau au boucher ? demandai-je en jetant un coup d'œil derrière nous.

Je n'entendais personne nous suivre.

Après quelques pas, il me répondit :

— Ils n'étaient pas en état de nous suivre.

Je poussai un cri de stupeur.

— Vous leur avez fait du mal ?

Il me lança un regard en biais.

— Est-ce important ?

— Je… Je ne sais pas. Ce n'étaient que d'honnêtes gens innocents qui essayaient d'arrêter ce qu'ils prenaient pour des voleurs.

Et ils étaient trois, alors qu'il était tout seul. *Comment* avait-il pu les battre ?

— Ils essayaient de se faire justice eux-mêmes. Les individus de ce genre ne sont jamais innocents, et rarement honnêtes.

— Dans votre pays, peut-être.

Il continua de marcher sans ralentir, et je crus que la conversation allait en rester là, quand il ajouta :

— Ils se seraient donné du bon temps avec vous avant de vous livrer aux autorités, Miss Steele.

— Qu'en savez-vous ?

Mais à l'instant même où je prononçai ces mots, je sus qu'il avait raison. Je l'avais vu dans les yeux de celui qui s'était avancé vers moi. Je frémis et ramenai mes bras contre ma poitrine.

— Merci encore de m'avoir aidée à leur échapper.

— Ce n'est pas la peine de me remercier.

— Mais si. Et je suis désolée que vous ayez été impliqué.

— Vous n'auriez pas été là si je ne vous avais pas emmenée. C'est aussi ma faute.

Sa logique était un peu bancale : il ne pouvait pas savoir comment j'allais être reçue.

— Je ne comprends toujours pas ce qui a poussé Mr Abercrombie à faire une chose pareille. Pourquoi m'a-t-il accusée de vol ?

— C'est ce que je voudrais bien savoir, marmonna-t-il, si bas que je faillis ne pas l'entendre.

— Cela faisait des années que je ne l'avais pas vu, et toute cette histoire avec la Guilde s'est terminée en sa faveur. C'est moi qui devrais être en colère, pas lui.

— Il va falloir m'expliquer ce système de guilde lorsque nous serons arrivés chez moi. Ce n'est pas la première fois que vous en parlez.

Nous nous engageâmes dans Park Street et regardâmes d'un bout à l'autre de la rue avant d'avancer.

— Heureusement que personne ne vous connaît, ici, dis-je. Sans quoi, la police serait déjà en train de frapper à votre porte.

Tant que je logerais avec Mr Glass et que j'éviterais Oxford Street, je n'aurais rien à craindre, mais une fois que notre collaboration serait terminée, j'allais devoir faire attention. Les Mason ne croiraient pas Abercrombie s'il m'accusait de vol, mais je voulais éviter de les impliquer dans la mesure du possible.

— J'espère que Mr Abercrombie ne va pas se mettre en tête de me retrouver pour donner suite à cette ridicule accusation de vol.

— Je me charge d'Abercrombie, dit Mr Glass.

— Comment allez-vous vous en charger ?

— Laissez-moi faire.

Devais-je comprendre qu'il comptait faire du mal à Abercrombie ? Ou le menacer, selon les coutumes du Far West ?

Je n'eus pas l'occasion de lui reposer la question. Nous avions atteint le numéro seize, une demeure luxueuse en briques rouges et couleur crème qui se découpait contre le ciel gris. Je jetai un regard par-dessus la grille en fer noire qui bordait l'escalier menant à l'entrée de service. Les volets étaient baissés et ne laissaient filtrer aucune lumière. Ce n'était probablement pas le jour où passait la femme de ménage.

Mr Glass toqua à la porte d'entrée, et un valet vint ouvrir, ou peut-être un majordome. Je n'aurais su le dire, parce qu'il ne sortit que sa tête par l'entrebâillement de la porte, comme s'il cherchait à cacher le reste de son corps.

— Ah, ça va, c'est t… C'est vous, dit l'homme en ouvrant plus grand la porte. Tant mieux. Je suis pas encore habillé comme il faut.

— Et pourquoi ? demanda Mr Glass. Il est presque midi. Et si quelqu'un était venu sonner ?

— C'est pas arrivé.

— Mais ça aurait pu.

Il s'écarta pour me laisser passer.

L'homme, vêtu seulement d'un pantalon, d'une chemise et d'un gilet, se redressa de toute sa hauteur. Il était à peine plus grand que moi, trapu, avec un visage carré et un nez qui semblait avoir été cassé. Il me détailla de la tête aux pieds de ses petits yeux qui étincelaient comme deux saphirs. J'avais plus que jamais conscience de ma robe déboutonnée sous mon gilet.

— Alors, c'est elle ? demanda-t-il avec un accent semblable à celui de Cyclope.

— Oui, c'est Miss Steele. Miss Steele, je vous présente Duc, mon majordome. Ou mon valet.

— Les deux, peut-être ? suggérai-je avec un sourire. Enchantée, Mr Duc. Est-ce votre prénom, votre nom de famille, ou votre titre ?

— Juste Duc, grommela-t-il. Drôle d'idée, de l'avoir ramenée ici.

— Les majordomes et les valets n'ont pas à donner leur opinion, dit Mr Glass en passant devant lui.

Avec un autre grondement, Duc me lança un regard en coin sous ses épais sourcils.

— Miss Steele va rester ici jusqu'à ce qu'elle ait terminé son travail pour moi.

— Mais…

— Il n'y a pas à discuter, le réprimanda Mr Glass. C'est compris ? Pas un mot.

Duc se le tint pour dit, mais il ne tarda pas à reprendre la parole.

— Tu… Vous avez l'air sur les rotules, patron.

Il me lança un nouveau coup d'œil, plus précisément en direction de ma poitrine. Je n'avais pas resserré mon corset, et ma robe était toujours débraillée sous mon gilet. Il s'en était forcément aperçu.

— Vous étiez censé vous mettre en quête de votre horloger, pas batifoler avec la dame qui est censée vous aider.

— Duc ! se fâcha Mr Glass.

— Ça va, j'ai dit *batifoler*, pas…

— DUC !

Duc gloussa. Je fis de mon mieux pour prendre un air scandalisé, mais j'avais du mal à garder mon sérieux. Mr Glass avait l'air horriblement gêné, et je n'avais jamais vu un domestique employer un ton aussi insolent avec son maître. Je refusais de croire que le simple fait d'être américain suffise à expliquer son comportement. Plus je rencontrais de domestiques de Mr Glass, plus j'étais convaincue qu'il n'était pas vraiment leur employeur ; ce n'était qu'une façade. C'était peut-être leur chef de bande.

À cette idée, mon sourire disparut aussitôt. Je déglutis avec difficulté et croisai de nouveau mes bras sur ma poitrine. Je commençais à me demander sérieusement s'il était sage de passer la nuit dans cette maison. C'était une chose de dormir sous le même toit que Mr Glass en sachant que Cyclope dormait sans doute à l'écurie, mais c'en était une autre de savoir que ce drôle ne serait pas très loin de ma chambre, lui non plus.

— Tu as choqué Miss Steele, dit Mr Glass à Duc. Présente-lui tes excuses.

Voyant que Duc hésitait, Mr Glass sortit le couteau du boucher.

Je poussai un cri étranglé et me couvris la bouche des deux mains.

Duc se contenta de pousser un nouveau grognement.

— Je m'excuse, Miss. Je plaisantais, c'est tout.

Mr Glass lança le couteau à son employé. Duc l'attrapa aisément par le manche.

— Il sera sûrement utile en cuisine, dit Mr Glass.

Duc inspecta la lame.

— Il y a du sang dessus.

— Ce n'est pas le mien ni celui de Miss Steele.

— Y a que vous pour partir poser quelques questions toutes simples, et revenir avec un couteau qui fait la taille de mon avant-bras.

Il scruta attentivement le visage de Mr Glass avant de regarder l'horloge.

— Vous avez l'air épuisé, et il est encore trop tôt pour ça.

— Trop tôt pour quoi ? demandai-je.

— Pour rien, répondirent-ils comme un seul homme.

— Va chercher Cyclope, ordonna Mr Glass à son domestique. Il nous attend à Marble Arch.

Duc eut l'air sur le point de protester, mais il se ravisa. Il prit un chapeau sur la patère et, passant devant nous, il franchit la porte d'entrée.

— À ton retour, tu prépareras une chambre pour Miss Steele, dit Mr Glass. Et veille à t'habiller correctement, dorénavant. Nous avons une invitée.

— À vos ordres, patron, fit Duc avec un salut. Autre chose ? Du thé, des gâteaux, et un horloger pour faire descendre tout ça ?

— De quoi déjeuner. Et arrête de faire le malin. Où est Willie ?

Willie ? Combien de brigands avait-il donc à son service ? Doux Jésus.

— Pas là, répondit Duc. J'en sais rien.

D'un signe de tête, il lui montra l'horloge.

— Vous feriez mieux d'aller… vous reposer. Je m'occupe d'aller chercher Cyclope et de préparer la chambre.

Depuis notre arrivée, c'était la première fois qu'il paraissait sincère, comme s'il lui tenait réellement à cœur que Mr Glass se repose.

Il devait être malade : autrement, un brusque effort n'aurait pas suffi à le mettre dans cet état. Il était encore plus pâle à présent, et les cernes sous ses yeux ressortaient comme des bas-reliefs. Des rides s'étaient creusées sur son front et autour de sa bouche, là où sa peau était encore lisse ce matin.

— Vous avez une mine épouvantable, c'est vrai, lui dis-je une fois Duc parti. Je vous en prie, allez vous reposer. Je vais attendre dans, euh…

Je jetai un coup d'œil vers la porte permettant de quitter le vestibule.

— Dans le salon.

Il m'indiqua la direction de la pièce avec un sourire lugubre.

— Je vous rejoins dans quelques minutes. Mettez-vous à l'aise. Après tout, vous êtes ici chez vous, pour le moment.

Je me dirigeai vers le salon, mais une fois devant la porte, je m'arrêtai. Il monta l'escalier d'un pas lourd, l'échine courbée. Lorsqu'il eut disparu, je le suivis sans bruit en m'assurant qu'aucun autre domestique n'approchait. Mr Glass s'arrêta sur le palier du dernier étage. Il semblait à bout de souffle, comme exténué par cette courte ascension, alors que tout de suite après avoir attaqué nos trois agresseurs, il n'avait même pas eu l'air de transpirer. Souffrait-il de quelque maladie à retardement ?

Tout cela était bien étrange, mais ça ne me regardait pas, et ça n'avait aucun rapport avec la raison pour laquelle je le suivais. Je voulais découvrir où se trouvaient ses appartements privés afin de pouvoir y retourner plus tard pour y chercher des preuves de ses activités en Amérique et de la raison de sa venue en Angleterre. C'était l'occasion idéale. Il était trop mal en point pour remarquer ma présence, et ses domestiques étaient sortis.

Au troisième étage, je jetai un coup d'œil furtif derrière un coin de mur et dus retourner m'y cacher aussitôt. Il s'était arrêté presque au bout du couloir, la main appuyée contre une porte et la tête baissée. Monter ces trois étages l'avait épuisé.

Quand je repassai la tête, je m'attendais à ce qu'il ait disparu derrière la porte, mais il était assis par terre, les jambes tendues devant lui, adossé contre le mur. Il tenait dans la paume de sa main un objet qui luisait, et une chaîne pendait entre ses doigts. On aurait dit un soleil miniature dont les rayons nimbaient sa main d'un halo violet. La lumière se répandait jusque dans sa manche en remontant le long de ses veines, comme je l'avais vue faire la veille dans le carrosse.

Je continuai d'observer la scène, à la fois fascinée et terrifiée par ce phénomène étrange. Mr Glass avait l'air de savoir ce qu'il faisait. Il ne montrait aucun signe de peur. Au contraire, il semblait se gorger des rayons de l'objet et reprendre des forces à vue d'œil. Soudain, sa poitrine se gonfla sous l'effet d'une profonde inspiration, et son visage retrouva ses couleurs. Il n'avait plus l'air exsangue, mais plein de vie à mesure que, sortant de sous son col, la vive lumière remontait dans son cou jusqu'à son menton, ses joues et, enfin, son front. Son visage et ses mains – et peut-être même son corps tout entier – étaient comme une carte où se dessinait tout un réseau de veines flamboyantes.

Inspirant à fond une autre bouffée d'air, il referma d'un coup sec le couvercle de l'objet et la lumière s'éteint. Il le tint par sa chaîne et le glissa dans sa poche intérieure. Même de loin, je vis qu'il s'agissait d'une simple montre en argent.

Mais ce n'était pas une montre ordinaire. Elle en avait peut-être l'apparence, mais ce halo lumineux n'avait rien d'ordinaire.

Mr Glass se releva et disparut sans la chambre. Il ne m'avait pas vue, Dieu merci. Je n'étais pas prête à l'affronter pour lui demander son secret. Car c'était forcément un secret. Sinon, pourquoi ne pas m'en avoir parlé d'emblée, puisque cela avait aussi très certainement un rapport avec l'horloger que je devais l'aider à retrouver ?

— Qui êtes-vous ?

Je sursautai en entendant derrière moi cette voix revêche de femme. Mon cœur faillit exploser dans ma poitrine. Je m'apprêtais à me retourner pour lui faire face, mais elle me saisit par les coudes et m'attira en arrière contre son corps. Elle sentait le tabac et le lilas, un mélange pour le moins curieux.

— Et que faites-vous là, à fouiner ?

CHAPITRE 5

— Lâchez-moi.

Je tentai de lui résister, mais elle était diablement forte pour une femme.

— J'ai déjà été assez immobilisée pour aujourd'hui.

Je voulus lui écraser les orteils d'un coup de talon, mais elle anticipa mon geste et fit un bond en arrière sans pour autant me lâcher.

— J'ai dit : qui êtes-vous, et que faites-vous là, à fouiner ?

Sa voix grave, presque masculine, ainsi que son odeur de tabac me fit me demander si ce n'était pas un homme, après tout.

— Je m'appelle India Steele, et je ne suis pas en train de fouiner. Je suis l'invitée de Mr Glass, et je cherche un cabinet de toilette.

Elle desserra assez son étreinte pour me permettre de me dégager. Je me retournai pour lui faire face, sans trop savoir s'il valait mieux lui sourire ou lui faire des reproches. En fin de compte, je ne pus m'empêcher de la dévisager avec des yeux ronds.

C'était une femme, indiscutablement. Elle avait autant de courbes que moi, et sa silhouette n'avait aucune chance de passer pour celle d'un homme. Et pourtant, elle portait un large pantalon et un gilet d'homme en cuir par-dessus une chemise blanche toute simple. Ses cheveux noirs étaient attachés en un chignon négligé au sommet de son crâne, comme si elle avait dormi comme ça. Même vêtue d'une tenue masculine, elle avait un joli visage ovale malgré son air querelleur et ses lèvres pincées.

— Le cabinet de toilette est par là, dit-elle en m'indiquant d'un bref signe de tête la direction opposée à la chambre de Mr Glass.

— Merci.

J'essayai de la dépasser en me faufilant, mais elle m'attrapa par le bras. Je me dégageai brusquement et la gratifiai d'un regard aussi noir que le sien.

— J'en ai vraiment plus qu'assez de ne pas être libre de mes mouvements, aujourd'hui. Je vous prie de me laisser passer.

Elle se contenta de croiser les bras, solidement campée sur ses jambes.

— Je ne sais pas si je peux, j'aime mieux parler avec Matt d'abord.

— Matt ?

— Matthew. Mr Glass.

Elle l'appelait donc par son prénom, elle aussi. Je supposai que j'aurais dû m'en douter.

Je décidai de changer de stratégie, et lui tendis la main.

— Puisqu'il n'y a personne pour faire les présentations, si nous les faisions nous-mêmes ? suggérai-je avec un sourire.

Son visage se fit plus menaçant encore.

— Je m'appelle India Steele.

— Oui, vous l'avez déjà dit.

— Et vous ? Vous êtes… ?

— Méfiante.

Je retirai ma main tendue.

— Puis-je vous demander pourquoi ?

Son air renfrogné disparut. Elle s'éclaircit la gorge et parut un peu moins sûre d'elle.

— Vous parlez comme une Anglaise de la haute société, mais vous n'en avez pas la tenue.

Je m'abstins de lui rétorquer que pour sa part, elle parlait comme une femme alors qu'elle était habillée en homme. Tant que je ne saurais pas comment elle prendrait ce genre de remarques, mieux valait les garder pour moi. Surtout dans la mesure où j'étais dans une situation quelque peu précaire, sous le toit d'un homme à qui je ne faisais pas confiance.

— Que voulez-vous dire ? lui demandai-je.

— Vous avez comme qui dirait les roberts en liberté.

— Les roberts ?

D'un geste, elle désigna ma poitrine.

— Oh.

Mon visage s'enflamma à nouveau, et je me surpris à croiser les bras sur ma poitrine.

— C'est pour ça que je cherchais un cabinet de toilette. J'ai besoin d'un nécessaire de couture et d'un endroit où je puisse m'isoler.

Elle réfléchit, la bouche tordue sur le côté. Les mains sur les hanches, elle tourna les talons et s'éloigna. Au bout de quelques pas, elle s'arrêta et me regarda par-dessus son épaule.

— Allez, venez.

Je la suivis.

— Merci, Miss…

— Willie Johnson. Appelez-moi Willie, sans le Miss. C'est noté ?

— Euh, oui, vous avez été on ne peut plus claire.

Elle s'arrêta et se retourna brusquement vers moi, son visage tout près du mien.

— Vous êtes en train de vous payer ma tête ?

Je me retins de bafouiller en sentant son haleine qui empestait le tabac.

— Mais non, pas du tout.

J'espérais qu'elle me croirait. Elle avait beau être une femme, je ne me sentais pas plus en sécurité avec elle qu'avec les autres domestiques de Mr Glass. Elle avait l'air plus féroce que Duc.

— Dites-moi, Miss… Dites-moi, Willie, êtes-vous l'intendante de la maison ? Ou la cuisinière, peut-être ?

Elle me regarda en clignant des yeux avant d'éclater d'un rire tonitruant qui m'obligea à reculer pour éviter son haleine.

— La cuisinière ? Moi ? Ça risque pas. Ils préféreraient crever de faim que goûter ma cuisine. Et le ménage, non merci.

Elle renifla et s'essuya le nez sur le dos de sa main. Je

commençais à me demander si elle n'avait pas été élevée dans la nature par des ours.

— Voilà, c'est là.

D'un signe de tête, elle m'indiqua une porte tout près.

Je l'ouvris, mais n'entrai pas.

— Ce n'est pas un cabinet de toilette.

— C'est ma chambre. Enfin, l'une de mes chambres. Matt m'a donné les appartements de la maîtresse de maison, comme il dit, alors que je lui ai bien dit que je n'avais pas besoin d'autant de place.

Elle me fit signe d'entrer la première.

— Mon fil et mes aiguilles sont là-dedans, mais j'ai une meilleure idée.

Je m'exécutai. La pièce était un grand boudoir avec un divan installé sous une fenêtre, une table, deux fauteuils près de la cheminée, une table basse avec des roulettes, un secrétaire et une vitrine d'exposition vide. Le papier peint était dans les mêmes tons vert sauge et crème que le sofa, et le tout était assorti aux minuscules fleurs vertes qui ornaient les rideaux et les coussins. C'était bien trop féminin pour la femme qui se tenait à côté de moi. Cela expliquait peut-être pourquoi cette pièce avait l'air de si peu servir. Et cela se sentait, il y avait une odeur de poussière et de renfermé. Mais pas de tabac, en revanche.

Willie ferma la porte.

— Suivez-moi dans ma chambre et déshabillez-vous, m'ordonna-t-elle en me montrant la porte attenante. Allez, ce n'est pas le moment de jouer les prudes et les grandes dames.

Je la suivis jusqu'à la porte de sa chambre, mais je n'entrai pas. À l'odeur, il était clair que cette pièce-là servait, elle. Un fort parfum de lilas en émanait.

— Je ne joue pas les prudes ; c'est juste que je me demande ce que vous avez en tête.

Willie fouilla dans une immense malle au pied de son lit et en sortit une robe de coton marron avec un col à rabat en dentelle couleur crème. Elle la secoua et la leva pour me la montrer.

— C'est drôlement moche, mais ça vous ira.

Il est vrai que nous faisions la même taille, et bien que cette robe n'ait rien de spécialement joli, elle n'était pas laide pour autant. Elle n'avait pas de fioritures, hormis son large col. Et elle était indubitablement en meilleur état que la mienne, qui avait perdu ses boutons. J'aurais parié qu'elle n'avait jamais été portée.

— Vous me la prêtez ? lui demandai-je.

— Gardez-la. Je ne porte pas de robes ni de corsets, ni rien de féminin. Ça empêche de courir et de porter un étui de revolver sur la hanche.

— C'est vrai, mais c'est le vêtement idéal pour faire un croche-pied.

Elle me dévisagea, le regard vide.

— Sous ces grandes jupes, on ne voit pas vos pieds.

Je lui fis une démonstration.

— Je préfère courir ou me battre.

— Moi aussi, parfois, j'aimerais bien, répliquai-je en poussant un soupir.

Je pris sa robe et elle me laissa seule pour retirer la mienne et la passer. Elle m'allait bien, quoiqu'un peu courte : on voyait mes chevilles. Si ma mère avait été là, elle m'aurait forcée à me changer, mais elle était morte depuis longtemps. Et puis je n'allais pas faire la fine bouche.

J'étais en train d'inspecter ma robe pour vérifier que le tissu n'avait pas été endommagé, quand Willie rentra sans frapper.

— C'est juste une robe, nom d'un chien. Vous en mettez, du temps.

— J'ai terminé.

Willie me détailla de la tête aux pieds.

— Elle est toujours moche, cette robe, mais elle vous va mieux qu'à moi.

— Euh, merci. Enfin, je crois.

— Laissez votre tenue dans mon boudoir, vous passerez la récupérer plus tard. J'imagine que je devrais vous proposer de boire quelque chose, vu que vous êtes notre invitée, tout ça.

— Merci ! Je prendrais volontiers une tasse de thé.

Après toutes mes aventures, je mourais de soif, et maintenant que je me sentais redevenue présentable, j'étais prête à affronter toute la maisonnée autour d'une tasse de thé.

J'espérais seulement que Mr Glass n'allait pas se reposer trop longtemps. J'appréciais sa compagnie, et je me sentais plus à l'aise en sa présence. Ses domestiques – ou quel que soit leur statut – me mettaient les nerfs à fleur de peau.

Willie me raccompagna au salon du rez-de-chaussée et disparut après m'avoir ordonné :

— Restez là.

Ses mots étaient empreints d'une telle autorité que je n'osai pas bouger. Il était évident qu'elle ne me faisait pas confiance.

Et moi, je ne lui faisais pas confiance non plus. Pas plus qu'à aucun d'entre eux.

Mais je prendrai mon mal en patience pour l'instant, et je poursuivrai mon enquête plus tard. Mieux valait éviter qu'on me surprenne encore hors du salon.

Je déambulai dans la pièce, qui était aussi jolie que les appartements de Willie, mais dans des tons bleus et or. Toutefois, celle-ci aussi avait une odeur de renfermé qui me donnait envie d'ouvrir les fenêtres. Après avoir passé quelques minutes à examiner chaque bibelot, je n'y tenais plus. Je soulevai le loquet du châssis de l'une des fenêtres et l'ouvris.

J'inspirai à fond en regardant le noir brillant des fiacres qui passaient bruyamment en bas, avec à leur bord des gentlemen à l'allure distinguée. Des dames élégantes vêtues de belles robes marchaient en tenant leurs ombrelles pour s'abriter des rayons du soleil printanier, et des gouvernantes faisaient rouler des landaus sur le trottoir pavé. Personne n'était pressé. Il n'y avait pas de commerçants qui annonçaient à la cantonade les qualités de leurs marchandises, pas de charrettes à bras qui se coudoyaient pour effectuer leurs livraisons. C'était tout à fait charmant, Mayfair.

Un fiacre s'arrêta devant le numéro seize et Duc descendit d'un bond du siège du cocher qu'il occupait à côté de Cyclope. Cyclope m'aperçut et me salua d'un geste de la main, mais Duc, qui avait suivi son regard, se rembrunit.

— Pourquoi vous avez ouvert la fenêtre ?

— Pour faire entrer de l'air frais, répondis-je.

— Vous appelez ça de l'air frais ?

Il leva les yeux vers le ciel avec une grimace de dégoût.

— Vous, les Anglais, vous avez un grain.

J'entendis la porte d'entrée s'ouvrir avant qu'il ne l'ait atteinte. Je me penchai à la fenêtre pour voir qui avait ouvert à Duc, mais je n'arrivais pas à voir.

— Ça va mieux ? demanda Duc.

— Arrête de t'inquiéter, répondit la voix de Mr Glass. Et fais attention à ce que tu dis quand Miss Steele est dans les parages.

Je n'entendis pas si Duc l'avait averti ou non que je me tenais devant la fenêtre ouverte. La porte se referma et, l'instant d'après, ils entrèrent tous les deux dans le salon d'un pas nonchalant. Mr Glass avait l'air beaucoup plus reposé. Ses yeux brillaient et son teint, qui avait retrouvé ses couleurs habituelles, n'était plus pâle ni illuminé par des veines de lumière violette. Il me sourit. Je lui rendis son sourire en me demandant si c'était cette étrange montre, le sujet que Duc était censé éviter, ou autre chose.

— Je constate que vous vous êtes changée, Miss Steele, dit Mr Glass. Vous avez dû rencontrer ma cousine.

Je sentis mes joues recommencer à chauffer lorsqu'il fit allusion à ma tenue, bien qu'il n'ait pas mentionné la raison qui m'avait obligée à me changer. Cependant, j'étais aussi heureuse qu'il ait remarqué que j'avais changé de vêtements sans s'attarder sur la question. J'admirai l'adresse avec laquelle il avait réussi à changer de sujet. Il avait détourné la conversation sans en avoir l'air, et je me demandai s'il l'avait fait à dessein pour que je sois moins gênée par les circonstances de notre dernière rencontre.

— *Willie* est votre cousine ? lui demandai-je.

— Du côté de ma mère.

— Elle ne me l'a pas dit. À vrai dire, elle ne m'a pas dit grand-chose. Je l'ai prise pour une domestique.

Mr Glass eut une expression peinée.

— Vous a-t-elle menacée ?

— D'une certaine façon, oui. Mais ensuite, elle m'a donné cette robe, alors je crois que nous sommes en bons termes, à présent.

— À votre place, je n'en serais pas si sûr, Miss Steele, dit Duc. Elle a horreur des robes. Moi, je dirais que c'est vous qui lui rendez service.

— Dans ce cas, nous pourrons peut-être devenir amies, puisque les amis se rendent des services.

Duc éclata de rire.

— Elle en a jamais eu, des amies. Au pays, toutes les filles ont peur d'elle, et la plupart des hommes aussi.

Mr Glass confirma d'un signe de tête.

— C'est vrai. Même moi, elle me terrifie quand elle se met en colère. Mais ne vous inquiétez pas, elle est rarement à la maison. Il y a peu de chances que vous la croisiez souvent pendant votre séjour ici avec nous.

— Quand on parle du loup, dit Duc quand Willie entra chargée d'un plateau où étaient disposées une théière, des tasses et plusieurs parts de gâteau.

— Et regardez un peu ça ! Voilà qu'elle se comporte comme une femme, elle a même fait du thé. Avoir une vraie dame chez nous, ça doit l'influencer.

— T'as de la chance que j'aie ce plateau dans les mains, Duc, sinon je t'en aurais collé une.

Willie posa le plateau d'un mouvement brusque qui fit s'entrechoquer le délicat service à thé.

Duc gloussa.

— J'ai une chambre à préparer et un déjeuner à cuisiner. Viens m'aider, Willie.

— Fais-le toi-même. Je suis pas ta bonne.

— Parce que moi, j'ai l'air de porter un tablier, peut-être ?

— Duc, se fâcha Mr Glass. Ça suffit. Willie… fais ce que tu veux. Comme d'habitude.

Duc s'en alla en ricanant et Willie servit le thé. Le petit sourire qu'elle avait aux lèvres disparut soudain et elle se redressa, bien qu'elle n'ait pas fini de verser la deuxième tasse. Le thé coula du bec de la théière sur la soucoupe.

— Comment ça, il a une chambre à préparer ? demanda-t-elle.

— Miss Steele se trouve temporairement sans logement, dit Mr Glass. Je lui ai proposé de l'héberger ici jusqu'à ce que notre affaire soit conclue et que nous quittions Londres.

Elle lui lança un regard noir qu'elle dirigea ensuite vers moi.

— C'est vous qui lui avez forcé la main ?

— Mais non ! protestai-je, les yeux fixés sur la théière, dont elle serrait la poignée dans sa main avec une force inquiétante. Je ne serais pas surprise qu'elle s'en serve comme d'une arme.

— Matt, espèce de crétin.

Elle poussa brusquement la théière dans sa direction, faisant tourbillonner le thé à l'intérieur.

— Il suffit qu'une minette batte des cils et déballe la marchandise pour que tu te mettes en quatre pour elle.

Mr Glass la regarda, les narines dilatées.

— Je t'interdis de dire ça, gronda-t-il.

— C'est la vérité, pourtant, rétorqua Willie avec un petit reniflement hautain, mais elle semblait avoir perdu un peu de son assurance. Et encore plus quand c'est une petite chose vulnérable comme celle-là.

— Je vous demande pardon, dis-je en me redressant de toute ma hauteur.

Je n'étais pas grande, mais je l'étais tout de même plus que Willie. Malheureusement, Willie n'avait que faire de ma taille. Elle me regarda d'un air amusé, comme si elle trouvait risible ma tentative d'intimidation.

— Premièrement, je ne suis pas une petite chose vulnérable. Je reconnais que je n'ai pas d'emploi stable ni de logement pour l'instant, mais je peux vous assurer que cette situation est provisoire. Deuxièmement, je n'ai rien *déballé* du tout devant Mr Glass. Quant à battre des cils, c'est parfaitement ridicule. Aucune femme qui se respecte ne ferait une chose pareille.

— On est au moins d'accord sur un point, dit Willie avec un sourire en coin.

— Je vais finir de servir le thé, dit Mr Glass. Tu peux t'en aller.

Willie croisa les bras et s'assit lourdement sur le sofa. Elle s'y vautra, les jambes écartées, comme pour occuper le plus d'espace possible. Étant donné que j'étais assise là, quelque chose me disait que son but était de m'en déloger. Je me tassai dans le coin, mes jupes frôlant ses genoux.

— Je reste ici, déclara-t-elle. Au cas où tu aurais besoin que je t'arrache à ses griffes.

— Willie, gronda-t-il. Sors d'ici, ou je réduis ta pension de moitié.

Elle se pencha en avant, les mains sur les genoux, puis se releva d'une brusque poussée.

— Pas la peine d'être si méchant. Je veux juste te protéger, comme tu l'as tant de fois fait pour moi.

Il se passa la main dans les cheveux avec un soupir. De toute la journée, je ne l'avais pas encore vu aussi anxieux, ce qui, avec la journée que nous venions de vivre, était plutôt surprenant.

— Je sais, Willie. Mais là, il faut que je parle à Miss Steele. Nous avons du pain sur la planche, et je ne veux pas perdre une minute de plus.

Willie se mordit la lèvre et, sans crier gare, elle jeta ses bras autour de son cousin. Ce soudain élan d'émotion le prit tout autant au dépourvu que moi. Il haussa les sourcils, et il lui fallut quelques secondes avant de lui tapoter maladroitement l'épaule comme si elle était un animal dangereux qu'il ne savait pas trop comment caresser.

— Si tu me cherches, je serai en train d'aider Duc, dit-elle en s'écartant de lui.

— Essaye de ne pas le provoquer.

— C'est à lui qu'il faut dire ça.

Mr Glass soupira en la regardant sortir du salon.

— On peut dire qu'elle ne manque pas de caractère, fis-je remarquer.

— C'est une vraie tornade, vous voulez dire.

Mais il sourit en prenant la théière et en se remettant à verser le thé.

— Je m'excuse pour son attitude, Miss Steele. Willie est... elle n'est pas quelqu'un de facile.

— Elle a une personnalité unique, c'est sûr.

— Elle n'a pas eu une éducation idéale pour une jeune femme. Nous ne nous sommes pas rencontrés avant nos quinze ans, et à ce moment-là, il était trop tard. Elle avait déjà pris certaines habitudes.

— Elle s'habillait en homme avant même d'avoir quinze ans ?

Bien que j'aie du mal à estimer l'âge de Willie, je supposais que Mr Glass devait être proche de la trentaine, lorsqu'il était en bonne santé. Tout à l'heure, avant de monter dans sa chambre, il avait paru bien plus âgé.

— Oui, et elle se comportait comme un homme aussi.

— Pourquoi ?

Il me tendit la tasse de thé, mais en évitant mon regard.

— Elle s'est rendu compte qu'il était plus facile d'être un homme irascible et grossier qu'une femme irascible et grossière.

Je bus mon thé à petites gorgées et cessai de penser à Willie. À la place, je me mis à penser à mon nouvel employeur et à son extraordinaire rétablissement. Nous n'avions pas été séparés assez longtemps pour qu'il ait eu le temps de dormir, ce qui signifiait que s'il avait repris des forces, c'était certainement grâce à la lumière de sa montre.

— Je suis ravie de vous voir en bien meilleure santé, dis-je. Je ne m'attendais pas à vous voir remis sur pied avant un bon moment. Vous aviez l'air très mal en point, tout à l'heure.

S'il ne me parlait pas de la montre maintenant, c'était sans doute le signe qu'il tenait à garder le secret.

— J'ai un reconstituant dans ma chambre, dit-il en soutenant mon regard. Une petite gorgée, et je suis guéri, ajouta-t-il avec un sourire détendu.

Si je n'avais pas assisté à cette scène avec la montre, j'aurais été totalement dupée par ses charmantes manières.

— Je sais que cela ne me regarde pas, poursuivit-il en s'asseyant dans un fauteuil en face de moi, mais dans la mesure où je suis en quelque sorte votre complice, j'aimerais savoir ce qui s'est passé avec Abercrombie. Vous dites que vous ignorez pourquoi il vous a traitée de voleuse, mais il doit bien y avoir une raison.

— Je ne sais pas. Vraiment, je n'en sais rien. Toute cette histoire m'a laissée pantoise. Ce que je sais, c'est que mon père ne l'a jamais aimé. Il disait qu'Abercrombie était un cuistre pompeux et imbu de lui-même. Voyez-vous, Abercrombie est fort riche, et son rang de maître de la Guilde des Horlogers lui confère une grande influence.

— Qu'est-ce que c'est, cette Guilde ?

— C'est l'une des guildes d'artisans qui existent en Angleterre depuis plusieurs siècles. Son intitulé officiel est l'Honorable

Confrérie des Horlogers, mais plus personne ne l'appelle comme ça. Il y a une Guilde des Ingénieurs, une Guilde des Tailleurs, une Guilde des Charpentiers, une Guilde des Bijoutiers, et des dizaines d'autres. Toute personne qui crée quelque chose et vend cette création doit appartenir à une confrérie. C'est la loi. Si elle n'en est pas membre, elle n'a pas l'autorisation de vendre ses créations. Vous n'avez pas de guildes, en Amérique ?

— Il existe des organisations dans différents États, mais elles n'ont pas une telle mainmise sur le commerce. La Guilde sert donc uniquement à décider qui peut vendre ses marchandises ou non ?

— Elle prévoit également des fonds caritatifs pour prendre soin des veuves et des familles des membres décédés, et elle décerne des prix pour les œuvres de qualité. Un membre ne peut recevoir un prix que s'il s'inscrit, bien sûr, et l'inscription est payante, mais les noms des vainqueurs figurent dans tous les journaux et toutes les gazettes de renom. Cela peut attirer une clientèle considérable.

— Qui choisit le vainqueur ?

— Le maître de la Guilde et d'autres membres élus pour siéger au comité, qu'on appelle la Cour des Assistants. Sans surprise, Mr Abercrombie a remporté le prix pour la meilleure montre et la meilleure horloge trois années d'affilée.

— Est-ce qu'il a triché ?

— Il a probablement acheté quelques voix et employé la menace.

— Est-ce pour cela que votre père ne l'appréciait guère ?

— C'est l'une des raisons.

Je fis tourner lentement le thé dans la tasse en tâchant de contenir la vague de désespoir qui menaçait toujours de me submerger chaque fois que je pensais à Père, à la Guilde et à la façon dont Eddie m'avait dépossédée de notre boutique.

— Quand mon père est tombé malade, il m'a poussée à demander à rejoindre la Guilde. Il savait que si je voulais continuer à faire tourner la boutique seule après sa mort, il faudrait que j'en sois membre. Ils ont refusé ma candidature.

— Aviez-vous les qualifications nécessaires ?

— Naturellement. J'étais l'apprentie de mon père depuis

plusieurs années. L'épreuve d'admission consiste à démonter et remonter le mécanisme d'une montre. C'est très simple, et j'aurais réussi sans difficulté, mais on ne m'en a pas laissé l'opportunité. Ils ont refusé ma candidature sans même l'examiner.

— Pourquoi ?

— Parce que je suis une femme.

Il réfléchit à ma réponse avec une moue perplexe.

— Mais j'ai vu ici des commerçantes qui, j'en suis sûr, fabriquent leurs propres marchandises : des couturières, des bijoutières, des modistes. N'ont-elles donc pas besoin d'appartenir à leur propre guilde, elles aussi ?

— Si, mais ce sont des confréries qui acceptent les femmes. Ce n'est pas le cas de la Guilde des Horlogers.

— Pourquoi ?

— Vous devriez leur poser la question. C'est ridicule. Je suis une excellente horlogère, mais ils semblent penser que les produits que je fabriquerais seraient d'une qualité inférieure et nuiraient à leur réputation.

Rien que d'y penser, cela me faisait encore bouillir de colère. Leur logique était absurde et archaïque, mais je ne pouvais rien y faire. Pour réviser leurs statuts, il aurait fallu que les membres acceptent un vote à l'unanimité.

— Ah. Je comprends mieux, dit-il.

— Qu'est-ce que vous comprenez mieux ?

— Pourquoi votre père a légué la boutique à Hardacre. Il a dû se dire que c'était le seul moyen pour vous de la garder, en supposant que vous alliez bientôt l'épouser.

— Seulement, nous ne nous sommes pas mariés, rétorquai-je amèrement. Eddie a berné mon père, et moi avec.

J'avais juré de ne plus jamais me laisser avoir par un goujat fourbe et menteur comme lui.

— J'imagine qu'il était parfaitement crédible, dit-il à mi-voix.

— Oui, mais je n'aurais pas dû être aussi aveugle.

La vérité, c'était que j'avais voulu croire qu'Eddie m'aimait. À vingt-sept ans, je n'avais jamais connu l'affection d'un homme. Un an plus tôt, j'avais renoncé à l'espoir de me marier, et accepté la perspective de finir vieille fille. C'est alors qu'Eddie avait surgi dans ma vie avec ses sourires chaleureux, son beau visage et son ardeur à me plaire. Qu'il s'agisse de m'accompagner au marché ou de me regarder réparer une montre à l'atelier, rien n'était jamais trop malcommode ni trop ennuyeux pour lui.

Cependant, il n'avait jamais ri aux plaisanteries qui me faisaient rire. J'aurais au moins dû voir cela comme le signe qu'il n'était pas fait pour moi. Toute une vie sans jamais rire aurait été une corvée épouvantable. Le fait que j'aie accepté de l'épouser malgré son manque d'humour prouvait bien à quel point j'étais désespérée.

Mr Glass reposa sa tasse et changea de position sur son siège. Un silence gênant s'installa, et j'aurais préféré qu'il ne mentionne pas du tout Eddie. Je buvais mon thé à petites gorgées, très concentrée, quand Mr Glass reprit enfin la parole.

— La Guilde des Horlogers garde-t-elle une liste de ses anciens membres ?

— Oui, j'imagine, mais je doute que leur registre vous aide à retrouver votre horloger si vous ne connaissez pas son nom. Je pense que nous pouvons être à peu près sûrs qu'il ne s'appelait pas Chronos.

— Certes, admit-il avec un soupir. Et si nous parlions de notre itinéraire pour cet après-midi ?

Il sortit de sa poche une feuille de papier et poussa sa tasse sur le côté pour faire de la place sur la table. Cette feuille se révéla être une carte de Londres.

— Êtes-vous sûr d'être en état de ressortir cet après-midi ? lui demandai-je.

Ses épaules se crispèrent.

— Bien sûr. Je vais très bien.

— Mais…

— La carte, Miss Steele. Veuillez m'indiquer la prochaine boutique à visiter.

Avec un soupir, je me penchai sur la carte.

— Essayons le secteur qui part du sud de Hyde Park et qui s'étend jusqu'à Westminster, dis-je en traçant du doigt un cercle autour de cette zone. Ça devrait suffire pour aujourd'hui.

— Et ainsi, nous évitons Oxford Street, dit-il en approuvant d'un hochement de tête.

— Oui, murmurai-je. Nous resterons à bonne distance.

— En chemin, nous passerons récupérer vos affaires chez les Mason.

— Et nous en profiterons pour leur parler des ennuis que Mr Abercrombie essaye de me créer. Je ne pourrais pas supporter qu'ils entendent ces rumeurs de la bouche de quelqu'un d'autre, ou que Mr Abercrombie vienne leur demander où je suis.

— Cette affaire n'ira pas plus loin.

Il replia la carte et la remit dans sa poche.

— Vous n'en savez rien.

Il me répondit avec un sourire en coin plein de malice et de mystère.

— Faites-moi confiance.

* * *

APRÈS NOS VISITES de l'après-midi, nous n'étions pas plus avancés dans notre quête pour retrouver l'horloger de Mr Glass. Heureusement, je n'eus pas à essuyer de nouvelle agression ni de nouvelle rebuffade, mais c'était peut-être parce que, la plupart du temps, je restai dans la voiture. Je ne sortis que devant la boutique de Mr Healy, pour me dégourdir les jambes et prendre de ses nouvelles. C'était un bon ami de mon père, et il s'était montré aimable avec moi le jour de son enterrement. Je tenais à ce qu'il sache que j'allais bien. Je fus soulagée quand il m'accueillit avec un sourire.

Nous passâmes chez les Mason en fin d'après-midi, et Mrs Mason nous reçut avec une tasse de thé et quelques parts de gâteau aux noix.

— Gareth, porte ça à la boutique pour ton père et ton frère, dit-elle en tendant à son fils un plateau chargé d'une théière et de gâteau.

Gareth disparut et Mr Mason revint seul quelques minutes plus tard, sa tasse de thé à la main. Il nous gratifia d'un sourire crispé et serra la main de Mr Glass.

— Alors, qu'est-ce que ça donne ? demanda-t-il.

— Rien pour l'instant, répondit Mr Glass.

J'étais heureuse de voir qu'il n'était pas exténué, cet après-midi. Il avait l'air d'aller très bien.

— Mais Miss Steele m'assure que nous n'avons fait que gratter la surface. Je ne me doutais pas que Londres était aussi immense.

— C'est la plus grande ville d'Europe, dit Mr Mason en bombant fièrement le torse.

— Après Paris, ajouta Catherine d'un ton rêveur. J'aimerais tant voir Paris un jour, pas toi, India ?

— Je n'y avais encore jamais pensé, répondis-je. Je crois, oui, mais je ne pense pas que je quitterai Londres un jour. Pour commencer, je ne parle que l'anglais, et puis je ne connais personne en dehors de cette ville.

Catherine eut un petit soupir déçu.

— Tu es toujours si conventionnelle.

Je la regardai en clignant des yeux. Je me doutais que par *conventionnelle*, elle entendait *ennuyeuse*. Était-ce donc ça, l'image qu'elle avait de moi ? Une vieille fille guindée sans rêves ni ambitions ni espoirs ? Était-ce l'image que *tout le monde* avait de moi ?

— C'est vrai que Paris est une ville magnifique.

La voix grave et riche de Mr Glass venait d'interrompre mes pensées égocentriques.

— Vous y êtes allé ?

Catherine se pencha en avant, sa tasse de thé en suspens à mi-chemin de ses lèvres.

— J'y ai habité, il y a de nombreuses années.

— Comme c'est fascinant !

— Ça suffit, Catherine, la tança Mr Mason. Mr Glass a des choses plus importantes à discuter que tes rêves naïfs. Paris n'est pas une ville pour toi.

Catherine s'affaissa contre le dossier de sa chaise avec une petite moue boudeuse. Je lui souris pour lui apporter mon soutien, mais elle détourna le regard.

Comme la conversation stagnait, je décidai d'exposer l'objet de notre visite.

— Mr Glass m'a proposé de loger chez lui, dis-je aux Mason. Je suis venue chercher mes affaires.

Catherine fut un instant bouche bée, mais elle ne tarda pas à se ressaisir.

— C'est formidable ! Monte avec moi, nous allons les chercher ensemble.

Mrs Mason marqua sa désapprobation d'un léger claquement de langue.

— Je ne doute pas que ce soit en tout bien tout honneur, dit-elle, mais je me sens tenue d'y objecter. Que vont penser les gens ?

— India sait ce qu'elle fait, s'empressa de dire Mr Mason. Ne t'inquiète pas, ma chère.

Son épouse lui lança un regard noir. Il se contenta de boire son thé à petites gorgées.

— Personne n'en pensera rien, parce que personne, parmi mes connaissances, n'en saura rien, répliquai-je avec véhémence. Et quand bien même cela se saurait, quelle importance ? Mon avenir est déjà ruiné. Eddie a tout fait pour ça. Je ne suis plus à un scandale près.

Mrs Mason s'affaira en grommelant, ramassant les tasses et les assiettes, les joues roses d'indignation. Elle était sans doute en train de s'imaginer toutes sortes de scènes indécentes entre Mr Glass et moi. Il y avait de fortes chances pour qu'elles ressemblent à celles que j'avais imaginées moi-même, surtout après l'incident du corset. Par moments, j'avais l'impression de sentir encore l'empreinte de ses mains sur ma peau.

— Je comprends votre inquiétude, dit Mr Glass. Et je suis heureux de voir que Miss Steele a de bons amis tels que vous deux. Mais si cela peut vous rassurer, sachez que ma cousine, Miss Willemina Johnson, vit avec moi, et fera office de chaperon. C'est une femme aussi respectable que responsable, à la moralité irréprochable, qui veillera à ce que Miss Steele soit toujours traitée avec courtoisie. Miss Steele, d'après vos premières impressions, trouvez-vous que j'ai fait de Willie un portrait fidèle ?

Tous les regards se tournèrent vers moi. Heureusement, je n'avais plus les joues en feu, mais j'eus un mal fou à garder mon sérieux. Willie elle-même aurait très certainement pleuré de rire en entendant son cousin la décrire en ces termes.

— Oh, elle est tellement plus que cela, assurai-je aux Mason. Elle est aimable et très gentille.

Mr Glass me sourit. J'espérais que personne d'autre n'avait remarqué la lueur malicieuse dans ses yeux.

— J'ai l'intention de chercher un logement et un emploi plus permanents au cours des jours à venir, dis-je. Je ne veux pas vous déranger plus longtemps.

— Tu ne nous déranges pas, India, dit Catherine en m'effleurant le genou.

— Pas du tout, ajouta Mrs Mason après un silence gênant. Son mari continuait de boire son thé.

— C'est décidé, alors, dit Catherine en se levant. Viens, India, allons chercher tes affaires.

Une fois dans sa chambre, elle m'aida à rassembler mes affaires tandis que je lui racontais que l'ourlet de ma robe s'était décousu, et que c'était pour ça que Willie m'avait prêté une des siennes le temps que je puisse raccommoder la mienne. Elle semblait à peine m'écouter.

— Il est vraiment charmant, dit-elle au bout d'un moment en refermant ma valise et en en bouclant le fermoir.

— Mr Glass ? Je n'avais pas remarqué.

— Sornettes ! Bien sûr que tu l'as remarqué. Quand je pense que tu vas habiter avec lui, dans sa maison ! Quelle occasion en or !

— Je sais ce que tu entends par là, Catherine, et je pense que tu as perdu l'esprit. Je n'ai pas l'intention de faire des avances à Mr Glass.

— C'est peut-être lui qui t'en fera.

Cette remarque nous fit toutes les deux éclater de rire jusqu'à nous écrouler sur le lit, hors d'haleine.

Quand nous eûmes repris notre souffle, nous redescendîmes au salon avec ma valise. Je touchai la main de Catherine avant d'entrer, cherchant une forme de réconfort auprès d'une personne que je connaissais et en qui j'avais confiance. Malgré notre hilarité, j'étais inquiète à l'idée de loger chez Mr Glass. Lui et les autres membres de sa maisonnée n'avaient rien de commun avec nous. Ils étaient effrontés et impertinents, ils parlaient de revolvers et… de roberts. C'était potentiellement une bande de hors-la-loi. J'étais peut-être sur le point de m'embarquer dans un bourbier dont il me serait impossible de m'extraire.

Catherine serra ma main dans la sienne en signe de soutien, bien qu'elle ne connaisse pas la véritable raison de mon appréhension. Elle devait penser que je m'inquiétais de ce que Mr Glass pourrait me faire.

Catherine et ses parents nous raccompagnèrent jusqu'à la porte. Je les pris tour à tour dans mes bras et leur promis de les revoir bientôt. Tous me rendirent mon étreinte avec enthousiasme, sauf Mr Mason.

— Une dernière chose, dis-je avant de partir. Mr Abercrombie est-il venu me chercher ici ?

— Miss Steele, ce n'est pas la peine, dit Mr Glass en secouant la tête avec un regard insistant. D'ici demain, cette affaire sera réglée.

— Abercrombie ? répéta Mr Mason. Non. Pourquoi ?

— C'est sans importance, intervint Mr Glass.

— Au contraire, insistai-je. Il a essayé de me faire arrêter pour vol.

— Seigneur ! s'écria Mrs Mason en portant à son menton l'ourlet de son tablier. C'est affreux.

Je leur racontai brièvement l'altercation, en leur jurant que je ne lui avais rien volé.

— Je tenais juste à vous le dire moi-même avant que vous ne l'appreniez de quelqu'un d'autre.

Même si Mr Glass m'avait promis de s'occuper de tout, je ne voyais pas bien ce qu'il pouvait faire. Il fallait que je me protège, et pour ce faire, je devais mettre les Mason dans la confidence.

— Bien sûr, bien sûr, répondit Mr Mason en hochant énergiquement la tête, ce qui eut pour seul effet de faire ballotter ses bajoues comme un bol de gelée. Il avait l'air très inquiet, ce qui m'inquiéta à mon tour.

— Si Abercrombie vient ici nous demander où tu es, nous ne lui dirons rien, promit sa femme.

Je lui souris et essayai de croiser le regard de son mari, mais il évitait le mien.

— Merci.

Mr Glass hissa ma valise à l'arrière de la voiture tandis que je m'y installais. Il monta après moi, et le carrosse démarra brusquement.

— Ce n'était pas nécessaire d'évoquer l'incident avec Abercrombie, dit-il. Je vais m'assurer *personnellement* qu'il ne vous ennuie plus jamais.

— Je ne vois guère comment vous pourrez y parvenir. J'aurais peut-être plus confiance si vous me disiez comment vous comptez vous y prendre.

Il retira ses gants, un doigt après l'autre.

— J'ai quelque peu d'influence dans cette ville.

— Mais vous n'étiez encore jamais venu !

— Peu importe.

Je fis entendre un claquement de langue agacé. Autant essayer de tirer les vers du nez à une statue !

— Pardonnez-moi si j'ai des doutes, Mr Glass, mais j'ai du mal à faire confiance à quelqu'un qui ne me donne pas d'explications satisfaisantes.

Son front se plissa et il me regarda droit dans les yeux.

— J'espère que ce n'est pas vrai, Miss Steele.

Sa voix de stentor résonnait du plus profond de sa poitrine.

— Je ne voudrais pas que vous vous sentiez en danger sous mon toit.

— Oh.

Je chassai ses inquiétudes d'un revers de main.

— Ça, c'est un tout autre sujet.

— Je sais que Willie, Duc et Cyclope sont… très différents des Anglais comme vous, mais vous avez ma parole : ils ne vous feront aucun mal.

— Je suis heureuse de vous l'entendre dire.

— À moins que vous ne les provoquiez.

Je me figeai aussitôt. Savait-il que j'avais des soupçons ? Était-ce sa façon de me conseiller de ne pas y donner suite ?

Il me fit un sourire dans lequel je ne décelai aucune hypocrisie ; mais on ne pouvait pas dire que je sois très douée pour voir clair dans le jeu des gens. Il suffisait de voir comment je m'étais laissé berner par Eddie.

En arrivant à Mayfair, chez Mr Glass, j'eus le plaisir de voir que ma chambre était prête. C'était une pièce spacieuse, tapissée de papier peint orné de roses trémières, avec, sur le lit, des coussins assortis. La fenêtre offrait une jolie vue sur la rue, en bas. Je n'avais encore jamais été aussi haut, et en regardant par la fenêtre, je ressentis un léger malaise. Je fis un pas en arrière, mais la laissai ouverte pour aérer la chambre qui, comme la plupart des autres pièces, sentait le renfermé. La maison semblait être restée longtemps inhabitée avant l'arrivée de Mr Glass.

Quelqu'un ayant disposé ma robe sur le lit, je sortis les boutons de mon réticule. Je trouvai mon nécessaire de couture dans ma valise, mais je finis rapidement par manquer de fil. Prenant une profonde inspiration pour me donner du courage, je quittai la pièce pour aller trouver Willie. J'espérais qu'elle ne m'accuserait pas encore de fouiner si elle me trouvait ailleurs que dans ma chambre.

Je descendis l'escalier jusqu'à ses appartements, mais quand je frappai à la porte, personne ne répondit. Elle était sans doute dans la cuisine, en train de préparer le repas du soir ou d'aider Duc. Je regardai la porte de la chambre de Mr Glass, au bout du couloir, mais décidai de ne pas aller y toquer. Il était peut-être en train de se reposer.

Prenant l'escalier en colimaçon, je descendis au rez-de-chaussée et jetai un coup d'œil dans chaque pièce. Elles étaient toutes vides. La cuisine était au sous-sol, et je trouvai enfin la porte qui menait à l'escalier de service, dissimulée derrière un mur près de l'arrière de la maison. J'entendis des voix qui en montaient : celle de Willie, d'abord, puis celle de Mr Glass. Je m'arrêtai sur la dernière marche en entendant les paroles acerbes de Willie.

— Elle ne me plaît pas, disait-elle. C'est une pimbêche prétentieuse qui croit valoir mieux que nous tous.

— Tu te comportes comme une enfant, lui reprocha Mr Glass. Miss Steele n'est pas du tout comme ça.

Willie gloussa.

— Et d'ailleurs, pourquoi est-ce que tu l'as amenée *ici* ? Tu aurais pu lui payer une chambre ailleurs. Ce n'était pas la peine de la faire venir sous *notre* toit.

— Je suis d'accord avec Willie, dit Duc. C'est dangereux, de laisser cette Steele vivre avec nous. Elle risque de voir des choses qu'elle n'est pas censée voir.

— Ou Matt risque de *faire* des choses qu'il n'est pas censé faire, dit Cyclope avec un rire gras.

— La ferme, Cyclope, le reprit sèchement Willie. Matt ne s'intéresse pas aux filles dans son genre. Qu'est-ce qu'elle a de plus à lui offrir que les autres ?

J'entendis Cyclope continuer de rire à mi-voix. J'aurais donné cher pour voir la réaction des autres, surtout celle de Mr Glass.

— Si j'ai décidé de l'installer ici, c'est que j'avais une bonne raison, dit-il. Pas cette raison-là, ajouta-t-il précipitamment. Elle a quelque chose de spécial. Je le sens. Ou plutôt, l'appareil le sent.

— L'appareil le sent ? répéta Duc.

— Quand elle est à côté, la montre se met à chauffer. Je sens sa chaleur à travers ma chemise.

— C'est ridicule, dit Willie. C'est impossible.

— Qu'est-ce que tu en sais ? railla Duc. Mais, Matt... C'est tout ? Est-ce que la montre brille, ou quelque chose comme ça ?

— Non, mais je suis convaincu qu'elle est plus qu'une simple fille d'horloger. C'est la seule explication. Sinon, pourquoi tous les autres horlogers de la ville auraient-ils peur d'elle ?

Peur de moi ? C'était un peu exagéré. Cela dit, c'est vrai qu'ils avaient l'air de se méfier un peu de moi, pour des raisons qui m'échappaient. Même Mr Mason. Le seul à ne pas avoir changé d'attitude avec moi, c'était Mr Healy.

— Elle va rester ici, décréta Mr Glass, parce qu'elle m'est utile. Alors, soyez gentils avec elle. Toi aussi, Willie.

Était-ce pour cela qu'il se montrait aussi galant avec moi ? Était-ce pour cela qu'il m'avait sauvée des griffes de Mr Abercrombie ? Parce qu'il pensait que je pouvais lui être utile ? Même si je ne m'étais pas attendue à devenir amie avec lui, j'avais cru que nous avions une relation cordiale. Mais à présent, je ne savais plus ce que j'éprouvais ni si je pouvais avoir confiance dans ses manières affables. Tout cela semblait être une comédie destinée à endormir ma méfiance.

Mais dans quel but ? Je l'ignorais. Je n'avais aucune possession qui méritait d'être volée, et je n'avais certainement rien de spécial, quoi qu'il en pense. Absolument rien de spécial.

CHAPITRE 6

Le dîner fut des plus singuliers. Duc avait préparé de la sole, suivie d'un rôti de porc, de pommes de terre, de salade et, pour finir, de gelée pour le dessert. Ce qu'il y avait de singulier, c'était que Cyclope et lui dînèrent avec Mr Glass, Willie et moi-même dans la salle à manger au lieu de manger à l'étage des domestiques.

— C'est délicieux, Duc, lui dis-je avec un sourire.

Ses joues se teintèrent de rose et il se concentra sur la nourriture dans son assiette.

— Merci, bredouilla-t-il.

— Je pense bien, dit Willie en plantant sa fourchette dans une tranche de rôti. Il y a passé tout l'après-midi pour vous impressionner.

Duc leva les yeux au ciel.

— Ça prend tout un après-midi, de préparer un plat comme ça. Mais tu n'y connais rien, toi. Tu fais tout brûler.

— Où avez-vous appris à cuisiner ? demandai-je promptement pour ne pas laisser le temps à la conversation de dégénérer en dispute entre eux deux.

— À droite, à gauche, répondit-il en se fourrant une pomme de terre dans la bouche.

J'en conclus qu'il ne voulait pas répondre à d'autres questions sur sa cuisine.

— Cyclope, tu es allé chercher nos billets ? demanda Mr Glass à son cocher.

— Oui, je suis passé au bureau des réservations après vous avoir déposés ici, dit Cyclope.

— Enfin ! s'exclama Willie en se léchant la graisse de porc qu'elle avait sur la lèvre inférieure. Je commençais à croire qu'on allait devoir rester pour toujours dans cet affreux pays. Quand est-ce qu'on rentre ?

— Mardi prochain.

L'œil unique de Cyclope se fixa sur Mr Glass.

— À condition que tout se passe bien et qu'on le trouve.

— On le trouvera, dit Mr Glass d'un ton enjoué. N'est-ce pas, Miss Steele ?

— Eh bien, euh, je l'espère, dis-je.

À moins que son horloger ne soit mort, ou parti vivre ailleurs. Plus je pensais à toutes les raisons de ne pas le trouver à Londres, plus je commençais à douter de nos chances de succès. Cet homme pouvait être n'importe où dans le monde.

— Mais qu'arrivera-t-il si nous ne le retrouvons pas dans une semaine ? Rentrerez-vous tout de même en Amérique ?

Il s'ensuivit un silence si assourdissant que les bruits de mastication eux-mêmes se turent. Duc, Willie et Cyclope regardèrent tous Mr Glass, qui était occupé à examiner son verre de vin, mais sans le boire.

— Vous allez le trouver, Miss Steele, fit Willie en agitant la pointe de son couteau dans ma direction. Vous avez intérêt.

— Willie, dit Mr Glass au prix d'un effort visible. Si nous ne parvenons pas à trouver cet horloger, ce ne sera pas la faute de Miss Steele.

Willie renifla avant de vider d'un trait son verre de vin.

— Trouvez-le, c'est tout, gronda-t-elle en reposant son verre d'un geste brusque.

Puis s'adressant de nouveau à son cousin, elle ajouta :

— Tu n'as pas d'autre option.

Une fois de plus, personne ne dit rien, et Mr Glass feignit à nouveau de ne pas remarquer tous les regards braqués sur lui. Cyclope avait l'air inquiet et Willie semblait furieuse, mais la réaction qui m'intrigua le plus fut celle de Duc. Ses yeux s'emplirent de larmes. Voyant que je l'observais, il baissa précipitamment la tête et engloutit une nouvelle pomme de terre.

— Ça alors, dis-je d'un ton léger. Vous avez tous l'air bouleversés à l'idée de ne pas retrouver cet horloger.

J'espérais ne pas avoir donné un coup de pied dans la fourmilière, mais au vu des circonstances, j'aurais davantage éveillé leurs soupçons en ne faisant aucune remarque.

— Votre montre doit être vraiment unique, s'il existe un seul homme sur terre capable de la réparer, et si l'idée de ne pas le trouver vous cause une telle inquiétude.

— C'est le cas, dit Mr Glass avec un sourire forcé. Et maintenant, Miss Steele, parlez-nous un peu de vous.

Je fus surprise, non pas qu'il change soudainement de sujet, mais qu'il oriente la conversation sur moi.

— Il n'y a rien à raconter. Je suis quelqu'un de parfaitement ennuyeux.

— Je me permets d'en douter. Le milieu londonien de l'horlogerie a l'air très animé. Tout le monde y connaît tout le monde, j'ai l'impression. Est-ce comme ça que vos parents se sont rencontrés ? Votre mère venait-elle d'une famille d'horlogers, elle aussi ?

Ah, je comprenais mieux. Il cherchait à en savoir plus sur mon autre grand-père, dans l'espoir qu'il soit l'horloger qu'il cherchait. De toute évidence, tout ce qui intéressait Mr Glass chez moi, c'était mon éventuel rapport avec cette mystérieuse montre. Cette révélation me froissa un peu, mais j'aurais dû m'en douter. C'était pourtant vrai : ma vie *était* ennuyeuse, et par extension, je l'étais aussi.

— Mon grand-père maternel était confiseur. Il tenait une boutique près de l'endroit où a grandi mon père. Père y achetait des sucreries tous les jours, juste pour avoir l'occasion de voir ma mère et de lui parler.

Mr Glass sourit et ouvrit la bouche pour dire quelque chose, mais Willie fut plus rapide.

— Comme c'est charmant, dit-elle dans une atroce imitation d'accent anglais. Et maintenant, si vous voulez bien m'excuser, je sors.

Elle s'essuya la bouche du dos de la main, retira la serviette qu'elle avait posée sur ses genoux et se leva.

— Est-ce bien sage, Willie ? lui demanda Mr Glass d'un air sombre.

— Non, mais la sagesse, c'est pour les oies blanches et les cruches.

Elle me lança un sourire.

— C'est aussi pour les vivants, répliquai-je en lui rendant son sourire. Et pour ceux qui préfèrent le rester. Passez une bonne soirée, Willie.

Au lieu d'avoir l'air choquée, Willie sourit plus largement encore. Elle se retourna pour me faire face.

— Vous voulez m'accompagner, Miss Steele ? Je pourrais vous apprendre à gagner au poker.

— Non, intervint sèchement Mr Glass avant que j'aie pu répondre. Miss Steele n'a pas envie d'aller jouer au poker avec toi. Et d'ailleurs, tu ne devrais pas sortir jouer toute la nuit. Ce n'est ni prudent ni convenable. Ici, en Angleterre, les choses sont différentes.

Elle pouffa d'un rire moqueur.

— C'est vrai. Mais il y a une chose qui n'a pas changé, Matt : je suis une femme libre et je fais ce que je veux. Bonne nuit, tout le monde. Passez votre soirée à lire et à faire poliment la conversation. Moi, je vais gratter un peu d'argent à des Anglais.

— Si tu n'es pas rentrée à l'aube, je viens te chercher, l'avertit Mr Glass.

Elle lui répondit par un signe de main vulgaire que je n'avais vu faire auparavant que par quelques garnements dans le dos des agents.

— Toutes mes excuses, Miss Steele, dit-il dès que Willie fut trop loin pour nous entendre. Je n'aurais pas dû répondre à votre place.

Et pourtant, il l'avait fait tout naturellement. Peut-être avait-il l'habitude de donner des ordres et de se faire obéir. Sauf avec Willie.

— Chez nous, je n'ai pas besoin de surveiller ma cousine, dit-il. Elle joue au poker presque tous les soirs avec un groupe d'habitués. Aucun d'entre eux n'oserait lui faire de mal.

— Pourquoi ?

Ses lèvres remuèrent, mais aucun son n'en sortit.

C'est Cyclope qui répondit pour lui :

— Ils ont trop peur de Matt.

Je blêmis. Je m'attendais à ce qu'il me dise qu'ils avaient peur de Willie, pas de son cousin si charmant. Je cherchai quelque chose à dire, mais finis par garder le silence.

Mr Glass balaya la réponse de Cyclope d'un rire et d'un geste de la main. Cyclope lui répondit par un regard noir.

— Willie a la langue un peu trop bien pendue, et j'ai peur qu'elle ne s'attire des ennuis, me dit Mr Glass.

— Elle m'a tout l'air d'être du genre à savoir se sortir sans mal d'une situation épineuse, dis-je.

— Si elle vous entendait dire ça, vous remonteriez dans son estime.

Il se passa la main sur les yeux avec un soupir.

— Le genre d'hommes contre qui elle joue ici est plus retors que les cowboys auxquels elle est habituée. Ils se donnent des airs de messieurs charmants et respectables, mais il n'en est rien. Ils sont sournois.

Je me demandais si sa remarque était le fruit d'une expérience directe, ou de la simple observation. Il n'était pas en Angleterre depuis très longtemps, mais il était clair qu'il avait eu affaire à des hommes qui, sous leurs dehors charmants, s'étaient révélés sournois.

Je réalisai brusquement combien cette description lui correspondait. Bien qu'il ne soit pas anglais, il se faisait passer devant moi pour un gentleman. Plus j'apprenais à le connaître, plus je me doutais que tout cela n'était qu'une mascarade. Il y avait peu de gentlemen innocents et sans rien à cacher qui soient capables de régler leur compte à trois brutes armées ou d'emplir de terreur des cowboys américains. Pour un bandit, en revanche, c'était possible.

— Willie ne risque rien, dit Duc à Mr Glass. Si elle se fait arrêter, on n'aura qu'à faire comme la dernière fois, quand on l'a fait sortir de La Tombe.

Je poussai un cri de stupeur.

— Vous l'avez fait évader d'une prison ? Ou d'un cimetière ?

— C'était juste une cellule, dit Cyclope en haussant les épaules. La Tombe, c'est le nom d'une ville.

— Drôle de nom.

— Willie était innocente, m'assura Duc.

Doux Jésus. J'avais l'impression d'avoir mis les pieds dans un roman à sensation.

— Pardonnez-moi, Miss Steele. Je vois bien que je vous ai effrayée, dit Mr Glass.

— Mais non, pas du tout. Il en faut plus pour m'effrayer.

— J'ai remarqué, dit-il avec une pointe d'admiration et un sourire chaleureux. Je connais peu de femmes qui, au pied du mur, auraient eu la présence d'esprit de faire un croche-pied à un homme. Sans compter que la plupart d'entre elles auraient passé le reste de la journée à se remettre des épreuves que vous avez endurées ce matin.

— Je suppose.

Je ne pouvais me résoudre à croiser son regard. Ses compliments étaient excessifs et cette lueur intense s'était rallumée dans ses yeux comme s'il revivait le moment où il avait délacé mon corset et posé ses mains sur ma peau nue.

— Une femme intrépide, dit Cyclope en levant son verre à mon intention. Vous êtes faite pour le Far West, Miss Steele.

— Merci, mais je crains que ce ne soit un peu trop sauvage à mon goût.

Mr Glass se leva.

— Je devrais peut-être accompagner Willie.

— Non, dirent Cyclope et Duc d'une même voix. Ils me lancèrent tous les deux un coup d'œil.

— Regarde l'heure, ajouta Duc en lui montrant d'un signe de tête l'horloge cassée qui trônait sur la cheminée. Ses aiguilles n'avaient pas bougé de la soirée. Il est tard. Pas vrai, Cyclope ?

— Trop tard pour quelqu'un qui a été souffrant, acquiesça Cyclope.

Mr Glass fit le tour de la table et me tendit la main. Je la pris et me levai à mon tour.

— Je dois sortir de toute façon.

— Pourquoi ? demanda Duc.

— Pour m'assurer qu'Abercrombie ne donne pas suite à cette

ridicule histoire de vol. Miss Steele est innocente, et je compte bien faire en sorte que ses accusations n'aillent pas plus loin.

Je le dévisageai, interdite, mais il se contenta de sourire. Son pouce caressa ma main d'une façon si intime que mon cœur se mit à faire des pirouettes dans ma poitrine. Cette fois, je renonçai à m'opposer à son intention de s'occuper d'Abercrombie. J'avais tout intérêt à le laisser croire que je lui faisais confiance.

— Puis-je emporter cette horloge dans ma chambre ce soir ? demandai-je à la place. J'aimerais essayer de la réparer.

— Bien sûr.

Il l'attrapa sur le manteau de la cheminée et me la tendit.

— Je l'ai remontée, mais elle refuse toujours de fonctionner.

Je regagnai ma chambre avec l'horloge et démontai les pièces du mécanisme, les disposant soigneusement sur la table. Je fouillai dans ma valise pour en sortir ma boîte à outils et nettoyai chaque rouage, chaque levier et chaque broche à l'aide d'un chiffon. Je pris mon temps, trouvant du réconfort dans cette tâche apaisante que j'accomplissais si naturellement. Aussi loin que remontaient mes souvenirs, j'avais toujours nettoyé des mécanismes. Au bout de presque une heure, je découvris le responsable : l'un des ressorts s'était cassé. L'horloge ne pourrait pas être réparée tant que le ressort n'aurait pas été remplacé.

Je rangeai les pièces dans un coin et réfléchis à ce que je pouvais bien faire à présent. Étant donné que Willie et Mr Glass étaient sortis, et que Cyclope conduisait certainement la voiture pour lui, je décidai de me mettre en quête d'une preuve que Mr Glass était le bandit dont parlait l'article de journal. Si je voulais la récompense, j'allais devoir la mériter avant tous les autres. Et il me fallait aussi un couteau.

Un chandelier à la main, je descendis l'escalier comme si j'avais besoin d'une tasse de thé, sans chercher à rester silencieuse, ce qui aurait eu l'air suspect. Je trouvai Duc en train de ronfler bruyamment sur le sofa du salon ; il avait retiré ses bottes et croisé les bras sur sa poitrine. Je poussai jusqu'à la cuisine et sortis un couteau du tiroir. Je venais de le glisser dans ma manche quand quelqu'un, derrière moi, se racla la gorge.

Je fis volte-face en retenant un cri d'effroi. Mr Glass se tenait sur le seuil, une épaule appuyée contre l'encadrement de la porte, les bras et les chevilles croisés. Il avait l'air d'être là depuis un bon moment.

— Vous êtes rentré, dis-je maladroitement.

— Oui.

Son visage était plongé dans l'ombre, mais j'arrivais tout juste à deviner, à la courbure de ses lèvres, qu'il souriait. Ce n'était pas un sourire chaleureux destiné à me rassurer. C'était un sourire narquois et lourd de sens, comme s'il voulait me prévenir qu'il savait ce que je mijotais.

Je déglutis avec peine.

— Avez-vous parlé à Abercrombie ?

Poussant sur son bras pour se redresser, il entra dans la cuisine, l'air inquisiteur.

— Je n'ai jamais dit que j'allais lui parler.

— Oh.

Je reculai à mesure qu'il s'approchait. Son sourire s'accentua imperceptiblement.

— Et Willie ?

— Elle est capable de se débrouiller pour une nuit. Je voulais rentrer directement.

Il continua d'avancer, et je continuai de me dérober, bien que je n'aie aucun moyen de lui échapper. Il n'y avait pas d'issues derrière moi.

— Oh, répétai-je d'une petite voix enfantine, à peine plus qu'un murmure. J'allais justement faire du thé, dis-je en reprenant un peu d'aplomb. En voulez-vous une tasse ?

— Non merci.

Je m'arrêtai en sentant derrière moi la chaleur du fourneau. Je devais faire face à cet homme et lui montrer que je n'avais pas peur, autrement il risquait de se demander *pourquoi* j'avais peur.

— Pouvez-vous m'indiquer où sont rangées les tasses ?

— Vous êtes sûre que c'est du thé, que vous voulez ?

Sa voix avait sur moi l'effet d'un ronronnement hypnotique.

— Ou êtes-vous descendue ici pour chercher autre chose ?

— Du thé, dis-je faiblement. Sans aucun doute, du thé.

Il était tout près maintenant, ses pieds frôlaient l'ourlet de ma jupe. Je ne lui arrivais qu'à l'épaule. J'avais beau avoir laissé ma chandelle sur la table derrière lui, j'arrivais tout de même à distinguer l'intensité farouche de son regard plongé dans le mien. Je n'arrivais pas à détourner les yeux. Je n'en avais aucune envie.

Mon cœur battait à tout rompre dans ma poitrine, couvrant de son vacarme toutes mes pensées rationnelles pour ne plus me laisser entendre que les plus insensées. J'imaginai ce que ça ferait d'embrasser Mr Glass, et qu'il me rende mon baiser.

Comme s'il avait lu dans mes pensées, ses doigts rencontrèrent les miens. Il caressa la paume de ma main et remonta délicatement vers le dessous de mon poignet. De son doigt, il suivit ma veine qui palpitait et repoussa la manchette en dentelle de ma robe. Il poursuivit sa course jusqu'à atteindre la pointe du couteau.

Il n'eut aucun sursaut de surprise, aucun mouvement de recul. Depuis le début, il savait qu'il était là. Il continua de m'observer avec ses grands yeux sombres et profonds comme un lac.

Je ne reculai pas, malgré mon cerveau qui me hurlait de prendre la fuite. Mon cœur protesta lui aussi en cognant frénétiquement contre mes côtes. Je ne pouvais faire le moindre geste. Je n'osais pas. Si je m'enfuyais, cela revenait à l'inciter à me rattraper, et j'étais aussi terrifiée qu'électrisée en pensant à ce qu'il pourrait alors me faire.

— Faites attention, Miss Steele.

Il y avait plus d'humour que de menace dans son intonation pareille à un velours moelleux, mais je ne me détendis pas pour autant.

— C'est très chaud, là-dedans. N'allez pas vous brûler.

Il recula en laissant le couteau dissimulé dans ma manche, puis il se détourna. Il était clair qu'il ne craignait pas que je lui en plante la lame dans le dos.

— Les tasses à thé sont dans le placard qui est là, dit-il en sortant. Ne veillez pas trop tard. Je veux commencer notre travail très tôt, demain.

Et sur ces mots, il disparut aussi soudainement qu'il avait surgi. Je dus m'asseoir sur le tabouret devant le fourneau pour ne pas tomber tant mes jambes tremblaient. Ma poitrine se soulevait, hors d'haleine comme si je venais encore de courir d'Oxford Street jusqu'ici. Enfin, au bout de quelques minutes, le brouillard qui obscurcissait mon esprit se dissipa, et je pus recommencer à penser, et non plus seulement à *ressentir*. Mais la seule pensée qui me vint était que ma réaction face à lui avait été de la folie pure. Jamais encore un homme ne m'avait réduite à l'état de boule de nerfs toute tremblante.

Jamais encore la seule présence d'un homme ne m'avait fait me sentir si vivante ni si désirable.

Cette dernière pensée me bouleversa profondément, et je m'enfuis de la cuisine avant qu'il ne revienne. Je montai en courant jusqu'à ma chambre, refermai et verrouillai la porte, et glissai le couteau sous mon oreiller.

Je ne lui faisais déjà pas confiance avant, et il était évident que je ne pouvais pas davantage le faire maintenant. Il devait se douter que j'avais des soupçons, mais, et c'était peut-être encore pire, il venait de nous prouver à tous les deux qu'il avait le pouvoir de faire de moi une ahurie sans cervelle qui se laissait bien trop facilement prendre sous sa coupe.

Même s'il n'était pas un hors-la-loi, il restait extrêmement dangereux.

* * *

JE ME RÉVEILLAI PLUS DÉTERMINÉE que jamais à réclamer la récompense pour l'arrestation de Mr Glass. En révélant qu'il était le Cavalier Noir, non seulement j'empocherais la coquette somme de deux mille dollars, mais cela prouverait aussi que je n'étais pas du genre à me laisser manipuler. Il m'employait pour lui servir de guide, c'était tout. Il était hors de question que je succombe à son charme et que je l'aide à échapper aux autorités. J'allais leur indiquer où le trouver.

Il ne me manquait plus à présent que la preuve qu'il était bien le hors-la-loi dont parlaient les journaux. Même si j'avais désespérément besoin de cette récompense, je ne pouvais tout de même pas faire condamner un innocent.

Ce matin, Mr Glass semblait absorbé par le paysage parfaitement inintéressant qui défilait derrière les vitres du carrosse. Nous étions en route pour retourner à Westminster pour finir d'interroger les horlogers auxquels nous n'avions pas pu parler la veille, et nous n'avions échangé encore que quelques salutations polies. La circulation dense forçait la voiture à rouler au pas, et l'atmosphère était pesante. Je voulais briser la glace, mais je ne savais pas comment. J'étais encore troublée par notre tête-à-tête dans la cuisine, et mon cerveau n'avait pas encore retrouvé tous ses moyens. C'était extrêmement perturbant, et je n'aimais pas ça.

— On dirait que le temps se couvre, dis-je.

Ma mère disait toujours : *Quand tu ne sais pas quoi dire, parle du temps qu'il fait.*

— Nous n'avons pas de quoi nous plaindre après tous ces jours de beau temps, mais c'est tout de même dommage.

Il balaya la rue du regard avant de détourner finalement les yeux. Il se radossa sur la banquette, le front barré d'un pli soucieux.

— Je suis désolé, Miss Steele, je suis un peu distrait, ce matin.

— Y a-t-il une raison en particulier ?

Il sourit soudain. C'était un spectacle à couper le souffle.

— J'ai l'esprit occupé par le risque de me faire attaquer avec un couteau.

— Si tel était le cas, vous devriez concentrer votre attention sur ce qui se passe à l'intérieur de la voiture plutôt qu'à l'extérieur.

— En effet.

Une lueur amusée brillait dans ses yeux. Il était clair qu'il ne me considérait pas comme une menace.

— Vous comprenez, j'espère, que je n'avais pas l'intention de m'en servir contre vous, spécifiquement.

— Dans ce cas, contre qui comptiez-vous vous en servir spécifiquement ?

— Toute personne qui essayerait d'entrer dans ma chambre. Je suis une femme dans une maison peuplée d'inconnus dont trois sont des hommes, et la quatrième est une femme qui n'a pas l'air de beaucoup m'apprécier. Je suis désolée si cela offense votre sens de l'honneur, mais je suis prudente, c'est tout.

Le sourire s'effaça de son visage. Je regrettai de le voir disparaître.

— Je comprends parfaitement. Vous êtes une femme qui n'a

plus personne au monde, et vous vous retrouvez au milieu de gens que vous connaissez à peine. Je ne suis pas offensé ; au contraire, je vous admire. Vous êtes une femme remarquable.

Il aurait dû s'arrêter après la première phrase. Le reste de son éloge était un peu trop appuyé pour être crédible. Si l'on ajoutait à cela ce doux sourire qui manquait quelque peu de sincérité, c'était trop. J'en avais assez. Je voulais qu'il sache que je voyais clair dans son jeu, hier soir comme aujourd'hui, dans l'espoir qu'il coupe court à ces faux-semblants ridicules.

— Je vous en prie, Mr Glass, inutile de me faire des compliments aussi exagérés.

— Ils n'ont rien d'exagéré.

Il se pencha en avant et saisit ma main entre les siennes.

— Miss Steele, je suis sincère.

Je dégageai vivement ma main.

— Arrêtez, répliquai-je sèchement. Je ne saurais dire si vous essayez de me séduire, ou simplement de faire de moi votre amie, mais que les choses soient bien claires : je ne suis pas une potiche écervelée qui se laisse berner par de belles paroles, des sourires charmeurs et des œillades enflammées.

À ma grande surprise, il se mit à rire, mais avec une pointe de cruauté.

— Ah, vraiment ? Et Hardacre, alors, comment a-t-il fait pour vous embobiner ?

Je me hérissai. Ma relation avec Eddie ne le regardait pas, et son allusion était d'une grossièreté inqualifiable. Pourtant, je me sentis obligée de répondre. J'avais insisté pour que Mr Glass se départisse de sa fausse galanterie, et maintenant que c'était fait, je devais en assumer les conséquences.

— J'ai longuement pesé le pour et le contre avant d'accepter de l'épouser. Eddie s'était toujours montré charmant et convenable. Hélas, il était bien meilleur acteur que vous. Quand j'ai enfin compris ce que cachaient ses paroles, ses sourires et ses œillades, il était déjà trop tard. À moins que je n'aie appris deux ou trois choses sur les hommes depuis, et gagné en sagesse.

— Ou alors vous n'avez aucun talent pour juger du caractère des gens. Vous vous trompez peut-être sur mon compte comme vous vous êtes trompée sur le sien. C'est dommage, vous ne saurez jamais si je veux sincèrement devenir votre ami.

Il poussa un soupir affecté et reprit son poste d'observation à la vitre.

— Tant pis.

Oh, quel goujat ! Il était encore plus odieux que je ne l'aurais cru.

Le reste du trajet parut durer des heures, mais un rapide coup d'œil à la montre que je gardais dans mon réticule m'indiqua que quinze minutes seulement s'étaient écoulées quand Cyclope arrêta la voiture devant la boutique *Underwood, Montres et Horloges*. Je restai dans la voiture, car Mr Underwood me connaissait.

Mr Glass ne resta pas longtemps à l'intérieur et regagna le carrosse au bout de seulement quelques minutes. Il s'arrêta avant de monter, le regard fixé sur un point derrière nous. Je me retournai pour regarder par la vitre arrière, mais je ne vis qu'un élégant fiacre qui s'éloignait, sans aucun passager.

— Qu'y a-t-il ? demanda Cyclope du haut de son siège.

— Rien, dit Mr Glass. En route.

Il monta et s'installa sur le siège en face de moi.

— Avez-vous trouvé ce que vous cherchez ? lui demandai-je.

C'étaient les premières paroles que nous échangions depuis notre discussion glaciale. J'espérais que cela mettrait fin à ce silence entre nous.

— Non, soupira-t-il. Mr Underwood est dans la bonne tranche d'âge, mais il n'est pas Chronos. Il a le nez trop large, pour commencer.

— Connaissait-il quelqu'un qui puisse correspondre à sa description ?

— Non, mais quelque chose me dit qu'il mentait.

— Pourquoi mentirait-il ?

Il me lança un bref coup d'œil avant de reporter son attention au-dehors. Du bout du doigt, il effleura le bas de la vitre.

— Le plus délicat va être de l'inciter à nous dire ce qu'il sait.

— Êtes-vous absolument certain qu'il mentait ?

— Oui.

Son doigt s'arrêta dans sa course.

— Savez-vous des choses sur lui qui pourraient nous aider à le convaincre ?

— Le convaincre ? Vous comptez donc le faire chanter ?

J'eus l'impression qu'il faisait tout son possible pour ne pas lever les yeux au ciel.

— Non, je parle de le convaincre. Le chantage, c'est bien trop sinistre. Je ne veux pas lui faire de mal.

— Vous voulez seulement vous servir de lui.

— Je veux accéder à ses informations.

— Des informations qu'il refuse de vous donner.

— Savez-vous, oui ou non, quoi que ce soit sur Mr Underwood qui puisse nous servir à… l'encourager à nous dire ce qu'il sait ?

Son ton était nettement plus ferme et moins patient que celui qu'il avait employé avec moi jusque-là. J'eus le sentiment qu'il fallait que je le récompense pour s'être montré à moi sous son vrai jour.

— Non, mais je connais quelqu'un d'autre qui connaît peut-être l'homme à qui pensait Underwood.

— Pensez-vous qu'il nous donnera cette information ?

— C'est possible. Mr Glass, y a-t-il quelque chose que vous me cachez au sujet de votre horloger ? Une chose qui lui donne-rait une bonne raison de rester anonyme ?

Son doigt reprit sa lente progression le long du bas de la vitre, à la jointure du verre et du bois.

— Aucune.

— Je ne vous crois pas.

Ses lèvres s'étirèrent en une mince ligne. Je haussai un sourcil interrogateur à son intention, et il laissa échapper un juron à mi-voix.

— Il a ses raisons, je n'ai pas à les révéler.

J'étouffai un cri de stupeur.

— Serait-il un hors-la-loi ?

— Non. Et maintenant, je vous prie de cesser vos questions. Ce n'est pas à moi d'y répondre. Où pouvons-nous trouver ce vieil horloger que vous connaissez ?

— Sur l'autre rive du fleuve.

Je lui expliquai quelle route suivre, et il ouvrit la fenêtre pour transmettre mes instructions à Cyclope. Cyclope répondit qu'il était parfaitement capable de se débrouiller avec sa carte.

Mr Glass se rassit sur son siège.

— Quelles sont les informations qui pourront me servir à le convaincre ?

— Il vaut mieux que cela vienne de moi, dis-je. Je vous accompagnerai dans sa boutique.

— Est-ce bien raisonnable, étant donné l'accueil que vous avez reçu hier ?

— Il ne tentera pas le même stratagème qu'Abercrombie.

— Qu'en savez-vous ?

— Je le sais, parce que…

En réalité, je n'en étais pas sûre. Ce n'était pas seulement Abercrombie : tous les autres horlogers d'Oxford Street avaient réagi de façon aussi inexplicable qu'inattendue.

— Il n'est pas aussi malveillant qu'Abercrombie, dis-je pour toute réponse.

Cela dit, lorsque j'aurais fini de le « convaincre », il risquait de se retourner contre moi.

La voiture mit un certain temps à progresser au milieu de la foule, traverser le pont de la Tamise et arriver à Clapham. Cyclope, sans se perdre une seule fois, arrêta le carrosse devant la boutique de Mr Lawson, dans la rue High Street. Mr Glass descendit le premier et me tendit la main pour m'aider à descendre les marches du carrosse. Comme nous avions à peine parlé pendant le trajet, je mis un point d'honneur à le remercier, pour briser le silence.

J'entrai la première et me dirigeai droit vers le comptoir, où Mr Lawson était juché sur un tabouret, penché au-dessus d'une montre. En m'apercevant par-dessus ses lunettes, il fit tomber la montre sur le comptoir. Un ressort en jaillit.

— Miss Steele ! Que faites-vous ici ?

Je ramassai sa montre et remis le ressort en place. La montre reprit son tic-tac régulier. Je la lui tendis, mais il se contenta de la regarder, bouche bée.

— Elle était cassée ! s'écria-t-il.

— Et je l'ai réparée.

Je levai la montre un peu plus haut, mais il refusait toujours de la prendre.

— Il suffisait de remettre le ressort à sa place.

Je me sentais un peu idiote de lui expliquer cela, alors qu'il avait forcément remarqué qu'il était tombé.

Il secoua la tête.

— Le problème ne venait pas de ce ressort. J'ai passé toute la matinée sur cette montre sans parvenir à trouver ce qui n'allait pas, et pourtant elle ne fonctionne pas.

Il lui fallait peut-être de nouvelles lunettes. Je posai la montre sur le comptoir. Il la prit par la chaîne et la déplaça sur le côté, à bout de bras. Puis il s'éloigna de moi à reculons.

— Mon Dieu, murmura-t-il en me dévisageant toujours comme si j'avais deux têtes. C'est impossible.

Je sentais la présence massive de Mr Glass derrière moi, tout près. Elle était rassurante, mais pas assez pour réprimer ma curiosité.

— Mr Lawson, pourquoi avez-vous peur de moi ?

Le vieil horloger enroula autour de son doigt la moustache blanche qui dissimulait sa lèvre supérieure. Il eut un petit rire nerveux.

— Peur de vous ? Mais pas du tout, Miss Steele, pas du tout. Je suis juste… stupéfait de vous revoir après tout ce temps.

Son regard se reporta sur la montre avant de revenir sur moi. Ses innombrables rides se froncèrent en une grimace sérieuse.

— Votre père et moi n'étions pas en très bons termes, ces dernières années.

— Non, en effet.

— Que voulez-vous ? Je ne peux pas vous employer.

— Je ne veux pas travailler pour vous.

Il eut l'air soulagé.

— Voici Mr Glass, dis-je. Mr Glass, je vous présente Mr Lawson.

Mr Glass lui tendit la main. Voyant que Mr Lawson ne s'approchait pas, il la baissa.

— Est-ce votre Chronos ? lui demandai-je.

Mr Glass fit non de la tête. Il lui raconta alors en quelques mots l'histoire de ce mystérieux Chronos, et demanda à Mr

Lawson s'il connaissait un homme du même âge que lui, qui aurait voyagé à l'étranger cinq ans plus tôt.

Plus Mr Glass parlait, plus l'horloger ouvrait grand ses yeux déjà écarquillés. J'étais convaincue qu'il connaissait l'homme que cherchait Mr Glass.

— Eh bien ? demandai-je. Qui est-ce ?

— Personne.

Mr Lawson recula dos au mur, faisant tomber une horloge qui y était accrochée.

— Je ne connais aucun homme de ce genre.

Je regardai Mr Glass. Il hocha la tête d'un air grave.

— Vous nous mentez, dis-je à Mr Lawson. Vous connaissez celui que nous cherchons, j'en suis sûre.

Il leva les mains et, une fois de plus, son épaule heurta l'horloge, qui bascula sur la droite.

— Je vous assure que non ! Je vous en prie, Miss Steele, je suis un vieillard. Laissez-moi tranquille.

— Vous êtes un vieillard doublé d'un menteur. Vous avez la montre que j'avais conçue, vous l'avez présentée comme la vôtre, et vous avez remporté la récompense de la Guilde. C'était *moi* qui l'avais conçue, Mr Lawson. C'est moi qui aurais dû remporter ce prix.

La main de Mr Glass frôla le bas de mon dos. Pour m'apporter son soutien ? Pour me rassurer ? Pour se préparer à m'empêcher de bondir par-dessus le comptoir ?

— Ah. Ça.

Mr Lawson recommença à se caresser la moustache avec un autre rire nerveux.

— Oui, ça.

— Allons, Miss Steele, ce n'est pas la peine de vous fâcher pour une histoire qui remonte à plusieurs années.

— Je ne suis pas fâchée !

Je m'éclaircis la gorge et poursuivis, plus calmement :

— Je suis prête à passer l'éponge sur votre vol si vous…

— Un vol ! Je n'irais pas jusque-là, Miss Steele. Ne soyez pas hystérique.

Je serrai les doigts sur le comptoir et me penchai vers lui. Il s'aplatit contre le mur, faisant tomber l'horloge une fois pour toutes. Elle alla s'écraser au sol dans une cacophonie de craquements de bois où retentit l'unique fausse note d'un *coucou*. Mr Lawson repoussa ses lunettes plus haut sur l'arête de son nez.

— C'était un vol, grondai-je. Si la Guilde apprend ce que vous avez fait, vous en subirez les conséquences. Les statuts stipulent que tout membre surpris à tricher pour remporter un concours doit être expulsé de la Guilde.

— Je… Je doute qu'on vous croie, au vu de vos relations passées avec la Guilde. Vous passeriez pour rancunière.

C'était justement ce qui m'inquiétait, mais puisque j'en étais arrivée là, je pouvais bien feindre l'assurance jusqu'au bout.

— Cela sèmerait dans les esprits assez de doute pour que vous soyez surveillé de très près, Mr Lawson. Mais comme je vous le disais, je suis disposée à oublier toute cette affaire, comme nous avions décidé de le faire, mon père et moi, si vous nous dites ce que vous savez sur cet homme que cherche Mr Glass.

Il se lécha la lèvre supérieure en humectant les pointes de sa moustache, qu'il se mit alors à caresser.

— Allons, Mr Lawson. Je sais que vous le connaissez. Vous ne mentez pas aussi bien que vous le croyez.

Il lança un regard vers Mr Glass, derrière moi.

— Il s'appelle Mirth. J'ignore si c'est l'homme que vous cherchez, mais il correspond à votre description. Il tenait une boutique près d'ici autrefois, avant de partir à l'étranger il y a quelques années.

— Cinq ans ? suggéra Mr Glass.

Mr Lawson haussa les épaules.

— Peut-être plus, peut-être moins. À mon âge, les années ont tendance à se brouiller.

— Savez-vous où l'ont conduit ses voyages ? lui demandai-je.

— Non. Tout ce que je sais, c'est qu'un jour, il a fermé son échoppe, et à son retour, il ne l'a jamais rouverte.

— Je ne crois pas connaître ce nom, dis-je. Il était horloger dans le quartier ?

Il eut un petit rire hautain et repoussa une fois de plus ses lunettes plus haut sur l'arête de son nez.

— Vous ne connaissez pas tous les horlogers qui aient jamais travaillé à Londres, Miss Steele.

Il n'avait pas tort.

— Où est-il, à présent ?

— J'ai entendu dire qu'il était à la Société Chrétienne d'Aide aux Personnes Âgées, sur Sackville Street, mais ça fait déjà un moment. Il est peut-être décédé depuis.

— Où est Sackville Street ? demanda Mr Glass.

— Un peu plus loin que Piccadilly.

— Je connais, dis-je.

— Merci, Mr Lawson, dit Mr Glass. Vous nous avez beaucoup aidés. Bien le bonjour.

Mr Lawson se racla la gorge et s'écarta du mur d'un pas.

— Miss Steele, me promettez-vous de ne mentionner ce petit incident à personne de la Guilde ? Cela fait plusieurs années, après tout.

— Si vos informations sont exactes, je ne vois aucune raison d'en parler.

Père avait décidé de ne pas faire de scandale à l'époque, et malgré mon agacement à l'idée que Mr Lawson s'en soit tiré à si bon compte, Père avait probablement raison. C'était à nous de prouver nos accusations, et je n'étais pas sûre d'avoir des preuves suffisantes pour convaincre les membres de la Guilde, qui avaient déjà une piètre opinion de moi.

— Bonne journée, Mr Lawson. J'espère que votre coucou n'est pas trop abîmé.

Je sortis avec Mr Glass.

— Vous avez été formidable, dit-il en m'aidant à me hisser sur le marchepied du carrosse.

Il avait à nouveau l'air non pas exténué, mais fatigué.

— Ne recommencez pas, Mr Glass, marmonnai-je. Je ne suis pas d'humeur pour vos flatteries hypocrites.

Sa mâchoire se contracta.

— Je n'étais pas hypocrite.

Puis s'adressant à Cyclope :

— En route pour Sackville Street, un peu après Piccadilly.

Il replia le marchepied, monta en voiture et s'assit en face de moi. Il claqua la portière.

Je me dis que je l'avais vexé. Tant pis. Ses sautes d'humeur ne m'intéressaient pas. Toutefois, l'atmosphère du trajet n'en fut que plus pesante.

Je ne tardai pas à regretter de m'être emportée. Mr Glass avait semblé sincère, et c'était injuste de passer ma colère sur lui alors que c'était à Mr Lawson que j'en voulais réellement.

— Miss Steele, dit-il en détachant son regard de la vitre, j'ai une question à propos de cette conversation avec Mr Lawson. Puis-je vous la poser sans que vous me sautiez à la gorge ?

Je serrai les lèvres pour réprimer un sourire.

— Allez-y.

— Vous avez réparé cette montre pour lui alors qu'il n'y parvenait pas. Comment est-ce possible ?

Je haussai nonchalamment une épaule.

— Il est vieux, peut-être est-il temps pour lui de prendre sa retraite. Il suffisait de refixer le ressort.

— Mr Lawson a plusieurs décennies d'expérience, et vous voulez me faire croire qu'une solution aussi simple lui aurait échappé ?

— Je ne vois pas d'autre explication. Elle ne marchait pas ; je l'ai réparée sans mal, alors qu'il en était incapable. Ça me paraît tout simple.

Il hocha lentement la tête sans me quitter des yeux. Déstabilisée par son regard insistant, je me concentrai sur les rues qui défilaient au-dehors. Après avoir tourné plusieurs fois, je réalisai que nous n'allions pas dans la bonne direction. J'ouvris la vitre pour en informer Cyclope.

Il se pencha vers moi et se retourna pour me voir, puis il se toucha l'aile du nez comme quelqu'un qui fait signe qu'il garde un secret. Je refermai la vitre.

— Qu'a-t-il dit ? demanda Mr Glass en se massant les tempes.

— Qu'il sait ce qu'il fait.

Lorsque Cyclope s'engagea dans Park Street, Mr Glass ouvrit brusquement la portière et sauta à terre avant que la voiture n'ait eu le temps de s'arrêter complètement devant sa maison.

— Mais qu'est-ce que tu fais, nom d'un chien ? hurla-t-il à Cyclope.

— Je te ramène à la maison pour que tu te reposes, répondit celui-ci. Et ne crie pas si fort. Tu fais peur au cheval.

La porte d'entrée du numéro seize s'ouvrit à la volée à l'instant précis où je descendis de voiture. Une femme d'une cinquantaine d'années se tenait sur le seuil et nous toisait, Mr Glass et moi, d'un air furieux. Vêtue de dentelle noire de la tête aux pieds, elle ressemblait à une toile d'araignée en deuil.

— Matt ! appela Willie derrière elle. Dépêche-toi d'entrer avant qu'elle ne fasse un scandale.

— Vous !

L'inconnue pointa du doigt Mr Glass avant qu'il n'ait eu le temps de bouger.

— Vous n'avez rien à faire ici, canaille ! Sortez de chez moi, ou je vous fais tous arrêter.

CHAPITRE 7

— *V*agabond ! hurla la femme d'une voix stridente. Vous m'avez volé ma maison !

Elle descendit les marches une à une, le doigt toujours pointé sur Mr Glass. Sa main tremblait, et à côté de lui, elle avait l'air frêle et minuscule, mais ça ne l'empêchait pas de lui faire face comme si elle était une guerrière. J'avais pour elle une admiration sans bornes.

Je restai sur le trottoir, attendant de voir comment Mr Glass allait réagir. Cyclope ne fit pas avancer la voiture, et Duc avait maintenant rejoint Willie sur le pas de la porte. Contrairement à elle, il gardait les yeux fixés non pas sur la femme, mais sur Mr Glass. Il semblait inquiet.

Un bref coup d'œil en direction de Mr Glass suffit à m'en confirmer la raison. Des marques indubitables d'épuisement lui tiraient les yeux et la bouche.

— Vous faites erreur, Madame, dit-il. Je suis le propriétaire de cette maison.

C'était *lui*, le propriétaire ? Je croyais qu'il l'avait simplement louée. Comment se faisait-il qu'un Américain possède une maison dans l'un des quartiers les plus huppés de Londres ?

— Cette maison ne peut pas être à vous, dit la femme en reniflant d'un air hautain. Elle appartient à mon neveu.

Willie ouvrit des yeux si ronds qu'ils risquaient de lui sortir de la tête.

— Nom d'un petit coyote, marmonna Duc.

Mr Glass cligna plusieurs fois des yeux avant de s'éclaircir enfin la gorge.

— Dans ce cas, vous devez être Miss Letitia Glass, dit-il en s'inclinant. Je suis Matthew Glass. Votre neveu.

La femme recula en chancelant et trébucha contre les marches. Willie et Duc la rattrapèrent et la redressèrent. Elle sembla avoir à peine remarqué l'accident auquel elle avait échappé de justesse et les gens derrière elle, malgré un autre juron pittoresque de Duc.

— Non, bredouilla-t-elle. Non, non, non. Vous ne pouvez pas être Matthew. Il est en Amérique, il fait… des choses d'Américain. Il m'aurait écrit pour m'informer de son arrivée.

Elle se pencha en avant, le scruta, les yeux plissés, puis se redressa et continua de l'étudier comme si la distance l'aidait à mieux voir.

— Pourquoi vous écrirais-je, alors que je ne l'ai encore jamais fait ? demanda Mr Glass. Tante Letitia…

— Ne m'appelez pas comme ça ! le coupa-t-elle.

Elle tendit la main et le saisit par le menton. Il aurait pu se dérober, mais il se prêta à son inspection tandis qu'elle lui tournait la tête d'un côté et de l'autre.

— Hmm. C'est vrai que vous avez l'allure des Glass, et vous êtes aussi beau que votre père. Mais il est impossible que vous soyez Matthew. Il n'a que trente ans, et vous, vous avez l'air bien plus âgé.

— Il a été malade, intervint Willie.

Mr Glass lança un regard pénétrant à sa cousine quand Letitia le lâcha.

— Je ne suis pas convaincue. Prouvez-moi que vous êtes Matthew, et je vous autoriserai à rester ici.

— Vous m'y *autoriserez* ?

— Oui. Je vous y autoriserai, Mr Je-Ne-Sais-Qui. Plus je vous vois, plus je doute que vous soyez mon neveu. Mon cher frère aurait appris à son fils à ne pas se montrer impertinent avec sa tante. Harry avait de bonnes manières.

Au nom de son père, Mr Glass baissa la tête. Il poussa un lourd soupir.

— C'est à *vous* de nous prouver qui vous êtes, dit Duc sans laisser à Mr Glass le temps de répondre.

La petite femme se tourna vers lui.

— Tout le monde sait qui je suis.

Elle adressa un salut de la main en direction des fenêtres d'une maison voisine. Le rideau bougea, et le visage qui épiait la scène disparut.

— Je suis très connue à Londres. J'étais… je veux dire, je suis une amie intime de la Reine.

Elle porta la main aux boucles grises à la base de sa nuque, qui dépassaient sous le nuage de la voilette noire qui entourait son chapeau.

— Mon portrait a été peint par les plus grands maîtres, j'ai été courtisée par des princes étrangers, et j'ai dîné dans des palais. Un chevalier blanc a même terrassé un dragon pour moi, un jour.

Cette déclaration étrange fut suivie d'un silence stupéfait pendant lequel tout le monde la dévisagea. Une pluie fine se mit à tomber et les rideaux de la maison voisine s'écartèrent à nouveau. Letitia Glass se tenait au milieu de nous tous avec la tête haute, le dos droit et, dans ses yeux, ce que je soupçonnais maintenant être une étincelle de folie.

— Miss Glass, l'interpellai-je d'une voix douce. Je m'appelle India Steele et je suis ravie de faire votre connaissance. Je vous en prie, entrez, ne restez pas sous la pluie. Nous allons boire une tasse de thé et nous trouverons bien un moyen de dissiper ce malentendu. Personne ne vous fera de mal, vous avez ma parole.

Elle examina mon visage, mes vêtements et le réticule qui pendait à mon poignet.

— Vous, au moins, vous avez l'air d'une brave fille *anglaise et* respectable.

Elle appuya ses mots d'un regard assassin à l'intention de Willie.

Willie ouvrit la bouche pour répliquer, mais Mr Glass fit non de la tête et elle la referma.

Miss Letitia Glass rentra sous le porche, et après un court moment d'hésitation, accepta le bras que lui offrait Duc.

— Personne ne lui fera de mal ? me glissa Mr Glass à l'oreille.

Sa main serra fort mon coude.

— Me croyez-vous capable de m'en prendre à une vieille dame ?

— Mr Glass…

Me retenant de lui dire que je ne lui faisais pas confiance, je me contentai de répondre :

— Vous voyez bien que ça l'a rassurée. Y a-t-il quelque chose que vous puissiez lui montrer pour lui prouver qui vous êtes ?

— Demandez-vous cela pour elle ou pour vous ?

Il me lâcha et me fit signe d'entrer devant lui.

— Je n'ai jamais douté que vous étiez Matthew Glass, dis-je en passant devant lui. Jusqu'à maintenant.

Mr Glass ne se joignit pas à nous et Duc disparut après avoir fait asseoir Miss Glass sur le canapé du salon. Je m'assis à côté d'elle dans l'espoir que ma présence la rassurerait quelque peu, bien qu'elle n'ait pas l'air d'en avoir besoin. Elle était installée comme si elle était parfaitement à sa place, ses jupes noires étalées sur presque toute la largeur du sofa. Elle porta la main à une pierre polie noire, sertie dans une broche en or qui fermait sa robe à la base du cou, et fronça le nez.

— Ça sent le renfermé, ici, déclara-t-elle. Vous devriez ouvrir les fenêtres.

— Pas la peine, dit Willie. Nous repartons bientôt, et de toute façon, ici, il pleut tout le temps, quand ce n'est pas la suie qui vole dans l'air.

— Miss Glass, dis-je, parlez-moi de votre neveu, Matthew.

Je voulais en apprendre autant que possible à son sujet avant qu'il ne revienne. En supposant que l'homme qui m'avait engagée était bien son neveu.

— Vous n'avez qu'à lui demander vous-même, intervint Willie.

— Serait-il disposé à me répondre ?

Elle se contenta de hausser les épaules.

— J'aime tant mon frère, dit Miss Glass d'un ton mélancolique.

Ses yeux s'embuèrent, et je me demandai si elle avait encore conscience de la pièce qui l'entourait.

— Il est si plein de vie et d'entrain, et profondément bon. Il excelle dans tout ce qu'il entreprend. Il est si intelligent et si aimable. Tout le monde l'adore et veut être son ami. À part Papa, bien sûr.

Sa bouche se tordit en une moue contrariée.

— Et Richard.

— Euh, Miss Glass ?

Je regardai Willie, qui me répondit d'un haussement d'épaules.

— Je parlais de Matthew Glass, votre neveu, pas de votre frère.

— Votre frère est mort, dit Willie en élevant la voix comme si Miss Glass était sourde.

— Willie ! m'indignai-je.

Miss Glass bougea et changea de position sur le sofa.

— Oui. Bien sûr qu'il est mort. Je le sais bien.

Elle baissa la tête, mais j'eus tout de même le temps de voir les larmes lui monter aux yeux.

— Que savez-vous de Matthew ? tentai-je à nouveau.

— Rien, dit Miss Glass. Je ne l'ai jamais rencontré. Harry m'a écrit quand sa femme a donné le jour à un fils. C'était il y a trente ans, mais je m'en souviens comme si c'était hier. J'étais heureuse pour lui. Pour eux deux, bien que je n'aie jamais rencontré sa femme, bien sûr. Elle venait d'une famille américaine sans le sou, voyez-vous, ce n'était pas un parti convenable pour un Glass. Mais Harry, fidèle à lui-même, l'a épousée quand même. Il a toujours été un grand romantique.

Elle soupira.

Willie se hérissa.

— Une famille américaine sans le sou ? répéta-t-elle.

— Des gens peu fréquentables, lui dit Miss Glass. Tous plus… rustres les uns que les autres, à en croire l'une des premières lettres de Harry.

Elle poussa un nouveau soupir.

— Il a souvent écrit après m'avoir annoncé la naissance de Matthew, mais Richard m'a caché l'existence de ces lettres. C'est l'intendante qui m'en a parlé, mais elle n'a pas osé les prendre comme je le lui avait demandé.

— Qui est Richard ? me risquai-je à lui demander.

— Mon frère. C'est lui qui est Baron de Rycroft, aujourd'hui.

— Baron ! m'exclamai-je en même temps que Willie, qui ajouta :

— C'est un vrai baron, ou c'est juste comme ça qu'il se fait appeler ?

— Pourquoi lui donnerait-on le titre de baron s'il ne l'était pas ? s'étonna Miss Glass en gloussant comme une petite fille. Sont-ils nigauds, ces Américains, me dit-elle, comme si seule une autre Anglaise pouvait comprendre la plaisanterie.

Cependant, j'étais encore trop stupéfaite pour répondre. Mr Glass était le neveu d'un baron ! Mais il était beaucoup trop américain. Et bien qu'il arrive à passer sans trop de mal pour un gentleman, il n'avait rien de noble. Il y avait forcément une erreur, il ne pouvait pas être le Matthew Glass dont parlait cette femme.

Et dans ce cas, cela voulait dire qu'il avait menti et qu'il n'avait rien à faire chez elle, comme elle l'avait dit. De là à le soupçonner d'être un bandit, il n'y avait qu'un pas. Mon sang se glaça d'effroi. Si cette femme pouvait prouver qu'il n'était pas Matthew Glass, il pouvait représenter un danger pour elle.

Duc entra, les mains chargées d'un plateau. Je servis le thé parce que Willie était occupée à répéter à Duc ce qu'avait dit Miss Glass. Je dus me servir de mes deux mains, l'une empêchant l'autre de trembler.

— Tu étais au courant ? demanda Willie à Duc.

Il secoua la tête.

— Vous ne saviez pas, vous ? Vous êtes pourtant sa cousine.

— Sa cousine ? répéta Miss Glass avec dédain. Ne vous l'avais-je pas dit, Miss Steele ? Mon frère a épousé une Américaine qui venait d'une famille de rustres, et en voici la preuve.

Elle accepta la tasse et me gratifia d'un sourire bienveillant comme si elle ne venait pas d'insulter Willie.

Willie avança vers elle, les mains sur les hanches, les narines dilatées comme les naseaux d'un taureau furieux. Pendant vingt longues secondes, elle resta sans rien dire, respirant très fort et fusillant Miss Glass du regard.

— Retirez ça tout de suite ! dit-elle enfin.

— Je ne vois pas pourquoi, grommela Duc. Elle n'a pas tort.

Willie revint vers lui d'un pas vif et lui asséna dans l'épaule un coup de poing si violent qu'il dut reculer d'un pas. Elle sortit en trombe du salon tandis qu'il ricanait.

— On vous a battus, on a gagné la guerre ! rétorqua-t-elle.

— Nous avons été en guerre contre l'Amérique ? s'étonna Miss Glass en portant une main à sa poitrine. Doux Jésus, c'est affreux !

— Je pense qu'elle fait allusion à la Guerre d'Indépendance, qui a eu lieu il y a plus d'un siècle, dis-je en m'efforçant de réprimer un sourire de soulagement.

Willie, au moins, n'était pas une menace. Pour le moment.

Miss Glass buvait son thé à petites gorgées.

— Où est-il passé ? s'enquit-elle en regardant vers la porte derrière Duc. Où est cet homme qui prétend être mon neveu ? Je veux le regarder d'un peu plus près.

— Vous faites pas de bile, dit Duc. Il va pas tarder à revenir.

Miss Glass tapota ses boucles grises.

Mr Glass revint dans le salon d'un pas décidé, et Miss Glass se redressa immédiatement. Aucun des deux ne parvenait à détacher son regard de l'autre. Il semblait de nouveau en meilleure santé, tous signes de maladie et d'épuisement envolés. Il approcha une chaise pour s'asseoir à côté d'elle et lui tendit une vieille photographie. Il en tenait une deuxième dans ses mains, qu'il garda pour lui.

— Ça, c'est moi, avec mes parents, dit-il d'une voix douce. J'avais à peu près trois ans.

Il étudiait minutieusement la réaction de Miss Glass. Les yeux brillants de larmes, elle suivit du pouce les contours de la silhouette de l'homme sur la photographie. C'était donc sûrement son frère. Il ressemblait énormément à Mr Glass, à l'exception de sa moustache et de ses cheveux coiffés avec une raie au milieu. Il se tenait légèrement en retrait derrière une femme assise, vêtue d'une robe à crinoline. Elle était très jolie, avec des traits fins et de grands yeux. Elle tenait par la main le petit garçon qui regardait la caméra d'un air boudeur. Il n'avait pas l'air d'apprécier qu'on l'oblige à garder la pose si longtemps.

— Et ça, c'est moi avec mes parents juste avant qu'ils ne tombent malades. J'avais quinze ans.

Le couple n'avait pratiquement pas changé. Elle avait troqué sa robe claire contre un tissu plus sombre, ses jupes étaient moins larges et ses cheveux étaient recouverts d'une coiffe. L'homme commençait à avoir le cheveu un peu plus rare, mais il était resté très beau. Le garçon avait grandi et se tenait maintenant de l'autre côté de sa mère. Il était plus grand que son père, avec de larges épaules, et il ne faisait plus la moue ; il regardait directement l'objectif d'un air calme. Son visage avait encore des traits enfantins, mais il n'y avait aucun doute possible : c'était bien l'homme qui était assis en face de moi, et il était indubitablement le fils de l'homme que l'on voyait sur les deux photos. Il était très surprenant que Miss Glass n'ait pas immédiatement remarqué cette ressemblance frappante en le voyant. Mais après tout, elle n'avait plus toute sa tête.

Elle renifla bruyamment. Mr Glass lui tendit son mouchoir et elle s'en tamponna les yeux.

— Harry, murmura-t-elle en recommençant à caresser la photo. Mon très cher Harry.

Mr Glass la regardait, les coudes appuyés sur ses genoux, déglutissant avec peine, la gorge serrée.

— Tante Letitia ? souffla-t-il.

Elle s'essuya la joue avec le mouchoir et lui rendit les photographies. Elle lui prit les deux mains.

— Matthew, murmura-t-elle. Il y a tant de choses dont nous devons parler. Il faut faire vite.

— Faire vite ? Pourquoi ?

Elle agita la main dans laquelle elle tenait son mouchoir.

— Est-il vrai que tes parents sont morts d'une maladie ?

Il hocha la tête.

— Ils sont morts tous les deux, à quelques semaines d'intervalle.

— Et qu'as-tu fait, alors ?

Il se radossa sur sa chaise et regarda les deux photos.

— Je suis retourné dans la famille de ma mère, en Californie.

Jusqu'à ce que j'aie l'âge de partir, ajouta-t-il avec une amertume glaçante.

Je trépignais sur mon siège, attendant qu'il me fournisse d'autres pièces du puzzle pour m'aider à résoudre cette énigme qu'était Mr Glass.

— Pourquoi es-tu venu en Angleterre après tout ce temps ? Harry avait juré de ne jamais rentrer.

— Je cherche quelqu'un.

Il me lança un bref coup d'œil avant de reporter son regard sur sa tante. Depuis qu'il était rentré dans le salon, c'était la première fois qu'il montrait qu'il avait remarqué ma présence.

— Je vois. Eh bien, je suis heureuse que tu sois venu.

Elle serra sa main entre les siennes.

— Es-tu marié ?

Il se dégagea.

— Non.

— Promis à quelqu'un ?

— Non.

— Parfait ! Maintenant que tu es rentré, nous devons te trouver une fiancée. Une Anglaise de bonne famille, quelqu'un de notre milieu, ajouta-t-elle avec un claquement de langue désapprobateur. Si seulement je savais qui sont les jeunes filles convenables aujourd'hui.

— Ma Tante, je vous en prie, je ne suis pas là pour me marier. Je cherche juste un horloger.

Il me lança un nouveau regard. Il devait vouloir s'en aller pour parler avec cet horloger du nom de Mirth.

— Et d'ailleurs, je ne reste pas longtemps. Je repars mardi.

— Mardi ! Mais c'est bien trop tôt.

Il se leva. Elle tenta de lui prendre la main, mais il s'éloigna. Il était toutefois impossible qu'il n'ait pas remarqué son geste. Très raide, il alla se placer debout près de la cheminée, aussi loin de nous que possible sans quitter la pièce.

— J'espère que vous vous portez bien, ma tante.

— Je suis en parfaite santé. Mais, Matthew…

— Et mon oncle Richard ?

Elle répondit par un claquement de langue désapprobateur.

— Il est toujours en vie, malheureusement.

— Subvient-il à vos besoins ? demanda Mr Glass.

— Je suis convenablement nourrie et logée, comme l'un de ses chevaux, si c'est ce que tu entends par là.

Elle serra ses mains sur ses genoux, son menton altier à nouveau incliné en une posture majestueuse. C'était une femme consciente de son statut privilégié dans la société. On ne voyait plus en elle aucune trace de folie.

— Sait-il que je suis en Angleterre ? demanda Mr Glass.

— Oui.

— A-t-il chargé quelqu'un de me suivre ?

— De te suivre ? Pourquoi te ferait-il suivre ?

— J'ignore la réponse, mais ce que je sais, c'est que quelqu'un me suit.

C'était donc pour cela qu'il avait passé toute la matinée à regarder par la vitre de la voiture.

— Quand ? intervint Duc d'un air inquiet.

Mr Glass éluda la question en secouant la tête. Duc serra les lèvres, et je m'attendais à ce qu'il proteste, mais ce fut Miss Glass qui reprit la parole.

— Richard a entendu dire qu'il y avait quelqu'un dans la maison de Harry, dit-elle en indiquant la pièce où nous nous trouvions.

Ainsi donc, cette maison avait appartenu au père de Mr Glass, pas à la famille Rycroft.

— Je ne sais pas qui l'a averti. Peut-être l'un des voisins.

— Probablement. Je les ai vus qui m'observaient, mais aucun ne nous a jamais salués.

— J'ai entendu Richard dire à Beatrice que quelqu'un occupait la maison. Il ne m'a pas informée directement.

— Beatrice ?

— Sa femme.

Mr Glass hocha lentement la tête.

— Mon nom a-t-il été mentionné ?

— Non, il a seulement dit que quelqu'un était dans la maison, et qu'il tirerait ça au clair.

— Il n'est pas venu, dit Mr Glass. Ni lui ni aucun autre membre de la famille avant vous.

— Je n'ai surpris la conversation de Richard et Beatrice que ce matin. Je suis venue dès que j'ai pu m'éclipser. L'idée que quelqu'un occupe indûment la maison de mon cher Harry m'était insupportable.

— C'était très aimable à vous de vous inquiéter.

Au ton de sa voix, je n'arrivai pas à déterminer s'il était sincère ou non.

— J'étais très inquiète. Je me disais que Richard ne lèverait pas le petit doigt pour vérifier. Je suis venue ici dès que j'ai pu lui échapper.

Nous nous penchâmes tous vers elle en haussant les sourcils.

— Lui échapper ? répéta Mr Glass. À mon oncle Richard ?

— Non, à Beatrice. Je lui ai demandé de m'emmener faire des emplettes. Je n'ai pas le droit de sortir seule, vous comprenez.

— Pourquoi pas ?

— J'achète des choses, et ensuite Richard se fâche parce que j'ai dépensé trop d'argent, alors que c'est *mon* argent, je peux bien en faire ce que je veux. Il me verse une rente. Oh, et je parle aux gens.

Elle sourit comme si c'était une bien vilaine chose à faire, et qu'elle ne la faisait que pour agacer son frère.

— Vous n'avez pas le droit de parler aux gens ? m'indignai-je tandis que Mr Glass gardait le silence.

Il semblait pensif.

— Richard ne m'autorise à recevoir des visiteurs que si lui ou Beatrice sont présents. Il ne veut pas que je leur dise combien il est cruel avec moi. Il tient énormément à respecter les apparences. Plus qu'il ne tient à moi.

— Tante Letitia, il ne peut tout de même pas être si monstrueux, dit Mr Glass.

— Es-tu en train de me traiter de menteuse ?

Il inspira brusquement.

— Mais non, pas du tout. Je sais que mon père ne s'entendait pas avec le sien, et que Richard prenait généralement le parti de leur père, mais…

— Généralement ?

Elle renifla d'un air dédaigneux.

— C'était à chaque fois. Richard savait quel camp il avait intérêt à soutenir. Il a toujours été lâche, c'est son problème.

Alors que Harry… je n'ai jamais rencontré personne qui ait plus de cran. C'était ça, son problème, à lui.

À mesure qu'elle parlait, sa colère et sa véhémence l'abandonnaient, et ses yeux reprirent un air mélancolique. Je m'attendais presque à ce qu'elle se remette à parler de chevaliers blancs et de dragons.

— Harry était désintéressé et courageux, et il avait un cœur en or. Il disait à notre père quand il se montrait injuste envers nos paysans et nos domestiques, et Père lui en voulait terriblement. Il haïssait sa générosité, il haïssait le fait qu'il soit meilleur que lui à tous points de vue, et il haïssait sa tendance à dire ce qu'il pensait. Richard et lui détestaient Harry parce qu'il était lui-même.

J'observais Mr Glass par-dessous mes cils. Il était parfaitement immobile et ne disait pas un mot. Au bout d'un moment, il déglutit avec peine et se mit à cligner rapidement des yeux. Je n'aurais su dire si c'était un signe d'émotion ou non.

— Est-ce qu'il vous bat ? demanda Duc à Miss Glass.

Tous nos regards se tournèrent vers lui.

— Est-ce que votre frère vous bat, Madame ?

Il avait posé sa question d'un air très naturel, comme si c'était le genre de chose qu'on demandait régulièrement à des inconnus.

Miss Glass grimaça, scandalisée.

— Qui êtes-vous, pour me poser une question pareille ?

— Je suis l'ami de Matt.

— Je pensais que vous étiez le majordome.

Duc regarda Mr Glass en plissant les yeux.

— J'ai besoin de boire un verre. Tu en veux un ?

Mr Glass lui fit signe de sortir, et Duc quitta le salon. Son départ laissa la place à un silence un peu gêné. J'attendis que la tante et le neveu se mettent à parler des membres de leur famille et à échanger de vieux souvenirs, mais non. Ils semblaient avoir besoin d'un petit coup de pouce pour faire connaissance.

— Miss Glass, pourquoi votre frère Harry a-t-il quitté l'Angleterre ? lui demandai-je.

Ses yeux recommencèrent à s'embuer et je regrettai ma question, mais je brûlais de savoir. Je savais que c'était mal. Les histoires de cette famille ne me concernaient pas. Et pourtant, j'attendais sa réponse avec impatience.

Malheureusement, elle se raidit soudain. Elle sembla revenir à elle-même, les yeux plus perçants.

— Et *vous*, Miss Steele, qui êtes-vous ? Que faites-vous ici ?

— Je suis également une amie de votre neveu, répondis-je.

Il ne me contredit pas, mais je vis une pointe d'amusement faire frémir la commissure de ses lèvres. Il me regarda franchement, me mettant au défi d'ajouter d'autres mensonges à la pile. Il comptait certainement me les rappeler plus tard et me regarder tâcher de m'en dépêtrer.

— Enfin, disons plutôt une connaissance.

Je ne voulais pas lui dire que je travaillais pour lui. Cela réduirait immédiatement mon statut à ses yeux, et elle risquerait de cesser de parler devant moi si elle me voyait comme une simple employée.

— Une connaissance ?

Elle hocha lentement la tête en me considérant à nouveau, et cette fois, j'étais certaine qu'elle examinait en détail le moindre de mes vêtements, jusqu'à la trame de coton de l'étoffe.

— Je vois. Une maîtresse serait mieux mise, et porterait des bijoux. Aucun Glass ne serait assez près de ses sous pour habiller ses conquêtes en coton gris. Alors, dites-moi, quelle est la nature de votre relation avec mon neveu ?

— Elle est mon assistante, répondit Mr Glass avant que j'aie le temps de trouver quoi dire. Elle m'aide dans mon travail.

— Tu travailles ?

On aurait dit qu'elle venait d'avaler quelque chose d'acide.

— Bien sûr que je travaille, s'étonna-t-il. Comme tout le monde !

Je levai les yeux au ciel. Il était si naïf ! Peut-être qu'en Amérique, les classes supérieures travaillaient et en étaient fières, mais ici, les familles bien nées n'aimaient guère à se salir les mains. La plupart vivaient de leurs propriétés terriennes ou faisaient de bons mariages. Bien sûr, il existait des gentlemen qui étaient de riches négociants, des industriels ou des banquiers, mais rares étaient les aristocrates qui avaient connu un seul jour de labeur dans leur vie.

— Dites-lui donc quel métier vous faites, Mr Glass.

C'était assez amusant de voir son embarras pendant qu'il cherchait quoi répondre, et j'eus du mal à réprimer un sourire. Il était clair qu'il jugeait nécessaire de lui mentir.

Cette pensée fit disparaître instantanément mon sourire. S'il devait mentir, cela voulait dire que son travail impliquait une part de secret, comme le fait d'être un bandit, peut-être.

— Je gère les affaires de ma famille, dit-il en m'adressant un sourire plein de suffisance.

— De quel genre d'affaires s'agit-il ? insistai-je.

— Cessez cette discussion immédiatement ! fit Miss Glass avec un frisson scandalisé. Ta famille est ici, Matthew, et nous ne parlons pas de choses aussi vulgaires.

— Avec tout le respect que je vous dois, ma tante, j'ai de la famille sur deux continents. Ma famille américaine n'est peut-être pas aussi…

Il tambourina des doigts sur le bord de sa tasse de thé, cherchant ses mots.

— Elle n'est peut-être pas aussi *respectée* que les Glass, mais c'est tout de même ma famille.

Elle prit elle aussi sa tasse de thé à la main.

— J'admire ta loyauté, mais tâche de ne pas oublier que la famille de ton père appartient à la noblesse, alors que celle de ta mère fait partie du bas peuple.

Je m'attendais à ce qu'il s'offusque d'une telle remarque, mais il se contenta de bredouiller derrière sa tasse :

— Je ne suis pas si loyal que ça.

— En effet, dit-elle d'un ton aigre. Pourquoi ne m'as-tu jamais écrit ? Ton père m'écrivait, lui.

— Vous venez de me dire que ses lettres ne vous étaient pas parvenues, alors quelle importance, que je vous aie écrit ou non ?

— C'est important.

J'opinai aussitôt.

Il me fusilla du regard avant de se retourner vers sa tante.

— Sans vouloir vous offenser, je ne vous connais pas. J'aurais trouvé étrange d'écrire à une personne que je n'ai jamais rencontrée.

— Ce n'est pas une excuse.

Il semblait mal à l'aise, et j'avais un peu de peine pour lui, même si je ne voyais pas en quoi il méritait ma compassion.

— Maintenant que vous vous êtes rencontrés, je suis sûre qu'il vous sera plus facile de vous écrire, dis-je.

— Je vous promets de vous écrire quand je serai rentré chez moi, assura Mr Glass à sa tante.

Elle prit un air peiné.

— Nous venons à peine de nous rencontrer, et voilà que tu parles déjà de me quitter.

— Il n'a jamais été question que cette visite s'éternise.

— Oui, mais maintenant que tu es là, pourquoi ne pas rester plus longtemps ? Je pourrais te présenter à tous mes amis et leurs connaissances. À la Reine ! Il faut absolument que tu rencontres la Reine, et le prince consort aussi. Ils forment un si joli couple.

Oh, Seigneur. Le prince consort était mort depuis plusieurs années. La folie de Miss Glass était un mal fluctuant qui la faisait tantôt paraître parfaitement normale, et tantôt prononcer quelque énormité.

Mr Glass le savait aussi. Ses épaules s'arrondirent comme si le poids de sa folie était un fardeau personnel qu'il devait porter. Et pourtant, il semblait aussi vouloir avoir le moins possible affaire à elle. Pour commencer, il ne lui avait pas écrit, et il ne lui avait pas proposé de rester déjeuner. C'était terriblement impoli de sa part, et je décidai de rectifier cette incorrection sans tarder.

— Miss Glass, voulez-vous déjeuner avec nous aujourd'hui ? Cyclope pourra vous reconduire chez votre frère après le repas.

— Non !

Elle reposa sa tasse de thé, faisant s'entrechoquer bruyamment la porcelaine. Puis comme surprise par sa propre véhémence, elle porta une main à son ventre et dit :

— Je préférerais ne pas avoir à retourner chez Richard.

Mr Glass et moi échangeâmes un regard.

— Pas du tout ? lui demanda-t-il.

— Pas du tout. Je me suis dit que, peut-être, maintenant que tu es là…

— Non.

Ses yeux s'emplirent de larmes et elle baissa la tête pour les cacher. Je fis un regard de reproche à Mr Glass, mais il détourna simplement la tête. Quel homme sans cœur ! Je touchai la main de Miss Glass.

— Votre neveu serait ravi de vous accueillir chez lui, mais malheureusement, il s'en va dans moins d'une semaine, lui rappelai-je.

Elle souffla d'un air obstiné.

— Nous verrons bien.

J'admirais sa ténacité, mais cela m'attristait qu'elle tienne tant à vivre avec Mr Glass. Elle devait vivre dans de bien tristes conditions chez son frère, pour avoir tant envie d'habiter avec un neveu qu'elle connaissait à peine, sans parler de ses amis et de sa famille aux manières si brusques. Je pressai sa main dans la mienne, et à ma grande surprise, elle serra la mienne à son tour.

Un grand bruit au-dehors attira l'attention de tout le monde. En quatre longues enjambées, Mr Glass fut à la porte, mais il battit en retraite quand une femme entra dans le salon comme une furie. Elle était grande et mince, avec un teint si pâle qu'on pouvait voir les veines de son cou. Je devinai qu'elle était plus jeune que Miss Glass, mais son âge exact était difficile à déterminer. Son front et le tour de ses yeux étaient tirés par une coiffure très stricte sous son turban. Cette peau lisse contrastait avec les rides profondes qui lui tombaient des coins de la bouche jusqu'au menton. Ses yeux noisette lançaient des éclairs en direction de Miss Glass. Sans paraître remarquer personne d'autre, elle s'avança d'un pas décidé vers la vieille dame assise sur le sofa. Miss Glass se fit toute petite et se pencha vers moi.

— Qu'est-ce que cela signifie ? gronda Mr Glass.

— Qui êtes-vous ?

Sans même daigner se retourner, la femme tendit la main à Miss Glass.

— J'étais sûre de vous trouver ici ! Venez, Letitia. Quittez immédiatement cet endroit.

— Je préfère rester.

Miss Glass souleva sa tasse de thé, mais la nouvelle venue lui saisit brusquement le bras. Le thé se renversa et je rattrapai la tasse avant qu'elle ne tombe sur le sol.

— Beatrice ! s'écria Miss Glass, choquée.

C'était donc sa belle-sœur, Lady Rycroft. Le moins qu'on puisse dire, c'était que sa conduite n'avait rien de celle d'une lady.

Lady Rycroft devait avoir de la poigne, parce qu'elle entraîna Miss Glass vers la porte.

— Richard sera furieux quand je lui dirai que vous avez échappé à ma surveillance, cracha-t-elle. Je savais que cette sortie n'était qu'un subterfuge. Je le lui avais bien dit, mais il a refusé de m'écouter.

Mr Glass s'interposa, lui barrant le passage. Il pouvait avoir l'air très intimidant quand il le voulait, et j'étais soulagée de le voir s'intéresser enfin au bien-être de sa tante.

— Lâchez-la, fit-il, menaçant.

— Je vous demande pardon ?

Lady Rycroft avait beau être grande pour une femme, elle ne lui arrivait qu'au menton, même en se redressant de toute sa hauteur.

— Je suis Lady Rycroft, votre tante. Vous feriez bien de me traiter avec le respect qui m'est dû.

Ainsi donc, elle savait qui il était. Je cherchai une solution diplomatique pour apaiser les tensions, mais je ne trouvai rien. Derrière Mr Glass, Duc et Willie s'étaient approchés pour assister à l'interaction.

— Soyez assurée que je n'y manquerai pas, dit-il. Quand vous m'aurez prouvé que vous méritez mon respect. Vous entrez chez moi sans saluer personne, et vous emmenez l'une de mes invitées contre son gré. Je suis en droit de vous dire de la lâcher, il me semble.

— Il n'en est pas question ! Vous ne la connaissez pas. Elle a besoin de se reposer chez elle. Elle n'a pas toute sa tête, voyez-vous…

— Ma tête va très bien, je vous remercie ! rétorqua Miss Glass à l'intention de sa belle-sœur.

— Lâchez-la, et elle reviendra de son plein gré, dit Mr Glass. Après déjeuner.

— Non ! cria Miss Glass.

Je faillis lui crier dessus, moi aussi. Comment pouvait-il se montrer si cruel ? Il était évident qu'elle ne voulait pas retourner chez son frère.

— Ne pourrait-elle pas rester ici quelques jours, tant que vous êtes à Londres ? osai-je suggérer. Ensuite, elle pourra rentrer. À moins qu'il ne lui trouve une autre solution entre-temps.

Au lieu de me reprocher mon impertinence comme je m'y attendais, il se contenta de détourner le regard, mais j'eus le temps de voir passer une ombre dans ses yeux.

— Il ne quittera pas l'Angleterre.

À vrai dire, le fait que Miss Glass soit persuadée qu'il allait rester n'arrangeait pas la situation.

— J'ai pris ma décision, dit-il. Vous pouvez rester pour le déjeuner, Tante Letitia, mais pas plus. Je suis un homme très occupé, et je n'ai pas le temps de recevoir des visiteurs.

Il tourna les talons et se dirigea vers la porte.

— Duc, raccompagne Lady Rycroft.

— Il faudra la reconduire vous-même, dit Lady Rycroft, s'adressant à son dos. Ne la confiez pas à l'un de vos hommes. Elle est très rusée.

— Très bien, dit-il, si bas que nous fûmes les seuls à l'entendre. Il est grand temps que je rencontre mon oncle, après tout.

— Il a hâte de vous rencontrer.

— J'en doute.

Lady Rycroft lâcha sa belle-sœur et, la tête haute, elle passa tranquillement devant les autres en prenant grand soin de ne frôler aucun d'entre eux. Je pensais que Miss Glass allait succomber à une crise de nerfs ou courir après son neveu pour le supplier, mais au lieu de cela, elle rassembla ses jupes et me sourit.

— Prendrez-vous le déjeuner avec nous, Miss Steele ? me demanda-t-elle comme si de rien n'était. Je serais ravie d'avoir votre compagnie.

CHAPITRE 8

*A*u déjeuner, j'appris que Lord et Lady Rycroft avaient trois filles. Ils n'avaient pas besoin de gouvernante pour le moment, mais je résolus de me présenter à eux et de proposer mes services pour leurs amis. Quand je demandai à Mr Glass si je pouvais l'accompagner quand il reconduirait sa tante chez elle, il se mit aussitôt à objecter.

— Gouvernante ? s'étonna-t-il en me tendant mon chapeau devant la porte. Pourquoi voulez-vous devenir gouvernante ?

— Parce qu'aucun des horlogers de Londres ne veut m'employer comme assistante.

Après nos récentes visites, je commençais à comprendre que la situation était encore plus désespérée que je ne l'avais cru au départ.

— Un poste de gouvernante pourrait me convenir tout aussi bien. Je suis instruite, et je sais coudre et jouer du piano aussi bien qu'une autre.

— Je n'en doute pas.

— Dans ce cas, pourquoi êtes-vous opposé à cette idée ?

Il cala son chapeau sous son bras sans se soucier du risque qu'il se déforme, et ouvrit la porte d'entrée. Cyclope attendait avec le cheval et le carrosse.

— Je n'y suis pas opposé ; c'est juste que je pense que personne ne vous engagera, dit Mr Glass.

— Seigneur, marmonna sa tante.

— Pourquoi pas ? m'indignai-je.

Sa tante secoua la tête sur son passage avec un petit claquement de langue désapprobateur. Il lui répondit par un regard noir. C'était devenu pour lui une habitude depuis qu'elle était arrivée. Il n'était pas venu déjeuner avec nous, préférant manger seul dans ses appartements. Je me demandais s'il s'était reposé ou s'il avait encore utilisé sa montre spéciale.

— Expliquez-lui, tante Letitia, dit-il.

— Certainement pas, lança-t-elle par-dessus son épaule. Tu t'es mis tout seul dans cette situation, à toi de t'en sortir, maintenant.

D'un geste de la tête, il me fit signe de monter dans la voiture, mais je restai immobile sur le seuil.

— Eh bien, allez-y, Mr Glass. Dites-moi ce qui vous fait croire que je ferais une mauvaise gouvernante.

— Je n'ai jamais dit que vous seriez mauvaise. Je pense que vous feriez une excellente gouvernante. Mais je doute que qui que ce soit accepte de vous embaucher.

— Parce que je n'ai aucune expérience ?

Debout dans l'encadrement de la porte, tout près de lui, je me sentis soudain toute petite, sotte et pathétique. Mon assurance m'abandonna instantanément. J'étais une idiote. Il avait raison. Sans références, personne ne m'emploierait jamais comme gouvernante. Je baissai la tête.

— Je vais rester ici, marmonnai-je.

Je fis un pas pour rentrer dans la maison, mais il me saisit le menton. J'étais si choquée que je levais les yeux pour rencontrer les siens. Il avait l'air tout aussi stupéfait que moi par son geste et me lâcha aussitôt. Il mit ses mains dans son dos.

— Je suis désolé, dit-il. J'aurais mieux fait de ne rien dire. Venez avec nous, Miss Steele. Avec un peu de chance, vous me prouverez que j'ai tort.

Avec un sourire, il m'offrit son bras.

Je le pris et descendis les marches. Il aida Miss Glass à entrer dans la voiture, puis moi, et monta ensuite s'asseoir avec nous. J'étais encore un peu froissée qu'il doute de ma capacité à trouver un emploi, mais il m'avait tendu un rameau d'olivier, et il aurait été impoli de ne pas l'accepter.

— Comment fait-on pour acquérir de l'expérience comme gouvernante quand, justement, on n'a pas d'expérience ? me demandai-je, réfléchissant tout haut.

— Le problème, ce n'est pas votre inexpérience, Miss Steele, dit Miss Glass. C'est votre joli minois, vos formes ravissantes et votre franc-parler.

Mr Glass se détourna pour regarder par la vitre, feignant de ne pas avoir entendu ce que venait de dire sa tante, qui était pourtant assise juste à côté de lui. J'étais trop sidérée pour répondre quoi que ce soit.

— Je suis navrée d'anéantir vos espoirs, poursuivit Miss Glass, mais il fallait que quelqu'un vous le dise. Il nous arrive parfois, à nous les femmes, d'être injustes les unes envers les autres, et seule une femme bienveillante et sûre de ses charmes et de l'amour de son époux accepterait de vous employer à un poste si respectable. Comme femme de chambre, peut-être, mais pas comme gouvernante. Croyez-moi, aucune des fréquentations de Beatrice ne remplit ces critères. Ce ne sont que des dindes qui passent leur temps à se pomponner.

— Merci, Miss Glass, dis-je sans rien trouver d'autre à répondre.

Elle venait de me faire un compliment, et ma mère m'avait toujours dit de marquer ma gratitude, même quand le compliment était involontaire, ou fait par simple politesse.

— Vous faites bien de me remercier, dit-elle avec un sourire entendu. Les filles des amies de Beatrice sont toutes aussi odieuses que leurs mères. Essayer de les éduquer suffirait à envoyer à l'asile n'importe quelle femme saine d'esprit.

Je souris, mais sans conviction. Tout espoir de travailler comme gouvernante venait de se volatiliser presque entièrement. Je n'aurais pas dû venir. J'aurais dû rester à la maison pour trouver des preuves que Mr Glass était bien le hors-la-loi dont parlaient les journaux. La récompense promise devenait de plus en plus tentante.

La maison de Lord Rycroft était en face de Belgrave Square. Elle n'était pas très différente de la maison que Mr Glass possédait à Mayfair : haute, au milieu d'une rangée de demeures bourgeoises qui s'étendait d'un bout à l'autre de la rue. Pendant le court trajet, Miss Glass nous informa que les terres des Rycroft à la campagne étaient quelque peu à l'abandon parce que Beatrice préférait la vie à Londres, avec toutes les opportunités sociales qu'offrait la capitale.

— Ton père serait déçu, dit-elle à son neveu. Il adorait Rycroft. J'ai toujours regretté qu'il ne soit pas l'aîné. Il l'appréciait à sa juste valeur, lui.

— Mais une telle responsabilité lui aurait pesé, dit Mr Glass d'un air détaché. Il aurait détesté être obligé de rester longtemps au même endroit.

Miss Glass soupira.

— C'est bien vrai.

Des valets qui se tenaient très raides nous accueillirent avec des regards vides. Ils ouvrirent la porte et prirent nos chapeaux, tâches qu'ils accomplirent avec une formalité toute mécanique. J'étais tentée d'en pincer un pour voir s'il allait réagir.

— Enfin, dit Lady Rycroft avec un regard appuyé vers l'horloge ornée de jais et de dorures qui trônait sur le manteau de la cheminée du salon. Elle avançait d'un quart d'heure. Je me demandai si elle le savait.

— J'ai dû remettre à plus tard mes rendez-vous de cet après-midi pour vous attendre, Letitia.

— Ce n'était pas la peine de m'attendre, dit Miss Glass en s'asseyant et en m'invitant à en faire autant.

Je m'exécutai tout en vérifiant l'heure sur la montre que j'avais glissée dans la poche de mon gilet. Celle de la cheminée avançait bien d'un quart d'heure.

— Richard a refusé de me laisser partir tant que vous n'étiez pas rentrée, dit Lady Rycroft. C'est *moi* qu'il punit pour *votre* petite escapade de ce matin.

— Est-il là ? l'interrompit Mr Glass en se plaçant près de la cheminée en marbre blanc, le coude près de l'horloge. Je m'efforçai de ne pas la fixer, mais je ne pouvais empêcher mes yeux d'y retourner sans cesse.

— L'un de nos valets est parti l'informer de votre présence.

La conversation peinait à démarrer tandis que nous attendions tous que Lord Rycroft fasse son entrée. Je croisai mes mains sur mes genoux, entrelaçant mes doigts les uns avec les autres, mais c'était peine perdue. L'horloge m'appelait aussi distinctement qu'un clairon.

— Pardonnez-moi, Lady Rycroft, mais avez-vous remarqué que votre horloge avançait ?

Mr Glass et Miss Glass regardèrent l'horloge. Lady Rycroft me dévisagea.

— Et *vous*, qui êtes-vous, et que faites-vous ici ? demanda-t-elle comme si elle m'apercevait pour la première fois.

— Mon nom est India Steele.

Sans me laisser poursuivre, Mr Glass prit la parole.

— Miss Steele est mon assistante.

Les sourcils de Lady Rycroft vinrent se perdre jusque sous son turban. Le visage tout rouge, elle prit un éventail sur la table et se mit à s'éventer.

— Je l'aide à chercher quelqu'un, précisai-je promptement en lançant un regard noir à Mr Glass.

Il ne souriait pas, mais ça ne l'empêchait pas d'avoir tout de même un air amusé.

— Lorsqu'il sera reparti pour l'Amérique, j'aurai besoin de trouver un autre travail. Si vous connaissez quelqu'un qui a besoin d'une gouvernante, je vous serais très reconnaissante de leur transmettre mes coordonnées. J'ai un excellent niveau de connaissances dans la plupart des matières, notamment en mathématiques et en sciences mécaniques.

En voyant l'horreur peinte sur son visage, j'ajoutai :

— Je maîtrise également les disciplines plus féminines, bien sûr. Vous pourrez encore me trouver pendant quelques jours au domicile de Mr Glass, à Mayfair.

Son regard descendit jusqu'à ma poitrine avant de remonter vers mon visage. Les sillons qui lui tombaient de la bouche se creusèrent un peu plus.

— Je ne connais personne qui ait besoin d'une gouvernante pour le moment.

Mes espoirs s'envolèrent, bien qu'ils ne soient pas aussi anéantis qu'ils l'auraient été si Miss Glass ne m'avait pas avertie dans la voiture. Je remerciai Lady Rycroft et fis tout mon possible pour empêcher mon visage de virer au rouge brique en sentant sur moi le regard de Mr Glass et de sa tante.

Heureusement, c'est aussi à ce moment-là que Lord Rycroft fit son entrée. Mr Glass se redressa et Miss Glass se fit toute petite sur le sofa, comme si elle essayait de devenir invisible. Toutefois, il ne la vit pas. Toute son attention était concentrée sur son neveu.

Lord Rycroft ressemblait à Mr Glass, en moins séduisant, et ce n'était pas seulement dû à leur différence d'âge. Le plus âgé des deux avait bien quelques touches de gris dans son épaisse tignasse noire, mais c'était là son unique trait distinctif. Quoique plus petit, il avait le torse et les épaules tout aussi larges, ce qui lui donnait une silhouette plus trapue. Il avait peut-être eu autrefois les pommettes anguleuses et bien dessinées de Mr Glass, mais elles étaient impossibles à discerner sous la couche de graisse qui en pendait. De ses yeux ternes, il examina son neveu sous toutes les coutures, lentement, comme pour le comparer au souvenir qu'il avait de son frère défunt, et peut-être à lui-même. Avec chaque instant qui passait, Lord Rycroft se tenait un peu plus droit et bombait un peu plus le torse. Je serrai les lèvres pour me retenir de sourire en le voyant tenter de se rendre plus imposant. Cela ne servirait à rien. Il n'était pas facile d'égaler Mr Glass, surtout pour un petit homme bedonnant qui avait le double de son âge.

— Bonjour, mon oncle, dit Mr Glass en lui tendant la main.

Lord Rycroft l'ignora.

— Qu'est-ce qui vous amène à Londres ?

Sa voix chevrotait légèrement, comme si elle avait du mal à passer à travers sa gorge épaisse.

Mr Glass retira sa main.

— Je cherche quelqu'un. C'est une affaire privée.

— Combien de temps allez-vous rester ?

— Jusqu'à mardi.

— Il ne faudrait pas que ça dure plus longtemps.

Mr Glass plissa les yeux.

— Je resterai le temps qu'il me plaira.

— Je vais être plus clair : vous n'êtes pas le bienvenu ici. Votre père a choisi de s'enfuir, abandonnant sa famille, son foyer et ses responsabilités. Et ensuite, il nous a encore plus déshonorés en épousant une étrangère à la réputation scandaleuse.

Il enfonça son doigt boudiné dans le torse de Mr Glass.

— Et vous êtes l'incarnation de ce déshonneur. Nous ne voulons avoir aucun contact avec vous.

Le visage de Mr Glass s'assombrit. Ses yeux prirent une teinte noire. Je sentis mon sang se glacer en voyant Mr Glass rester parfaitement immobile. Soudain, j'eus peur pour Lord Rycroft.

— Je connais la famille de votre mère, je sais ce qu'ils ont fait, poursuivit-il sans s'apercevoir du brasier qu'il venait d'allumer. Mes informateurs m'ont envoyé des articles de journaux qui relatent leurs crimes.

Leurs crimes ! Mon hoquet d'horreur retentit dans le silence qui s'ensuivit. Cependant, j'étais la seule à avoir montré de la surprise. Mr Glass déglutit péniblement, sans pour autant détacher son regard de son oncle. Il ne chercha pas non plus à démentir ses accusations. C'était donc vrai.

J'appuyai ma main sur mon ventre noué. Ce n'est qu'à cet instant que je réalisai combien j'avais été stupide. Je vivais sous le toit d'un criminel. Je n'avais jamais vraiment cru que Mr Glass soit vraiment le Cavalier Noir… jusqu'à maintenant.

— Que les choses soient bien claires, reprit Lord Rycroft, quelqu'un comme vous ne pourra jamais hériter de nos terres. Il doit bien y avoir des lois pour éviter cela, autrement, à quoi bon avoir des lois ? Mes avocats sont en train d'étudier la question.

Les traits durs du visage de Mr Glass se détendirent. Il cligna des yeux.

— Hériter ? C'est *moi*, votre héritier ? Mais vous avez trois filles.

— Évidemment que vous êtes mon héritier. Et idiot, avec ça.

— C'est la vérité, confirma aussitôt Miss Glass. L'ordre de succession est immuable, Matthew. Aucune de tes cousines ne pourra satisfaire sa cupidité, parce que tu es le seul descendant mâle, et seuls les mâles peuvent hériter.

Devant son air toujours stupéfait, elle ajouta :

— Harry ne te l'avait pas dit ?

— Non, murmura-t-il.

Lady Rycroft renifla dans un mouchoir.

— Quand je pense à mes filles chéries, chassées de chez elles !
Ça me brise le cœur.

J'espérais que Mr Glass dise quelque chose, mais il gardait le
silence. Il me regarda, puis baissa rapidement les yeux au sol,
puis sur le côté, les dirigeant partout sauf sur les visages qui l'observaient. Je me tordis les doigts un peu plus fort sur mes
genoux.

Le grognement de Lord Rycroft résonna dans la pièce.

— Vous n'êtes pas le bienvenu ici. Bonne journée.

Et il tourna les talons.

— Letitia, va dans ta chambre. Je t'interdis d'en sortir
pendant une semaine. Allez ! cria-t-il comme elle ne bougeait
pas.

Lady Rycroft et elle frémirent toutes les deux. Puis elle releva
le menton.

— Je souhaite rester avec Matthew.

— Va. Dans. Ta. Chambre ! rugit Lord Rycroft, le visage rouge
de colère, l'écume aux lèvres. J'en ai assez de tolérer tes élucubra-
tions délirantes et tes fugues ! Nom de Dieu, tu me rends la vie
impossible.

Les yeux de Miss Glass s'emplirent de larmes, mais elle garda
la tête haute malgré ses lèvres tremblotantes.

— Je voudrais habiter avec Matthew.

— Je ne compte pas rester à Londres, répondit Mr Glass auto-
matiquement.

Mais sa tante ne sembla pas l'entendre.

— Je refuse de passer une nuit de plus ici.

— Je te ferai enfermer à l'asile si tu continues de défier mon
autorité ! hurla Lord Rycroft. Tu es une vieille chouette complètement folle, ta simple présence me rend malade. Ça ne m'étonne
pas que Harry soit parti sans toi. Lui non plus, il ne supportait
pas ta compagnie !

Enfin, le visage de Miss Glass se déforma et ses larmes se
mirent à couler. Cette grande dame si digne semblait vieillie de
dix ans, les épaules affaissées et secouées de sanglots silencieux.
Je m'élançai vers elle et lui pris la main. Elle se calma un peu et
cessa de pleurer.

Lord Rycroft me regarda comme s'il venait seulement de

remarquer ma présence. Je relevai le menton comme l'avait fait Miss Glass, le mettant au défi de me mettre à la porte.

— Emmenez cette coureuse et partez, Glass.

— Je ne suis pas une coureuse, et vous, vous êtes tout sauf un gentleman.

Je ne savais pas ce que je disais. Peut-être avais-je été frappée de folie, moi aussi. Tout ce que je savais, c'était que je ne pouvais pas laisser Miss Glass avec cette brute.

— Je ne partirai pas sans Miss Glass.

— Et moi non plus, dit Mr Glass en tendant la main à sa tante.

Son visage encore baigné de larmes s'éclaira d'un grand sourire. Je lui souris peut-être aussi, mais il ne regardait pas dans ma direction, même s'il se tenait tout près de moi.

Lord Rycroft considéra sa sœur, puis son neveu. Il secoua la tête avec un grognement de frustration.

— Si tu pars, Letitia, ne reviens pas. Plus jamais. Pars avec lui en Amérique. Ça m'est égal. Mais je ne veux plus te revoir.

— Bien volontiers.

Miss Glass prit la main de Mr Glass et attira la mienne contre sa taille.

— Venez, Miss Steele. Nous avons une maison à aérer.

Elle se tourna vers sa belle-sœur, qui était assise sur le sofa avec une expression stupéfaite sur son visage guindé.

— Faites porter mes affaires chez Matthew avant la fin de la journée. Toutes mes affaires. Je passerai tout en revue, jusqu'au moindre bibelot.

Elle sortit d'un pas digne, m'entraînant à sa suite.

Mais Mr Glass ne nous suivit pas.

— Je crois savoir que vous avez plusieurs lettres qui appartiennent à Tante Letitia, écrites par mon père, dit-il à Lord Rycroft. Envoyez-les avec le reste de ses possessions.

Lord Rycroft se hérissa.

— Vous n'avez pas d'ordres à donner sous mon toit !

Mr Glass montra les dents.

— Dans ce cas, sortons, *mon oncle,* et je vous les donnerai dehors.

Sans laisser à quiconque le temps de digérer le sens de ses

paroles, il attrapa Lord Rycroft par le bras, le lui tordit derrière le dos et le traîna vers la porte du salon. Le valet qui se tenait là s'anima, prouvant qu'il n'était pas un automate, finalement. Il poussa un cri de surprise, les yeux exorbités, mais il ne fit pas un geste pour aider son maître quand Mr Glass entraîna son oncle de force jusque dans le vestibule comme on jette un ivrogne hors d'une taverne.

Je rassemblai mes jupes et m'élançai après eux pour ne pas rater une miette du spectacle. Derrière moi, Lady Rycroft défendit à Miss Glass de sortir, mais j'entendis tout de même un bruit de pas léger nous suivre.

— Mais enfin, que faites-vous ? Lâchez-moi !

Lord Rycroft se débattait pour échapper à Mr Glass, qui le maintenait fermement.

— Je vous lâcherai quand vous aurez promis de lui envoyer ses lettres. Sans en oublier une seule.

Mr Glass le poussa en avant, et Lord Rycroft trébucha. Il serait tombé si Mr Glass ne l'avait pas tenu encore par le bras.

— Très bien, marmonna Rycroft. Je n'ai que faire de ces satanées lettres, maintenant. Harry est mort. Ses lettres n'ont plus aucune importance.

Je crus que Mr Glass allait le frapper, mais au lieu de cela, il lâcha son oncle. Il tira ensuite sur ses manches et sur son col pour les rajuster et tendit son coude à Miss Glass, qui le prit en souriant. Il m'offrit son autre bras, mais je refusai d'un signe de tête. Une petite ride triangulaire apparut entre ses sourcils.

— Vous vous êtes révélé encore plus décevant que votre père, dit Lord Rycroft alors que nous sortions. Rien d'étonnant, quand on sait quel genre de sang coule dans vos veines.

— Ne fais pas attention à lui, dit Miss Glass en tapotant le bras de son neveu. Il est juste jaloux de Harry. Il l'a toujours été, et il le sera toujours.

La porte se referma en claquant derrière nous.

Mr Glass aida sa tante à monter dans la voiture. Je restai sur le trottoir et levai les yeux vers Cyclope. Son œil unique m'observait attentivement. Qu'avait-il vu et entendu de cette altercation ?

— Tout va bien, Miss ? demanda-t-il.

J'acquiesçai en souriant, mais sans monter dans le carrosse. Mr Glass me tendit la main.

— Miss Steele ?

Je regardai sa main tendue sans rien dire. Elle faiblit et se referma sous mon regard attentif. Il la laissa retomber le long de son corps.

— Avez-vous quelque chose à dire ? me demanda-t-il.

Mes affaires étaient chez lui. Tout ce que je possédais au monde était dans l'une des chambres de sa maison. Je pourrais toujours remplacer mes vêtements, mais pas mes outils, ni la photographie de mes parents. Il n'allait sûrement pas me faire de mal. Je n'étais pas une menace pour lui. Au contraire, je l'aidais. S'il avait voulu m'agresser, il aurait pu le faire la nuit dernière dans la cuisine. Je résolus de venir avec lui et de faire de mon mieux pour accomplir la mission simple qu'il m'avait confiée. Je renonçai à avertir la police et à empocher la récompense. Je tenais plus à ma vie qu'à l'argent.

— Non.

Je lui tendis la main, et il la prit.

— Je n'ai rien à dire.

Ses doigts pressèrent les miens un bref instant avant de les relâcher. Quand il replia le marchepied, j'aurais pu jurer l'avoir entendu soupirer.

* * *

Willie n'appréciait guère d'avoir une autre Anglaise dans la maison.

— Tu es un imbécile, Matt !

Elle se mit à faire les cent pas sur le carrelage du vestibule, revenant agiter son index en direction de son cousin. Son chignon s'était à moitié défait, et elle semblait avoir perdu la tête. Je décidai de rester à bonne distance. D'elle, et des autres aussi.

Miss Glass n'avait pas tant de réserves. Elle tapota la joue de son neveu.

— Un imbécile, mais qui a bon cœur. J'en étais sûre. Tu es bien le fils de ton père, et tu ressembles aussi tellement à ma chère maman.

Willie gloussa. Duc lui mit un grand coup de coude dans les côtes en lui chuchotant de se taire. Elle lui rendit son geste.

— Toujours à venir en aide aux pauvres créatures sans défense, continua Miss Glass.

— Sans défense ? répéta Willie. Elle est bien bonne, celle-là !

Miss Glass l'ignora.

— Elle se promenait dans la forêt de notre domaine, en chantant et en parlant aux oiseaux.

— Ça me fait plutôt penser à *vous*, grommela Willie avant de pousser un cri de douleur quand Duc lui enfonça de nouveau son coude dans les côtes.

Je devais bien reconnaître qu'elle avait raison. La défunte Lady Rycroft avait l'air tout aussi folle que sa fille. Mais Miss Glass était inoffensive. Les yeux rêveurs à présent, le regard vide, ce n'était plus du tout la même femme que celle que nous avions rencontrée sur le pas de notre porte et qui accusait Mr Glass d'avoir volé sa maison. Dans certains cas, les premières impressions sont vraiment trompeuses. C'était sans doute là le seul point commun entre elle et son neveu.

— Willie, veille à ce que ma tante ne manque de rien pendant que Duc lui prépare une chambre, dit celui-ci.

— Moi ? Willie mit les mains sur les hanches. Pourquoi moi ? Pourquoi tu ne lui demandes pas, à elle ? protesta-t-elle en me désignant du regard.

— Miss Steele doit m'accompagner. Nous avons une piste sur Chronos.

La colère de Willie fondit comme neige au soleil.

— Qu'est-ce que vous attendez, alors ? Allez-y !

Elle nous pressa de partir tous les deux, mais je tins ferme.

— Vous n'avez pas besoin de moi, dis-je à Mr Glass. Cyclope est capable de trouver la Société Chrétienne d'Aide aux Personnes Âgées sans mon aide, et vous n'avez pas besoin de moi pour parler à Mr Mirth.

Il scruta mon expression, et ce petit pli triangulaire sur l'arête de son nez réapparut.

— J'apprécierais d'avoir votre compagnie.

— Je suis sûre que ma compagnie est bien trop ennuyeuse pour quelqu'un comme vous.

Je me tournai vers Duc.

— Je vais vous aider à préparer la chambre de Miss Glass.

Je montai l'escalier avec lui. La porte d'entrée ne se referma que lorsque nous fûmes arrivés au premier étage.

La chambre de Miss Glass se trouvait à côté de la mienne. J'ouvris la fenêtre pour laisser entrer un peu de l'air frais de l'après-midi et faire disparaître l'odeur de renfermé. Duc ouvrit les portes de l'armoire pour en faire autant, puis nous nous mîmes à la recherche des draps.

— Ils doivent être en bas, dit-il, s'avouant vaincu.

— Je vais les chercher. J'ai besoin de me dégourdir les jambes.

— La porte de service est dans le couloir, sur le mur d'en face.

Je trouvai sans mal la porte dérobée et descendis prestement. L'étage de service faisait toute la surface de la maison, en dessous du niveau de la rue. La plus grande pièce était la cuisine, flanquée d'un office et d'une arrière-cuisine. La table centrale portait les signes de la préparation du dîner, mais la petite salle à manger et le salon semblaient déserts, de même que le bureau du majordome et de l'intendante. Je trouvai la presse à repasser, mais les draps étaient rangés tout en haut. Je grimpai sur une étagère basse, mais mon poids fit basculer toute l'armoire.

D'un bond, je parvins à éviter de me retrouver écrasée par sa chute, mais une boîte plate glissa du sommet du meuble et s'écrasa sur le sol. Il s'en fallut de peu qu'elle ne me tombe dessus.

Je redressai la presse et me penchai pour ramasser la boîte. Mais non, ce n'était pas une boîte ; c'était un coffret dont les fermoirs en laiton s'étaient ouverts sous le choc. Le contenu du coffret s'éparpilla sur le sol. En me baissant pour ramasser les feuilles de papier, je me figeai.

Le portrait d'un homme aux sourcils broussailleux me fixait des yeux, son visage tout couturé de cicatrices. Il devait avoir une trentaine d'années, mais sur la photo, c'était difficile à dire. Le mot RECHERCHÉ inscrit en gras et en capitales indiquait que cet individu était un bandit américain. On offrait cinq cents dollars pour sa capture, mort ou vif. Mais ce qui fit presque s'arrêter mon cœur, ce n'était pas la somme ni son visage. C'était son nom.

Bill Johnson. Johnson était le nom de famille de Willie. Cet homme faisait partie de la famille de Mr Glass. À en croire cette affiche, Bill Johnson était recherché pour avoir dévalisé un commerce.

Chacune des douze feuilles de papier était une affiche représentant différents hors-la-loi recherchés pour des crimes commis dans différents États et territoires américains. Trois d'entre eux portaient le nom de Johnson. Un autre était le Cavalier Noir, l'homme dont parlait l'article de journal que j'avais lu. C'était la même esquisse. Son visage restait en partie dissimulé par sa barbe et son chapeau. L'affiche précisait qu'il était considéré comme extrêmement dangereux.

Les mains tremblantes, je remis les feuilles dans leur coffret. Je montai sur une chaise pour le ranger sur le dessus de l'armoire, puis remontai en hâte l'escalier, les bras chargés de linge propre.

Je finis de préparer la chambre avec Duc et, quand celui-ci s'éclipsa en cuisine pour aller faire à dîner, je rejoignis Miss Glass au salon. Voyant qu'elle était en train de somnoler près de la fenêtre, je m'assis et lus en silence. Ou du moins, j'essayai. Ce n'était pas facile, avec mon esprit qui ne cessait de revenir à ces affiches où étaient représentés des bandits au visage terrifiant et au regard froid. Et puis il y avait le Cavalier Noir, l'homme que personne n'avait jamais vu distinctement. De toute la bande, c'était pour sa capture qu'on offrait la plus grosse récompense.

Mr Glass revint plus tôt que je ne m'y attendais. Lorsque j'entendis la porte d'entrée, je me redressai sur ma chaise, le cœur au bord des lèvres ; non pas que j'appréhende de le revoir, mais parce que j'étais impatiente d'entendre ce qu'il avait découvert sur Mr Mirth. J'en fus la première étonnée. Je devrais avoir plus peur de lui.

Personne ne venant l'accueillir à la porte, il entra directement dans le salon. Il jeta un coup d'œil sur la silhouette de sa tante assoupie, puis sur moi. Je haussai les sourcils et il secoua la tête. Voyant mon expression inquiète, il me fit signe de le suivre dans le vestibule. Après un instant d'hésitation, je lui emboîtai le pas.

Duc et Willie, qui venaient de l'arrière de la maison, arrivèrent, aussi restai-je un peu en retrait, près de l'escalier.

— Alors ? demanda Willie. Qu'a dit Mirth ?

— Il n'était pas là, dit Mr Glass d'un air découragé.

— Pas là ? répéta Duc. Où est-il ?

— Il est parti il y a quelques jours. Il a tout bonnement quitté l'établissement, et personne ne sait où il est allé.

— Il est parti ! s'écria Willie.

Mr Glass la fit taire avec un regard appuyé vers le salon.

Willie répondit par un geste grossier dans la même direction.

— Il ne peut pas s'en aller comme ça. Est-ce que ce n'est pas pour ça qu'on les met là ? Parce que les prisonniers sont trop vieux pour être autonomes ?

— Ils ne sont pas prisonniers, la reprit Mr Glass. C'est une œuvre de charité qui s'occupe des personnes âgées, personne n'est obligé d'y rester. Si un patient se sent en état de s'en aller, ou si un membre de sa famille vient le chercher, il peut partir.

— Nom de Dieu, marmonna Willie. Je hais ce pays.

— Ce n'est pas vraiment la faute de l'Angleterre, lui dit Mr Glass.

Willie se détourna, les bras croisés. Son dos se courba et elle baissa la tête.

— Tu ne vas quand même pas te mettre à pleurer ?

Mr Glass lui posa une main sur l'épaule.

Elle se dégagea puis sans crier gare, se jeta dans ses bras. Heureusement, il était assez fort pour la rattraper. Si j'avais été à sa place, son poids m'aurait fait atterrir sur mon derrière.

Il la serra un moment contre lui jusqu'à ce qu'elle reprenne une contenance et fasse un pas en arrière.

— Allez, ça suffit, toutes ces niaiseries sentimentales, décréta-t-elle. On va le retrouver, ce fameux Mirth.

Soudain, elle me dévisagea. Malgré ses yeux encore humides, son regard était plus affûté qu'une lame.

— Elle va le retrouver.

Elle s'avança vers moi et me planta son index dans l'épaule.

— Vous avez intérêt, Miss Steele. Sinon, je… je vous le ferai payer.

Ce n'étaient que des mots. Plus faciles à dire qu'à croire. Mais je ne tenais pas à attiser la colère de Willie.

— Willie ! la réprimanda Mr Glass.

— Elle est vraiment impossible, celle-là ! se fâcha Duc en venant saisir Willie par le coude. Tu n'es qu'une imbécile. Ça ne sert à rien de la menacer.

— On la paye, et on n'est pas plus avancés ! Willie se dégagea et s'enfuit dans l'escalier, grimpant les marches quatre à quatre.

Duc, à son tour, s'en alla en secouant la tête. Mr Glass me fit un sourire un peu embarrassé.

— Je vous prie d'excuser le comportement de ma cousine. Elle ne maîtrise pas toujours ses émotions.

— Tout de même, s'emporter pour une histoire d'horloger !

— C'est une montre très spéciale.

— C'est ce que vous n'arrêtez pas de me dire.

J'attendis qu'il me parle de sa montre spéciale qui lui rendait la santé, mais il ne dit rien.

— Reprendrons-nous nos recherches cet après-midi, alors ?

Il s'adossa contre le poteau.

— Il est tard. Nous reprendrons demain.

Son regard fut attiré par un mouvement derrière moi.

— Mon cher Harry, tu es revenu, dit Miss Glass. Comment était ton voyage ?

Mr Glass soupira.

— Je ne suis pas Harry, je suis Matthew. Êtes-vous bien installée, ma tante ?

— Très bien, je te remercie. Tu sais, je crois que je vais me plaire ici, malgré ta drôle de cousine et cet autre individu mal dégrossi. Au moins, j'ai Miss Steele pour me tenir compagnie.

— Bien, dit-il avec un nouveau regard sur moi. Mais ce n'est que pour quelques jours. Je repars pour l'Amérique mardi.

Elle balaya cette idée d'un geste de la main et se dirigea vers l'escalier.

— Venez, Miss Steele, vous pourrez me jouer quelque chose au piano. Ça manque de musique, dans cette maison.

Je m'apprêtais à la suivre, quand Mr Glass m'arrêta d'une main posée sur mon bras.

— Elle vous aime bien, Miss Steele, me souffla-t-il, son visage tout près du mien. Tâchez de lui faire comprendre que ce n'est qu'une solution temporaire.

— Je ferai de mon mieux. Ce serait peut-être plus simple si elle savait ce qu'elle allait devenir quand vous serez parti. Son frère lui a défendu de revenir chez lui.

— Pas question qu'elle retourne là-bas, gronda-t-il à mi-voix. Pas tant que je vivrai.

J'opinai d'un signe de tête.

— Mais il faudra bien qu'elle aille quelque part.

* * *

JE FUS RÉVEILLÉE par un grand fracas. Il faisait très noir, et j'arrivais à peine à distinguer le contour des meubles de ma chambre. Tout en bas, quelqu'un hurla des paroles inintelligibles depuis l'étage. Je me levai d'un bond, me cognant le genou contre la table de chevet, et cherchai à tâtons le chandelier et les allumettes.

Un second bruit retentit dans toute la maison, ébranlant les murs et faisant battre mon cœur à toute allure. Ce n'était pas n'importe quel bruit : c'était la détonation d'un coup de feu.

C'est alors que Miss Glass poussa un cri.

CHAPITRE 9

Renonçant à essayer d'allumer la chandelle, je quittai ma chambre en courant. Mon épaule heurta le chambranle de la porte, mais j'ignorai la douleur et me précipitai vers la chambre de Miss Glass. Des cris et des bruits de pas retentissaient à travers toute la maison, et le son des battements de mon cœur résonnait dans mes oreilles.

— Miss Glass !

Sans attendre sa réponse, j'ouvris à la volée la porte de sa chambre.

Elle hurla à nouveau, mais se calma, rassurée, quand je lui dis que ce n'était que moi. J'arrivais tout juste à distinguer sa silhouette assise dans son lit, les couvertures remontées jusqu'au menton.

— Miss Steele ! Dieu merci. Ce bruit, qu'est-ce que c'était ?

— Un coup de feu, je crois.

Je m'assis sur son lit et la saisis par les épaules. Elle tremblait violemment.

— Vous allez bien ?

— Je… je crois.

— Tante Letitia !

Mr Glass venait de faire irruption dans la pièce. Même dans le noir, sa présence occupait tout l'espace.

— Miss Steele ? J'ai entendu quelqu'un crier.

— C'était moi, dit Miss Glass, toute raide. Matthew, quelqu'un tire des coups de feu dans la maison !

Il s'accroupit au pied du lit, près de l'endroit où j'étais assise. Il ne portait qu'un pantalon, et au-dessus de la ceinture, il était entièrement nu. Je déglutis péniblement et fis tout mon possible pour détourner les yeux, mais sans succès. Même dans le noir, je voyais ses muscles qui roulaient sous la peau de ses épaules et de ses bras. Un gentleman ne développait pas des muscles pareils à ne rien faire. Pour cela, il fallait travailler dur. Ou se battre. Je tâchai de me pencher en avant pour voir son torse.

Il m'attrapa et me redressa.

— Miss Steele ? Qu'y a-t-il ?

De ses mains chaudes et vigoureuses, il palpa mes bras, remontant jusqu'à mes épaules et mon cou pour s'assurer que je n'avais rien.

— Êtes-vous blessée ?

J'inspirai précipitamment pour calmer mes nerfs à fleur de peau.

— Je... enfin, je veux dire, nous allons bien. Que se passe-t-il ?

— Je l'ignore pour l'instant.

Il me lâcha et sortit d'un pas vif, me laissant le cœur battant plus fort que jamais et les nerfs tendus jusqu'à leur extrême limite. Je sentais encore sur ma peau la chaleur qu'y avaient laissée ses mains.

Je me levai à mon tour.

— N'y allez pas.

Miss Glass m'attrapa la main.

— Attendez que Matthew revienne.

Les cris avaient cessé et des voix calmes parvenaient jusqu'à nous à travers la maison silencieuse.

— Il semblerait que le danger soit écarté, si tant est qu'il y en ait eu un. Je reviens tout de suite.

J'allumai une chandelle et descendis l'escalier. Ayant entendu des éclats de voix s'élever depuis les quartiers des domestiques, je me dirigeai vers la cuisine. Je reconnus la voix de Willie avant de la voir.

— C'est toi qui as oublié de verrouiller la porte. C'est pas ma faute.

— Je l'avais laissée ouverte pour toi ! se fâcha Duc. Tu avais pris une clé ? Non, bien sûr que non, répondit-il pour elle. Si tu n'étais pas sortie, Willie, ça ne serait pas arrivé.

— Si je ne lui avais pas tiré dessus, vous seriez tous morts dans votre lit ! Je lui ai fait peur et il n'a pas demandé son reste.

— Tu as failli commettre un meurtre sur le sol anglais, gronda Mr Glass.

— Qu'est-ce que tu voulais que je fasse ? Que j'attende qu'il tire le premier ?

— Est-ce qu'il était armé ? demanda Cyclope.

— Qu'est-ce que j'en sais ? rétorqua Willie d'un ton renfrogné. Il faisait noir.

Personne ne trouva rien à répondre à cela, et je décidai que c'était le bon moment pour leur faire savoir que j'étais là.

— Personne n'est blessé ? demandai-je en entrant dans la cuisine.

Une lampe au gaz qui crépitait sur la table éclairait leurs visages, ainsi que le revolver que Willie tenait à la main. Elle éclairait aussi le torse de Mr Glass. Je continuai de détourner les yeux à grand-peine.

— Nous sommes tous indemnes, dit-il.

— Depuis combien de temps étiez-vous là ? demanda Willie.

— Assez longtemps pour avoir entendu que quelqu'un s'est introduit dans la maison, répondis-je. Que voulait-il ?

Trois longues secondes s'écoulèrent avant que je n'obtienne une réponse.

— De l'argent, peut-être, répondit Mr Glass. Ou l'argenterie.

— J'ai pas pris le temps de faire la causette, dit Willie en rangeant dans la ceinture de son pantalon son revolver que le pan de sa veste dissimulait aux regards. Sortait-elle ainsi armée tous les soirs ? Gardait-elle son arme sur elle dans la maison pendant la journée ?

Je déglutis péniblement.

— L'avez-vous touché ?

— Je l'aurais eu s'il n'avait pas fait aussi sombre.

— Et s'il n'avait pas été aussi rapide, railla Duc. Ou si on n'était pas un jeudi à Londres, et si tu n'avais pas mangé du bœuf au dîner. Tu l'as raté, Willie Dans L'Mille. Tu as perdu la main.

— Ferme-la, s'énerva Willie. Vous avez de la chance que je sois rentrée à ce moment-là.

Je frémis, prenant soudain conscience que j'étais dans la cuisine vêtue d'une simple chemise de nuit.

— Probablement pas. Commettre un cambriolage, c'est une chose, mais un meurtre, c'est très différent. Il ne nous aurait pas fait de mal.

Un silence de plomb nous enveloppa, jusqu'à ce que Cyclope le brise en annonçant d'un ton jovial :

— Eh bien, moi, je retourne me coucher.

Comme Mr Glass, il était torse nu. Ce n'est que lorsqu'il s'éloigna que je vis les cicatrices qu'il avait dans le dos. Il y en avait au moins une douzaine, toutes anciennes.

— Bonne nuit, Miss Steele. J'espère que vous arriverez à dormir après tout ce grabuge.

— Bonne nuit, Cyclope.

— Nous ferions tous mieux de retourner nous coucher, dit Mr Glass en se passant une main dans les cheveux et sur la nuque. Duc, vérifie que *toutes* les portes sont bien fermées, maintenant.

Duc ne répondit pas : il était hypnotisé par ma poitrine. Visiblement, je n'étais pas la seule à avoir remarqué que je ne portais rien d'autre qu'une chemise de nuit. Dieu merci, la lampe ne projetait pas assez de lumière pour atteindre mon visage brûlant d'embarras ni pour laisser deviner les contours de ma silhouette à travers la mince toile de coton. Ou du moins, je l'espérais.

Willie donna à Duc un coup sur le bras. Il s'éclaircit la gorge.

— Oui, oui. Fermer les portes. Je m'en occupe tout de suite.

Il s'en alla précipitamment en emportant la lampe avec lui, laissant ma chandelle comme seule source de lumière.

— Bonne nuit, Willie, dit Mr Glass.

— Pas question que je te laisse ici seul avec elle, dit Willie en croisant les bras.

— Miss Steele n'a rien à craindre avec moi.

— C'est pas pour elle que je m'inquiète.

Il la poussa doucement et répéta fermement :

— Bonne nuit, Willie.

Elle s'en alla en maugréant.

— Moi aussi, je devrais retourner me coucher, dis-je en m'éloignant de lui. Je passerai en chemin voir comment va votre tante.

— Montez-lui donc une tasse de chocolat.

Il attrapa une casserole en cuivre pendue à un crochet et disparut dans l'office. Il reparut quelques instants plus tard avec la casserole à moitié remplie de lait dans une main et un pot de miel dans l'autre. Il les posa et alla chercher un sac de sucre, du chocolat et des ustensiles.

— Vous savez le préparer ? lui demandai-je.

Il rit. C'était un son presque incongru après une journée et une soirée aussi éprouvantes.

— Bien sûr. Je vais vous en faire.

Je m'installai sur le tabouret qui était près de la table en essayant de ne pas le regarder raviver la flamme du poêle, mais je finis par abandonner. C'était impossible. Il était là, juste devant moi. Aucune femme n'aurait pu détourner les yeux en présence d'un si parfait spécimen masculin. Je n'avais encore jamais vu autant de muscles. Je n'avais jamais vu d'homme à moitié nu. C'était, disons… fort instructif. Il ne se souciait pas le moins du monde des ravages que sa tenue risquait de causer à ma vertu. Les Américains étaient peut-être moins à cheval sur les convenances que nous autres Britanniques. Dans ce cas, je n'avais pas à me sentir coupable de le regarder.

— Je vous prie d'excuser le comportement de ma cousine, dit-il en versant une cuillerée de miel dans le lait. Une fois de plus.

— Elle vous est très attachée.

Il ajouta quelques cuillerées de sucre et remua le tout.

— Willie a bon cœur. Il est difficile à trouver sous toutes ces épines, mais il est là. Nous avons traversé beaucoup d'épreuves ensemble, et elle s'inquiète pour moi tout autant que je m'inquiète pour elle.

— Quelles raisons a-t-elle de s'inquiéter pour vous ? Vous m'avez l'air parfaitement capable de vous défendre tout seul.

Tous ces muscles expliquaient comment il avait réussi à

mettre en fuite ces brutes. Il était clair qu'il savait s'en servir efficacement.

— Hormis cette maladie qui vous prend parfois subitement, bien sûr.

Il se mit à touiller plus lentement, concentré sur sa tâche. Quand le lait se mit à frémir, il râpa des copeaux de chocolat dans la casserole à l'aide d'un couteau et fouetta le mélange pour le faire mousser.

J'allai prendre des tasses et une chocolatière sur une étagère. Il versa le chocolat dans deux tasses et dans la chocolatière. Il posa de côté la chocolatière et une tasse vide et me tendit l'une des deux tasses pleines. Il m'invita du geste à m'asseoir sur le tabouret en face de lui. Je m'exécutai et levai les yeux sur lui. Ses joues s'empourprèrent et il baissa le regard sur sa tasse.

Je croisai les bras sur ma poitrine en espérant que cela ne la faisait pas remonter davantage.

— Je sais pourquoi vous m'avez demandé de rester.

— J'en doute fort, Miss Steele.

Il avala bruyamment sa salive et se passa une main sur le visage. Je lui trouvais l'air fatigué, mais au moins il n'avait pas l'air exténué au point d'en tomber malade.

— Pourquoi, alors ?

Il reposa sa tasse sur la table et posa ses deux mains à plat de part et d'autre. Il inspira profondément, puis expira lentement.

— Je vous ai demandé de rester parce que j'ai à vous parler.

Enfin, il allait m'expliquer son mal mystérieux et me parler de sa montre !

— Je pense qu'il vaut mieux que vous partiez demain.

— Je vous demande pardon ?

— Je mets fin à notre collaboration.

Non. Il ne pouvait pas me faire ça. Il savait certainement combien j'avais besoin de ce travail, et d'un endroit où loger pour quelques jours. Il devait bien voir que je n'avais rien ni nulle part où aller.

— Mais… Vous ne pouvez pas faire ça ! Vous m'avez payée d'avance.

— Gardez l'argent. Mais vous ne pouvez pas rester ici. C'est trop dangereux.

Mon cœur tomba au fond de mon estomac comme une enclume.

— Tout cela parce qu'un homme a essayé de s'introduire ici ?

Il continuait d'éviter mon regard.

— Ce n'était pas un simple cambrioleur, n'est-ce pas ? devinai-je.

— Vous pouvez retourner chez les Mason, suggéra-t-il vivement. Ou trouver un nouveau logement demain. Vous ne tarderez pas à retrouver un emploi, j'en suis sûr. Vous êtes une femme remarquable et…

Je me levai brusquement. Les pieds du tabouret raclèrent les dalles du sol. Quand il croisa enfin mon regard, je m'aperçus que j'étais incapable de soutenir le sien. J'arrivais à peine à me retenir d'éclater en sanglots devant ma situation désespérée, sous ce poids écrasant qui retombait sur mes épaules, menaçant de m'enfoncer dans le sol.

Il se leva à son tour.

— Dites quelque chose, Miss Steele. Vous pouvez crier si vous voulez. En fait, je préférerais ça.

— Et votre tante, que va-t-elle devenir ?

Il cligna des yeux.

— Vous n'avez nulle part où aller, et c'est pour ma tante Letitia que vous vous inquiétez ?

— Moi, je peux encore trouver du travail, Mr Glass. Je n'ai pas eu beaucoup de chance pour l'instant, mais cela ne va pas tarder. Il doit bien y avoir quelque part à Londres un commerçant qui cherche une assistante. Mais votre tante est quelqu'un de vulnérable. Je doute qu'elle soit capable de prendre soin d'elle-même correctement. Je ne voudrais pas qu'elle retourne chez votre frère après votre départ.

— Ça n'arrivera pas.

— A-t-elle de la famille ailleurs ? Des amis ?

— Pas à ma connaissance.

Il appuya ses poings sur la table et baissa la tête entre ses épaules. J'attendis sans trop savoir quoi. Je savais que je devrais monter son chocolat chaud à Miss Glass, mais je restais comme pétrifiée par une force mystérieuse.

— Nom de Dieu ! vociféra-t-il enfin. Vous ne pouvez pas

rester ici, Miss Steele. Vous ne comprenez donc pas ? La sécurité de Cyclope, de Willie et de Duc est déjà une assez lourde responsabilité. Et eux, au moins, ils savent se défendre.

— Parlez-moi de cet homme qui a essayé d'entrer ici.

— Il vaut mieux pour vous ne pas en savoir trop.

— Vous prenez des décisions dans mon intérêt, maintenant ?

— Je prends des décisions pour votre sécurité, oui.

— J'aimerais vraiment que vous cessiez de me traiter comme une enfant ou comme une simple d'esprit. Je ne suis ni l'une ni l'autre.

— J'en suis parfaitement conscient.

Ses cils noirs se relevèrent, projetant des ombres sur ses yeux, et il me contempla longuement.

Je soutins son regard avec ce que j'espérais être un air de défi, alors que tout mon être ne voulait qu'une chose : se recroqueviller. J'allais, une fois de plus, me retrouver livrée à moi-même, sans logement ni travail. Vivre au milieu de bandits me semblait soudain un moindre mal. J'aurais donné n'importe quoi pour rester.

— Je vous en prie, ne faites pas ça, dis-je simplement.

— Nom de nom, soupira-t-il. Vous êtes très persuasive. *Vraiment ?*

— Vous dormez toujours avec votre couteau ? demanda-t-il.

— Oui.

— Continuez. Vous pouvez rester jusqu'à mardi. Et ma tante aussi. D'ici là, je trouverai une solution pour elle.

Il ramassa nos tasses vides et partit dans l'arrière-cuisine.

— Bonne nuit, Miss Steele.

— Bonne nuit, Mr Glass.

Je quittai la cuisine chargée de la chocolatière et de la tasse. Quand j'atteignis la chambre de Miss Glass, mon cœur battait toujours la chamade.

* * *

Mr Glass, Duc, Willie et Cyclope sortirent après le petit déjeuner pour une affaire qui, m'informèrent-ils, n'avait rien à voir avec la recherche de Mr Mirth. Ils refusèrent de me dire où ils allaient, mais je me doutai que cela avait un lien avec l'intrus sur lequel Willie avait tiré.

Je passai la matinée à faire plus ample connaissance avec Miss Glass pendant que deux femmes de ménage s'affairaient dans les autres pièces. À vrai dire, elle ne demandait pas mieux que de parler de sa famille, et je n'eus pas grand mal à découvrir que son père avait été un homme tout aussi détestable que son frère aîné. Le plus jeune des trois, Harry, qui avait bon cœur et soif de liberté, avait quitté le pays sitôt qu'il avait atteint la majorité.

— Il m'a demandé de partir avec lui, dit-elle avec un sourire mélancolique. Il m'a suppliée, même. Maman était décédée entre-temps, et Harry comptait plus que tout pour moi. J'y ai sérieusement réfléchi, mais j'ai décidé de rester ici. Je ne voulais pas l'obliger à s'encombrer de sa sœur, une vieille fille qu'il aurait dû traîner comme un boulet. Pour lui, la liberté était plus précieuse que l'air qu'il respirait. Père et Richard avaient été si cruels, à lui répéter sans cesse qu'il n'était qu'un bon à rien. En tant que cadet, il ne pouvait pas hériter, et il fallait qu'il se fasse une place dans le monde par lui-même. Père avait voulu qu'il devienne avocat, mais à travailler dans un bureau, Harry aurait dépéri à petit feu. Alors il s'est enfui, et il n'est jamais revenu.

— Votre père s'est-il fâché ?

— Il était furieux. Il est entré dans une colère terrible en apprenant que Harry était parti. J'étais la seule à qui il en avait parlé, vous comprenez, et j'avais gardé le secret jusqu'à ce que son navire ait levé l'ancre.

— Où est allé Harry ?

— Partout. Il a voyagé dans des contrées exotiques : en Égypte, en Turquie, en Russie, à travers tout l'Orient, au Canada et en Amérique. Il touchait une petite rente annuelle héritée de notre mère, qui lui permettait de financer ses voyages. Elle lui a aussi légué cette maison, mais il n'a jamais cherché à la louer. S'il a travaillé, ses lettres n'ont jamais parlé de ce genre de chose.

Peut-être parce qu'il savait que sa sœur trouvait « ce genre de chose » vulgaire.

— C'est en Amérique qu'il a rencontré sa femme ?

— Charlotte.

Elle croisa les mains sur ses genoux, où était dépliée une des lettres de Harry. Elles avaient été apportées ici la veille au soir en même temps que ses effets personnels.

— Il l'aimait éperdument. Il me suffisait de lire ses lettres pour voir qu'il était fou d'elle. Mais il n'a jamais mentionné sa famille ni ses amis. Je crois savoir que Richard a engagé l'un de ces détectives de l'agence Pinkerton pour en savoir plus, mais il ne m'a pas dit ce qu'il avait découvert. Tout ce que je savais, c'était qu'il estimait qu'elle n'était pas assez bien pour nous.

Je ne lui rappelai pas que Lord Rycroft avait traité la famille de Charlotte de criminels, et je me gardai bien de mentionner que ma propre enquête confirmait ces accusations. Je ne lui dis pas non plus que Harry et Matthew avaient sans doute tous deux adopté le mode de vie criminel des Johnson. Autrement, comment Harry et Charlotte auraient-ils eu les moyens de voyager ? Par quel autre moyen auraient-ils pu offrir à Matthew une telle éducation ? Car c'était un homme intelligent et instruit, cela ne faisait aucun doute.

— Matthew est né neuf mois après leur mariage.

Elle ramassa la lettre qui était posée sur ses genoux et parcourut la page, un sourire aux lèvres.

— Celle-ci a été envoyée de Zurich.

Puis elle m'en montra une autre, pliée sur la table.

— Et celle-là, de Venise. Ils sont allés partout. Matthew en a vu, du pays, dans son enfance.

— Jusqu'à ce qu'il retourne en Amérique à l'âge de quinze ans.

Son visage s'assombrit et elle baissa les cils.

— J'aurais voulu revoir Harry une dernière fois avant sa mort. J'aurais voulu connaître Charlotte, et rencontrer Matthew quand il était encore un petit garçon. Quel homme c'est devenu, vous ne trouvez pas, Miss Steele ? Beau et fort.

— Ça, on peut le dire.

— Et gentil, avec ça. Tout le portrait de son père.

Elle soupira et ferma les yeux. Je crus qu'elle s'était endormie, mais elle les rouvrit avec un sursaut.

— Vous voulez bien nous faire monter du thé, Beatrice ?

— Moi, c'est India, lui rappelai-je d'une voix douce. Pas Beatrice.

— Mais oui, c'est vrai. Beatrice ressemble à un roquet aigri, tandis que vous, Miss Steele, vous êtes si jolie.

— Je vous en prie, appelez-moi India. Je vais nous chercher du thé.

— Matthew devrait engager des domestiques, dit-elle en dépliant une autre lettre.

— Il dit qu'il n'a pas besoin de personnel, puisqu'il ne reste pas longtemps. Il emploie des femmes de ménage à la journée. Elles sont là en ce moment même.

— J'aimerais que vous arrêtiez de dire qu'il va s'en aller, parce que c'est faux.

Je me tus. La contredire ne servirait qu'à lui faire de la peine, et c'était à son neveu de la décevoir sur ce point, pas à moi.

— C'est bien la seule chose qui va me manquer, maintenant que je ne vis plus chez Richard, dit-elle en étalant la lettre sur ses genoux.

— Quoi donc ?

— Ma femme de chambre. Il faut que je lui propose de venir travailler ici.

Je partis faire du thé. Les femmes de chambre n'étaient pas un sujet que je connaissais.

La fente à lettres de la porte d'entrée grinça, et le facteur y laissa tomber une enveloppe. Elle portait un timbre américain, mais aucune adresse d'expéditeur n'était inscrite au dos. Je la déposai sur la table de l'entrée, mais sa présence me travailla tout le reste de la matinée. Je la tendis à Mr Glass à son retour, en fin d'après-midi.

Je m'attendais à ce qu'il ait l'air fatigué et à bout de forces, étant donné qu'il n'était pas rentré déjeuner, mais il semblait en parfaite santé. Il avait dû emporter sa montre luminescente avec lui, cette fois, comme il l'avait fait le premier jour, quand je l'avais rencontré à la boutique de mon... à la boutique d'Eddie. Peut-être l'avait-il laissée à la maison lorsque nous étions partis ensemble à la recherche de Chronos de peur que je ne remarque qu'il la portait sur lui. J'étais contente de le voir en bonne santé. Ça ne lui allait pas du tout, d'être souffrant.

— Cette lettre est arrivée pour vous, lui dis-je. Avez-vous réussi ?

— Réussi quoi, Miss Steele ? demanda-t-il en examinant l'enveloppe.

— À retrouver l'homme de cette nuit.

Il releva la tête.

— Qu'est-ce qui vous fait croire que nous étions à sa recherche ?

Je haussai les sourcils.

Il répondit par un grognement.

— Tout va bien. Je vous prie de ne pas vous inquiéter. Je ne laisserai personne vous faire de mal, ni à vous ni à ma tante, tant que vous serez sous ma protection.

C'était une déclaration fort noble, et j'en restai un instant comme étourdie. Cela faisait bien longtemps que Père n'avait plus été capable de me protéger, et ces dernières années, c'était moi qui avais pris soin de lui. Je ne savais pas trop comment réagir à ces paroles rassurantes de Mr Glass.

— Comment va ma tante ? demanda-t-il.

— Elle va bien.

Je m'éclaircis la gorge.

— Sachez que votre maison accueille désormais une personne de plus.

— Qui donc ?

— Sa femme de chambre. Miss Glass lui a rendu son poste cet après-midi. Elle m'assure que ses gages seront prélevés sur ses finances personnelles.

— L'argent n'est pas un problème, dit-il d'un air absent tout en ouvrant précipitamment l'enveloppe.

Son visage se durcit à mesure qu'il lisait et relisait la lettre.

— Veuillez m'excuser.

Il s'en alla sans me laisser le temps de lui demander ce que devenaient nos recherches pour retrouver Mirth.

Miss Glass s'était retirée pour faire un somme, et j'étais désœuvrée. Ayant déjà réparé celle de la salle à manger, je décidai d'inspecter les autres pendules de la maison. Comme la grande horloge sur pied fonctionnait bien, je me contentai d'en épousseter le boîtier avant de passer aux autres pendules que j'avais aperçues dans les autres pièces. L'horloge en laiton cuivré de style rococo qui se trouvait dans le salon de musique avait besoin d'être remontée, et la ravissante pendule cage du petit salon était en parfait état de marche. J'en sortis tout de même les mécanismes afin de les nettoyer, ne serait-ce que pour m'occuper et admirer un ouvrage de si belle facture. Les larmes me montèrent aux yeux en remettant toutes les pièces en place. Je ne travaillerais peut-être plus jamais avec des horloges et des montres, je ne pourrais peut-être plus jamais admirer la qualité du travail nécessaire à leur fabrication ni l'harmonie précise de tous les éléments qui en faisaient à la fois la beauté et la fonctionnalité. Tout en travaillant, je laissai vagabonder mon esprit, m'abandonnant à mes sensations.

J'ignore combien de temps je passai sur cette horloge, mais je fus tirée de mon état presque second par les chuchotements de Willie et Duc qui résonnaient derrière la porte.

— Tu ne peux donc pas faire ce qu'on te dit, pour une fois ? cracha Duc.

— Tu me connais, tu sais bien que non.

Willie semblait plus agacée que fâchée.

— Je fais ce que je veux, et ce soir, j'ai envie de sortir.

— Reste à la maison.

— Non.

— Willie…, gronda Duc. C'est dangereux. Il rôde encore dans les environs.

— Ce n'est pas après moi qu'il en a, et tu peux arrêter de me donner des ordres. Je me fiche bien de ce que tu dis.

Elle entra dans le salon comme une furie et s'arrêta net en me voyant.

— Vous avez entendu ce qu'on disait ?

Je regardai derrière elle, mais Duc ne l'avait pas suivie.

— Presque tout, oui. Mais ne vous en faites pas. Je n'ai que faire de vos querelles avec Duc, ou avec qui que ce soit d'autre, d'ailleurs.

Elle vint se placer à côté de moi et examina la pendule, même si je la soupçonnais de ne pas vraiment la remarquer.

— Je n'aime pas qu'il me dise ce que j'ai à faire. Ni lui ni aucun homme.

— Vous voulez dire que nous sommes d'accord sur quelque chose ?

Elle répondit avec un petit sourire.

— Moi, je sais pourquoi je pense comme ça, mais vous ? Je croyais que vous aimiez votre vieux papa.

— Oui, je l'aimais. Mon ancien fiancé, en revanche, c'est une autre histoire. Si mon histoire avec Eddie m'a appris une chose, c'est que je n'aimais pas la personne que je devenais quand j'étais avec lui.

Elle s'assit et appuya ses coudes sur ses genoux.

— Continuez.

— Je sais à présent que, lorsque j'étais fiancée à Eddie, je n'étais pas moi-même. Je m'efforçais de me conformer à une conception idéale de la féminité pour lui plaire. Je n'ai jamais eu beaucoup de chance avec les hommes, voyez-vous, et avec Eddie, je me sentais unique. Je ne voulais pas risquer de le perdre en exprimant une opinion contraire à la sienne.

J'ignorais pourquoi je tenais à ce que Willie comprenne un détail aussi personnel de ma vie, une vérité dont je commençais à peine à prendre conscience moi-même. Peut-être parce que nous étions deux femmes à peu près du même âge, ou peut-être parce que je savais qu'elle m'approuverait au lieu de me juger. J'avais certes la réputation d'être directe, mais elle l'était dix fois plus encore. Sans compter que ces paroles, prononcées à haute voix, avaient un effet libérateur.

— Vous voulez dire que vous aviez arrêté d'être vous-même.

Je hochai la tête.

— Je croyais que cela m'aiderait à garder Eddie. Mais je me trompais. Non seulement je l'ai perdu de toute façon, mais j'ai failli me perdre par la même occasion. Et *ça*, c'était bien pire.

Elle s'adossa sur son siège et croisa une jambe par-dessus l'autre. Elle me considérait avec les sourcils froncés, mais un sourire aux lèvres.

— Moi aussi, je déteste les hommes.

— Je ne déteste pas les hommes. Seulement Eddie. Mais maintenant, j'ai changé d'attitude face à eux. Il n'est pas question que je me jette dans les bras du prochain homme qui m'accordera un peu d'attention.

Non pas que je m'attende à ce que ça arrive désormais.

— Vous ne connaissez pas les hommes comme je les connais, Miss Steele.

— Appelez-moi India.

— Vous ne savez rien des hommes, India.

Son sourire disparut tout à fait, et tout son visage se rembrunit d'un coup, déformant sa bouche et assombrissant ses yeux.

— Je vous souhaite de ne jamais savoir.

J'étais tentée de m'approcher pour lui prendre la main en signe de sympathie, mais je doutais que ça lui plaise, alors je me contentai de hocher la tête.

— À part Matt, bien sûr. C'est quelqu'un de bien, même si…

Elle agita une main comme si j'étais censée savoir ce qu'elle voulait dire.

J'attendis, mais elle ne précisa pas sa pensée.

— Et Duc et Cyclope ?

Elle haussa simplement une épaule.

— Je ne les connais pas aussi bien que Matt.

Le moment aurait été parfaitement choisi pour lui demander des informations sur lui, mais je craignais que ce soit prématuré et qu'elle me repousse de nouveau. J'étais heureuse qu'elle n'ait plus de ressentiment à mon égard.

— Venez avec moi ce soir, India, dit-elle tout à coup. Laissez-moi vous montrer ce que peut faire une femme quand elle est déterminée.

— Pour aller où ?

— Il y a une échoppe sur Jermyn Street au-dessus de laquelle on se rassemble pour jouer aux cartes.

— Un tripot ?

— Je vous apprendrai à jouer comme un homme et à ne pas être comme ces cruches ingénues et stupides.

— Je ne crois pas être ingénue ni stupide.

Elle leva les yeux au ciel.

— Vous verrez comme les hommes vous traitent différemment quand ils savent que vous n'êtes pas une petite chose fragile. Venez. Ça me fera un peu de compagnie.

— Pourquoi ne pas emmener Duc avec vous ?

Elle fit une grimace.

— Je veux dire de la bonne compagnie. Alors, qu'en dites-vous ? Ça ne vous fait pas peur ?

J'éclatai de rire.

— Je ne vais pas me laisser manipuler si facilement. Laissez-moi y réfléchir. Je vous donnerai ma réponse tout à l'heure.

Willie sortit et je finis de remonter la pendule tout en repensant à sa proposition. Jusqu'à maintenant, je n'aurais jamais envisagé de me rendre dans un tripot clandestin. Mais après tout, pourquoi pas ? Qu'est-ce qui m'en empêchait ? Si elle y allait, c'était certainement que cela ne comportait aucun danger. Je trouvais l'idée excitante, à mille lieues de ce qu'aurait fait celle que j'étais autrefois. J'avais toujours eu une conduite exemplaire, mais maintenant, c'était comme si un brouillard s'était levé. J'avais envie de tenter de nouvelles expériences.

Néanmoins, des années de prudence et mon éducation respectable me faisaient hésiter. Je passai le reste de l'après-midi en proie à une lutte intérieure. Je ne fus tirée de mes pensées que par la voix grave de Mr Glass au moment où j'inspectais l'horloge posée sur le guéridon près de la porte de ses appartements.

— D'après la lettre de Jem, disait-il à la personne qui était avec lui dans la pièce, le shérif Payne sait que nous sommes ici.

Duc et Willie poussèrent un juron.

— Comment est-ce qu'il l'a su ? demanda Duc.

— Si c'est mon petit frère qui lui a dit, je l'étripe, vociféra Willie.

— Jem ne dit pas comment le shérif l'a su, dit Mr Glass, il est juste venu à la maison et a exigé de savoir à quelle date nous sommes partis.

— Je suis sûr que Jem n'y est pour rien, fit Cyclope de sa voix sonore. À mon avis, c'est plutôt quelqu'un qui veut se débarrasser de Matt.

— Ça réduit la liste, ironisa Willie d'un ton grinçant.

— Quelqu'un qui sait aussi que je suis recherché par le shérif, mort ou vif, précisa Matt.

Recherché, mort ou vif. C'était ce qui était écrit sur l'affiche du Cavalier Noir. Je portai une main à mon ventre dans l'espoir de reprendre mon souffle, mais mon corset était trop serré. J'avais la nausée. Matt avait un *shérif* à ses trousses. Cela voulait donc dire qu'il était certainement le Cavalier Noir.

— Il te veut pas vivant, Matt, dit Duc gravement. Si le shérif Payne te ramène à la maison, ce sera les pieds devant, et puis c'est tout.

Ils se turent et, abandonnant l'horloge, je m'éloignai de la porte sur la pointe des pieds. Je regagnai ma chambre en courant et verrouillai la porte derrière moi.

CHAPITRE 10

J e ne sortis de ma chambre que lorsque sonna l'heure du dîner. Si je n'avais pas rejoint les autres, cela aurait eu l'air suspect ; aussi décidai-je de me comporter aussi normalement que possible, même si j'avais du mal à regarder qui que ce soit en face.

Heureusement, Willie et Cyclope furent distraits par Miss Glass, qui fit une entrée très remarquée à mes côtés. La robe qu'elle avait choisi de porter aurait davantage convenu pour un dîner avec la famille royale. La soie gris sombre parcourue de fils d'argent scintillait à la lueur des chandelles et les perles qui ornaient son cou et ses cheveux ne me rappelaient que trop que je me trouvais en présence d'une aristocrate. Moi, la fille d'un modeste horloger.

— Miss Steele ?

La main ferme de Mr Glass sur mon épaule me prit au dépourvu.

— Puis-je vous escorter jusqu'à votre place ?

— Volontiers.

Il replia mes doigts par-dessus son bras, les y coinçant avec sa main.

— Êtes-vous souffrante ?

— Non.

Il inclina sa tête vers la mienne. Il sentait les épices et la lavande, une curieuse association qui fit s'emballer mon cœur.

— Je vous trouve un peu pâle, et vous êtes restée dans votre chambre presque tout l'après-midi.

— Parfois, j'aime être seule.

— Alors ce n'était pas pour m'éviter ?

Le cœur battant et la gorge nouée, je balbutiai :

— Pourquoi vous éviterais-je ?

Il recula ma chaise pour moi.

— Parce que vous estimez que je ne suis pas sincère. Et je suis prêt à parier que vous pensez que je ne suis pas un gentleman non plus.

Je sentais le poids de sa main sur la mienne, mais ce n'était pas déplaisant.

— Vous êtes bel et bien un gentleman, Mr Glass. Votre grand-père était tout de même un baron.

— J'espère mériter ce titre plus que lui.

L'un des coins de sa bouche se releva légèrement.

— Et je vous en prie, ne me jugez pas pour mes liens de parenté. On ne choisit pas sa famille, mais pour ce qui est de mes amis, je les choisis avec le plus grand soin. Son souffle vint effleurer mes cheveux tout près de mon oreille.

— Et j'espère vous convaincre d'en faire partie.

Une chaleur brûlante remonta le long de ma gorge et jusqu'à mes joues. Son sourire s'élargit. Il *savait* l'effet que son charme avait sur moi, et je n'en fus que plus déstabilisée.

— Mr Glass, pour être tout à fait honnête, je ne sais pas quelle opinion j'ai de vous. Mes pensées oscillent d'un côté et de l'autre à toute heure du jour, même lorsque vous êtes absent.

Il sourit soudain.

— Je suis ravi de savoir que vous pensez si souvent à moi.

J'inspirai pour reprendre une contenance. Malgré ma volonté de paraître calme, j'avais le souffle court.

— Mr Glass, seriez-vous en train de flirter avec moi ?

— Est-ce donc un crime ?

— Certains diraient que c'en est un, oui, puisque vous comptez quitter l'Angleterre dans quelques jours. Et d'ailleurs, n'avons-nous pas déjà établi votre manque de sincérité ?

Les muscles de son bras se raidirent et il me lâcha.

— Pardonnez-moi, Miss Steele. Je ne sais pas ce qui m'a pris.

Il s'éloigna à grands pas vers l'autre bout de la table et ne me regarda plus.

Quand le dîner prit fin, j'étais prise de bouffées de chaleur et j'avais les nerfs à vif, mais je ne savais pas pourquoi. Il avait fait exactement ce que je voulais et avait cessé son badinage, comme aurait dû le faire tout homme bien élevé… tout *gentleman*. Mais dans ce cas, pourquoi y avait-il une part de moi qui le regrettait ?

Un peu plus tard, je tâchai de lire à la lumière de la lampe dans la bibliothèque, mais je ne tenais pas en place ; c'est pourquoi, quand Willie vint me trouver pour me demander si je comptais venir jouer aux cartes avec elle, j'acceptai sans hésitation. J'avais besoin de faire quelque chose. Une petite voix m'avertit que c'était imprudent, mais je l'ignorai. Ce soir, je *voulais* être imprudente. J'espérais qu'un peu d'aventure calmerait ma fébrilité.

— India sort avec moi, annonça Willie à Mr Glass quand sa tante se fut retirée dans sa chambre.

Il baissa son verre de brandy d'un geste lent, délibéré.

— India ? Tu ne l'appelles plus Miss Steele ?

— Elle m'a dit que je pouvais l'appeler India, alors c'est ce que je fais. Peut-être même qu'on va se mettre à se tutoyer.

Willie croisa les bras sur sa poitrine.

— C'est vrai, confirmai-je, bien qu'ils aient l'air d'avoir oublié ma présence.

Nous étions seuls tous les trois dans le salon où Willie et moi avions trouvé Mr Glass en train de lire le journal. Duc et Cyclope étaient absents.

— Miss Steele, pourriez-vous sortir un moment ? J'ai à parler à Willie seul à seule.

Je m'exécutai, bien décidée à écouter de toute façon. Il me claqua la porte au nez avec un sourire forcé. J'y collai l'oreille et écoutai Mr Glass réprimander sa cousine.

— Il est *hors de question* que tu l'emmènes avec toi, gronda-t-il.

— Elle est parfaitement capable de prendre ses décisions par elle-même, répliqua Willie. On est des femmes, toutes les deux, pas des enfants.

— Des femmes ont tout autant de risque que des enfants de s'attirer des ennuis.

— On n'est pas idiotes, Matt. Au moindre signe de danger, on s'en ira.

Il s'ensuivit un moment de silence qui me laissa croire qu'elle avait d'ores et déjà gagné. C'est alors qu'il lui dit :

— Je vous l'interdis. Elle n'est pas comme toi. Elle n'est pas… capable de se débrouiller.

— Bien sûr que si, et si tu ne le vois pas, c'est que tu ne l'as pas bien regardée.

— Ce n'est pas ce que je voulais dire.

Une planche du parquet craqua et j'entendis des bruits de pas, puis un nouveau grincement du parquet. Il faisait les cent pas.

— Vous allez être dans un endroit plein d'hommes. Des hommes qui vont boire, et qui seront pleins aux as.

— Pas quand j'aurai fini de les plumer.

— Willie ! Écoute-moi. Miss Steele est encore innocente.

— Mais non, Matt, tu te trompes.

— Puisque je te dis que si, bon sang !

Sa véhémence me surprit autant qu'elle me troubla. Pourquoi insistait-il tant sur ce point face à Willie ?

— Elle fait tout pour avoir l'air sûre d'elle et coriace, mais elle ne l'est pas. Elle est vulnérable, et trop crédule. On sait bien, toi et moi, que cela fait d'elle une proie facile.

Je m'éloignai de la porte en titubant, les yeux brûlants de larmes. Je ne savais pas ce qui me blessait le plus : qu'il me croie faible et pathétique, ou qu'il ait pitié de moi.

Peut-être avait-il raison, peut-être étais-je la femme qu'il venait de décrire. Je lui avais fait confiance au début, après tout. Mais je ne voulais plus être ce genre de personne. Je ne voulais plus jamais qu'on abuse de ma naïveté. Eddie m'avait appris combien il est dangereux de faire confiance aveuglément. Et je refusais qu'on parle de moi en ces termes. Mr Glass ne me connaissait pas.

J'ouvris les portes à la volée et vins me planter devant lui.

— Vous vous trompez du tout au tout, Mr Glass. Je ne suis ni une proie, ni facile, pour reprendre vos termes.

À l'instant où j'allais me reculer, il m'attrapa par le bras, me plaquant contre lui. Nous étions si proches l'un de l'autre qu'il sentait certainement les battements de mon cœur résonner à travers son corps. Ses yeux noirs comme un ciel d'orage me clouaient sur place aussi sûrement que sa main sur mon bras.

— Vous ne devriez pas écouter aux portes, Miss Steele. C'est impoli.

— Je dirais que nous avons depuis longtemps renoncé aux politesses, vous ne croyez pas ?

— C'est vrai, murmura-t-il.

Il baissa son visage jusqu'à ce qu'il ne soit plus qu'à quelques centimètres du mien. Mon cœur faillit jaillir de ma poitrine.

— Au diable les politesses.

Willie s'éclaircit la gorge. Avant que je puisse dire ouf, elle me prit par la main et m'entraîna hors du salon.

— Pas la peine de nous attendre, lança-t-elle à son cousin. Tu as besoin de te reposer.

Je me retournai pour le regarder. Il était droit comme une statue, ses yeux sévères fixés sur moi comme s'il pouvait, d'un simple regard, me forcer à rester par la seule force de sa volonté. Je souris et lui fis un signe de la main.

— Soyez rentrées avant une heure.

— Deux heures, dit Willie, déjà sur le pas de la porte.

— Une heure.

— Oui, Papa, se moqua Willie.

Puis se tournant vers moi :

— On va rester jusqu'à trois heures, hein ?

* * *

— Ouvre grand tes yeux et tes oreilles, mais ne dis rien, me conseilla Willie lorsque nous arrivâmes au niveau de l'échoppe d'un bottier sur Jermyn Street. Ne fais pas un son, pas une mimique, pas un sourire, n'essaye absolument pas de communiquer avec moi, même si tu penses que les cartes que j'ai en main sont gagnantes ou perdantes.

— Comment pourrai-je savoir quelles cartes sont gagnantes ou perdantes ?

— Je ne veux pas te voir rouler des yeux, hausser les sourcils ni te mordiller les lèvres ou l'intérieur de la joue.

— Est-ce que j'ai le droit de respirer ?

— Si nécessaire, mais pas trop fort.

Je lui lançai un regard, mais j'avais du mal à voir si elle était sérieuse à la lumière des réverbères. Bien que l'éclairage soit meilleur à cet endroit que dans la plupart des autres rues, il ne suffisait pas à percer l'épais brouillard qui s'était installé. Je resserrai mon manteau autour de mon cou, mais cela n'empêcha pas l'air de la nuit de glacer mes os.

Nous n'étions pas très éloignées de Park Street, et c'était l'un des quartiers les plus sûrs de Londres, mais je sursautais néanmoins au moindre son. Le fracas des voitures qui passaient et les bruits de pas sur le pavé paraissaient étranges et irréels dans la brume, comme si des êtres fantomatiques nous frôlaient. L'air parfaitement à l'aise, Willie me guida jusqu'aux boutiques de Jermyn Street.

— As-tu besoin d'une nouvelle paire de bottes ? lui demandai-je quand elle frappa à la porte de la boutique d'un bottier.

— C'est ici, déclara-t-elle.

— Ça ne ressemble pas à un repaire de joueurs. On dirait une boutique ordinaire.

— Parce que c'en est une, dans la journée. La nuit, le propriétaire tient un tripot à l'étage.

Un homme avec un large cou et une petite bouche ouvrit la porte, salua Willie d'un signe de tête et me dévisagea, perplexe. Je souris et esquissai une révérence. Comme il gardait les yeux fixés sur moi, Willie lui dit avec un claquement de langue agacé :

— Alors, Pinch, t'as jamais vu une femme ?

— Pas ici, non, répliqua-t-il.

— Non, mais oh !

— Toi, ça compte pas.

Elle se fraya un chemin entre les étalages de chaussures et de bottes jusqu'à une porte au fond de la boutique, où l'odeur de cuir était plus prononcée. Elle tira sur une cloche en laiton poli et un tintement répondit quelque part à l'étage avant qu'un autre homme ouvre la porte. En me retournant, je vis que le premier portier ne nous avait toujours pas quittées des yeux. Je risquai un sourire qu'il me rendit, à ma grande surprise.

Le second portier, lui, n'eut même pas l'air de remarquer notre présence. Il avait une carrure encore plus impressionnante que le précédent. Sa veste était tendue sur ses épaules larges comme des rochers, et même ses paupières étaient musclées. Sans paraître avoir aucune objection à ma présence, il s'écarta pour nous laisser passer et nous engager dans l'escalier au sommet duquel se trouvait une autre porte renforcée de plaques de fer. Une petite lampe était suspendue à un crochet à côté, éclairant tout juste la dernière marche. Je montai à tâtons, en prenant garde à ne pas tomber. De l'autre côté de la porte, on entendait des voix d'hommes qui parlaient bas la plupart du temps, mais entrecoupées à deux reprises par un rire tonitruant. J'appuyai ma main sur mon ventre noué. Il était trop tard pour faire demi-tour, maintenant. Il y avait peu de chances que Willie accepte de me ramener à la maison, et l'idée d'errer seule par les rues sombres me rendait encore plus malade.

— Qui t'a parlé de cet endroit ? soufflai-je à Willie tandis qu'elle frappait à la porte.

— Quand tu dépenses ton argent un peu partout dans les hôtels qui bordent les gares, un type louche finit toujours par venir te parler d'un endroit sympathique où tu peux boire avec ses amis et jouer tranquillement aux dés ou aux cartes.

— Tu veux dire qu'ils cherchent des personnes qui ont l'air de vouloir jouer pour de l'argent ?

— C'est ça. Et je me suis arrangée pour trouver les bonnes adresses pour jouer au poker. C'était pas facile. Les Anglais ne connaissent pas trop le poker.

— Le poker ? Qu'est-ce que c'est ?

— Un jeu de cartes.

— Et tu es douée à ce jeu ?

Ses dents blanches étincelèrent dans la pénombre.

Un étroit panneau rectangulaire sur la porte coulissa et une paire d'yeux nous examina à travers l'ouverture. Ils s'écarquillèrent très légèrement en m'apercevant, juste avant que le panneau ne se referme avec un claquement. La porte s'ouvrit et un grand gaillard osseux habillé comme un gentleman nous accueillit. Il salua Willie d'un signe de tête, qu'elle lui rendit. Nous lui confiâmes nos manteaux et nos chapeaux.

— Comptez-vous me présenter votre amie, Miss Johnson ? demanda-t-il.

— Miss Steele, voici Mr Unger, me dit-elle en regardant derrière lui.

Il s'inclina et me dit :

— Bienvenue, Miss Steele. Êtes-vous venue pour jouer ?

— Non, seulement pour observer, répondis-je. Êtes-vous le propriétaire de cet établissement ?

— Non.

Sans s'expliquer davantage, il fit un pas de côté pour nous laisser passer.

De la fumée s'élevait en minces volutes d'une douzaine de cigares. Elle flottait entre les poutres du plafond, dérangée seulement par un courant d'air occasionnel. Autour des tables étaient assis des messieurs totalement concentrés sur les dés qu'ils lançaient ou les cartes qu'ils tenaient entre les mains. Des chaises étaient agglutinées autour de plusieurs tables dans cette pièce sans fenêtres, et sur le côté droit, une porte menait à une seconde pièce. Il n'y avait pas de feu dans la cheminée, mais l'air était étouffant. À chaque table, des hommes vêtus d'un gilet écarlate et d'une chemise blanche toute raide d'amidon semblaient diriger la partie. Celui qui s'occupait de la table de dés avait à la main une perche terminée par un crochet.

Willie se dirigea vers une table sur notre gauche où des hommes jouaient aux cartes et s'assit à une place libre, mais les murmures mirent plusieurs secondes à cesser. L'un après l'autre, tous les hommes se tournèrent vers moi, jusqu'à ce que j'aie dix-huit paires d'yeux entièrement concentrées sur ma personne. De toute évidence, dans cet établissement, les femmes habillées en femmes étaient une rare curiosité. J'esquissai une révérence maladroite et me hâtai de rejoindre Willie. Elle secoua la tête avec un petit rire. Le croupier assigné à sa table me trouva un siège et son voisin, un monsieur bedonnant entre deux âges, se décala pour me faire une place.

— Bonsoir, Miss, dit-il avec un sourire qui dévoilait l'écart entre ses dents. Nous n'avons pas souvent la chance d'être en si agréable compagnie.

Willie marmonna dans sa barbe un commentaire que je n'entendis pas tout à fait.

— Je ne suis là qu'en qualité de spectatrice, lui assurai-je.

— Comme notre ami, qui est lui aussi un nouveau venu.

D'un geste de son cigare, il me désigna l'homme qui était assis pile en face de moi.

— On dirait que le poker devient très à la mode à Londres, en ce moment. Je comprends pourquoi. C'est un jeu épatant.

Son éclat de rire emplit toute la pièce. C'était sûrement lui que j'avais entendu du dehors. Personne d'autre n'avait l'air d'être d'une humeur aussi joviale, probablement parce que c'était lui qui avait devant lui la plus grosse pile d'argent.

L'autre spectateur me gratifia d'un signe de tête et d'un sourire aimable, et je le saluai de la même façon avant de concentrer, comme lui, mon attention sur le jeu.

— Stud ouvert à cinq cartes, annonça le croupier à Willie en distribuant les cartes.

Mon voisin se pencha vers moi.

— Que savez-vous de ce formidable jeu américain, Miss… ?

— Steele, dis-je. Je ne m'y connais pas du tout.

— Moi, c'est Travers.

Il se plaça un monocle sur l'œil et étudia ses cartes avant de tourner son attention sur moi. Il me détailla de la tête aux pieds, puis rapprocha encore sa chaise. Il sentait le cigare et le brandy.

— Vous n'avez pas l'accent américain.

— Je suis anglaise.

— Ah, tiens. Une jeune beauté anglaise. Parfait.

L'éclairage devait laisser à désirer, pour qu'il me trouve jeune et belle.

— Merci, dis-je tout de même.

— Votre amie vous a-t-elle appris à jouer ? demanda-t-il en désignant Willie du menton.

— Non. Je viens de la rencontrer.

Il m'observa, l'œil plissé derrière son monocle.

— Vous n'êtes pas une magouilleuse, j'espère ?

— Une quoi ?

— Quelqu'un qui fait semblant de ne pas connaître les règles, pour mieux plumer tous les joueurs de sa table.

— Je vous assure que je ne sais pas jouer au poker. Je suis plus douée pour le whist.

Il fut secoué d'un petit rire qui fit tomber son monocle sur la table. Il le ramassa et se remit à étudier ses cartes avant de saisir dans sa pile une seule pièce, qu'il posa à côté des autres.

— Elle m'a plumé hier soir, dit-il en parlant de Willie, mais je crois avoir compris sa technique, maintenant.

Willie eut un sourire en coin.

— Dans ce cas, je vous souhaite bonne chance, Milord.

Un lord ? Je regardai Travers avec de grands yeux ébahis, mais il était trop absorbé par la partie pour faire attention à moi. Je croisai le regard du nouveau venu en face de moi, qui haussa les épaules. Ses yeux d'un bleu intense pétillaient d'intelligence.

Après avoir observé plusieurs manches, il me semblait que j'avais compris quelles combinaisons de cartes il fallait pour gagner, jusqu'à ce que toutes mes nouvelles connaissances soient chamboulées quand le lord assis à côté de moi remporta la partie avec une simple paire de huit. Willie le regarda ramasser ses gains d'un air furibond.

— Comment se fait-il qu'il ait gagné ? murmurai-je. Tu avais une paire de trois et une paire de six.

— Il bluffait, je me suis couchée trop tôt.

Elle ramassa l'une de ses pièces et astiqua la surface avec son pouce comme si elle cherchait à en effacer le visage de la reine. Elle n'avait pas l'air d'humeur à continuer de répondre à mes questions.

Lord Travers passa son bras sur le dossier de ma chaise et se pencha si près de moi que je pouvais presque entendre son sourire mielleux.

— Mes chères demoiselles, il est peut-être temps de rentrer chez vous ? Ce n'est pas un endroit pour de délicates jeunes femmes comme vous. À trop vous frotter à des adversaires comme nous, vous risquez de vous piquer.

Son éclat de rire fit tourner les têtes aux autres tables.

— Je parie qu'il ne s'en plaindrait pas, marmonna un des joueurs, assez fort pour que tout le monde l'entende.

Des rires épars s'élevèrent dans la pièce, menés par celui de Travers lui-même.

Il remporta les deux manches suivantes, au grand déplaisir de Willie. Elle jeta ses cartes au centre de la table et se recula sur sa chaise, les bras croisés sur sa poitrine. Il ne lui restait plus que cinq shillings.

— Votre amie n'aime guère perdre, me glissa Travers à l'oreille.

Je m'écartai insensiblement de lui.

— Je suis sûre que personne n'aime ça.

Willie lui lança un regard implacable. Elle se pencha au-dessus de la table et rassembla ses pièces contre elle comme une chatte qui protège ses petits. Lord Travers eut un petit rire supérieur. Ses doigts effleurèrent mon épaule jusqu'à atteindre la peau nue au-dessus de mon col. Je reculai avec un frisson de dégoût.

— Souhaitez-vous boire quelque chose, mesdames ? demanda l'homme aux yeux bleus qui venait soudain d'apparaître entre Willie et moi. C'était à moi qu'il s'adressait, mais son regard pénétrant était braqué sur Travers, du côté opposé. Voulez-vous m'accompagner dans la pièce des collations, Miss ? Tout ce poker me donne le tournis.

— Bien volontiers, le remerciai-je en lui tendant la main.

Il m'entraîna à l'écart de la table. Willie n'eut pas l'air de remarquer mon départ, et même Travers ne sembla pas y prêter grande attention. Il replaça simplement son monocle sur son œil et examina les nouvelles cartes qu'on venait de lui distribuer.

Mon bienfaiteur me guida vers la pièce voisine, où des sandwiches et des petits gâteaux étaient disposés sur une table. Une longue nappe blanche bordée de dentelle tombait en plis élégants jusqu'au somptueux tapis. Sur un buffet, on trouvait des carafes et des verres prêts à servir, avec leurs facettes de cristal qui scintillaient à la lumière des chandelles qui brillaient au plafond, sur le lustre.

— Brandy ? proposa-t-il. Vin ? Xérès ?

— Brandy. Merci de m'avoir sortie de là, Monsieur. C'était très galant de votre part.

Il me sourit par-dessus son épaule. Sans être particulièrement bel homme, il avait un sourire sympathique et des yeux d'un bleu limpide. Je lui donnai la trentaine environ, à en juger par les rides naissantes aux coins de ses yeux et par celles qui lui barraient le front.

— À votre service. Miss Steele, c'est bien ça ?

Je confirmai d'un hochement de tête et le rejoignis devant le buffet.

— Je m'appelle Dorchester.

Il prit une carafe de brandy et en versa dans deux coupes, me tendant l'une des deux.

— À votre santé, Miss Steele.

Je bus une petite gorgée tout en l'observant par-dessus le bord de mon verre.

— Avez-vous appris quelque chose ce soir, Mr Dorchester ?

— J'ai appris qu'il ne faut pas jouer au poker avec Lord Travers.

— C'est vrai qu'il a l'air de gagner souvent. Et d'avoir les mains baladeuses.

— Votre amie est quelqu'un de fascinant. J'ai cru remarquer un léger accent ?

— Willie est américaine.

Il fit une grimace.

— Vous n'aimez pas les Américains ? lui demandai-je.

— Je n'en ai rencontré que deux, et je les ai trouvés quelque peu impertinents et vantards. Ils manquaient d'élégance et de distinction, si vous voyez ce que je veux dire.

Je me contentai de sourire. Willie et Duc correspondaient bien à cette description, ça ne faisait aucun doute, mais ce n'était pas le cas de Mr Glass, et quant à Cyclope, je ne m'étais pas encore fait mon opinion.

— Qu'est-ce qui vous amène dans ce repaire de joueurs ?

— Le jeu, répondit-il en souriant. J'avais entendu parler de ce nouveau jeu, le poker, et j'ai voulu voir de quoi il s'agissait. J'avoue aimer le frisson que procure la victoire, mais je reste prudent. Je ne parie jamais plus que je ne peux me permettre de perdre.

— Ce qui explique que vous passiez la soirée à observer plutôt qu'à jouer vous-même ?

— Absolument. Et vous, Miss Steele ? Comptez-vous revenir un autre soir pour vous essayer au poker ?

— Je ne joue pas aux jeux d'argent.

Je n'avais pas les moyens de parier, mais même si je les avais eus, je n'en voyais pas l'intérêt.

— Peut-être reviendrez-vous simplement pour tenir compagnie à votre amie américaine. Si vous êtes là, la soirée n'en sera que plus intéressante.

Il me sourit à nouveau.

Je bus une nouvelle gorgée pour qu'il ne voie pas mon visage s'empourprer.

— Êtes-vous de Londres, Mr Dorchester ?

Il secoua la tête.

— J'ai fait mes études ici quand j'étais plus jeune, mais j'habite à Manchester. Je suis dans l'industrie.

— Oh ? Vous parlez pourtant comme un parfait londonien. Et de la haute société, qui plus est.

— On me le dit souvent. J'ai dû prendre l'accent il y a plusieurs années.

Il but une gorgée de son verre.

— Allons, racontez-moi un peu comment ce que vient faire une jeune Anglaise respectable dans un tripot clandestin avec une Américaine vêtue comme un homme.

J'éclatai de rire.

— C'est une longue histoire.

— J'ai toute la nuit devant moi.

— Vous ne voulez pas retourner à la table de poker ?

— Pas si j'ai une option plus intéressante.

Ses yeux bleus pleins de charme se fixèrent sur moi, et mon visage prit feu.

Je cherchai quelque chose à répondre, mais je ne parvins qu'à lui faire un sourire pathétique et à boire une gorgée de brandy. Je fus sauvée par l'arrivée de deux hommes qui nous rejoignirent devant le buffet. Ils se pavanaient avec toute l'assurance de la jeunesse arrosée d'argent et de privilèges. L'un versa deux verres et l'autre, le plus replet des deux, se servit quelques pâtisseries. Celui qui tenait les verres s'adossa contre le buffet et vida l'un des deux d'un trait.

— Comment vous appelez-vous ? me demanda-t-il.

— Miss Steele, dis-je.

Son regard gris pâle me détailla lentement, s'attardant sur ma poitrine, ma gorge, ma bouche. Sa lèvre supérieure se retroussa en un sourire nonchalant.

— Je suis prêt à payer deux fois plus cher que lui, dit-il en désignant Mr Dorchester d'un signe de tête.

Je clignai des yeux.

— Je vous demande pardon ?

Il leva les yeux au ciel.

— Ne jouez pas les saintes-nitouches, Miss Steele. Ça ne vous apportera rien de plus avec nous.

Nous ? Je lançai un coup d'œil à son acolyte, qui me répondit par un sourire méprisant, mais grâce à ses lèvres toutes saupoudrées de sucre, cela ne lui donnait pas l'air aussi inquiétant que celui de son ami. Quoi qu'il en soit, je savais ce que voulaient ces hommes, et ce qu'ils croyaient que je vendais. Je reculai.

— Vous faites erreur, Monsieur, dis-je en rassemblant tout mon courage. Je ne suis pas le genre de femme que vous croyez.

— Bien sûr que si. Pourquoi seriez-vous ici, sinon ?

Pourquoi, en effet ?

Mr Dorchester s'interposa entre le jeune homme et moi. Il mesurait une bonne tête de moins que lui, mais il avait une forte carrure, tandis que l'autre était mince et nerveux.

— Je vous demande de laisser Miss Steele tranquille.

— Pas question que je paye un sou de plus, gronda l'autre. J'ai proposé de payer le double pour votre poule, mais elle n'en vaut pas le coup.

Avant que mon cri d'indignation ait eu le temps de franchir mes lèvres, Mr Dorchester avait saisi l'homme par le revers de son manteau et complètement soulevé du sol. L'individu voulut lui donner un coup de poing, mais il frappa dans le vide. Mr Dorchester le projeta brutalement contre le mur. Un instant plus tard, Unger se rua dans la pièce et, derrière lui, au moins une demi-douzaine de joueurs se pressèrent dans l'encadrement de la porte. Plus d'un ricana en voyant l'homme qui gisait sur le sol, l'air hébété.

— India ?

J'entendis Willie avant de la voir. Elle parvint à se frayer un chemin au milieu du petit attroupement et se précipita vers moi. Elle attrapa mes avant-bras et scruta mon visage.

— Que s'est-il passé ? Tu n'as rien ?

— Tout va bien, merci.

J'avais les mains qui tremblaient et le cœur qui tambourinait dans ma poitrine, mais je refusais de l'avouer à Willie. J'étais indemne, après tout, et le danger était désormais écarté.

Elle poussa un long soupir et m'examina encore de la tête aux pieds.

— Dieu merci. Matt me ferait la peau s'il t'arrivait quoi que ce soit.

Mr Dorchester leva brusquement la tête avant de détourner le regard. Il se frotta la mâchoire, mais soudain, il s'arrêta et laissa retomber sa main le long de son corps. C'était comme s'il ne savait pas quoi en faire ni comment se comporter, maintenant que tous les regards étaient fixés sur nous deux.

Willie regarda l'homme étendu au sol, encore sonné.

— Que s'est-il passé ?

— Mr Dorchester a défendu mon honneur contre cet homme, dis-je.

Willie poussa un grognement.

— Ton honneur ?

Mr Dorchester rajusta sa cravate.

— Il est inconvenant de traiter une dame de poule.

— Une poule !

Willie se mit à hurler de rire et asséna un coup de pied dans la chaussure de l'homme sur le sol.

— Vous êtes aveugle, Monsieur ? Même les cordons de la bourse d'un radin seraient plus faciles à décoincer. J'ai hâte de raconter ça à Duc et à Cyclope. Ils vont se tordre de rire.

Je mis ma main sur ma hanche.

— Et Mr Glass ? Tu vas lui raconter, à lui ?

Son sourire disparut.

— Mieux vaut ne rien lui dire, si tu comptes revenir ici.

En cet instant précis, peu m'importait de ne plus jamais remettre les pieds dans ce tripot. J'avais voulu être un peu imprudente et vivre une expérience nouvelle, mais maintenant, rester bien tranquille à la maison avec un bon livre me paraissait plus agréable.

— C'est pour ça que vous devriez interdire les femmes, dit l'un des joueurs à Mr Unger. Elles font des histoires.

— Je vais devoir vous demander de partir, Monsieur, dit Mr Unger à Mr Dorchester. Pas de rixes. C'est la règle, ici.

Mr Dorchester leva les mains.

— Je comprends.

— Mais c'était pour prendre ma défense, protestai-je. C'est à cet homme que vous devriez demander de partir. C'est lui qui a causé un scandale.

— Lord Dennison et Mr Fryer-Smythe sont des habitués de la maison.

Il appuya ses propos d'un signe de tête à l'adresse de l'ami, qui avait posé son gâteau pour aider son camarade à se relever.

— Ils n'ont jamais causé de problème jusqu'ici.

— Ça ne fait rien, Miss Steele, dit Mr Dorchester. Je ne crois pas que le poker soit un jeu pour moi, et il y a dans la ville d'autres tables de jeu qui sont toutes disposées à accepter mon argent.

— Mais c'est injuste ! m'écriai-je. Vous ne méritez pas d'être traité de la sorte.

Il prit ma main entre les siennes.

— Je suis fatigué, de toute façon. Puis-je me permettre de vous conseiller de partir maintenant, vous aussi, pour votre propre sécurité ?

— Pas encore, dit Willie avant que je ne puisse répondre.

Sa bouche avait pris un pli déterminé.

— D'abord, je dois regagner ce que j'ai perdu.

— Ou en perdre encore plus ! lança Lord Travers depuis la pièce voisine.

— Mr Dorchester a raison, insistai-je. Allons-nous-en.

Willie n'eut pas l'air de m'entendre. Elle retourna dans la salle de jeu d'un pas décidé et se rassit à la table de poker. Elle tapota la surface du bout du doigt.

— Cartes.

— Voulez-vous que je vous raccompagne chez vous ?

proposa Mr Dorchester tandis que les autres regagnaient leurs sièges.

Bien que l'offre soit tentante, je refusai. Je ne le connaissais pas assez bien pour marcher seule avec lui dans le noir.

— Je vais attendre Willie.

— Très bien. Mais soyez prudente, Miss Steele. Je ne voudrais surtout pas qu'il vous arrive quelque chose.

Il s'inclina.

— J'ai été ravi de faire votre connaissance. J'espère que nous nous reverrons.

Après avoir récupéré son chapeau, son manteau et ses gants, il parla à mi-voix à Mr Unger, peut-être pour obtenir de lui la promesse qu'il ne m'arriverait rien. Après un coup d'œil dans ma direction, Mr Unger hocha la tête et Mr Dorchester s'en alla.

J'étais triste de le voir partir ; non pas parce que sa compagnie me manquait, mais parce que cela signifiait que j'allais devoir rester dans la salle de poker sans pouvoir retourner dans la pièce où étaient servis les rafraîchissements. Lord Dennison, celui qui m'avait traitée de poule, était parfaitement rétabli. Il sortit lui aussi d'un pas guilleret, un verre à la main et vint s'appuyer contre la table de roulette. Il me regarda de ses yeux froids et ses lèvres esquissèrent un sourire. J'eus un nouveau frisson.

Lord Travers tapota la chaise libre à côté de lui.

— Venez vous asseoir près de moi, Miss Steele. Je vous tiendrai bien chaud.

— Je préfère rester debout, répondis-je avant de me placer près du foyer, derrière la chaise de Willie.

Ils jouèrent quelques parties, et c'était presque toujours Lord Travers ou Willie qui remportait la main, même lorsqu'ils n'avaient pas de bonnes cartes. J'étais incapable de déterminer quand l'un d'eux bluffait, mais Lord Travers semblait avoir décrypté la technique de Willie. Il avait aussi plus souvent des combinaisons gagnantes.

Comme je commençais à m'ennuyer, je pris dans mes mains la pendule de voyage qui trônait sur la cheminée. Elle fonctionnait à la perfection, mais cela ne m'empêcha pas d'en retirer le boîtier pour inspecter ses mécanismes. Je passai le pouce sur les rouages, trouvant du réconfort au contact des pièces familières et de la préci-sion de leurs mouvements presque imperceptibles. Le métal se réchauffa entre mes mains. Je l'aurais bien démontée et remontée pour m'occuper, mais je n'avais pas mes outils sur moi. Je remis en place l'arrière du boîtier et reposai la pendule sur la cheminée.

Au bout d'une demi-heure, les deux autres joueurs de la table de poker, qui avaient tout perdu, s'étaient retirés de la partie, et Lord Travers détenait la plus grosse partie de l'argent. Il ne restait plus à Willie que quelques pièces, et je me surpris à espérer qu'elle perde pour que nous puissions rentrer chez nous. D'après la pendule, il était deux heures et demie. Je voulais aller me coucher. J'eus un sentiment de déception en voyant les trois dix dans sa main. Si elle gagnait maintenant, elle voudrait rester plus longtemps.

Elle considéra ses cartes un certain temps, puis poussa toutes ses pièces devant elle.

Lord Travers misa la même somme sans hésitation, avant d'ajouter encore toute une pile de pièces. Willie n'avait pas de quoi parier aussi gros.

Elle haussa les sourcils à l'intention de Mr Unger, qui était venu assister à la partie.

Il secoua la tête.

— Je suis navré, Miss Johnson, mais la banque ne prête qu'aux clients que nous connaissons bien. Si vous retournez en Amérique, nous n'aurons aucun moyen de récupérer nos fonds.

Elle jura dans sa barbe.

Lord Travers partit d'un petit rire supérieur.

— Vous devez bien avoir quelque chose de valeur à miser, Miss Johnson.

Il passa sa langue sur ses lèvres charnues, les humectant encore davantage.

— Ou votre amie, peut-être.

Il ne parlait tout de même pas de *moi* ? J'eus un mouvement de recul.

— Willie, il est temps de partir.

Mais c'était comme si je n'étais pas là. Elle n'avait pas l'air de m'entendre. Elle passa la main par-dessus son menton, descendit le long de son cou et la laissa s'attarder sur son décolleté.

Lord Travers me déshabillait du regard. Les joueurs des autres tables s'étaient tous interrompus et nous observaient à présent avec intérêt. L'homme qui m'avait traitée de poule s'approcha tranquillement et se pencha au niveau de Travers pour lui murmurer quelque chose à l'oreille. Travers ricana et se remit à se lécher les lèvres.

— Allons, Miss Johnson, dit-il, où est donc passé cet aplomb américain dont vous avez fait preuve les soirs précédents ? Vous n'êtes pas une mauviette, j'espère ?

Willie se hérissa.

— Bien sûr que non.

Je serrai l'épaule de Willie.

— Tu n'as plus d'argent, lui soufflai-je. Allons-nous-en.

— J'ai ça.

Elle tira de sous sa chemise une chaîne au bout de laquelle pendait un médaillon en or de la taille d'un vieux sou.

— Ma grand-mère me l'a donné avant de mourir. C'était le cadeau que mon grand-père lui avait offert pour leurs noces. C'est tout ce qu'il me reste d'eux.

Travers eut l'air déçu.

— Vous êtes sûre de vouloir le miser ?

Willie hésita, puis hocha la tête. Elle le tendit à Travers pour le laisser l'examiner.

Il le soupesa dans la paume de sa main avant de l'ouvrir et d'inspecter les portraits à l'intérieur.

— Un bien joli couple. C'est d'accord.

— Willie, est-ce bien raisonnable ? murmurai-je. Tu risques de le perdre !

— Je ne vais pas perdre.

Lord Travers posa le médaillon à côté des pièces de Willie et laissa retomber sa main sur le siège à côté de sa cuisse.

— Eh bien, c'est ce que nous allons voir.

Il reprit ses cartes des deux mains et les étala sur la table, face visible.

— Full.

Je n'avais pas encore vu cette combinaison de cartes au cours de la soirée, mais je devinai qu'elle était bonne. Le visage blême de Willie confirma mes soupçons. Elle avait l'air sur le point de s'évanouir, les yeux fixés sur ses propres cartes, comme si elle espérait qu'elles se changent en une meilleure main.

Avec un claquement de langue furieux, elle jeta ses cartes sur la table. Elle se leva, repoussant violemment sa chaise en arrière.

— Vous avez triché !

Lord Travers ramena ses gains vers lui en riant. Le médaillon de Willie scintillait à la lumière.

— Allons, Miss Johnson, du calme. Ne soyez pas mauvaise perdante.

— Vous avez triché ! répéta-t-elle. Vous aviez une carte sous votre jambe. Je vous ai vu la prendre et l'ajouter à votre main !

Travers glissa le médaillon dans la poche de sa veste.

— Balivernes. Ai-je triché, Messieurs ?

Les autres joueurs secouèrent la tête.

— Debout ! vociféra Willie. La carte que vous avez retirée de votre main de départ, vous avez bien dû la mettre quelque part. Levez un peu votre gros cul, pour voir.

— Willie !

Je la tirai par le bras, mais elle me repoussa.

— Je t'en prie, allons-nous-en.

— Écoutez votre amie, Miss Johnson.

Travers ramassa les cartes sur la table et se mit à les battre.

— Soyez gentille et rentrez chez vous avant de dire des choses que vous pourriez regretter.

Il cessa de battre les cartes et me regarda.

— À moins que vous ne soyez disposée à miser autre chose.

Je me redressai.

— Maintenant, ça suffit. Vous êtes peut-être un lord, mais votre attitude est abjecte. Et la vôtre aussi, Monsieur, crachai-je à Lord Dennison.

Travers rit, faisant tomber sur ses genoux les cendres du cigare qu'il avait à la bouche.

— Vous entendez ça, Dennison ? Cette donzelle se croit en position de nous faire la morale, à *nous*. Elle mérite une bonne fessée, ça la remettrait à sa place.

Je poussai un cri indigné et cherchai le regard de Mr Unger pour qu'il me vienne en aide, mais il s'excusa d'un simple haussement d'épaules. Il n'avait aucune intention de me défendre.

Travers était un client trop précieux pour qu'il prenne le risque de l'offenser. Quant à mon seul champion, Mr Dorchester, il était parti.

Je saisis le bras de Willie.

— Allons-nous-en. Tout de suite !

Mais elle ne bougea pas. Montrant les dents, elle tendit le doigt vers Travers.

— Vous n'êtes qu'une sale ordure, un tricheur de bas étage, et je vais le prouver. Debout !

Travers se renversa sur sa chaise et sourit, sans lâcher son cigare.

— Il va falloir m'obliger à me lever, ma petite.

— Oh, mais j'y compte bien, avec l'aide de mon ami, Mr Colt.

Écartant le pan de son manteau, Willie dégaina le revolver qu'elle gardait dans la ceinture de son pantalon.

Plusieurs hommes reculèrent précipitamment, se bousculant les uns les autres tant ils étaient pressés de s'éloigner, mais aucun ne quitta la pièce. Ils observaient tous la scène, comme hypnotisés.

— Willie, non ! m'écriai-je. Ne fais pas ça !

Mais mes paroles étaient sans effet.

— Debout, Travers, dit-elle.

Il posa à nouveau la main sur son siège, près de sa cuisse.

— C'est « My Lord », Miss. Et je refuse.

— Au nom du Ciel, levez-vous ! lui hurlai-je. Elle n'hésitera pas à s'en servir.

— Je n'ai pas peur d'une gamine, dit Travers avec un petit rire.

Willie appuya sur la détente.

Il ne se passa rien. Elle fronça les sourcils et inspecta le barillet. Elle le fit tourner plusieurs fois. Il était vide.

— Mais quel imbécile, celui-là !

Je sentis mon cœur s'arrêter de battre. Mr Glass avait dû en retirer les balles après la fusillade de la nuit dernière. J'étais tentée de jurer aussi fort que Willie. Même si je ne voulais pas qu'elle tire sur qui que ce soit, nous nous retrouvions maintenant sans arme pour nous défendre. Et tous ces hommes le savaient. Ils se mirent à avancer sur nous.

Lord Dennison et son ami, Smythe-Machin-Chose, échangèrent un sourire sadique et s'approchèrent d'un pas lent de prédateurs. Dennison se frotta l'entrejambe. Travers resta adossé sur son siège, souriant avec ses lèvres humides qui lui donnaient un air de poisson.

— C'est ça, Messieurs, dit-il en tirant de longues bouffées de son cigare. Ça leur apprendra le respect.

— À genoux, m'ordonna Dennison.

Il chercha des doigts l'ouverture de son pantalon en sortant le bout de sa langue pour se lécher la lèvre supérieure.

Son camarade essuyait les gouttes de sueur qui lui perlaient sur le front. Sa respiration se fit haletante. Je lançai un regard aux hommes derrière eux, mais aucun ne vint à notre secours. Tous observaient la scène avec intérêt. Ce n'était pas possible, c'était un cauchemar. Je n'allais certainement pas tarder à me réveiller. Hélas, mes genoux flageolants étaient bien réels, de même que les hommes qui nous couvaient d'un regard lubrique.

Je touchai la main de Willie. Elle enroula ses doigts autour des miens et les serra de toutes ses forces. Mon cœur chavira pour de bon. J'avais espéré qu'elle ait encore un tour dans son sac, mais apparemment, son revolver était son seul moyen de défense. Sans lui, elle était aussi vulnérable que moi. Nous étions deux femmes face à plus d'une douzaine d'hommes, et elle était aussi terrifiée que moi. Nous n'avions aucune chance.

CHAPITRE 11

— Tu vises bien ? soufflai-je à Willie.

— Pourquoi ? me répondit-elle en chuchotant d'une voix tremblante.

Dennison s'essuya la bouche du dos de la main, étalant de la salive sur sa joue. Ses lèvres s'étirèrent en un rictus distordu.

— Allez, dépêchez-vous, l'ami, le pressa Travers. Je veux continuer à jouer.

— Lance le revolver, murmurai-je à Willie.

Je m'attendais à ce qu'elle proteste, mais sans perdre un instant, elle jeta son arme en direction de Dennison.

Celui-ci se baissa, perdit l'équilibre et tomba sur le flanc. Le revolver tomba au sol avec fracas et finit sa course sous une table. Willie poussa un juron tandis que Travers hurlait de rire.

— Sale catin idiote ! cria Dennison. Raté.

Il se releva d'un bond. Il n'y avait pas une seconde à perdre. Tâtant derrière moi, j'attrapai la pendule de voyage sur le manteau de la cheminée. Sentir son poids dans ma main me réconforta. Le placage en or me réchauffa la peau et se mit à briller à la lueur des chandelles. Je la lançai vers la tête de Denni-son, qui la vit venir et se baissa à nouveau, mais la pendule infléchit soudain sa course. Elle vint le frapper en plein milieu du front et il tomba en arrière, inconscient.

— Sacré lancer, dit Travers, admiratif, en regardant la silhouette de Dennison qui gisait à terre.

— Cours ! hurlai-je.

Willie et moi nous élançâmes vers la porte, que personne ne surveillait. Mr Unger ne chercha pas à nous arrêter. Ni lui ni personne d'autre, heureusement. Willie ouvrit la porte. En regardant en arrière, je vis ces messieurs attroupés autour de Dennison, qui l'aidaient à se relever. Sa blessure à la tête saignait, mais il était vivant, Dieu merci.

Une clochette tinta et le portier qui se tenait au pied des escaliers ouvrit la porte du bas. Mr Glass entra, une lanterne à la main.

— Matt ! cria Willie.

Il leva sa lanterne, qui éclaira les surfaces dures de son visage et ses yeux pareils à deux étangs noirs.

— Enfin, fit-il. Je vous ai cherchées…

— Oui, oui.

Willie descendit les marches à toute allure et le rejoignit à mi-chemin.

— Si tu veux te rendre utile, va me chercher mon revolver. Il est là-haut, sous une table.

Mr Glass me regarda avant de reporter son attention sur sa cousine. Son visage s'assombrit.

— Pourquoi n'as-tu pas ton revolver sur toi ?

— Pas le temps de t'expliquer.

Elle le poussa.

— Vas-y !

— Non, dis-je alors que Mr Glass montait les marches dans ma direction. Laissez le revolver.

Je jetai un coup d'œil derrière moi, mais je ne vis personne dans l'embrasure de la porte. Nous n'étions pas poursuivies.

J'essayai de pousser Mr Glass pour passer en force, mais il m'attrapa par le bras.

— Que se passe-t-il ?

Il avait la voix tendue, inquiète et un peu lasse.

— Matt ne risque rien, m'assura Willie. Personne n'osera s'en prendre à lui, et si quelqu'un essaye, il n'aura qu'à jouer un peu des poings. Pas vrai, Matt ?

Mr Glass se figea complètement. Il était deux marches plus bas que moi, ce qui faisait que nos visages étaient à la même hauteur. Sa respiration haletante faisait se soulever et retomber sa poitrine, et son regard transperçait le mien comme pour y fouiller en quête de réponses. J'avalai ma salive, envisageant presque de retourner dans la salle du haut avec tous les joueurs. C'était peut-être moins dangereux.

— Restez là, gronda-t-il. Et à mon retour, je veux des explications.

Il me lâcha et me poussa sur le côté pour passer. Néanmoins, il n'arriva pas plus loin que la porte. Mr Unger se tenait là, avec le revolver de Willie. Il le tendit à Mr Glass.

— Ne revenez pas, Miss Johnson, dit-il à Willie. Cet établissement ne peut pas se permettre d'attirer l'attention des autorités.

Puis il ajouta à mon intention :

— Vous auriez dû rester chez vous, Miss. Ce genre d'endroit n'est pas pour les jeunes filles de bonne famille.

Et il claqua la porte au nez de Mr Glass.

Matt fit volte-face. La lanterne décrivit un brusque arc de cercle qui fit grincer la poignée.

— Sortez. Maintenant. Toutes les deux.

Le portier nous tint la porte. Nous traversâmes en hâte la boutique du bottier, où l'autre portier nous fit sortir et regagner la rue. Cyclope était appuyé contre le carrosse, mais il se redressa en nous voyant.

— C'était rapide, dit-il.

— Nous étions en train de partir quand Mr Glass est arrivé, lui dis-je.

Cyclope abaissa le marchepied et m'ouvrit la portière, mais il monta sur le siège du cocher quand Mr Glass lui ordonna de se préparer à partir sur-le-champ. Willie monta avec moi et Mr Glass entra à sa suite, suspendant la lanterne au crochet près de la portière.

Il cogna légèrement contre le plafond, et Cyclope se mit en route. Il s'assit sur la banquette en face de Willie et moi tandis que la voiture s'éloignait du trottoir.

— Expliquez-vous.

Willie poussa un soupir de frustration et tendit la main.

— Donne-moi mon Colt.

— Pas tant que je n'aurai pas eu une explication satis-
faisante.

— C'est à toi de t'expliquer, cracha Willie. Pourquoi tu as
enlevé les balles ?

— Pour t'éviter de finir accusée de meurtre.

— Tu m'as laissée désarmée !

— Si tu ne sortais pas la nuit, tu n'aurais pas besoin d'être
armée.

Elle croisa les bras et se détourna de lui.

— Tu aurais dû me prévenir, pour les balles, grommela-t-elle,
face au mur.

Mr Glass posa son chapeau sur le siège à côté de lui et se
passa la main dans les cheveux.

— Tu as raison. Je n'aurais pas dû te laisser si vulnérable.
Mais je maintiens ce que j'ai dit : si tu évitais ce genre d'établissements, tu n'aurais pas besoin d'un revolver.

Il lui rendit son arme.

— Et mes balles ?

— Elles sont à la maison. Je te les rendrai à condition que tu
me promettes de ne plus jouer à des jeux d'argent.

— Plus jamais ?

— Plus jamais.

— Matt ! Je ne peux pas ! Il faut que je regagne mon
médaillon.

Il en resta bouche bée.

— Tu as perdu ton médaillon ? Oh, mon Dieu, je suis désolé,
Willie.

Il ferma les yeux un court instant.

— Mais je ne peux pas t'autoriser à essayer de le regagner.
Promets-moi de ne plus parier.

— C'est promis, marmonna-t-elle.

Il soupira et son expression se radoucit.

— Ton adversaire devait être redoutable, s'il t'a battue.

Sa lèvre inférieure se mit à trembloter.

— Il a triché.

— Je le crois aussi, dis-je.

Mr Glass se pinça l'arête du nez.

— Je comprends mieux pourquoi tu as essayé de te servir de ton Colt.

— Oh, ce n'est pas pour ça, dis-je.

— Chut, me glissa Willie, et Mr Glass gronda :

— Pour quoi, alors ?

Il la fusilla du regard. Elle renifla sans rien dire, se contentant de regarder par la vitre. Je posai une main sur son bras, mais elle me repoussa.

— Laisse-moi tranquille.

J'endurai son silence et le regard noir de Mr Glass pendant le reste du court trajet jusque chez lui.

Une fois dans la maison, Duc nous accueillit avec un air tout aussi furieux. Willie tâcha de le pousser pour passer, mais il lui barra la route.

— Bouge, cingla-t-elle. Je ne suis pas d'humeur pour tes sermons.

— Ça m'est égal ! Ça fait des heures que vous auriez dû être rentrées.

— Je suis déjà rentrée plus tard que ça.

— Pas avec elle.

Willie tourna vers moi ses yeux qui lançaient des éclairs. Je trouvai cela injuste de rejeter la faute sur moi, étant donné que c'était elle qui m'avait proposé de l'accompagner. Toutefois, je jugeai plus sage de ne pas évoquer ce détail. Elle était déjà de bien assez mauvaise humeur, et qui sait si elle n'avait pas une autre réserve de balles cachée quelque part ?

— Tu n'es qu'une égoïste, continua Duc.

Les lèvres de Willie s'étirèrent, mais Duc ne lui laissa pas le temps de répliquer.

— Si, c'est ce que tu es. Tu es une femme égoïste, et il est temps que quelqu'un te le dise. Matt fait tout pour toi…

— Duc, ça suffit, le réprimanda Mr Glass. Willie, va te coucher. Nous en reparlerons demain matin.

— Tu vois !

Duc agita la main en direction de Mr Glass.

— Regarde ce que tu as fait.

Je me retournai en même temps que Willie pour lui faire face. Il fusillait Duc du regard, mais maintenant que je le voyais à la lumière du lustre, je remarquai le voile grisâtre qui recouvrait sa mâchoire et les cernes sombres sous ses yeux.

— Tu ne t'es pas reposé, c'est ça ? demanda Willie à mi-voix.

Il ne répondit pas.

Elle cligna des yeux rapidement et croisa ses bras autour de son corps comme pour se protéger du froid.

— Est-ce que tu t'es au moins servi de…

Il la fit taire en secouant la tête avec un coup d'œil dans ma direction.

Son menton se mit à trembloter et son visage se décomposa. Elle se jeta contre lui et il l'attrapa, un peu déstabilisé par son poids.

— Je suis désolée, Matt. Je suis vraiment désolée. Je n'emmènerai plus jamais India jouer au poker.

Je mis ma main sur ma hanche.

— En plus, elle n'a même pas assez bien fait diversion, ajouta-t-elle.

— C'est donc pour ça que tu m'as invitée ? lui demandai-je tandis que Mr Glass la tenait toujours à bout de bras.

— Bonne question, gronda-t-il.

Elle s'essuya le nez sur sa manche.

— Je me suis dit que Lord Travers la trouverait… intéressante. Malheureusement, il était trop captivé par le jeu pour lui accorder plus qu'une attention sommaire.

— Tu t'es *servie* de moi !

Willie se contenta de hausser les épaules.

— Je pense que je vais monter me coucher, maintenant. Matt, tu ferais mieux d'en faire autant. Inutile de rester debout plus longtemps. C'est compris ?

Elle me lança un bref coup d'œil avant de reporter son regard sur lui. Il était clair qu'elle ne voulait pas que je lui raconte en détail les événements de la soirée.

Il l'embrassa sur la joue.

— Bonne nuit, Willie, dit-il avec un soupir exaspéré.

— Pourquoi es-tu aussi gentil avec elle ? dit Duc quand elle fut partie. Avec la colère noire dans laquelle tu étais depuis une heure, je pensais que tu l'enverrais dans sa chambre pour une semaine.

— Je n'ai pas l'autorité nécessaire pour l'envoyer où que ce soit, dit Mr Glass. Elle peut faire tout ce qu'elle veut. Sans compter qu'elle a bien assez souffert, ce soir. Elle a perdu son médaillon.

— Bigre.

Duc renversa la tête en arrière et la secoua en regardant le plafond.

— Elle va vouloir le récupérer.

— Je lui ai fait me promettre de ne pas essayer.

— Tu crois que ça l'arrêtera ?

— Jusqu'ici, elle a toujours tenu les promesses qu'elle m'a faites.

Duc soupira.

— Tu as plus confiance en elle que moi.

— C'est bien ça ton problème, Duc.

Duc grommela.

— Vous avez dû passer une soirée drôlement ennuyeuse, Miss Steele. Willie n'est pas de très bonne compagnie quand elle est prise par la fièvre du jeu.

— Ennuyeuse n'est assurément pas le mot que j'utiliserais pour décrire cette soirée. C'était même tout le contraire.

— Vous comptez m'expliquer ce que faisait le Colt de Willie sous la table ? demanda Mr Glass. Et pourquoi vous étiez en train de vous enfuir toutes les deux quand je vous ai croisées ?

— En train de s'enfuir ? répéta Duc.

— J'ai aussi entendu un choc sourd, dit Mr Glass.

— C'était le bruit de Lord Dennison qui tombait par terre, répondis-je.

Mr Glass haussa les sourcils. Duc resta interloqué.

— Qu'est-ce qui l'a fait tomber ? demanda Duc.

— Il a reçu une pendule en pleine tête.

Mr Glass et Duc échangèrent un regard mystérieux.

— Comment ? insista Mr Glass.

— Je l'ai lancée.

— Pourquoi ?

— Il s'intéressait un peu trop à moi à mon goût. Et je soupçonne qu'il était ivre, aussi.

— Nom de Dieu.

Mr Glass scruta mon visage d'un regard plus pénétrant qu'il ne l'avait été depuis que nous étions entrés dans la maison.

— Miss Steele, soyez honnête avec moi : vous n'êtes pas blessée ?

— Non, je n'ai rien.

Il expira de façon très contrôlée avant de lancer un regard furieux en direction de l'escalier par lequel était montée Willie.

— Ne lui en tenez pas rigueur, dis-je. Ce n'est pas sa faute. C'est entièrement la faute de Lord Dennison et de son ami. Ce ne sont pas du tout des gentlemen. J'ai connu des vagabonds qui avaient de meilleures manières.

Mr Glass baissa la tête, mais j'eus tout de même le temps de le voir fermer les yeux. Il devrait vraiment être couché, ou utiliser sa montre spéciale. Les deux, peut-être.

— Revenons à cette pendule, dit Duc avec empressement. Vous dites que vous l'avez lancée, et elle a touché ce type ?

— Oui.

— Elle ne vous a pas paru… bizarre ?

— Comment ça, bizarre ?

— Elle n'aurait pas… comme qui dirait volé toute seule ?

— Non, m'esclaffai-je. C'est moi qui l'ai lancée.

— Est-ce qu'elle était un peu chaude entre vos mains ? Est-ce qu'elle brillait ?

— Duc, ça suffit, intervint Mr Glass. Miss Steele est fatiguée, et tes questions la perturbent.

— Mais…

Mr Glass posa une main sur le bras de Duc. Sans qu'un seul mot soit échangé, un accord tacite sembla se conclure entre eux.

Duc soupira.

— Bonne nuit, Miss Steele.

Je le regardai s'en aller en me demandant ce qu'il avait voulu dire avec ses questions, et comment il avait deviné que la pendule était chaude au toucher. Était-elle spéciale, comme la montre de Mr Glass ? Et si c'était le cas, comment cela se faisait-il, et pourquoi ? Quel métal le fabricant avait-il utilisé ? Je n'avais jamais rien vu de pareil.

Mr Glass semblait tenir absolument à ce que je n'obtienne aucune réponse à mes questions. Ce qui ne faisait qu'éveiller encore plus ma curiosité. Ils cachaient tous un secret. Si cela n'avait pas eu de rapport avec l'horlogerie, cela m'aurait sans doute nettement moins intéressée, mais dans la mesure où il s'agissait d'une montre, et maintenant, d'une pendule, je mourais d'envie d'en savoir plus. Mais je ne pouvais rien attendre de lui.

— Voulez-vous du chocolat chaud ?

La voix riche et mélodieuse de Mr Glass résonna, emplissant l'espace qui nous séparait.

— Non merci, ça va.

Son regard inquisiteur scruta mon visage avec insistance.

— En êtes-vous sûre ?

Je hochai la tête. Je repensai à ce que Duc avait dit.

— Pourquoi étiez-vous dans une colère noire, tout à l'heure ?

Il laissa passer plusieurs battements de cœur avant de répondre.

— Parce que vous n'étiez pas revenues.

— Pourtant, Willie dit qu'elle est déjà rentrée plus tard que cela sans que cela vous inquiète beaucoup.

— Willie s'habille comme un homme et se comporte comme un homme. C'est ce qui garantit sa sécurité. Vous, en revanche, vous ne savez pas cacher votre féminité. Ni votre vulnérabilité. Est-ce donc si terrible, de m'inquiéter pour vous ?

Mon cœur se mit à danser une gigue frénétique dans ma poitrine. Je ressentais une profonde satisfaction à l'idée qu'il se soit fait du souci pour moi, et pourtant, ce n'était pas tout à fait logique. Nous nous connaissions à peine. Peut-être était-ce à nouveau un rôle qu'il jouait, mais dans quel but ? Je l'ignorais.

Je commençai à déboutonner mon manteau, mais je me figeai en sentant Mr Glass se glisser derrière moi. Ses doigts effleurèrent mon cou au-dessus de mon col et vinrent se poser sur mes épaules. Il ne me retira pas mon manteau, mais pencha la tête jusqu'à hauteur de la mienne.

— Vous ne m'avez pas répondu, souffla-t-il.

— Je... Je...

Quelle était sa question, déjà ?

— Auriez-vous avalé votre langue, Miss Steele ?

Son souffle faisait voleter les cheveux à la naissance de

ma nuque. Si je me penchais très légèrement en arrière, allait-il reculer ? Ou me laisserait-il m'appuyer contre son torse ?

— Je peux vous garantir que je ne parierai plus jamais, dis-je d'une voix tremblante.

Il fit glisser mon manteau sur mes épaules et mes bras, lentement.

— Bien.

Sa voix fit vibrer tout mon corps.

— Je suis heureux de vous l'entendre dire.

— Pourquoi ?

J'avais *besoin* de savoir, tout simplement : autrement, la curiosité risquait de me consumer. S'il feignait seulement de flirter avec moi, je voulais le prendre sur le fait. Je ne voulais plus qu'on me prenne pour une idiote.

— En quoi cela vous concerne-t-il ?

Il passa mon manteau par-dessus mes mains, mais sans l'enlever entièrement. J'étais prise au piège dans mon propre vêtement, mais je n'éprouvai aucune panique ni aucune vulnérabilité. Cet homme ne me ferait pas de mal. J'ignorais pourquoi j'en étais si convaincue. Ma tête me hurlait de m'enfuir dans ma chambre, tandis que tout le reste de mon être voulait rester.

— Vous vivez sous mon toit, pour le moment, murmura-t-il. J'ai le devoir de protéger tous les habitants de cette maison. Cela vous inclut, Miss Steele.

— C'est inutile.

Je ne savais même plus vraiment ce que je disais. Mon esprit était empli d'un brouillard qui m'empêchait de voir plus loin que cet instant grisant.

— Depuis quand un propriétaire se soucie-t-il de ce que ses locataires font de leurs soirées ?

— Vous n'êtes pas ma locataire.

— Votre employée, alors. Jusqu'à mardi, en tout cas.

Il inspira brusquement, puis recula d'un pas, emportant mon manteau avec lui. Il le plia sur son bras en le lissant du plat de la main.

— Merci de me l'avoir rappelé.

— De vous l'avoir rappelé ? répétai-je en secouant la tête. L'aviez-vous déjà oublié ?

Il partit d'un rire rauque.

— Si on veut.

— Mr Glass, est-ce que tout va bien ? Puis-je aller vous chercher quelque chose à la cuisine ? Ou peut-être feriez-vous mieux d'aller directement vous coucher. Donnez-moi le manteau. Je vais l'accrocher.

Je me rendais bien compte que je parlais pour ne rien dire, mais j'étais incapable de m'arrêter.

— Vous avez vraiment l'air épuisé.

Sa mâchoire se contracta.

— Merci de votre sollicitude, mais je vais bien. Je suis capable d'accrocher ce manteau moi-même. Bonne nuit, Miss Steele.

Je poussai un soupir. Je ne savais toujours pas si ce qui venait de se produire entre nous était réel ou non, mais maintenant que cet instant était passé, il me manquait.

— Bonne nuit, Mr Glass.

* * *

— JE DEVRAIS FAIRE QUELQUE CHOSE, dis-je à Mr Glass au petit déjeuner, quand il m'annonça qu'il n'avait pas besoin de moi ce jour-là. Vous me payez pour vous aider à retrouver Chronos, mais je perds mon temps à rester assise ici pendant que vous sortez. Il y a bien quelque chose que je peux faire.

— Je ne cherche pas Chronos, aujourd'hui, répéta-t-il tout en beurrant son pain grillé. Et vous ne pouvez pas le chercher sans moi. Je suis le seul qui sache à quoi il ressemble.

Cyclope et Duc s'attaquaient au buffet, empilant sur leurs assiettes des tranches de pain, du bacon et des œufs, mais j'avais la très nette impression qu'ils ne perdaient pas une miette de notre conversation. Ni Willie ni Miss Glass n'étaient encore descendues de leur chambre.

— Je peux me renseigner sur Mirth, dis-je. Quelqu'un sait peut-être où il est allé, qui sont ses amis, ce genre de choses.

Il mordit dans un coin de son toast et attendit d'avoir avalé pour me répondre. Cela me donna le temps de l'observer. Bien qu'il ait l'air moins fatigué, l'ombre de son mal planait toujours sur lui. Il avait besoin de plus de sommeil.

— Peut-être, dit-il, mais je doute qu'on vous donne cette information. Nous avons vu comment les horlogers de Londres réagissent quand ils vous voient. Je ne veux pas que la situation avec Abercrombie se reproduise.

Cette rencontre me travaillait encore, moi aussi, de même que la réaction de Mr Glass. J'ignorais ce qu'il avait bien pu dire à Abercrombie le lendemain, mais il semblait que cela ait mis un terme à ses accusations. La police n'était pas venue me chercher. Cependant, je ne voulais pas prendre le risque de voir Abercrombie pour lui demander les raisons d'une telle cruauté. Pas tant que je n'aurais pas la certitude qu'il n'allait pas appeler les agents dès qu'il m'apercevrait.

— Je pense que je vais rendre visite aux Mason, dis-je. Mr Mason a peut-être entendu parler de ce Mirth.

— Très bien. Passez une bonne journée.

— Merci.

Je bus mon thé à petites gorgées.

— Je croyais que trouver Chronos était d'une importance vitale.

— C'est le cas.

— Alors pourquoi ne passez-vous pas votre journée à le chercher ? Vous n'avez plus beaucoup de temps.

— Ça, c'est une bonne question, grommela Duc en s'asseyant à côté de moi. Oublie ce… cambrioleur, Matt. Ton autre affaire est plus urgente.

— Je ne suis pas de ton avis, dit Mr Glass.

— Cyclope, dis-lui.

Cyclope s'assit à son tour. Sa pile de bacon se renversa et la tranche du dessus tomba sur la table. Il la piqua avec une fourchette et se la fourra dans la bouche comme s'il n'avait pas mangé de bacon depuis plusieurs années. Après l'avoir avalée, il se tamponna délicatement la bouche avec une serviette.

— Matt a raison, dit-il. Il faut qu'on trouve… le cambrioleur.

— Mais…

— Mais toi aussi, tu as raison, poursuivit Cyclope. Il faut qu'on trouve Chronos.

— Merci pour cette remarque éclairée, ironisa Mr Glass.

— Avec aujourd'hui, et sans compter mardi, puisqu'on partira le matin, ça nous laisse trois jours. La question, c'est : est-ce qu'on arrivera à les trouver tous les deux d'ici là ?

Il reprit sa tasse de thé et en avala le contenu d'un trait.

— Non, on n'y arrivera pas, dit Duc. Nous n'avons presque pas avancé dans notre recherche de Chronos. Ça doit être notre priorité. L'autre problème peut attendre que…

Il lança un bref coup d'œil dans ma direction.

— … que ta montre soit réparée.

— Ça ne peut pas attendre, gronda Mr Glass. Il faut qu'on empêche l'homme de l'autre nuit de revenir.

— Pourquoi reviendrait-il ici ? demandai-je en prenant le couteau et en m'avançant légèrement. Vous le connaissez, n'est-ce pas ?

Il confirma d'un signe de tête.

— C'est quelqu'un que nous avons croisé en Amérique.

— Qui ?

— C'est personnel.

Avec mon couteau, je découpai le sommet de mon œuf à la coque d'un seul mouvement. Mon geste était si brusque qu'au lieu d'atterrir dans mon assiette, il fut projeté sur la table. Assis de l'autre côté de la table, Mr Glass tendit la main, le ramassa et le posa sur mon assiette. Il me sourit. Je lui répondis par un regard noir.

— Mais *qui* êtes-vous, Mr Glass ?

— Je ne comprends pas la question.

— Permettez-moi de reformuler.

Je ramassai ma cuillère et la plongeai dans mon œuf, mais sans le manger.

— Que faites-vous en Amérique ? Quel genre d'affaire gérez-vous ?

Il continua de boire son thé à petites gorgées. Duc et Cyclope cessèrent de manger pour regarder leur ami. Ils semblaient aussi curieux que moi de voir ce qu'il allait répondre.

— Ne parlons pas de choses aussi vulgaires, comme dirait ma tante, dit-il au bout d'un moment. Je ne veux pas vous ennuyer, Miss Steele.

— Je ne trouve pas que l'opportunité d'apprendre à mieux vous connaître soit ennuyeuse, dis-je dans l'espoir que ma réponse l'inciterait à me dire quelque chose.

Ses lèvres s'entrouvrirent avant d'ébaucher un demi-sourire.

— Si tu insistes pour retrouver d'abord l'homme qui s'est introduit ici plutôt que ton horloger, soit, dit Duc, intervenant précipitamment avant que Mr Glass ne puisse parler. Mais je tiens à signaler que je n'approuve pas l'ordre de tes priorités.

— C'est noté.

Mr Glass alla chercher la théière sur le buffet. Ma tasse étant vide, il me resservit. Plus personne n'évoqua ni ses affaires ni l'inconnu qui était entré ici. Bien sûr, si c'était un hors-la-loi, il n'allait pas me le dire franchement, mais j'étais tout de même surprise qu'il n'ait pas menti.

— Miss Steele, puis-je vous poser quelques questions sur les événements d'hier soir ?

— Naturellement, répondis-je en espérant qu'il ne demanderait pas de lui raconter trop en détail pourquoi j'avais attaqué Lord Dennison.

Je n'avais aucune envie de revivre les instants qui avaient précédé l'altercation. L'idée de ce qui aurait pu arriver me rendait plus malade encore aujourd'hui. N'ayant plus d'appétit, je repoussai mon œuf et posai la main sur mon ventre.

— Miss Steele, est-ce que tout va… ?

— Mr Glass ! Votre thé !

Il avait commencé à remplir sa tasse, mais en me fixant des yeux au lieu de faire attention à ce qu'il faisait. Le thé déborda et coula dans la soucoupe. Il reposa la théière sur le buffet et prit une tasse vide dans laquelle il fit couler le thé qu'il avait renversé, ainsi que le trop-plein de sa propre tasse.

— Vos questions, Mr Glass ? lui rappelai-je.

— Oui. À propos de la nuit dernière. Il s'éclaircit la gorge et se rassit. L'homme qui a gagné le médaillon de Willie, Lord Travers. À quoi ressemblait-il ?

— D'âge mûr, bedonnant. Il aimait les cigares et riait souvent, mais d'un rire un peu arrogant. Je crois aussi qu'il a triché.

— Si on était en Amérique, je lui tomberais sur le râble, gronda Duc. À moins qu'il ne tombe d'abord entre les mains d'une foule en colère. Nous n'aimons pas les tricheurs, Miss Steele.

— En Angleterre non plus.

Cependant, ni Mr Unger, ni les croupiers, ni les autres joueurs ne s'étaient opposés à Lord Travers. Avaient-ils peur de lui ? Était-il un client trop précieux pour l'établissement ? Ou était-ce parce qu'il était Anglais et jouait contre une Américaine ?

— Enfin, d'habitude.

— Quel genre d'accent avait-il ? demanda Mr Glass.

Je haussai les épaules.

— Affecté, comme tous les aristocrates. Pourquoi ?

— Les autres avaient-ils l'air de le connaître ?

— Oui. Pourquoi, Mr Glass ?

— S'il a battu Willie, c'est qu'il maîtrisait parfaitement le poker. C'est un jeu américain, et après plusieurs soirées à perdre face à elle, voilà qu'hier soir, il a gagné.

— Vous pensez qu'il s'agit en réalité d'un Américain expert au poker qui se ferait passer pour un Anglais afin de pousser les dupes à parier contre lui ? C'est une accusation très grave.

— Oui, grommela Cyclope.

— Peut-être qu'il apprend vite, dit Duc.

— Peut-être, dit Mr Glass, pensif. Mais je pense que c'est une possibilité.

Je secouai la tête.

— Je ne suis pas de votre avis.

— Ah non ? railla-t-il.

— Oui, répliquai-je d'un air digne. Si c'est un Américain qui se fait passer pour un Anglais dans le but de plumer des joueurs naïfs, pourquoi choisir de se faire passer pour un lord ? Ça ne ferait qu'attirer l'attention, alors qu'il aurait intérêt à ne pas se faire remarquer. Sans compter qu'il risquerait de croiser d'autres lords dans les cercles de jeu, et ils doivent certainement tous se connaître, ne serait-ce que de nom.

— Elle n'a pas tort, dit Cyclope en haussant le sourcil de l'œil qui lui restait d'un air provocateur.

— Il semble en effet que ma théorie ne tient pas, admit Mr Glass avec un soupir.

— Quelle est votre théorie ? lui demandai-je. Pourquoi soupçonniez-vous Lord Travers d'être américain ?

— Ça me regarde.

— Oh ? Craignez-vous de m'ennuyer avec une explication ? demandai-je, lui renvoyant ses propres mots en pleine figure. Ou avez-vous quelque chose à cacher ?

— Tout le monde a ses secrets, dit-il à mi-voix. Même vous.

Je soutins son regard sombre avec, au fond de mes yeux, toute la détermination dont j'étais capable.

— Dis-lui, dit soudain Cyclope. Dis-lui ce que tu fais. Je ne vois aucune raison de le lui cacher.

Le regard de Mr Glass se reporta sur son ami, plus sombre encore. Ses narines se dilatèrent.

— Mes affaires ne regardent que moi. Si je décide de ne pas en parler, c'est mon choix.

— Mais…

— Non, Cyclope.

Mr Glass serra le poing sur la table. Raide comme un i, il continuait de fusiller son ami du regard.

Cyclope fut le premier à détourner les yeux.

— Tu fais une erreur.

Mr Glass se leva et quitta la pièce. J'attendis dans l'espoir que Cyclope désobéirait à son ami et me raconterait tout, mais il ne dit rien. Duc et lui terminèrent leur petit déjeuner en silence. Je mis quelques œufs et un peu de bacon sur une assiette, que je montai dans la chambre de Miss Glass.

Je lui lus le journal du matin pendant qu'elle mangeait, puis redescendis le plateau et les plats vides. En empruntant l'escalier de service, je croisai la femme de chambre de Miss Glass, Polly Picket, qui montait avec un châle sur le bras. Elle fit un pas de côté pour me laisser passer et exécuta une révérence.

— Puis-je vous prendre le plateau, Miss ? demanda-t-elle.

— Non merci. Et je vous en prie, Polly, inutile de faire une révérence chaque fois que vous me croisez.

Bien que je lui aie été présentée comme une employée de Mr Glass, elle m'avait toujours traitée comme un membre de la famille. J'imagine que les règles étaient assez floues dans cette maison, pour elle comme pour moi, et elle devait se dire qu'il était plus prudent de se montrer respectueuse avec nous tous.

Elle reprit son ascension, et je me remis à descendre. La voix grave de Mr Glass résonnait depuis la cuisine, mais je n'arrivais pas à bien distinguer les mots. En me rapprochant, j'entendis clairement la voix encore plus grave de Cyclope qui lui répondait.

— Ça vaut mieux pour elle d'ignorer ce que tu es ? Ou ça vaut mieux pour toi ? demanda-t-il.

Je me figeai, osant à peine respirer. Apparemment, Cyclope était en train de reprocher à Mr Glass de ne pas avoir répondu à ma question sur ses affaires, au petit déjeuner. Je ne devrais pas écouter aux portes...

Oh, et puis zut. Bien sûr que si. Si je voulais en savoir plus sur les gens avec qui je vivais, il me fallait faire preuve d'adresse. Je me rapprochai insensiblement.

— Il ne s'agit pas de *ce que je suis*, dit Mr Glass, mais de ce que j'ai fait. Je ne veux pas qu'elle sache.

Cette dernière phrase avait été prononcée plus doucement, et je dus tendre l'oreille pour l'entendre.

— Si j'avais répondu à sa question, cela aurait inévitablement mené à... ça.

— Pourquoi est-ce que tu ne veux pas qu'elle sache ?

— À ton avis ? grinça-t-il. Et Tante Letitia non plus. N'en parle à aucune des deux.

— C'est arrivé il y a des années. C'est du passé, tout ça, c'est oublié.

— Alors pourquoi ce passé me suit-il partout où je vais, même ici et maintenant ?

Leur silence ne fut brisé que par le bruit d'un liquide que l'on versait. Je m'apprêtais à entrer dans la cuisine, quand Mr Glass reprit la parole.

— Elle aussi, elle cache un secret. Les horlogers se méfient d'elle. Elle sait forcément pourquoi.

Cette phrase me blessa plus que les autres. Je n'avais aucune idée de la raison pour laquelle ils m'évitaient... mais désormais, je comptais bien la découvrir.

CHAPITRE 12

Comme je sortais en même temps que Mr Glass, je lui permis de me déposer avec sa voiture devant la boutique et la maison des Mason, sur Saint-Martin's Lane. Mr Glass ne fit guère attention à moi. Il avait le nez collé à la vitre, guettant sans doute un signe indiquant que nous étions suivis. S'il repéra quelqu'un, en tout cas il ne me le dit pas, et il n'en parla pas non plus à Duc, qui nous accompagnait. Comme Willie n'était pas encore levée au moment de notre départ, nous l'avions laissée à la maison.

— Passez une bonne journée, Miss Steele, me dit Cyclope du haut de son siège lorsque je descendis du carrosse.

Plaquant d'une main mon chapeau sur ma tête pour l'empêcher de tomber, je levai les yeux vers lui.

— Vous aussi, Cyclope.

Mr Glass me salua en portant la main au bord de son chapeau.

— Nous nous reverrons au dîner.

Et la voiture redémarra. Avant même que j'aie atteint le coin de la rue, Catherine bondit hors de chez elle comme un chiot surexcité. Elle se jeta sur moi et me prit dans ses bras si brusquement que je faillis tomber à la renverse.

— India ! Je suis si heureuse de te voir !

Elle m'attrapa la main et m'entraîna vers la porte.

— Il y a une chose que je meurs d'impatience de te raconter.

— Quoi donc ?

Elle referma la porte et prit mes deux mains dans les siennes. Son visage rougissant était fendu d'un sourire jusqu'aux oreilles.

— Tu ne vas jamais le croire : nous avons reçu la visite de John Wilcox.

— Qui ça ?

— John Wilcox ! Le directeur de l'aciérie.

— Ah oui, je me souviens de lui, maintenant.

Il m'était déjà arrivé d'aller chercher des fournitures à l'aciérie lorsque la quantité qui nous était livrée habituellement ne suffisait pas.

— Tu veux dire qu'il est venu ici dans le but de te faire la cour ?

— Oui ! C'est merveilleux, n'est-ce pas ?

Il était clair qu'elle trouvait la nouvelle merveilleuse, étant donné qu'elle ne tenait pas en place. Ses doigts pétrissaient les miens et elle sautillait sur la pointe des pieds. Quant à moi, j'étais un peu moins enthousiaste. John Wilcox avait la trentaine, et il était du genre austère. Je doutais qu'il arrive à supporter quelqu'un d'aussi dynamique que Catherine. Je craignais qu'il ne finisse par l'étouffer. Mais bien sûr, les choses n'en arriveraient peut-être pas là. Elle se lasserait très certainement de lui la première.

— India ? Mrs Mason sortit de la cuisine en se tordant les mains dans son tablier. Je ne savais pas que tu allais passer aujourd'hui.

— Ma visite n'était pas prévue, lui dis-je avec un sourire.

— Ah bon. Tu es la bienvenue, naturellement. Je viens de faire des sablés au beurre.

Elle retourna à sa cuisine et je restai là, à contempler son dos. Elle n'avait jamais eu l'enthousiasme de Catherine, mais elle s'était toujours montrée accueillante. Cette fois, bien qu'elle n'ait pas été impolie, elle n'avait pas non plus eu l'air d'avoir envie de me voir. Quelque chose avait changé. Peut-être son mari lui avait-il enfin confié ce qui le tracassait – lui, et tous les autres horlogers.

— Il est très distingué, tu ne trouves pas ? dit Catherine en me reprenant la main pour m'entraîner après elle. Cependant, elle ne m'emmena pas à la cuisine, mais au salon.

— Euh... oui, répondis-je. Je suppose qu'il a un air assez distingué.

Bien qu'il ait la silhouette et la mâchoire un peu lourdes. Et la cervelle un peu légère.

— Et il dit que je suis la jeune femme la plus engageante qu'il ait jamais rencontrée. Il l'a dit en souriant. Il flirtait, c'est sûr !

— *Engageante* ? C'est la raison principale qu'il a donnée pour te courtiser ?

— Je sais ! C'est un sacré compliment, n'est-ce pas ? Et il n'a *pas encore* commencé à me courtiser, India. Pas si vite ! Il a simplement dit qu'il reviendrait me rendre visite.

— Catherine, promets-moi d'être prudente. Ne te jette pas sur la première demande en mariage qu'on te fera.

Pas comme moi.

— Je suis sûre qu'on t'en fera d'autres.

— Ne dis pas de bêtises. Pourquoi devrais-je être prudente ? Il est *directeur*, India. Les directeurs gagnent bien mieux leur vie que les simples boutiquiers, c'est Gareth qui me l'a dit.

— J'espère tout de même que ce n'est pas ta principale raison pour l'encourager, dis-je. Ton frère ne connaît pas le détail de la situation de Mr Wilcox. Et puis il y a des boutiquiers qui réussissent très bien.

Catherine se laissa tomber dans un fauteuil devant la cheminée éteinte.

— Pourquoi ne peux-tu pas être contente pour moi ?

Je m'accroupis devant elle et lui pris la main.

— Catherine, tu es une jeune fille belle, adorable, pleine de vie, et je suis sûre que Mr Wilcox n'est que le premier d'une longue série de prétendants. Je ne voudrais pas que tu prennes une décision hâtive comme je l'ai fait, c'est tout.

— Mr Wilcox n'est pas comme Eddie, India. Il est franc et honnête. C'est quelqu'un de bien.

— Et Eddie est la crotte toute sèche qui pend au derrière d'une brebis.

Elle gloussa.

— Oui, mais ne va pas dire ça devant Maman.

Je me levai en souriant.

— À propos de ta mère, murmurai-je, elle a l'air de m'en vouloir. Et ton père aussi. Est-ce que j'ai fait quelque chose de mal ?

— Je ne sais pas trop, répondit-elle sur le même ton avec un coup d'œil vers la porte. C'est vrai qu'elle a dit qu'elle était déçue que tu aies décidé de vivre avec Mr Glass.

— Je ne suis que sa locataire.

— Elle pense que depuis la mort de ton père, tu as perdu ton sens de la morale.

Elle fronça les sourcils.

— Ou que tu ne le suis plus. Quelque chose comme ça, conclut-elle en agitant la main. J'ai entendu Papa lui dire qu'il était inquiet de l'influence que tu as sur moi.

J'avais entendu la même chose. Les Mason n'avaient jamais eu ce genre d'inquiétudes, avant la mort de Père, alors pourquoi tout avait-il soudain changé ? C'était pour le moins déconcertant. Les Mason étaient de braves gens, ils étaient mes amis. Sans eux… Je ne voulais pas penser à la solitude dans laquelle me plongerait la perte de leur amitié.

— Est-ce que tes parents s'imaginent que je vais te corrompre ?

— Je ne sais pas.

— Est-ce que tu veux venir habiter avec moi et rejoindre le harem de Mr Glass ? plaisantai-je dans un effort pour détendre l'atmosphère, même si mon cœur n'y était pas.

Elle se remit à rire.

— Tu es un vrai phénomène, India. Si seulement tout le monde te connaissait aussi bien que moi, tu aurais une douzaine d'amoureux transis devant ta porte. Tu devrais laisser les hommes te voir telle que tu es au lieu d'être si sévère avec eux.

Je clignai des yeux, purement et simplement stupéfaite.

— Sévère ? C'est vraiment l'image que les autres ont de moi ?

Elle se mordit la lèvre et haussa une épaule.

— Si on considère mes frères comme représentatifs du genre masculin, oui. Désolée, ajouta-t-elle d'une petite voix. Je t'ai fait de la peine.

— Mais non, m'esclaffai-je en m'asseyant sur la chaise. Pas du tout. Sans vouloir offenser tes frères, ils ne m'attirent pas non plus. Ma sévérité est peut-être une façon d'éloigner les hommes comme eux.

Je me remis à rire, mais sa remarque avait touché un point sensible. Ce n'était pas la première fois qu'elle me disait que j'étais intimidante, et elle n'était pas la seule non plus. Peut-être n'avait-elle pas tout à fait tort. Peut-être était-ce ma faute si j'étais restée vieille fille.

S'ils me trouvaient intimidante, que diraient-ils en voyant Willie ? J'étais un ange de douceur à côté d'elle. Cette pensée me remonta quelque peu le moral.

Mrs Mason entra, apportant un plateau chargé d'une théière, de tasse et de petits sablés tout chaud.

— Je pensais que tu aurais été trop occupée pour passer nous voir, dit-elle en posant le plateau.

— J'ai toujours un peu de temps pour mes amis de longue date, dis-je. Mes amis proches.

Elle lissa son tablier d'un air gêné.

— Oui. Bon.

— Je vais servir le thé, proposai-je. Je vous en prie, Mrs Mason, asseyez-vous. Vous prendrez bien le thé avec nous ?

— D'accord. Catherine t'a-t-elle parlé de Mr Wilcox ?

Je hochai la tête.

— Je suis ravie pour elle.

— India m'a conseillé de ne pas prendre de décision hâtive, dit Catherine. Comme toi, Maman.

— Tu as toujours été une jeune fille prudente et réfléchie, India. Très sérieuse, et tu avais une bonne influence sur Catherine.

Avais ? Je tâchai d'attirer son attention, mais elle ne me regardait pas. Elle détourna les yeux, et nous bûmes notre thé et mangeâmes nos biscuits comme trois dames du monde n'ayant pas l'ombre d'un souci. Mais je sentais bien que l'atmosphère était tendue, et à mon avis, Catherine s'en rendait compte aussi. Plus pétillante que jamais, elle meubla tous les silences dans la discussion en nous répétant les commérages qu'elles avaient entendus sur d'autres familles du milieu des horlogers. Je la laissai continuer dans l'espoir qu'elle mentionne un détail qui expliquerait pourquoi j'étais désormais rejetée par des gens que je connaissais depuis de longues années. Ma patience fut enfin récompensée quand elle évoqua Mr Lawson, l'horloger que j'avais obligé à nous parler de Mirth. Une moue apparut sur le joli visage de Catherine quand elle parla de son nouvel apprenti.

— Qu'y a-t-il ? lui demandai-je. Y a-t-il un problème avec son apprenti ?

— Non, ce n'est pas lui.

Elle lança un coup d'œil à sa mère.

— Ce n'est rien.

— Je suis sûre que ce n'est pas rien, insistai-je en regrettant d'avoir invité Mrs Mason à se joindre à nous. Qu'est-ce qui ne va pas avec Mr Lawson ? Est-ce qu'il est malade ?

— Oh, India, il a dit sur toi des choses odieuses.

Catherine n'avait jamais été très douée lorsqu'il s'agissait de ne pas me répéter un secret.

— Catherine, dit sa mère d'un ton sévère, ce n'est pas bien de répéter les ragots.

— Mais India a le droit de savoir ce qu'on dit sur elle. C'est ce que tu as toi-même dit à Papa.

Mrs Mason piqua un fard.

— Tu ne devrais pas écouter aux portes.

— Je n'écoutais pas aux portes, marmonna Catherine. Je vous ai entendus à travers le mur.

— Que disent les gens sur moi ? Continue, insistai-je, voyant qu'elle hésitait. Je suis de taille à encaisser les critiques.

Elle inspira profondément, puis expira lentement.

— Mr Lawson dit que depuis la mort de ton père, tu as mal tourné.

— Mal tourné ? Parce que j'habite chez Mr Glass ?

Mrs Mason entreprit de boire bruyamment son thé. Elle semblait décidée à ne pas me contredire. Peut-être parce qu'elle n'était pas prête à me proposer de loger chez elle.

Catherine grimaça, embarrassée.

— Je suppose. Eddie a choisi de ne pas défendre ton honneur non plus. Tu te rends compte ? C'est vraiment un homme abject, finalement ! Lui qui était si gentil au début. Et ce Mr Glass, est-il aussi charmant qu'il en a l'air ?

— Il est… parfaitement courtois.

Sauf quand il effleurait le dessous de mon sein nu après avoir ouvert mon corset. Et quand il flirtait avec moi pour des raisons que je ne m'expliquais pas.

— Il est très bon avec moi. Sa tante aussi, et sa cousine, Willemina.

Je mis un point d'honneur à leur rappeler qu'il y avait des femmes qui vivaient chez Mr Glass. Je n'avais peut-être pas réussi à faire taire les mauvaises langues, mais je pouvais au moins rassurer mes amis. L'opinion d'Eddie ou de Mr Lawson m'est bien égale, à présent.

— Mr Lawson t'a-t-il dit que j'étais passée le voir récemment dans le cadre de nos recherches pour retrouver le mystérieux horloger de Mr Glass ?

— Non, mais il en a peut-être parlé à Papa. Ils ont passé un certain temps seuls tous les deux à l'atelier.

Catherine observa sa mère à la dérobée, puis se mordit la lèvre avant de boire son thé à petites gorgées.

Je décidai d'insister.

— Il semblerait que Mr Lawson sache où se trouve un certain Mr Mirth, un horloger qui a fermé boutique il y a quelques années pour partir à l'étranger. Connaissez-vous Mr Mirth, Mrs Mason ?

Elle fronça les sourcils au-dessus de sa tasse de thé.

— J'ai déjà entendu ce nom, mais je ne saurais dire à quoi il ressemble. Il ne faisait certainement pas partie de nos amis proches, ou je le saurais.

Je la crus ; elle n'était pas du genre à mentir.

— J'espère que nous finirons par le trouver, dis-je. Mr Glass y tient énormément.

— Ton Mr Glass est un homme très déterminé, dit Catherine avec un sourire en coin. Que fera-t-il s'il ne trouve pas Mirth ?

— Il continuera d'interroger les autres horlogers de Londres, j'imagine, bien qu'il soit obligé de leur parler tout seul pendant que je reste dans la voiture.

Même si je m'adressais à Catherine, j'observais sa mère du coin de l'œil. Elle était parfaitement immobile.

— Beaucoup d'entre eux ont l'air de se méfier de moi.

— Se méfier ? répéta Catherine. Comment cela ?

— C'est comme s'ils avaient peur de moi. C'est très curieux.

— Pourquoi auraient-ils peur de toi ? Tu crois que c'est parce que Mr Abercrombie t'a accusée de vol ?

— Je ne crois pas. L'accusation de Mr Abercrombie semblait être la conséquence de son appréhension, et non l'inverse. À propos, est-ce qu'il est venu vous demander où j'étais ? Lui ou la police ?

— Non, dit Catherine. J'espère que cela veut dire qu'il a retiré ses accusations. Quel homme abject ! Je ne l'ai jamais aimé.

— Il s'est rétracté, confirma Mrs Mason. Ton père me l'a dit hier soir.

— C'est vrai ?

Je poussai un soupir de soulagement.

— Dieu merci.

Mr Glass avait donc bel et bien réglé cette affaire, comme il l'avait promis. Il ne me restait plus qu'à découvrir *comment* il avait réussi à faire renoncer Abercrombie.

— Savez-vous ce qui l'a fait changer d'avis, Mrs Mason ?

— Non.

Sa froideur à mon égard commençait à m'irriter tout autant qu'elle m'inquiétait. J'optai pour une approche directe.

— J'espère que vous ne croyez pas les rumeurs que Mr Lawson, Eddie et les autres font courir sur Mr Glass et moi. Je vous assure que nos relations sont parfaitement honnêtes et décentes.

Puis pensant à un détail qui pourrait la faire changer d'avis, j'ajoutai :

— Il est le neveu de Lord Rycroft.

— C'est un lord ! s'extasia Catherine, si exaltée qu'elle en décolla pratiquement de son siège.

— Non, il n'en a pas le titre. C'est son oncle qui est baron actuellement.

Mrs Mason et Catherine portèrent toutes deux leurs mains à leur poitrine comme pour calmer leurs battements de cœur frénétiques.

— C'est donc un gentleman de bonne famille, dit Mrs Mason,

soudain radoucie. Il est bien aimable de t'avoir accueillie chez lui, India.

— En effet, répondis-je avec un sourire crispé.

— Mais ne te laisse pas tourner la tête pour autant, m'avertit-elle. La noblesse, c'est bien joli, mais au fond de lui, il reste un homme. Tu sais, India, en matière d'hommes, les aristocrates ne sont guère différents des roturiers.

— Maman ! Tu vas lui faire peur.

J'éclatai de rire.

— Pas du tout. Merci de vous inquiéter pour moi, Mrs Mason, mais je ne suis pas en danger avec Mr Glass.

Il était temps de changer de sujet. Je n'avais guère l'habitude qu'on me fasse la morale, et je n'aimais pas ça. Mon père ne l'avait jamais fait après la mort de ma mère.

— Mr Glass a d'autres affaires à régler aujourd'hui, mais nous espérons découvrir demain, en nous remettant à la recherche de Mirth et de son horloger, s'il s'agit bien du même homme.

— Un dimanche ? s'étonna Mrs Mason. Les boutiques seront fermées, et je te déconseille d'aller chercher qui que ce soit chez lui.

— Pourquoi pas ?

La plupart des horlogers vivaient au-dessus de leur boutique ou à proximité. Je connaissais l'adresse de la plupart d'entre eux.

— Je ne pense pas que ce soit une bonne idée.

— Mr Glass repart mardi, alors nous devons mettre à profit tout le temps qu'il nous reste.

— Mardi ? Tant mieux.

— Pourquoi ? demanda Catherine en même temps que moi.

Mrs Mason regarda vers la porte en haussant les épaules. On aurait dit qu'elle était tentée de s'échapper, mais qu'elle ne voulait pas partir. Peut-être craignait-elle de me laisser seule avec Catherine. Elle aussi, elle avait peur de moi.

Cette révélation ouvrit en moi une blessure profonde.

— Mrs Mason, osai-je enfin lui demander, pourquoi avez-vous changé d'attitude à mon égard ? Qu'ai-je fait pour mériter cette… froideur à laquelle je me heurte à tout instant ?

Je parvins à maîtriser jusqu'au bout le tremblement de ma voix.

— Rien, m'assura Catherine d'un ton chaleureux. Personne n'est froid avec toi. N'est-ce pas, Maman ?

Mai Mrs Mason ne répondit rien. Elle reposa sa tasse et enfouit ses mains dans son tablier.

— Maman ?

Catherine s'avança sur son siège en me lançant des regards anxieux.

— Mrs Mason? insistai-je. Je vous en prie.

— Je ne sais rien, dit-elle d'un air désemparé.

C'était une brave femme, honnête, et qui avait bon cœur. Alors qu'est-ce qui l'empêchait de me parler sincèrement ?

— On a déconseillé à Mr Mason de t'aider à trouver cet horloger, voilà tout. Non pas qu'il en soit capable ! Il ne connaît personne qui corresponde à la description de cet homme, et moi non plus.

— Mais on vous l'a tout de même déconseillé, dis-je en retombant lourdement sur mon siège. Qui donc ?

Catherine poussa un cri.

— C'est pour ça que Papa a reçu autant de visites, dernièrement ! Plusieurs membres de la Guilde sont venus lui parler ces deux derniers jours, me dit-elle. D'habitude, nous ne les voyons jamais, et Papa n'est pas particulièrement ami avec eux, alors j'ai trouvé ça curieux.

— Certains membres de la Guilde, parmi les plus anciens, sont venus ici, précisa Mrs Mason.

— Avec Abercrombie à leur tête, marmonnai-je.

— Il n'est pas venu lui-même, dit-elle.

Mais ces visites étaient très certainement son idée.

— Pourquoi me déteste-t-il autant ?

Catherine reposa sa tasse et s'accroupit devant moi, son doux visage empreint de sérieux.

— Je ne l'ai jamais aimé. C'est un arriviste, et... et un misérable, et il se croit supérieur aux femmes. Ma théorie, c'est qu'il se sent menacé par tes compétences en horlogerie. Il a peur d'être surpassé par une femme.

Elle chercha le regard de sa mère.

— Tu n'es pas d'accord, Maman ?

— Si, dit-elle avec un hochement de tête appuyé et un soupir de soulagement.

Pourquoi serait-elle soulagée par une telle explication ?

À moins qu'elle ne soit qu'une partie de la vérité, mais qu'elle lui évite d'avoir à m'en fournir une autre, plus dérangeante.

Une part de moi avait envie de la pousser à m'en dire plus, mais je résistai à la tentation. Je ne voulais pas la mettre au pied du mur.

— Ma présence ici vous met dans une position délicate, dis-je en me levant. Je vais m'en aller.

— Non, reste encore un peu, s'il te plaît, insista Catherine.

Mais sa mère se leva également.

— J'ai été ravie de te revoir, India. Prends bien soin de toi.

Elle se mit à débarrasser la table, ignorant le regard furibond de sa fille.

Je pris la main de Catherine et l'entraînai vers la porte d'entrée.

— Tu as été très aimable, Catherine, mais je ne reviendrai pas avant quelque temps. Je ne veux pas déranger tes parents plus que je ne l'ai déjà fait.

— Ne fais pas attention à Maman.

Puis baissant la voix, elle ajouta :

— Elle a peur de Mr Abercrombie et de la Guilde. Elle n'est pas aussi courageuse que toi et moi.

— Et ton père ? A-t-il peur d'eux, lui aussi ?

— Il est obligé de faire ce qu'ils disent s'il ne veut pas être sanctionné.

— Oui, bien sûr. Tu as raison.

C'était égoïste de ma part, de ne pas penser au dilemme auquel faisaient face les Mason. Quelles que soient leurs raisons de se méfier de moi, ils risquaient d'avoir encore plus d'ennuis s'ils me les expliquaient. Et ils ne pouvaient pas vraiment se permettre de s'attirer les foudres d'une organisation qui exerçait un tel pouvoir sur leur gagne-pain. Si je voulais des réponses à mes questions, il me fallait trouver un autre moyen de les obtenir. Il me vint une idée.

— J'aimerais bien pouvoir dire à Abercrombie et aux autres

membres du Comité ce que je pense de leurs méthodes. Est-ce que tu sais quand a lieu leur prochaine réunion ?

Elle ouvrit des yeux ronds.

— Tu ne comptes tout de même pas y aller ?

— Et pourquoi pas ?

— Parce que… c'est de la folie ! Ils seront tous contre toi, et… et ce serait affreux.

— Au contraire. J'obtiendrai peut-être enfin des réponses. Et puis que peuvent-ils me faire, maintenant ? Ils m'ont empêchée de rejoindre leurs rangs, ils ont dissuadé leurs membres de me donner du travail, et ils ont failli me faire arrêter pour un crime que je n'ai pas commis. Ils ont usé de leur influence pour me prendre ma maison et mes ressources. À ce stade, je n'ai plus rien à perdre. Je ne vois pas ce qu'ils risquent de me prendre, maintenant que je ne possède plus rien.

Sa lèvre inférieure se mit à trembloter et elle se jeta dans mes bras.

— Oh, India, je ne connais personne de plus courageux que toi.

Sa voix se brisa et je sentis une larme mouiller mon cou.

— Si seulement je pouvais en faire davantage pour t'aider. Je me sens tellement inutile !

Je la serrai contre moi en lui tapotant le dos.

— Rien qu'en restant une amie fidèle, tu en fais déjà plus qu'assez. Et puis tu peux m'aider. En me disant quand est prévue la prochaine réunion de la Guilde.

Elle se recula et s'essuya les joues avec son pouce. Pendant un long moment, je crus qu'elle ne me répondrait pas, mais elle finit par dire :

— J'ai entendu Papa dire à Maman que c'était ce soir, à sept heures.

* * *

JE PASSAI l'après-midi à chercher du travail et un logement convenable, mais mon esprit était concentré sur la mission que je m'étais fixée ce soir-là. Je comptais aborder frontalement avec les membres de la Guilde la question de leur changement d'attitude à mon égard, afin de savoir s'il était motivé uniquement par leur mépris pour mon sexe, ou s'il y avait une autre raison. Je leur demanderais aussi des informations sur Mr Mirth. Ainsi, Mr Glass pourrait m'accompagner. Même si je doutais qu'ils me jettent dehors de force, je me sentirais tout de même plus sûre de moi s'il était à mes côtés.

Je ne parvins pas à trouver un nouvel emploi, probablement parce que j'avais l'esprit ailleurs. En revanche, je finis par dénicher une chambre propre et confortable à louer au deuxième étage d'une maison modeste de Bloomsbury. La propriétaire était la veuve d'un conservateur de la collection médiévale du British Museum, et elle paraissait soulagée qu'une femme souhaite louer la chambre. Je promis de lui fournir des références avant mardi. Je ne lui dis pas que mon employeur allait quitter Londres ce jour-là, et que je n'avais pas de solution de repli.

J'étais à peine à quarante minutes de marche de Park Street, mais une ondée soudaine m'obligea à faire un arrêt imprévu sous l'auvent d'un boucher d'Oxford Street, du côté où était le cirque. J'attendis avec plusieurs clients qui s'étaient eux aussi laissés surprendre sans parapluie. Le boucher agacé soufflait de manière exagérée sur le pas de sa porte, mais heureusement, il ne força personne à s'en aller.

— Miss Steele ?

La voix derrière moi m'était familière, mais je n'aurais su dire où je l'avais déjà entendue.

Je me retournai et retins un cri de surprise.

— Mr Dorchester ! Quelle coïncidence !

À la lumière du jour, l'homme que j'avais rencontré au tripot clandestin avait les cheveux plus clairs et les yeux plus bleus. Ils rendaient remarquable son visage qui, autrement, aurait été plutôt ordinaire. Je n'arrivais pas à détourner les yeux.

Il sourit et retira son chapeau.

— En effet. Je vois que vous avez oublié de prendre un parapluie.

— C'est vrai, et on dirait bien qu'il va pleuvoir tout le reste de la journée.

— Dans ce cas, permettez.

Il me tendit son parapluie fermé.

— Non, je ne peux pas accepter.

— Puis-je vous raccompagner jusque chez vous, alors ? Nous pourrons le partager. Il est bien assez grand pour nous deux.

Park Street n'était pas loin. Et puis Mr Dorchester était un homme sympathique, et un peu de compagnie m'aiderait à penser à autre chose qu'à la réunion de la Guilde.

— Merci, j'accepte, à condition que passer par Park Street ne vous occasionne pas un détour.

— Pas du tout. J'allais rentrer chez moi de toute façon.

— Habitez-vous près d'ici ?

— De ce côté de Piccadilly Street ; ce n'est pas loin.

Il m'aida à m'extraire de l'attroupement qui commençait à se former et ouvrit son parapluie. Nos bras se touchaient en marchant pour éviter que l'un ou l'autre ne se fasse trop mouiller.

— Je dois dire que je suis ravi de vous voir, dit-il alors que nous passions devant des promeneurs pressés de se mettre à l'abri. Je m'inquiétais pour vous.

— Oh, je vous remercie, mais tout s'est bien passé.

Notamment parce que j'avais bien visé.

— Quoi qu'il en soit, je n'étais pas tranquille à l'idée de vous laisser là-bas, mais Mr Unger m'avait assuré qu'il ne vous arriverait rien. Sans cette promesse, j'aurais insisté pour rester.

Je me gardai de lui dire que Mr Unger et les autres joueurs n'avaient pas levé le petit doigt lorsque nous avions été agressées. Cet incident appartenait au passé, et je ne voyais aucune raison de laisser Mr Dorchester s'en vouloir de nous avoir laissées seules.

— Votre amie a-t-elle gagné après mon départ ?

— Elle a essuyé une cuisante défaite.

— C'est bien dommage. Je crois que pour ce jeu, il vaut mieux avoir le cœur bien accroché. Tous ces coups de bluff… je ne crois pas avoir les compétences pour ça.

— Et quelles sont, selon vous, les compétences nécessaires pour être un bon joueur de poker ?

— Il faut être capable de mentir sans se trahir une seconde.

Je ris de bon cœur.

— Je suis bien de votre avis. Ce n'est pas un jeu pour moi.

Mon père disait toujours que toutes mes pensées se lisaient sur mon visage.

— Votre père est un vrai sage.

Je ne lui dis pas qu'il fallait parler de mon père au passé. Je gardais à l'esprit que Mr Dorchester était un homme, que j'étais une femme célibataire, et que nous étions seuls. Si je lui donnais à penser que je n'avais pas d'homme pour veiller sur moi, il risquait d'avoir le même genre d'idées que ces répugnants lords du cercle de jeu. Bien que j'aie du mal à imaginer que Mr Dorchester puisse se conduire comme eux, je restai tout de même prudente.

Contournant une grande flaque, nous traversâmes New Bond Street et le rythme de nos pas se synchronisa à nouveau. Nous avancions à la même allure, faisant des enjambées de même longueur, mais j'ignorais si c'était un effort délibéré de sa part.

— Parlez-moi de votre usine, Mr Dorchester.

Il fronça les sourcils.

— Il est impossible que cela puisse vous intéresser.

— Je suis sûre que c'est un sujet passionnant.

— Je vous remercie, mais je ne veux pas vous ennuyer avec des détails. Parlez-moi plutôt de vous.

Je lui racontai une version très résumée de ma vie, en évitant encore de mentionner le décès de mon père.

— Je loge avec Willie et ses amis, qui sont fraîchement débarqués d'Amérique, lui dis-je. Mais seulement jusqu'à leur départ, mardi.

— Comment la fille d'un horloger s'est-elle fait des amis d'un milieu si différent ?

— Nous nous sommes rencontrés par le biais d'une connaissance commune.

Eddie pouvant être considéré comme une connaissance de Mr Glass et une des miennes, ce n'était pas un mensonge.

Nous atteignîmes Park Street sans cesser de bavarder, parlant principalement des endroits qu'il avait visités depuis son arrivée à Londres, quelques jours plus tôt. Il avait combiné un voyage d'agrément avec une visite au cabinet de son avocat, mais il ne lui restait plus que quelques jours pour profiter de la ville. Je lui indiquai où boire le meilleur café et où trouver les plus belles soieries à rapporter en cadeau pour sa mère et sa sœur. Cela nous amena sur le sujet de la famille. Ses yeux s'allumaient lorsqu'il en parlait, et contrairement à moi, il ne demandait que ça. Une fois arrivée à Park Street, j'étais bien triste de le quitter.

— Je suis arrivée, dis-je en m'arrêtant devant les marches du numéro seize.

Je lui souris.

— Merci de m'avoir accompagnée. C'était très aimable à vous de me permettre de m'abriter sous votre parapluie.

Il eut un léger rire.

— Tout le plaisir était pour moi.

Il lança un regard vers la porte derrière moi.

— Je suis bien content que vous ayez échappé sans encombre à ce grabuge de l'autre soir, Miss Steele. Je me suis terriblement inquiété pour vous après mon départ, je me demandais si j'avais bien fait de vous laisser là-bas.

Quelque chose dans sa remarque résonna dans ma mémoire, mais je n'aurais su dire quoi. Peut-être était-ce simplement le souvenir de cette soirée épouvantable.

— Puis-je me permettre de vous poser une question ?

— Bien sûr.

Mon cœur tressaillit sans que je sache vraiment pourquoi. Si Mr Dorchester demandait à me revoir, je ne savais pas trop ce que je répondrais. Avais-je envie de le revoir ? Avais-je envie de faire plus ample connaissance avec lui ? Je me dis qu'il n'y avait pas de mal à cela.

— Irez-vous à l'église demain ?

— Oui, naturellement. Pourquoi ?

— Parce que j'aimerais savoir à laquelle me rendre afin de vous revoir.

Je baissai la tête en riant pour ne pas lui montrer que je rougissais.

— Je crois que l'église la plus proche est Grosvenor Chapel.

— Alors j'espère vous y voir demain matin.

Il monta les marches avec moi et me laissa devant la porte.

— Je suis heureux de vous avoir croisée par hasard, Miss Steele.

— Moi aussi, dis-je. Autrement, je serais trempée jusqu'aux os.

Il rit de bon cœur, mais je grimaçai intérieurement. Je venais de lui donner l'impression que je m'étais servie de lui pour profiter de son parapluie. J'avais pris plaisir à marcher avec lui, mais, réalisai-je, pas de *cette façon*. Pas de la façon dont je prenais plaisir à passer du temps avec Mr Glass. Cela revenait à comparer du chocolat et des pommes. Les deux avaient bon goût, mais l'un était une expérience décadente qui se savoure, tandis qu'on trouvait l'autre à tous les coins de rue, sur l'étal de n'importe quel marchand de fruits et légumes. J'aimais bien les deux, mais si je devais choisir entre un chocolat et une pomme, ce serait toujours le chocolat.

— J'espère ne pas vous avoir créé d'ennuis, dit-il.

— Mais non, pas du tout.

— C'est juste que quelqu'un vous observe.

Il salua de la tête en direction de la fenêtre. Le rideau remua, mais j'eus le temps de voir disparaître le visage de Miss Glass.

Je souris.

— Au revoir, Mr Dorchester. Et merci encore.

Je me glissai dans l'entrée et refermai la porte. À peine avais-je retiré une manche de mon manteau que Miss Glass émergea de l'entrée du salon.

— Qui était-ce, ma chère ? s'enquit-elle.

— Il s'appelle Mr Dorchester ; c'est une connaissance.

— Je ne connais personne du nom de Dorchester.

— Il vient de Manchester.

— Manchester ! s'exclama-t-elle en fronçant le nez. Que vient-il faire à Londres ?

— Il est en visite.

— De Manchester ? insista-t-elle, incrédule.

— Ce n'est tout de même pas le bout du monde.

— Oh, c'est tout comme. Cet accent !

Elle eut un frémissement d'horreur.

— C'est comme écouter du verre se briser.

— Il a un accent très raffiné. Ça ne s'entend pas du tout, qu'il est de Manchester.

Elle renifla d'un air hautain, et je crus que la discussion en resterait là, mais elle me suivit jusqu'à la cuisine. J'allai chercher à l'office du pain, du fromage et de la confiture de prunes, et je posai le tout sur la table.

— Avez-vous déjeuné ? lui demandai-je.

— Picket m'a préparé un petit quelque chose tout à l'heure.

Elle s'assit sur la chaise et me regarda étaler de la confiture sur une tranche de pain.

— Il n'est pas particulièrement beau.

— Êtes-vous encore en train de parler de Mr Dorchester ?

— Il n'est pas bien grand non plus, et je n'ai pas aimé la façon dont il marchait.

Je serrai les lèvres pour réprimer un sourire.

— Ils ont peut-être une démarche différente, à Manchester.

— Je suppose qu'il est dans le commerce ?

— Il possède une usine.

Elle répondit par un claquement de langue désapprobateur et saisit la tranche de fromage que j'avais découpée, mais sans la manger.

— Vous pouvez trouver mieux qu'un laideron qui travaille dans une usine de Manchester.

— Vous oubliez sa drôle de démarche.

— Je ne plaisante pas, India.

Je reposai le couteau en soupirant.

— J'apprécie votre sollicitude, mais c'est inutile. Je ne pense pas à Mr Dorchester comme à un prétendant.

— Peut-être pas, mais il se peut que *lui* pense à *vous*. Parfois, avec les hommes… je n'emploierai pas le terme de gentleman puisque je ne connais pas sa famille… Il est parfois difficile de s'en défaire, une fois qu'ils ont jeté leur dévolu sur vous. J'ai déjà vu des jeunes filles très bien se laisser tourner la tête par un geste romantique d'un homme qui ne leur convenait pas du tout.

Je m'apprêtais à lui rétorquer que je n'étais pas sensible aux gestes romantiques, mais mon expérience passée avait prouvé que c'était faux. Même si Eddie n'avait pas crié son amour pour moi sur les toits, il m'avait régulièrement offert des fleurs et des babioles, et s'était tout de suite montré attentionné.

Je me bourrai la bouche de pain de et confiture pour éviter de répondre, espérant que Miss Glass finirait par se lasser de parler de Mr Dorchester. Hélas, elle ne faisait que commencer, et se mit à m'avertir de tous les dangers que court une femme seule dans le monde, à fréquenter des hommes qu'elle ne connaît ni d'Ève ni d'Adam. Le seul moyen que je trouvai pour la faire taire était de lui dire qu'après Eddie, j'avais retenu la leçon. Heureusement, Willie entra à ce moment-là, ce qui détourna l'attention de Miss Glass. Je n'avais jamais été si heureuse de la voir, malgré son air contrarié qui ne présageait rien de bon.

— Un peu de pain ? proposai-je. Du fromage ?

— Oh que oui !

Willie fondit sur la table tel un faucon sur un mulot.

— Je meurs de faim.

Je lui tendis une tartine de confiture dans l'espoir que cela suffirait à dissiper sa mauvaise humeur. Elle mordit dedans, en arrachant un morceau avec ses dents comme un lion dépeçant la malheureuse proie qu'il vient d'attraper.

— On ne vous voit pas souvent ici, dit-elle à Miss Glass, la bouche pleine.

Miss Glass prit un air horrifié, ce qui, j'en étais sûre, était le but de Willie.

— Elle vous nourrit pas, votre Polly ?

— Picket s'occupe très bien de moi, je vous remercie.

— Pourquoi vous l'appelez par son nom de famille ?

— C'est la tradition, ici. Je ne crois pas que des sauvages d'Amérique soient à même de comprendre cela.

— Miss Glass voulait me parler de Mr Dorchester, intervins-je aussitôt, avant que Willie n'ait le temps de s'emporter. Il vient de me raccompagner jusqu'ici.

— Qui ça ?

— L'homme rencontré au poker hier soir. Celui qui a donné un coup de poing à Lord Dennison.

— Un coup de poing ! s'indigna Miss Glass en portant une main tremblante à son col en dentelle noire. Je m'en doutais, que c'était un vaurien.

— C'était pour me défendre, protestai-je.

— Balivernes. Il s'appelle Dorchester, et il vient de Manchester. Même ça, c'est ridicule.

Willie gloussa.

— Ça, c'est vrai.

Je ne pus réprimer un sourire malgré mon envie de prendre sa défense.

— Là n'est pas la question. Il s'est montré aimable avec moi, et je l'apprécie, mais pas *de cette façon*, assurai-je à Miss Glass. Et je ne me laisserai pas tourner la tête par des gestes romantiques s'il s'avise d'en faire. Maintenant, il faut plus que de belles promesses et des colifichets pour m'embobiner.

— Tant mieux, fit Miss Glass en hochant la tête d'un air satisfait. Je suis heureuse de vous l'entendre dire. Votre mère me saura gré de vous avoir sauvée d'une liaison inacceptable.

Ma mère ? J'échangeai un regard perplexe avec Willie. Elle décrivit un petit cercle du doigt à côté de sa tempe en roulant des yeux avant d'engouffrer une autre bouchée de pain.

— Vous devriez peut-être aller vous reposer, dis-je à Miss Glass.

— C'est vrai que je suis un peu fatiguée.

Elle quitta la cuisine d'un pas hésitant, et je craignis que, sous l'effet de la confusion, elle ne sorte tout bonnement de la maison. Je fus rassurée en entendant la voix de sa femme de chambre. Polly s'occuperait d'elle.

Willie approcha un tabouret et s'y installa, le dos voûté. Elle jeta sa tranche de pain sans la finir, maculant la table de confiture. Visiblement, notre discussion n'avait pas suffi à la mettre de meilleure humeur.

— Tu es encore contrariée à cause de ton médaillon, dis-je en m'asseyant à mon tour. Je tendis la main vers la sienne, mais elle la retira aussitôt.

— Je suis allée voir Travers.

Oh, Seigneur. Je n'avais pas besoin de boule de cristal pour deviner ce qui allait suivre.

— Est-ce qu'il t'a parlé ?

Elle acquiesça.

— J'ai proposé de lui racheter le médaillon, mais il a refusé.

Je la soupçonnais de n'avoir plus un sou après la nuit dernière, mais je m'abstins de lui demander où elle comptait trouver les fonds.

— Il a dit que je pouvais toujours essayer de le regagner, poursuivit-elle.

— Tu as dit non, n'est-ce pas ?

— Je n'avais pas le choix. Je n'ai plus d'argent, et Matt, Duc et Cyclope refusent de m'en prêter. Ils n'aiment pas que je joue au poker. Ils m'avaient prévenue que ça arriverait.

Elle posa le front dans le creux de son bras, sur la table.

— Ils doivent être bien contents, maintenant.

— Je ne crois pas que ce soit leur genre.

Je lui touchai l'épaule, mais elle se dégagea d'un geste.

— Et si tu offrais à Lord Travers le double de sa valeur, et que tu demandais un prêt à Mr Glass ? Je suis sûre qu'il t'aidera, s'il est sûr que cela te permettra de récupérer ton médaillon.

— Travers n'acceptera pas. Ce qu'il veut, c'est jouer au poker, et quand un puissant lord veut quelque chose, il l'obtient.

Elle le qualifia ensuite d'un terme grossier qui me fit rougir.

Je tâchai de trouver une autre solution, mais aucune ne me vint à l'esprit. Elle ne pouvait s'en prendre qu'à elle-même, mais j'avais de la peine pour elle, en dépit du bon sens. Même si je ne voyais pas son visage, je devinai au bruit de ses reniflements qu'elle était en train de pleurer.

— Tu penses pouvoir le battre ? lui demandai-je.

— Oui. Si j'ai de bonnes cartes et qu'il ne recommence pas à tricher.

Je poussai un soupir. C'était sans espoir.

— Tu devrais parler à Matt. Enfin, je veux dire Mr Glass. Il pourra peut-être parler à Lord Travers, d'homme à homme. C'est injuste, mais Travers a l'air d'être le genre d'individu qui respecte les hommes, et pas les femmes. Mr Glass est doué pour négocier, il arrivera peut-être à le convaincre de te revendre ton médaillon.

Elle se redressa et s'essuya les yeux et les joues.

— Ne lui dis rien, India. Ce que tu dis est logique, et si quelqu'un est capable de convaincre Travers, c'est bien Matt. Mais il a déjà bien assez de soucis comme ça en ce moment, il n'a pas besoin d'un problème supplémentaire. Et en plus, il n'a pas le temps.

C'était la réaction la moins égoïste à laquelle j'aie jamais assisté venant d'elle, et je la vis sous un jour nouveau.

— Il est très malade, n'est-ce pas ? demandai-je à mi-voix.

Je retins mon souffle, attendant sa réponse.

Celle-ci prit la forme d'un petit hochement de tête, rien de plus.

— Que dit son médecin ? insistai-je.

Elle descendit du tabouret.

— Matt ne voudrait pas que je t'en parle, alors ne pose pas de questions.

— Mais…

— Son état de santé ne te regarde pas.

Elle me prit par les épaules et me secoua.

— Ton travail, c'est de trouver l'horloger. Même si Matt est accaparé par d'autres affaires, tu dois continuer les recherches de ton côté.

Elle me secoua à nouveau, plus fort, cette fois.

— Promets-le-moi.

— D'accord, dis-je. C'est promis. Il y a une réunion importante de la Guilde, ce soir. Plusieurs horlogers seront présents. Si je m'y rends, cela me prendra beaucoup moins de temps que de les voir individuellement.

Elle me lâcha, visiblement soulagée. Elle esquissa même un sourire. Presque. Il était crispé et hésitant, mais c'était toujours mieux que son regard noir.

— Bien.

Malheureusement, mon projet d'emmener Mr Glass avec moi à la réunion ne put se réaliser : à sept heures, il n'était toujours pas rentré. Si j'attendais plus longtemps, je risquais tout bonnement de manquer la réunion. J'y serais bien allée avec Cyclope ou Duc, mais ils n'étaient pas là non plus. Willie aurait sans doute accepté de venir, mais son impulsivité faisait d'elle une arme susceptible de faire partir le coup au mauvais moment. J'allais devoir affronter la Guilde seule. Et ce n'était pas une perspective qui m'enchantait.

CHAPITRE 13

'Honorable Confrérie des Horlogers se réunissait dans
son quartier général moderne situé sur Warwick Lane,
non loin de la cathédrale Saint-Paul. Ce bâtiment avait
été achevé seulement deux ans auparavant, et je n'y étais jamais
entrée. Avec ses briques rouges, l'arcade surchargée de sculp-
tures qui en bordait l'entrée et son blason qui avait encore ses
couleurs vives, il avait l'air tout propre à côté de ses voisins noirs
de suie. Un vieillard vêtu d'un pagne, allégorie du Temps, et un
empereur drapé dans son manteau me toisaient du haut de leur
piédestal au-dessus de la porte, l'air austère, tenant à la main,
l'un un sablier, l'autre un sceptre. *Tempvs Rervm Imperator*, rappelait la devise de la Guilde. *Le Temps est maître de toutes choses.*

C'était bien vrai. Dernièrement, on pouvait dire que, de
même que Mr Glass, j'avais été l'esclave du temps. Et lui, son
sablier serait bientôt vide.

Je frappai à la porte, et un homme d'âge mûr avec d'épais
sourcils blancs vint m'ouvrir. Je ne le reconnaissais pas.

— Oui ? demanda-t-il.

Je le pris par surprise et entrai en force.

— Arrêtez ! C'est un édifice privé.

— Il faut que je parle au Comité, lançai-je sans même me
retourner. Cela ne prendra qu'un instant.

Je passai d'un pas décidé devant les vitraux et les lambris, me demandant si certaines des horloges exposées appartenaient à mes ancêtres. Je n'avais pas le temps de m'arrêter pour lire les plaques. Le portier n'allait pas tarder à me rattraper. Je poussai sur la porte la plus proche pour l'ouvrir, et fus récompensée par une vingtaine de têtes qui se tournèrent dans ma direction. Je venais de trouver la salle d'audience où se réunissaient les membres. Les réunions n'étaient obligatoires que pour les dix membres élus de la Cour des Assistants, les hommes chargés de la gestion de la Guilde au quotidien, mais elles étaient ouvertes à tous les membres. Vingt personnes, c'était beaucoup.

— India !

Eddie se leva aussitôt, l'air absolument stupéfait.

— Que faites-vous ? Vous n'avez rien à faire ici.

— C'est ce que j'ai essayé de lui dire, dit le portier qui venait d'arriver à mon niveau, hors d'haleine.

Il essaya de m'attraper par le coude, mais je fis un pas pour l'éviter.

— Laissez-la, Mr Carter, dit Mr Abercrombie.

Il siégeait en bout de table, sa robe de maître en velours écarlate et fourrure blanche drapée autour de ses épaules, le sceptre de cérémonie posé sur la table devant un lourd registre ouvert. Il ne lui manquait plus qu'une couronne pour ressembler à l'empereur du blason qui ornait le mur derrière lui.

— Nous ne voulons pas que les choses tournent au ridicule.

— Vous ne voulez pas que j'appelle les agents, alors ? demanda Carter.

Mr Abercrombie soupira.

— Ils ne nous seraient d'aucune aide.

Dieu merci ! Ma plus grande crainte avait été qu'il me fasse arrêter pour le prétendu vol commis dans sa boutique. Il semblait avoir définitivement renoncé à cette accusation.

— Miss Steele, je vous mentirais si je disais que je suis heureux de vous voir.

Il chassa Carter d'un geste, et le portier sortit avec une courbette.

Je regardai un à un les hommes qui siégeaient autour de la table tandis qu'Eddie se rasseyait. Je reconnus tous les visages. Eddie était de loin le plus jeune. Tous les autres avaient les cheveux blancs ou gris, pour ceux qui en avaient encore. Mr Mason était absent.

Mr Abercrombie me fit un geste de son doigt recourbé.

— Approchez, Miss Steele.

Je fis quelques pas en avant, me sentant comme un humble courtisan qui aurait reçu un regard désapprobateur du roi. Je m'arrêtai à bonne distance de la table, mais ceux qui étaient assis de ce côté décalèrent leur chaise pour s'éloigner. Je tâchai de me remémorer le discours que j'avais répété en chemin, mais j'avais oublié mon entrée en matière.

— India, dit Eddie d'une voix plus grave qu'à l'accoutumée.

Elle sonnait si ridiculement faux que je faillis pouffer de rire. Il bomba le torse et s'assit bien droit sur sa chaise, sans doute pour paraître plus massif et plus imposant au milieu de tous ces hommes très importants.

— Qu'est-ce que cela signifie ?

— Je vous prie de vous taire, Mr Hardacre, dit Abercrombie en levant une main.

Il retira son binocle et le posa sur le livre.

— Laissez-moi l'interroger.

M'interroger ? Oh non, non, non. J'étais venue pour poser des questions, pas pour répondre aux siennes.

— Mr Abercrombie, je voudrais des réponses.

— Alors vous en aurez.

Toutes les têtes se tournèrent pour le dévisager.

— Comment ? s'indignèrent plusieurs d'entre eux.

— Non ! protestèrent les autres.

De sa main levée, Abercrombie réclama le silence. Je me méfiais de son sourire rusé et de son apparente sincérité, mais je ne me laissai pas décontenancer.

— Pourquoi avez-vous tous peur de moi ?

— Peur de vous ?

Il se mit à rire.

— Ne soyez pas ridicule. Vous n'êtes qu'une faible femme. Aucun de nous n'a *peur* de vous.

Quelques autres joignirent leur rire au sien, mais prudemment, comme à contrecœur.

Abandonnant ce sujet, j'optai pour un nouvel angle d'attaque.

— Comme la plupart d'entre vous le savent, mon employeur, Mr Glass, est à la recherche d'un certain horloger, qui pourrait se faire appeler Mirth. Y en a-t-il parmi vous qui connaissent Mr Mirth ?

Plusieurs membres cherchèrent le regard d'Abercrombie.

— Je le connais, dit ce dernier.

Sous l'effet de la surprise, je fis un pas vers lui, avant de me rappeler que je voulais éviter de trop m'approcher.

— Mirth n'est pas celui que cherche votre employeur, poursuivit-il.

— Qu'en savez-vous ?

— La confusion vient du fait que Mirth a voyagé à l'étranger à l'époque où Mr Glass dit que son mystérieux horloger se trouvait en Amérique. Cependant, Mirth est allé en Prusse, pas en Amérique.

— Comment pouvez-vous en être sûr ?

— Parce qu'il s'est confié à moi à l'époque. Il cherchait sa fille, qui s'était enfuie avec un étranger. Hélas, il ne l'a jamais retrouvée, et c'est une des raisons pour lesquelles il n'a pas rouvert sa boutique : il n'avait plus le cœur à cela. Depuis ce jour, il n'est plus que l'ombre de lui-même, j'en ai bien peur.

Son histoire semblait plausible, mais je ne pouvais pas être certaine qu'il me racontait la vérité. Il me haïssait, et quoi que je fasse, il ferait toujours tout pour me contrecarrer. Ce que j'ignorais, en revanche, c'était dans quel but.

— Mais alors pourquoi a-t-il soudain disparu du foyer tenu par la Société Chrétienne d'Aide aux Personnes Âgées ?

Il écarta les mains en signe d'ignorance.

— Je n'en sais pas plus que vous. Je ne l'ai pas beaucoup vu, ces derniers temps.

Il reprit en main son binocle et le tapota sur le volume ouvert devant lui.

— Tout ce que je sais, c'est que la modeste pension qu'il reçoit de la Guilde lui est versée sur un compte enregistré à la Banque d'Angleterre, et continuera de l'être jusqu'au jour où nous apprendrons son décès. Nous faisons ce que nous pouvons pour tous nos membres passés et présents qui sont dans le besoin.

— Bien dit, dit l'un des membres tandis qu'un autre frappait sur la table pour marquer son approbation.

— Savez-vous si quelqu'un d'autre a voyagé à l'étranger il y a cinq ans environ ? demandai-je tout en scrutant leurs visages dans l'espoir de déceler chez l'un d'eux le signe qu'ils se souvenaient de quelque chose. Ceux qui ne détournèrent pas les yeux avaient le regard vide. Les autres observaient Abercrombie.

— Non, dit-il.

Plusieurs horloges, aussi bien dans la pièce qu'au-dehors, sonnèrent sept heures et demie avec la précision d'un orchestre.

Je rassemblai tout mon courage.

— Je ne vous crois pas.

Un sursaut collectif d'indignation résonna à travers la salle d'audience.

— Miss Steele, vous est-il venu à l'esprit que cet horloger ne souhaitait peut-être pas être retrouvé ? me demanda Abercrombie.

— Nous avons considéré la possibilité qu'il soit mort, mais pourquoi ne voudrait-il pas qu'on le retrouve ?

Une fois de plus, il reposa son binocle.

— Votre employeur, Mr Glass…

— Oui ?

— Que savez-vous de lui ?

— Que voulez-vous dire, Mr Abercrombie ?

Eddie secoua la tête en levant les yeux au ciel. Il se félicitait sans aucun doute d'avoir rompu ses fiançailles avec une femme aussi invivable.

— Ce que je veux dire, répondit Abercrombie, c'est que Mr Glass m'a menacé.

Ainsi, c'était donc bien cela. J'eus du mal à réprimer un sourire sur mes lèvres et dans ma voix.

— Je vous mentirais si je disais que j'en suis peinée. Vous m'avez accusée de vol, et quoi que vous puissiez tous penser de moi, je ne suis pas une voleuse.

Plusieurs d'entre eux se mirent à se tortiller sur leur siège, mal à l'aise. Eddie ne me regardait plus en face. Abercrombie leva simplement une main d'un geste nonchalant, comme si l'inquiétude que me causait son accusation était sans importance.

— Il n'y a rien à dire sur cet incident, dit-il.

— Je ne suis pas de votre avis. Je suis très curieuse d'en connaître la raison. J'aurais pu aller en prison si Mr Glass n'avait pas été là pour s'interposer. Je ne regrette pas qu'il vous ait menacé. Pas une seule seconde.

— Il n'a pas fait que me menacer.

Puis avec un nouveau geste de la main :

— Mais peu importe. Laissons le passé où il est. Il est temps de changer de sujet.

Mon Dieu, retenez-moi ou je traverse la table d'un bond pour l'étrangler.

— Mr Glass a été témoin d'une injustice, et il est intervenu pour me sauver. C'était très noble de sa part. Avez-vous autre chose à insinuer à propos de sa personnalité ?

— Tout ce que je vous conseille, c'est de choisir vos fréquentations avec plus de prudence, Miss Steele. Après ses pressions exercées sur moi pour que je retire mon accusation, j'ai décidé de me renseigner un peu. Ce que j'ai appris, c'est que votre *employeur*, dit-il avec un rictus narquois, fraye avec des criminels.

Je savais déjà de quel genre de famille venait sa mère, mais ce rappel venait à point nommé.

— Et encore, dans le meilleur des cas, reprit Abercrombie.

— Le meilleur des cas ? répétai-je.

— Dans le pire des cas, il en est un lui-même.

Plusieurs membres de l'assemblée eurent un hoquet de surprise, dont Eddie. Pas moi. À en juger par son air suffisant, Abercrombie savait que je soupçonnais déjà Mr Glass d'être le Cavalier Noir.

— Il suffit d'avoir lu les journaux récemment pour savoir que le hors-la-loi américain surnommé le Cavalier Noir est actuellement en Angleterre, déclara-t-il. Il n'est pas difficile de faire le lien avec Mr Glass. Et je dirais même plus : il n'est pas difficile de déduire qu'il s'agit d'une seule et même personne.

— Vous n'en êtes pas sûr.

Abercrombie secoua la tête.

— Vous êtes bien naïve, pour votre âge. Par respect pour

votre père, je me dois de vous avertir : méfiez-vous des hommes comme Mr Glass.

— Laissez mon père en dehors de tout ça, grondai-je.

— Calmez-vous, India, intervint Eddie. Votre père jouissait ici d'une excellente réputation. Personne ne le tourne en dérision.

— Faites-moi plaisir, Eddie, taisez-vous.

Plusieurs membres eurent un sourire en coin, mais l'homme qui était assis à côté d'Eddie se tourna vers lui et lui demanda :

— A-t-elle toujours été aussi impossible ?

Eddie secoua la tête.

— Si je l'avais su plus tôt, je n'aurais jamais demandé sa main.

— Mais vous n'auriez alors pas pu hériter de ma boutique ! rétorquai-je d'un ton grinçant.

— Cette boutique n'a jamais été la vôtre.

La réponse d'Eddie fut accueillie par plusieurs hochements de tête des autres membres.

— Peut-être cet horloger que cherche Mr Glass est-il un criminel, lui aussi, dit Abercrombie en lissant entre ses doigts sa moustache huilée. Ce qui expliquerait qu'il ne veuille pas être retrouvé, et pourquoi personne ici n'est en mesure de l'identifier. L'Honorable Confrérie des Horlogers respecte les principes moraux les plus stricts. Nos membres sont des hommes honnêtes et respectables, qui ne se compromettent pas avec des hors-la-loi. Pensez-y, Miss Steele, dit-il en me coupant au moment où j'allais objecter. Réfléchissez : si vous avez tant de mal à trouver cet horloger, c'est peut-être parce qu'il est recherché par les autorités. Ces gens-là s'associent entre eux, et la visite de Mr Glass coïncide parfaitement avec celle du Cavalier Noir. Un observateur extérieur pourrait même trouver la coïncidence un peu grosse.

Un frisson parcourut ma colonne vertébrale et fit se dresser les cheveux à l'arrière de ma nuque. Je voulais le contredire, mais cela m'était impossible. Je n'avais aucune preuve de l'innocence de Mr Glass, et un certain nombre d'éléments suggéraient sa culpabilité, depuis son arrivée qui coïncidait avec celle du Cavalier Noir, à ses liens avec la famille Johnson, en passant par son habileté au combat, et maintenant, les menaces faites à Abercrombie. Je déglutis bruyamment.

— En l'honneur des longues années que votre père a passées au sein de la Guilde, reprit Abercrombie, je vais vous donner un conseil, Miss Steele. Rompez vos liens avec Mr Glass. Dites-lui que vous ne pouvez plus l'aider dans ses recherches. Votre père serait déçu de vous voir frayer avec des individus peu fréquentables.

— Mais… il est de la famille de Lord Rycroft, protestai-je d'une voix faible et pathétique.

Je savais que ses liens avec le titre des Rycroft n'avaient aucune importance, étant donné qu'il venait tout juste de les rencontrer.

Abercrombie se contenta d'écarter les mains comme pour dire : *Et alors ?*

Eddie s'agita sur son siège et se pencha en avant. Son visage s'éclaira. Il se tourna un instant vers Abercrombie, puis vers moi.

— En effet, c'est bien parce que nous soupçonnons Mr Glass d'être le Cavalier Noir que nous nous méfions de vous, India.

Il chercha le regard des autres membres en haussant l'un de ses sourcils pâles, plein d'espoir. Abercrombie l'encouragea d'un léger signe de tête.

— Nous vous l'avons dit tout à l'heure, India : ce n'est pas à cause de *vous* que nous sommes inquiets. C'est à cause de Mr Glass.

J'avais un peu de mal à le croire. Pourquoi ne pas l'avoir dit plus tôt ? Et pourtant, c'était logique. Trop logique, même. Je n'avais rien à y redire.

Eddie lança un nouveau coup d'œil à Abercrombie. Le maître de la Guilde l'ignora.

— Si vous avez une once de jugement, Miss Steele, dit Abercrombie, vous informerez la police et le ferez arrêter. Nous pourrions le faire, mais après ses récentes menaces à mon encontre, nous aurions l'air d'agir par vengeance. Alors que si c'est vous qui leur parlez de vos soupçons, je suis sûr que vous serez prise au sérieux.

Il me fit un sourire froid que plusieurs autres membres imitèrent, y compris Eddie. Leurs sourires avaient beau être faux, les paroles d'Abercrombie n'en avaient pas moins fait forte impression sur moi.

Parce que je savais qu'il avait raison : Mr Glass était forcément le Cavalier Noir.

* * *

Je ne revis pas Mr Glass avant le lendemain matin. Il avait dû rentrer extrêmement tard, comme le prouvaient les cernes sombres sous ses yeux, la pâleur de ses joues et l'heure tardive à laquelle il vint prendre le petit déjeuner avec nous. Il s'était rasé, mais sommairement, oubliant quelques traces d'ombre de barbe près de ses oreilles et sur le dessous de sa mâchoire. Il n'avait pas pris la peine de mettre une cravate ni un gilet. Il était clair que sa montre spéciale ne suffisait plus et qu'il avait besoin de plus de sommeil pour l'aider à lutter contre son mal mystérieux.

— Dépêche-toi de manger, Matthew, dit Miss Glass en souriant à son neveu. Nous n'avons pas beaucoup de temps.

— Pas beaucoup de temps pour quoi ? demanda-t-il en apportant à table son assiette et sa tasse.

Il m'adressa un petit sourire que je m'efforçai de lui rendre sans laisser paraître le trouble de mes pensées. J'avais passé la moitié de la nuit à me tourner et me retourner dans mon lit en pensant à tous les crimes épouvantables qu'avait commis le Cavalier Noir, et à me demander si je devais faire part de mes soupçons à la police.

— Pour l'église, bien sûr, dit Miss Glass.

Elle qui mangeait généralement seule dans sa chambre, elle était descendue prendre le petit déjeuner avec nous, ce matin. Elle semblait particulièrement énergique et guillerette. Peut-être aimait-elle aller à l'église, ou simplement sortir de la maison. Je me promis d'aller marcher un peu avec elle plus tard, si Mr Glass n'avait pas besoin de moi.

— L'église ? Sommes-nous déjà dimanche ? Mr Glass se pinça l'arête du nez en fermant très fort les yeux.

— Tu comptes y aller, Matthew, n'est-ce pas ?

— Non, dit Willie. Il n'a pas le temps.

— Je vous demande pardon, jeune fille ?

Miss Glass pinça les lèvres si fort qu'elles en devinrent toutes blanches.

— Êtes-vous une mécréante ?

— Je suis tout aussi pieuse que vous, et je prie très régulièrement. *Moi*, je vais y aller, mais Matt est trop occupé.

— Personne n'est trop occupé pour le Seigneur.

— Ça suffit, dit Mr Glass avec un profond soupir. Souhaitez-vous aller à l'église ce matin, Miss Steele ?

— Moi ?

— J'aurais besoin de vous aujourd'hui pour continuer nos recherches, mais si vous préférez assister à la messe…

Mr Dorchester avait laissé entendre qu'il se rendrait peut-être à l'église pour m'y croiser, mais je n'étais pas sûre d'avoir envie de le voir. Miss Glass avait peut-être raison : s'il cherchait à devenir plus qu'un ami ? Je n'étais pas prête à m'engager dans cette voie. *Pas encore*, précisa une petite voix dans ma tête.

— La plupart des horlogers seront à l'église aussi, alors je pense que ça ne servirait pas à grand-chose d'aller chez eux ce matin.

Willie souffla bruyamment et fit un claquement de langue agacé.

— Le temps presse, maugréa-t-elle comme à l'intention des œufs au plat sur son assiette.

Mr Glass posa une main sur la sienne.

— Ça ne nous prendra pas plus d'une heure et demie. Et Miss Steele a raison : nous ne trouverons personne chez lui ce matin.

— J'ai des nouvelles à vous apprendre, dis-je. Hier soir, je suis allée à la réunion de la Guilde des Horlogers et…

— Vous avez fait *quoi* ?

Le rugissement de Mr Glass fit sursauter sa tante, et tous les autres le regardèrent d'un air circonspect.

— Pourquoi y êtes-vous allée sans moi ?

— Vous n'étiez pas là. J'avais l'intention…

— Alors vous n'auriez pas dû y aller du tout. Il était dangereux d'y aller seule, après ce qu'Abercrombie a essayé de vous faire.

Je déglutis péniblement.

— J'en avais bien conscience, mais après mûre réflexion, je

me suis dit qu'il n'allait pas donner suite à son accusation. Grâce à ce que vous lui avez dit… ou fait.

Il répondit par un grognement.

— C'était tout de même un risque que vous n'auriez pas dû prendre.

— C'était un risque qui s'est avéré payant. J'ai appris que les membres présents à la réunion ne connaissent aucun horloger qui ait voyagé à l'étranger il y a cinq ans. Cela en fait une vingtaine de moins à aller voir. Je les ai tous reconnus, et j'ai noté leurs noms sitôt rentrée à la maison.

— C'est du sacré bon boulot, India, dit Willie avec plus d'admiration dans la voix que je n'en avais jamais entendu lorsqu'elle s'adressait à moi.

Duc et Cyclope me félicitèrent également. Miss Glass semblait une fois de plus plongée dans un état d'hébétude, et Mr Glass continua de me faire les gros yeux, mais avec un peu moins de sévérité.

— Et ce n'est pas tout, poursuivis-je. Mr Abercrombie m'a informée qu'il connaissait Mirth et qu'il pensait qu'il n'était pas l'homme que vous cherchez.

— Comment cela ?

— Mirth n'est pas allé en Amérique, mais en Prusse, pour retrouver sa fille qui s'est enfuie. Il est revenu sans elle, brisé, et ayant perdu tout intérêt pour sa boutique.

— Il mentait peut-être.

— Pourquoi mentirait-il ?

Il détourna le regard.

— Parce qu'il ne vous aime pas, dit Duc en haussant les épaules.

Cyclope se contorsionna sur sa chaise et Duc étouffa un cri de douleur avant de le fusiller du regard. Je soupçonnai Cyclope d'avoir donné à son ami un coup de pied sous la table.

— C'est vrai, dis-je, décidée à aborder la question de manière frontale. Mais *pourquoi* est-ce qu'il ne m'aime pas ?

— Parce que tu es une femme, dit aussitôt Willie. Tu es plus maline que lui et tu remets en question les règles qui régissent sa vie. Tu menaces le fondement même du système patriarcal dont il profite.

— Patriaquoi ? demanda Duc avec une grimace. Depuis quand tu parles comme un bouquin, Willie ?

— Elle t'avait caché son génie, Duc, fit Cyclope avec un sourire jusqu'aux oreilles.

— Elle cache quelque chose, ça oui. Mais je suis pas sûr que ce soit du génie.

— Et moi, je ne suis pas sûre que cela suffise à expliquer pourquoi Mr Abercrombie me hait autant, ajoutai-je. Mais je vois bien que personne ne veut rien me dire.

Je reculai ma chaise et me dirigeai vers la porte. Je sortis sans me retourner, malgré leurs regards que je sentais braqués sur moi.

* * *

J'ADRESSAI un signe de tête à Mr Dorchester quand, en passant, je l'aperçus assis au fond de l'église Grosvenor Chapel. Il me sourit.

— Qui est-ce ? demanda Mr Glass à mi-voix.

— Une connaissance. Nous l'avons rencontré à la partie de poker, dis-je en m'asseyant avec lui trois rangées devant Mr Dorchester.

Regardant par-dessus son épaule, Mr Glass le salua d'un signe de tête avant de se retourner vers moi.

— A-t-il joué un rôle dans l'incident qui a poussé Willie à sortir son Colt ?

— Non, il était déjà parti à ce moment-là.

Je ne reparlai plus à Mr Glass jusqu'à la fin de la messe, au moment de repartir. Alors que nous sortions sur le parvis, il me saisit soudain par le coude et m'entraîna vers la droite. Ce n'est qu'une fois à l'écart de la foule des paroissiens que je vis, sur la gauche, Mr Dorchester qui attendait.

Il m'aperçut et agita la main. Je lui rendis son geste.

— Un instant, dis-je à Mr Glass.

Mr Dorchester était venu à Grosvenor Chapel tout exprès pour me voir. Je pouvais bien échanger quelques banalités avec lui, c'était la moindre des choses. Je ne voulais pas me montrer impolie.

231

Je m'éloignai de Mr Glass pour aller à la rencontre de Mr Dorchester qui s'approchait.

— Bonjour, lui dis-je en souriant.

— Bonjour, Miss Steele, répondit-il en soulevant son chapeau. Quel plaisir de vous revoir. J'ai bien fait de venir.

Levant soudain les yeux, il eut un hochement de tête poli.

Je me retournai et vis derrière moi Mr Glass, le regard sombre et les traits austères. Je fis les présentations.

— Jouez-vous au poker ? demanda Mr Glass.

— Pas du tout, s'esclaffa Dorchester. J'étais allé là-bas pour savoir de quoi il retournait, mais j'en ai conclu que ce n'était pas un jeu pour moi. C'était néanmoins une soirée, euh… intéressante. N'est-ce pas, Miss Steele ?

Son ton enjoué me fit me demander s'il faisait allusion à un détail que j'ignorais. De mon point de vue, il ne s'était rien passé de réjouissant ce soir-là.

Le regard de Mr Dorchester quitta mon visage pour se diriger vers celui de Mr Glass, derrière moi. Il s'éclaircit plusieurs fois la gorge, et un silence gêné s'installa. Comme il aurait été impoli de partir immédiatement, je cherchai autre chose à dire.

— On dirait qu'il va faire beau, cet après-midi, hasardai-je.

Mr Dorchester sourit.

— C'est vrai. Un temps parfait pour se promener dans Hyde Park. Miss Steele, puis-je me permettre de vous inviter à vous joindre à moi ?

J'ouvris la bouche et la refermai sans réussir à prononcer aucun mot. Et soudain, Mr Glass fut juste derrière moi, si près que je sentis sa chaleur. Heureusement, il ne répondit pas pour moi, autrement, j'aurais été très fâchée.

— Je suis désolée, mais je suis prise tout l'après-midi, dis-je à Mr Dorchester. Mais merci pour votre invitation. Elle me fait très plaisir.

Il haussa les sourcils en regardant non pas moi, mais Mr Glass. Sa mâchoire se crispa.

— Je vois.

Puis portant la main au rebord de son chapeau :

— Bonne journée, Miss Steele. Mr Glass.

Et il s'éloigna à grandes enjambées.

Mr Glass vint à côté de moi et m'offrit son bras.

— Prête ?

J'hésitai un instant. Maintenant que le moment était venu, je me demandais s'il était bien sage de partir avec lui. Nous serions seuls dans sa voiture tout l'après-midi. Je n'aurais aucune occasion d'aller voir la police pour leur dire que je le soupçonnais d'être le Cavalier Noir.

Et je n'aurais aucune occasion de m'échapper.

Duc, Willie et Miss Glass décidèrent de rentrer à pied, tandis que Cyclope se hissait sur le siège du cocher. Il tira de sa poche sa carte toute chiffonnée et je lui indiquai les endroits où il nous faudrait nous rendre. Mr Glass m'ouvrit la portière, s'assit en face de moi et la referma. Lorsque le carrosse fit un bond en avant, il scruta la rue à travers la vitre.

— Chaque fois que nous sortons, vous avez le nez collé à la vitre, remarquai-je. Pensez-vous que votre cambrioleur pourrait nous suivre ?

Je m'attendais à ce qu'il ne réponde rien, ou qu'il élude ma question en me racontant quelque histoire, mais il s'adossa sur la banquette avec soupir résigné.

— On m'a fait savoir que quelqu'un que je connais est à ma recherche.

Le shérif. J'acquiesçai promptement, incapable désormais de le regarder en face. Pourquoi n'étais-je pas allée prévenir la police plus tôt, surtout depuis que je savais qu'un représentant de la loi avait suivi Matt jusqu'ici ? Parce que je n'étais qu'une idiote, voilà pourquoi.

— Ce Dorchester, dit-il, très raide. De quelle nature est l'intérêt qu'il vous porte ?

Sa question me prit au dépourvu, mais pas autant que son regard grave et pénétrant. Il avait les yeux fixés sur moi, toute trace de fatigue désormais envolée.

— Je sais bien qu'en Amérique, vous êtes plus directs que nous autres Anglais, mais je pense que même vous, vous devez savoir que votre question outrepasse les limites de notre relation.

J'avais l'air d'une maîtresse d'école guindée, mais je ne pus m'empêcher de prendre un ton pincé.

— L'intérêt qu'il me porte ne vous regarde en rien.

Ma remontrance fut sans effet sur lui. Il soutint mon regard et ne desserra pas la mâchoire.

— Ça me regarde, au contraire.

— Pourquoi ?

Il finit par cligner des yeux. Il détourna le regard et se frotta le menton.

— Et si c'était lui, notre cambrioleur ?

Je ris, mais sans aucune trace d'humour.

— Si votre esprit s'égare dans cette direction, c'est que vous manquez clairement de sommeil.

— Je m'inquiète pour votre sécurité, c'est tout.

— C'est inutile. Je suis capable de me défendre face à quelqu'un comme Mr Dorchester. Il est parfaitement inoffensif.

Une fois encore, il me regarda droit dans les yeux.

— Comment pouvez-vous en être sûre ?

— Il a été très gentil avec moi. L'autre soir, il m'a défendue contre une brute, figurez-vous. Il n'a pas agi comme une personne qui souhaiterait me faire du mal, bien au contraire.

— Comment ça, il vous a défendue ?

J'éludai sa question.

— Cela n'a plus d'importance. Mr Dorchester est un honnête homme, et je crois que je lui plais. C'est tout. À moins que vous ne cherchiez à insinuer que je ne suis pas le genre de femme auquel un gentleman puisse s'intéresser ?

— Ce n'est absolument pas ce que je dis, maugréa-t-il, les dents serrées.

— Que voulez-vous dire, alors ?

Il se pencha en avant, les mains fermement appuyées sur ses genoux.

— Ce que je veux dire, c'est que les apparences sont parfois trompeuses. Vous le connaissez à peine.

Mon sang se glaça dans mes veines. Je me sentis comme enveloppée d'un brouillard et j'eus l'impression de quitter mon corps, comme si je ne contrôlais plus mon esprit.

— Je pourrais en dire autant de vous, rétorquai-je d'un ton dur et acerbe. Les rares informations que j'ai sur vous m'inquiètent. Et pourtant, vous osez dire que c'est à *lui* que j'ai tort de faire confiance.

Il se redressa.

— Quelles informations ?

— Le fait que votre mère soit issue d'une famille de bandits. Le fait qu'un shérif soit à votre poursuite. Le fait que vous soyez arrivé en Angleterre en même temps que le Cavalier Noir.

Chacune de ces phrases était comme un coup de poing qui le repoussait un peu plus loin au fond de son siège.

— Le fait que votre montre spéciale vous redonne temporairement des forces en injectant dans vos veines une… substance qui les fait s'illuminer.

Ses deux mains agrippèrent les bords du siège. Ses phalanges étaient devenues toutes blanches.

— Vous êtes une femme très observatrice.

Je plaquai une main sur mon ventre, attendant qu'il réfute mes informations. Mais il n'en fit rien. Pas une seule. Il se tourna pour regarder par la vitre et ne m'adressa plus la parole de tout le reste du trajet.

Nos recherches prirent fin bien avant le coucher du soleil. Mr Glass était trop fatigué pour continuer, bien qu'il ait utilisé sa montre pour reprendre des forces après avoir fait étape dans une auberge de Hampstead pour le déjeuner. Il feignit d'avoir quelque chose à dire à Cyclope dans la cour, mais je savais qu'il était allé utiliser sa montre en privé. Quelle autre raison aurait-il eue de tirer les rideaux du carrosse ?

Nous rentrâmes bredouilles. Plusieurs des horlogers chez qui nous étions allés étaient absents, et les autres avaient été réticents à nous recevoir. Aucun ne nous avait proposé de thé, et tous avaient ordonné à leur femme et à leurs enfants de quitter la pièce en nous voyant. L'un des horlogers avait fermé sa porte en me voyant approcher. Après cela, j'étais restée dans la voiture, laissant Mr Glass leur parler tout seul.

En rentrant à la maison, il alla tout droit à ses appartements. Willie et Duc avaient dû entendre la voiture arriver. Ils nous accueillirent à la porte, pleins d'espoir. La déception se peignit sur leur visage dès qu'ils virent les épaules voûtées de Mr Glass et ses paupières lourdes. Sans prononcer le moindre mot, il se dirigea droit vers l'escalier. Chaque pas semblait lui demander un effort surhumain, comme s'il avait toutes les peines du monde à mettre un pied devant l'autre. Nous le regardâmes jusqu'à ce qu'il ait disparu.

— C'est sans espoir, pas vrai ? demanda Willie à Duc, les larmes aux yeux.

— Il reste toujours de l'espoir.

Il se tourna vers moi et me considéra avec une moue pensive. J'attendis qu'il dise quelque chose, mais il se contenta de me dévisager.

— Tu crois que… ? lui demanda Willie.

— Je n'en sais rien, dit-il.

— Demande-lui.

— Me demander quoi ?

Je les regardai tour à tour, mais c'était comme si je n'étais plus là. Entre eux deux semblait s'être établi un dialogue silencieux dont j'ignorais la teneur. Je m'éclaircis la gorge.

— Il sera furieux si on lui demande, l'avertit Duc.

— Seulement si elle n'est pas au courant, dit Willie. Si elle est au courant, ce n'est pas un problème. Au contraire, si elle l'est, ça pourrait tout changer. Elle pourrait le guérir.

— Quoi ? m'écriai-je, manquant éclater de rire.

— Mais si elle est au courant, tu ne crois pas qu'elle aurait déjà dit quelque chose ? objecta Duc. C'est ce qu'il dit.

Je me campai les mains sur mes hanches.

— Mais enfin, voulez-vous bien me dire de quoi vous parlez ?

— Je vais lui demander, décréta Willie.

Duc secoua la tête avec un claquement de langue désapprobateur.

— Je ne crois pas que…

— India, est-ce que tu as des pouvoirs magiques ?

CHAPITRE 14

es pouvoirs magiques ? Willie avait-elle perdu l'esprit ? Et Duc aussi ?

— J'ignore quel genre d'histoire vous raconte votre gouvernement en Amérique, mais la magie, ça n'existe pas. Ni ici ni là-bas.

J'éclatai de rire, m'attendant à ce qu'ils fassent de même, mais non.

— Ce sont des histoires qu'on raconte aux enfants, ajoutai-je, plus calme.

L'espoir qui brillait dans leurs yeux s'évanouit. Willie avait l'air sur le point de fondre en larmes.

— Es-tu, oui ou non, capable de faire de la magie ? répéta-t-elle d'une voix blanche.

— À en juger par son air choqué, je dirais que non, soupira Duc. Oubliez ce que nous avons dit, Miss Steele. Et pas un mot de cette discussion à Mr Glass, ou il nous fera la peau.

— Mais Matt a dit qu'elle chauffait quand elle s'approchait, comme si elle réagissait à sa présence.

Elle croyait que sa montre réagissait également à ma présence ? Et dire que je pensais que c'était Miss Glass qui était folle !

— Arrête, l'avertit Duc. Ça suffit, maintenant. Il s'est trompé.

— Il ne se trompe jamais, protesta Willie, le visage déconfit. Sur rien. Jamais.

Elle tourna les talons et s'enfuit dans l'escalier, grimpant les marches quatre à quatre.

Je la regardai partir, interloquée. J'ignore combien de temps je restai ainsi. Le temps avait ralenti. L'air était plus épais. Ma respiration faisait un bruit laborieux et mon sang avait du mal à circuler.

De la magie.

Ce mot retentissait dans ma tête. Je tentai de me raccrocher à des pensées claires, mais elles étaient pareilles à des rubans voletant dans la brise. Dès que j'attrapais l'extrémité de l'une d'elles, elle m'échappait des mains avant que je ne puisse la saisir en entier.

Une main sur mon bras me tira de ma transe.

— Miss Steele ? fit Duc d'une voix douce. Vous allez bien ?

Je hochai la tête, hébétée.

— Duc… Que voulait dire Willie quand elle a dit que la montre de Mr Glass réagissait à ma présence ?

— Vous l'avez donc senti ?

Ses doigts resserrèrent leur étreinte.

— C'est donc vrai ? Elle vous parle ?

— Non. Alors… Qu'est-ce que c'est ? Comment fonctionne-t-elle ? Pourquoi brille-t-elle et fait-elle luire ses veines comme ça ?

S'il me répondait que c'était de la magie, j'allais… J'allais quoi ? Faire mes bagages et m'en aller ?

— Alors vous l'avez vue, dit-il. Vous avez vu l'effet qu'elle a sur lui.

J'acquiesçai.

— Mais comment cette montre peut-elle redonner des forces à Mr Glass ? Je ne comprends pas.

— Elle ne lui en redonne pas, dit-il avec un lourd soupir. C'est justement ça, le problème. Avant, elle marchait, mais maintenant, elle est en panne.

— En panne ?

— Avant, elle lui redonnait des forces pour bien plus longtemps. Il pouvait rester plusieurs jours sans avoir besoin de s'en resservir. Mais maintenant, ses effets ne durent plus que quelques heures.

— Je vois.

— Vraiment ?

Je secouai la tête.

Il soupira.

— Je me disais, aussi.

Il jeta un coup d'œil vers le haut de l'escalier.

— Je vous conseille d'oublier toute cette conversation, Miss Steele. Mieux vaut ne rien dire à Matt. S'il apprend que nous vous avons parlé de magie, ça ne lui plaira pas.

— Pourquoi ?

Parce qu'il ne voulait pas que je sache qu'il était aussi détraqué qu'eux ? Aussi détraqué que sa tante ?

— Parce que c'est un secret, il ne faut pas le dire.

— À moi ?

— À personne.

* * *

À EN JUGER par les visages autour de la table du petit déjeuner, il était clair que personne n'avait grand espoir de trouver l'horloger en ce dernier jour de nos recherches. Même Miss Glass avait l'air désemparée, alors qu'elle ignorait la gravité de l'enjeu. Peut-être était-elle simplement inquiète parce qu'elle savait que son neveu partait le lendemain, bien qu'elle reste dans le déni. Lorsqu'elle surprit Duc et Cyclope en train de parler de leurs projets de départ, elle leur reprocha de perdre leur temps avec « des bêtises ».

Au moment où nous allions partir, Willie me fit signe qu'elle souhaitait me parler en privé. Si elle recommençait avec ses histoires de magie, je comptais bien m'en aller. Je refusais qu'on me prenne pour une idiote. Après de longues heures passées allongée dans mon lit à repenser à ce qu'elle et Duc avaient dit, j'étais parvenue à voir clair à travers le voile qu'ils avaient essayé de jeter devant mes yeux. Cependant, ce que j'y vis était tout aussi inquiétant que l'idée que Mr Glass soit le Cavalier Noir.

Il devait avoir une dépendance à l'opium. Ou si ce n'était pas à l'opium, à quelque autre puissante substance qui faisait luire ses veines. La montre était un appareil astucieux qui dissimulait cette substance sous forme liquide. Elle dissimulait sans doute aussi une minuscule seringue qui lui servait à s'injecter le liquide lorsqu'il tenait la montre au creux de sa main. Je commençais même à douter qu'elle serve réellement de montre.

De toute évidence, l'appareil avait cessé de fonctionner correctement, c'est pourquoi il avait besoin de la faire réparer par son fabricant d'origine. Je n'avais encore jamais vu une montre de ce genre ; elle nécessitait donc probablement un entretien spécial. Je n'avais pas encore compris ce qui l'empêchait de s'injecter directement la substance sans recourir à la montre, mais il devait bien y avoir une raison.

Je ne comptais dire à aucun d'entre eux que je connaissais leur secret.

En revanche, j'avais la ferme intention d'annoncer à la police que j'avais trouvé le Cavalier Noir. Dès que je trouverais un moment pour m'éclipser.

— Il faut que tu fasses tout ce qui est en ton pouvoir pour trouver l'horloger aujourd'hui, me dit Willie.

Elle me prit les mains et les serra si fort que je dus lui demander de me lâcher.

— Tu sais combien c'est important. Tu le *sais*.

Je m'abstins de lui dire que c'était presque sans espoir. Ni que la police les empêcherait de partir le lendemain.

Peut-être.

Oh, je ne savais pas quoi faire ! Peut-être valait-il mieux que je me taise. Personne ne m'avait fait de mal. Au contraire, Mr Glass m'avait défendue contre Abercrombie et ces brutes, et il m'avait prise sous son aile. Il serait cruel de trahir sa confiance. Sans compter que, s'ils partaient demain, ils ne seraient plus un problème pour l'Angleterre. Et puis après tout, ils n'avaient rien fait d'illégal ici, à ma connaissance.

Il tenta d'engager la conversation avec moi dans la voiture, mais je n'étais guère d'humeur à parler. J'étais tiraillée. Non seulement à propos de ma décision de le livrer à la police, mais aussi à propos de son addiction. Devrais-je essayer de l'aider ?

Pourrait-elle expliquer qu'il ait embrassé une vie de criminel ? S'il était prêt à tout pour se procurer de l'opium, mais qu'il n'en avait pas les moyens, il devait être obligé de voler pour s'en payer. S'il arrivait à se débarrasser de son addiction, il n'aurait peut-être plus besoin d'enfreindre la loi.

— Vous êtes bien silencieuse, aujourd'hui, dit-il.

— Vous trouvez ?

Il eut un sourire narquois.

— Êtes-vous en train de penser que je vais vous manquer lorsque je serai parti ?

Je levai les yeux au ciel.

— Je pense surtout à ce que je vais faire, et où j'irai vivre.

Ce qui me rappela que je ne lui avais pas encore demandé de lettre de recommandation.

J'allais le faire, quand il ajouta :

— Il nous faudra peut-être reporter notre voyage. Même si nous trouvons notre horloger, je ne suis pas obligé de repartir tout de suite. Je me plais ici. Londres est une ville qui m'intrigue. Et pour être honnête, il n'y a pas grand-chose qui me retient en Amérique.

— Vos amis et Willie seront déçus.

— Je ne les force pas à rester.

— Déçus de vous quitter, je veux dire. Ils tiennent énormément à vous.

— C'est réciproque.

— Si vous restez, vous aurez besoin de mon assistance.

Ce n'était pas une question, car j'avais deviné la réponse avant qu'il n'ouvre la bouche.

Il confirma d'un signe de tête.

— Je voudrais que vous m'aidiez. Accepteriez-vous une nouvelle offre, aux mêmes conditions ?

Je coulai un regard vers la fenêtre.

— Je ne sais pas. Je… je ne sais plus quoi penser. Sur tous les plans.

Il se pencha vers moi et posa sa main sur la mienne. C'était un geste qui se voulait sans doute rassurant, mais il fit battre mon cœur à un rythme effréné.

— Je sais que je ne suis pas toujours très facile à vivre, et je m'en excuse.

Je le regardai en clignant des yeux. Il ne retira pas sa main, et je ne voulais pas qu'il le fasse.

— Vous n'avez pas à vous excuser. Pas auprès de moi.

Il s'était toujours comporté en parfait gentleman. Des larmes brûlantes me montèrent aux yeux et, une fois de plus, je dus regarder par la fenêtre pour qu'il ne les voie pas.

Son pouce caressait le mien, doucement, mais avec insistance. J'avais du mal à respirer tant ce geste était intime. C'était mal, de vouloir être touchée ainsi. Par ce… ce bandit, ce drogué. Mais je n'avais pas la force de lui dire d'arrêter. Je restai assise là, à me laisser faire.

— India, dit-il d'une voix grave et rauque. Puis-je vous appeler ainsi ?

J'acquiesçai.

Il me lâcha la main, mais seulement pour me toucher le menton, m'obligeant délicatement à le regarder.

— Alors, appelez-moi Matt ou Matthew, dorénavant.

J'opinai à nouveau.

— Je sais que nous ne sommes pas amis, dit-il. Pas vraiment. Mais… Je sens qu'il y a quelque chose entre nous, et j'espère que vous éprouvez la même chose.

Je me mis à me mordiller l'intérieur de la joue. Je hochai la tête une fois de plus. J'étais incapable d'articuler un mot, et je n'osais pas le contredire. Je n'en avais pas envie.

— Tant mieux. Dans ce cas… j'ai quelque chose à vous dire.

Il lâcha mon menton et posa sa main sur son genou. Il baissa la tête et l'agita légèrement. Au bout d'un moment, il releva les yeux sur moi.

— Comment se fait-il qu'une femme aussi remarquable que vous ne soit pas mariée ?

Ce n'était pas ce qu'il avait eu l'intention de dire. Pour commencer, il venait de me poser une question, alors qu'il avait dit qu'il voulait me *dire* quelque chose. À quoi pensait-il donc ? Avait-il failli me dire qu'il devait sa survie à une montre magique ? Qu'il était opiomane ? Ou qu'il était un hors-la-loi ?

La voiture ralentit et il se radossa sur son siège. Ma réponse ne l'intéressait même pas.

Le premier horloger sur notre liste était un certain Mr Ingham, un petit homme rondouillard avec un crâne chauve et une paire de lunettes posées sur le bout de son nez. À peine m'eut-il aperçue qu'il recula insensiblement de son comptoir. Je restai à l'écart pendant que Mr Glass – Matt – lui parlait de Chronos.

Alors que Mr Ingham était en train de lui dire qu'il ne connaissait personne qui corresponde à cette description, mon regard tomba sur le journal déplié sur le comptoir à côté de moi. Le Cavalier Noir avait encore fait les gros titres : les services de police avaient reçu de leurs homologues américains des informations qui leur donnaient à penser qu'il était ici, à Londres.

Lorsque Matt tourna les talons pour s'en aller, Mr Ingham lança un regard dans ma direction, puis sur le journal, avant de relever les yeux sur moi. Il le ramassa précipitamment.

— Bonne journée, Miss Steele.

— Bonne journée, Mr Ingham, dis-je en quittant la boutique à la suite de Matt.

Notre matinée fut très productive ; nous visitâmes un grand nombre de boutiques, nous arrêtant seulement dans une auberge à Wandsworth pour déjeuner sur le pouce et permettre à Matt d'utiliser sa montre pendant que je me repoudrais le nez. Nous rentrâmes hélas bredouilles et le retour à Mayfair se fit dans une ambiance pensive et morose.

— Nous avons parlé à tous les horlogers que je connais à Londres, lui dis-je. Il y en a d'autres, bien sûr, mais je ne les ai jamais rencontrés. Même si vous restez à Londres pour poursuivre vos recherches, vous n'aurez plus besoin de mes services. Je ne vous serai d'aucune aide.

Il avait fermé les yeux en s'installant dans la voiture, et il souleva ses paupières à demi, lentement. Cela lui donnait un air languide et sensuel.

— Je ne suis pas de votre avis. Vous connaissez bien la ville. J'aurais besoin de quelqu'un pour me guider.

— Cyclope sait quels sont les endroits que nous n'avons pas visités. Il n'a pas besoin de moi pour vous servir de cocher.

Il referma les paupières et je crus qu'il s'était endormi, quand ses yeux se rouvrirent brusquement. Il sourit. Sous l'effet de la surprise, je ne pus m'empêcher de lui rendre son sourire en voyant en lui ce changement radical.

— J'ai trouvé ! Vous pourrez servir de dame de compagnie à ma tante.

— Moi ? Dame de compagnie ?

Je pouffai de rire.

— Ne soyez pas ridicule.

— Pourquoi pas ? Vous êtes honnête, dit-il en levant un premier doigt. Conciliante.

Il en leva un deuxième.

— Aimable.

Puis un troisième.

— Et ma tante vous apprécie. Voilà. C'est décidé. Vous vivrez avec elle.

— Où cela ? Chez vous ? À moins qu'elle ne retourne chez Lord Rycroft après votre départ ?

Il se passa une main sur le front.

— Je crois bien que je vais rester ici. Je veux que vous viviez avec moi, toutes les deux.

Je gardai le silence ; il n'avait pas l'air d'attendre une réponse. Il referma les yeux et renversa sa tête en arrière. Au bout d'un moment, sa tête dodelina sur le côté et son souffle se fit plus régulier. Il s'était endormi.

Une fois arrivés à la maison, je dus le secouer pour le réveiller. Il n'avait pas l'air reposé du tout, bien au contraire : il semblait plus las que jamais.

— Pourquoi n'avez-vous pas utilisé votre montre ? lui demandai-je avant de réaliser que je venais de lui avouer que je savais à quoi elle lui servait.

Il me dévisagea intensément et mon cœur s'arrêta. Je déglutis péniblement. Allait-il m'en vouloir d'avoir percé le secret de son addiction ?

Sans me répondre, il sortit et me déplia le marchepied. Je saisis la main qu'il me tendait et descendis les marches. Quand mes pieds touchèrent le trottoir, au lieu de me lâcher, il resserra son étreinte.

— Matthew.

J'ignorais pourquoi je venais de dire son nom. Si j'avais prévu de lui demander ou lui dire quelque chose, cela me sortit complètement de la tête quand il m'attira plus près de lui.

— Oui ? murmura-t-il.

Il entrelaça son petit doigt avec le mien. Nous étions aussi proches l'un de l'autre que le permettaient mes jupes, son visage quelques centimètres à peine au-dessus du mien. Il avait l'air épuisé, et pourtant, il était toujours aussi beau. Sa maladie n'y changeait rien.

— Vous devriez rentrer vous reposer, dis-je en reculant d'un pas.

Il ne lâcha pas mon doigt.

— India…

— Elle a raison, lança Cyclope du haut de son siège. Rentre, Matt. Va te reposer.

Matt tourna vers son ami un regard glacial, mais il me lâcha la main. Quand Cyclope s'éloigna avec le carrosse, je me dirigeai vers les marches. Willie ouvrit la porte, mais l'espoir dans ses yeux ne tarda pas à s'évanouir.

— Tu as une mine épouvantable, dit-elle. Tu devrais te reposer.

— Je sais, rétorqua-t-il d'un ton cassant.

Le menton de Willie se mit à trembloter.

Matt soupira et l'attira contre lui. Il l'embrassa sur le front.

— Pardon. Je monte tout de suite.

— Je te laisserai de quoi dîner sur ton bureau, dit-elle en montant l'escalier d'un pas lourd.

Duc et Miss Glass sortirent de la salle à manger. Duc avait autour des mains un écheveau de fil à broder relié à la bobine que tenait Miss Glass. Comme je levais un sourcil interrogateur, il me dit en haussant les épaules :

— Sinon, ça s'emmêle.

On frappa à la porte et Willie alla ouvrir. Un homme aux cheveux grisonnants portant un manteau brun et une cravate de travers couleur moutarde se tenait sur le perron. Sur le porche derrière lui se pressaient pas moins de cinq agents de police vêtus de leur uniforme bleu et de leur casque caractéristique.

— Y a-t-il ici un Mr Matthew Glass ? demanda l'homme devant la porte.

— Qui le demande ? dit Willie, les mains sur les hanches.

— Inspecteur-chef Nunce, de Scotland Yard.

— Il n'y a personne de ce...

— C'est moi, Matthew Glass, dit Matt en posant une main sur l'épaule de Willie.

Elle le repoussa.

— Matt ! Tu *sais bien* ce qu'ils font là.

— Tout va bien, Willie.

Nunce entra sans y avoir été invité. Ses agents le suivirent comme autant d'ombres.

— Mr Glass, vous êtes en état d'arrestation.

— Non ! cria Willie.

L'un des agents attrapa Matt par le poignet, mais il se dégagea.

— Qu'est-ce que cela signifie ? s'indigna-t-il.

— Je vous arrête ; vous êtes soupçonné d'être le hors-la-loi américain surnommé le Cavalier Noir.

Sur un signe de tête de Nunce, deux agents se saisirent de Matt en le prenant chacun par un bras.

— Vous faites erreur, dit Matt d'une voix calme. Je ne suis pas un hors-la-loi.

— Lâchez-le !

Willie se rua sur l'un des agents qui tenaient Matt, mais un autre l'attrapa par-derrière.

— Bas les pattes !

Elle se débattait, lançant des coups de pied dans tous les sens, mais sans parvenir à atteindre l'homme derrière elle. D'un bras, il lui ceintura fermement la taille et la traîna hors du passage. Elle se mit à hurler de plus belle.

— Vous êtes en état d'arrestation, vous aussi, lui dit Nunce.

— Pour quel motif ? s'écria-t-elle.

— Pour faire partie de la bande du Cavalier Noir.

— Espèce d'imbécile !

— Lâchez-la, fit Duc en tentant de s'interposer.

Il essaya de séparer ses mains, mais ne parvint qu'à les emmêler davantage dans l'écheveau de fil.

— Nom d'un chien ! s'exclama-t-il en voyant que même la force brute ne lui était d'aucun secours.

Miss Glass laissa tomber sa bobine et vint se placer à mes côtés.

— Arrêtez immédiatement, dit-elle avec une froideur hautaine. Vous faites erreur. Ce monsieur est mon neveu, ainsi que celui de Lord Rycroft. Relâchez-le tout de suite.

Nunce porta la main à son chapeau.

— Impossible, Madame. C'est le Cavalier Noir.

— Qu'est-ce donc que cette histoire de Cavalier Noir ?

— C'est un bandit américain. Vous ne lisez pas les journaux ? Elle se hérissa.

— Bien sûr que non. Les commérages de bas étage ne m'intéressent pas.

Nunce fit signe à un autre de ses hommes de se saisir de Duc.

— Emmenez-le aussi. Il a l'accent américain.

Il me jaugea du regard.

— C'est une Anglaise, dit Matt. Une amie de ma tante. Je la connais à peine.

Nunce maugréa, mais il n'ordonna à personne de m'arrêter. L'un des agents attrapa Duc par le bras, mais il se dégagea brusquement. L'agent se jeta sur lui et Duc qui, les mains toujours emberlificotées, ne put se défendre. Ils tombèrent tous les deux au sol avec fracas.

— Ce n'était pas nécessaire, grommela Matt.

Nunce se contenta de hausser les épaules.

— Duc ! hurla Willie. Duc, tu es blessé ?

Les doigts de Miss Glass se crispèrent sur mon bras. Je refermai ma main sur la sienne, espérant lui apporter un peu de réconfort. Cela ne devait pas être très efficace. Avec ma main sur la sienne, elle sentait sûrement mon corps qui tremblait comme une feuille.

— Contactez le Commissaire Munro, dit Matt à Nunce tout en s'efforçant de se dégager des deux agents qui le maintenaient. Il vous dira que je suis innocent.

Nunce eut un petit rire sardonique.

— C'est ce qu'ils disent tous.

Willie réussit à se libérer en écrasant les orteils du policier qui la tenait. Elle accourut vers Duc, qui peinait à s'asseoir sur le sol, mais elle fut rattrapée par le jeune policier élancé en uniforme. Elle lui envoya son poing dans la joue, le faisant saigner, avant qu'il ne lui saisisse les mains et ne les lui torde derrière le dos.

— Vous me faites mal ! cria-t-elle.

Matt se jeta sur la gauche, exploitant son avantage en termes de poids et de taille pour faire trébucher l'agent qui se tenait de ce côté-là. Celui qui était de l'autre côté fut lui aussi déséquilibré, et Matt parvint à se dégager des deux.

Mais sa liberté fut de courte durée. Le dernier agent lui asséna un direct du droit dans la mâchoire. Matt réussit à l'esquiver, mais ce contretemps permit aux policiers de gagner quelques précieuses secondes pour le rattraper et le frapper à leur tour. L'un atteignit Matt en pleine bouche, l'autre dans le ventre. Il se plia en deux, suffoquant.

Miss Glass poussait de petits cris de terreur en se tenant la gorge. Je la tournai pour l'empêcher de voir la scène et lui tapotai le dos, moi qui étais pourtant loin d'être sereine. Mon cœur battait à toute allure et je tremblais des pieds à la tête.

— Arrêtez immédiatement ! hurlai-je. Inspecteur Nunce, contrôlez vos hommes. Vous traumatisez une vieille dame avec toute cette violence disproportionnée.

Mais ce ne fut pas Nunce qui réagit, ce fut Matt. Il cessa de résister.

— Je vais vous suivre, dit-il. Willie et Duc aussi.

— Non ! protesta Willie. Pourquoi devrais-tu y aller, Matt ? Tu n'as rien fait de mal.

— Nous leur expliquerons tout au poste. Vine Street ?

Nunce confirma d'un signe de tête.

— Vérifiez qu'ils n'ont pas d'armes cachées sur eux, dit-il à ses hommes.

Ses agents fouillèrent leurs poches, en retirant chaque objet qu'ils y trouvèrent pour les disposer sur la table de l'entrée. Au milieu de plusieurs mouchoirs et pièces de monnaie trônait la montre spéciale en argent de Matt.

— Emmenez-les, dit Nunce.

Willie et Duc poussèrent un cri étranglé.

— Ta montre ! s'écria Willie. Matt !

Elle se débattit entre les bras de l'agent qui essayait de l'obliger à passer la porte.

— Puis-je emporter ma montre ? demanda Matt à Nunce.

Nunce pinça les lèvres, considéra la montre, puis Matt, avant de répondre :

— Non. Dans votre cellule, vous n'aurez pas besoin de savoir l'heure.

Une goutte de sueur coula le long de la tempe de Matt. Sa respiration se fit haletante. Son teint avait la couleur de la cendre froide. Les deux agents qui l'encadraient le firent avancer.

— Il faut absolument qu'il ait sa montre, dit Duc à Nunce. Je vous en prie. C'est important. Sans cette montre, il va mourir.

Mourir !

Miss Glass se mit à sangloter sur mon épaule. J'essayai de lui tapoter le dos un peu plus fort, mais ça ne servait à rien. J'étais incapable de lui offrir le réconfort dont j'avais moi-même désespérément besoin. Mon regard rencontra celui de Matt par-dessus la tête de sa tante. Ce que je vis dans ses yeux fit monter des larmes brûlantes dans les miens. Il était terrassé par son mal, mais ce n'était pas ce qui me déchirait le cœur. C'était le chagrin et la déception que je lisais sur son visage.

Il pensait que je l'avais trahi. Que c'était moi qui avais dit à la police qu'il était le Cavalier Noir.

Et il n'était pas le seul.

— C'est toi qui as fait ça ! cracha Willie à mon intention.

— Non, protestai-je. Ce n'est pas moi.

Mais elle hurlait si fort qu'elle n'entendit pas ma voix.

— Espèce de sorcière sans cœur ! S'il meurt, je te retrouverai. Je te taillerai en pièces…

— Willie !

La voix cinglante de Matt suffit à peine à couvrir ses imprécations.

Nunce et ses hommes escortèrent aussi Duc et Matt audehors, et mon cœur se serra encore davantage quand je vis Cyclope les rejoindre, immobilisé par deux autres policiers. Tout le monde semblait s'époumoner en même temps. Je distinguai des bribes de prières, suppliant Nunce d'autoriser Matt à garder sa montre. L'inspecteur s'obstina à refuser.

— C'est *elle*, c'est *sa* faute ! hurla Willie. Tu as signé son arrêt de mort, India !

Je secouai la tête, mais ils ne me regardaient pas et ne m'auraient donc pas vue faire.

— S'il ne récupère pas cette montre, poursuivit-elle, tu auras sa mort sur la conscience.

CHAPITRE 15

Miss Glass et moi étions horrifiées, cramponnées en silence l'une à l'autre. Je me répétais sans cesse les paroles de Willie qui résonnaient comme un glas dans ma tête. Elle pensait que j'étais à l'origine de cette arrestation. C'était ce qu'ils pensaient tous, y compris Matt. Et pourtant, ce n'était pas là ce qui me rendait profondément malade. C'étaient les suppliques terrifiées de Willie qui, dans sa folie, était convaincue que sans cette montre, il allait mourir. Elle devait contenir un médicament, et non pas de l'opium comme je l'avais cru initialement.

Je confiai Miss Glass à Polly, qui venait de surgir de l'arrière de la maison avec des yeux écarquillés de terreur.

— Tout va s'arranger, les rassurai-je.

Ma voix calme et optimiste parut au moins calmer Polly.

— Emmenez Miss Glass à l'étage, dis-je à la femme de chambre. Veillez à ce qu'elle ne manque de rien.

Je me sentais tout sauf calme et optimiste. Je tremblais sans pouvoir m'arrêter. *Il avait besoin de cette montre, ou il mourrait.* Je la ramassai en la prenant par sa chaîne. Une vague de chaleur m'envahit, enveloppant tout mon bras en partant de ma main.

Je lâchai aussitôt la montre et fis un bond en arrière. Elle tressaillit un court instant avant de s'immobiliser.

Elle avait tressailli.

Les objets inanimés ne tressaillaient pas. Ils ne chauffaient pas tout seuls. Ils n'étaient pas vivants.

J'avais dû me tromper. Je ramassai à nouveau la montre. Une fois de plus, je fus inondée d'une vague de chaleur qui, prenant naissance au niveau de ma main, remonta le long de mon bras avec une telle vitesse et une telle force que, sous l'effet de la surprise, j'en eus le souffle coupé.

Mais je ne la lâchai pas. Je la tins délicatement au creux de ma main, laissant pendre la chaîne entre mes doigts. Le boîtier palpita, comme un cœur qui se remet à battre après s'être arrêté, mais il ne recommença pas. Il restait chaud, sans toutefois être aussi brûlant qu'au premier contact, et je sentais sa douce chaleur parcourir tout mon corps, comme si elle circulait dans mes veines en même temps que mon sang. Quand Matt tenait la montre, ses veines brillaient, mais pas les miennes.

C'était un appareil extraordinaire. Je ne sentais aucun médicament couler en moi, mais elle devait bien être capable d'émettre une substance, d'une façon ou d'une autre. Je la retournai et étudiai l'arrière. Il n'y avait aucun détail particulier, aucun trou ni aucune fente permettant de distiller un remède.

J'ouvris le couvercle, et restai sidérée. Non pas parce qu'il contenait un médicament, mais parce qu'il n'en contenait aucun. Cette montre ressemblait à toutes les autres montres sur lesquelles j'avais travaillé au cours de ma vie. Le cadran et les aiguilles étaient tout simples, classiques, avec des chiffres romains clairement marqués en bronze.

Je l'emmenai dans ma chambre et, à l'aide de mes outils, j'ouvris le boîtier sur la coiffeuse. Le mécanisme était constitué de rouages et de vis, de minuscules ressorts, de pignons et d'un échappement, exactement comme une montre ordinaire. J'avais travaillé sur des centaines de modèles comme celui-ci. N'importe quel horloger aurait pu la fabriquer. Une inscription gravée dans le métal indiquait qu'elle avait été faite par A.W. Waltham, NY.

New York. C'était une montre américaine. Mais alors, pourquoi Matt passait-il Londres au peigne fin à la recherche de son horloger ? Il avait bien dû regarder à l'intérieur et voir le nom du fabricant.

Je refermai le boîtier de la montre et la contemplai un long moment. Pour une raison que je ne m'expliquais pas, cette montre chauffait entre mes mains, de même qu'entre celles de Matt. C'était comme si elle prenait vie. Et, inexplicablement, elle semblait indispensable à la survie de Matt.

Magie.

Ce mot voletait dans mon esprit comme un papillon, d'abord par petits coups d'ailes prudents et délicats, mais qui se faisaient plus forts et plus assourdissants à chaque seconde qui passait. Je fis de mon mieux pour l'ignorer, mais en vain.

Je glissai la montre dans la poche de mon gilet, où elle ne tarda pas à réchauffer la peau qui recouvrait mes côtes. Je descendis l'escalier à toutes jambes et me précipitai dehors.

* * *

Le commissariat de police de Vine Street projetait une ombre démesurée sous le soleil de la fin d'après-midi et présentait au monde une façade austère. Les fenêtres au niveau de la rue étaient sécurisées par des barreaux en fer et un agent en uniforme montait la garde à la porte, droit comme un i. Je fus surprise de voir aller et venir autant de visiteurs et aussi peu d'agents. Je supposai que la plupart passaient sans doute par l'entrée qui donnait sur la cour arrière avec les criminels qu'ils avaient appréhendés. Derrière les barreaux de quelle fenêtre se trouvaient Matt et les autres ? À moins qu'ils ne soient détenus dans une cellule sans fenêtre ?

Rassemblant tout mon courage, je passai, la tête haute, devant l'agent en faction à la porte.

— Bonjour, Miss, dit-il.

L'intérieur ressemblait à n'importe quel autre bureau, à l'exception des policiers en uniforme qui y travaillaient. Derrière le guichet d'accueil tout en longueur s'alignaient des rangées de bureaux, et je repérai pas moins de quatre portes permettant d'accéder aux ailes de ce vaste édifice. Au guichet, je demandai où était Matt, et un policier aux sourcils broussailleux me toisa d'un air sévère.

— Il n'a pas le droit aux visites, dit-il en retournant à sa paperasse.

La montre se mit à pulser dans la poche de mon gilet.

— Pouvez-vous lui donner quelque chose de ma part ?

— Non, répondit-il sans même lever les yeux.

J'expirai lentement.

— J'ai besoin de le voir, rien qu'un instant. Vous pouvez me faire escorter par un garde pour être sûr que je ne l'aiderai pas à s'évader.

Il répondit à ma tentative d'humour par un regard blasé. Il ramassa son porte-plume et le plongea dans l'encrier. Le crissement de la plume sur la page du registre mit à l'épreuve mes nerfs déjà à vif.

— Puis-je parler à l'Inspecteur-chef Nunce ? demandai-je.

— À quel sujet ?

— Au sujet de Mr Matthew Glass.

— Non.

— Pourquoi pas ?

— Parce que vous allez lui faire perdre son temps en lui demandant si vous pouvez rendre visite à Glass dans sa cellule, et il vous répétera juste ce que je viens de vous dire : non.

— Vous pourriez au moins me regarder quand vous me parlez.

Il leva les yeux, mais pas la tête.

— Non.

Puis il se replongea dans son registre.

La montre dans ma poche recommença à palpiter, plus fort, cette fois. Qu'attendait-elle de moi ?

— Je vous prie d'informer l'Inspecteur Nunce que je souhaite le voir.

L'agent soupira.

— Miss, je vous l'ai dit : il est occupé.

— C'est une question de vie ou de mort !

Je ponctuai ma phrase en frappant du plat de la main sur le comptoir. Une douzaine de têtes se levèrent, émergeant de leur paperasse.

L'agent roula des yeux exaspérés et je crus l'entendre maugréer dans sa barbe :

— Ah, les bonnes femmes…

La porte la plus proche s'ouvrit à la volée et Nunce en personne accourut.

— Allez me chercher un médecin !

— Pardon, Chef ? s'étonna le policier.

— Un médecin !

Nunce tira un mouchoir de sa poche et épongea la sueur qui lui perlait sur le front.

Mon sang se glaça.

— Le médecin, c'est pour Mr Glass ?

Nunce me dévisagea en plissant les yeux.

— Vous étiez chez Glass.

— Je suis la dame de compagnie de sa tante. C'est la sœur de Lord Rycroft.

— Inutile de me le rappeler. C'est ce que ses amis n'arrêtent pas de me répéter aussi, et il pourrait bien être le Prince de Galles, je n'en ai rien à faire. Il n'ira nulle part tant qu'il n'aura pas été jugé. Sauf s'il meurt, évidemment. Il est plutôt mal en point.

Oh, mon Dieu. Je portai les mains à ma gorge, éperdue, et rassemblai mes esprits.

— Je vous en prie, Inspecteur, il faut que je le voie. Pensez à sa tante.

Il me vint une idée, et avant qu'il ne puisse m'interdire d'entrée, je lui dis :

— J'ai son remède sur moi.

— Quel genre de remède ?

— Il est dans ce récipient.

Et je sortis la montre.

— Je sais que ça n'a pas l'air d'un médicament, mais les fabricants américains aiment vendre leurs remèdes dans des flacons fantaisie. C'est ce que m'a expliqué Mr Glass.

J'espère qu'il ne va pas me demander de l'ouvrir.

— Je doute que ça lui soit d'une grande aide, objecta Nunce. Il est inconscient.

Je me plaquai une main sur la bouche pour étouffer mon cri d'horreur. Mes yeux s'emplirent de larmes.

— Il n'est pas trop tard. Je vous en prie, Monsieur, ne le laissez pas mourir alors que vous avez la possibilité de le sauver.

Il souleva la barrière.

— Allez-y.

Il ordonna à son subordonné de me fouiller. Lorsque celui-ci lui eut assuré que je n'avais pas d'armes sur moi, je suivis Nunce en hâte à travers les couloirs blanchis à la chaux, passant devant plusieurs portes en bois, toutes fermées. Chacune comportait un petit panneau rectangulaire destiné à coulisser pour permettre la communication entre les détenus et les gens du dehors.

Quelqu'un cogna contre l'une des portes sur notre passage, et d'autres nous interpellèrent, leur voix étouffée par les murs épais. Tout au bout, trois hommes gardaient une porte. L'un d'eux, le visage tout près de l'ouverture, appelait la personne qui se trouvait de l'autre côté, mais sans obtenir de réponse.

— Il n'est toujours pas revenu à lui, Chef, dit l'agent de police quand Nunce demanda des nouvelles de l'état de santé de Matt.

— Puis-je lui administrer son médicament ? demandai-je. Je suis une infirmière qualifiée, ajoutai-je, prise d'une inspiration soudaine. C'est la raison pour laquelle je suis la dame de compagnie de sa tante. Elle a parfois besoin de mes soins.

Il hésita.

— Allons, Monsieur. Que craignez-vous qu'il arrive ? Votre agent m'a fouillée, je ne suis pas armée ; Mr Glass n'est pas en état de se lever, encore moins de se battre, et je ne suis qu'une faible femme entourée de policiers.

— Chef, on dirait qu'il a cessé de respirer, annonça l'homme en faction à la porte.

Tout mon sang quitta mon visage. Je me mordis la lèvre inférieure sans pour autant réussir à l'empêcher de trembler.

— Ouvrez la porte, dit Nunce. Laissez-la entrer.

Le policier parut mettre une éternité à trouver la bonne clé sur le trousseau qui pendait à sa ceinture. Il l'inséra enfin dans la serrure et déverrouilla la porte. Je l'ouvris en la poussant moi-même et me précipitai vers Matt, qui gisait au sol, étendu sur le flanc. L'entaille rouge sur sa lèvre et l'ecchymose violacée tout autour contrastaient nettement avec son visage d'une pâleur de mort. Il était si immobile que je craignis qu'il ne soit trop tard. Puis il expira, quoique faiblement.

J'entendis les policiers entrer derrière moi, mais aucun ne

dit mot quand je pressai la montre dans la main de Matt. Je déposai délicatement sa tête et ses épaules sur mes genoux. Comme je tournais le dos aux policiers et que ses mains étaient recouvertes par mes jupes, sa peau nue était à l'abri des regards.

Très progressivement, son corps se réchauffa en commençant par la main qui tenait la montre. Je maintins ses doigts autour de la montre pour qu'il ne la fasse pas tomber et regardai la lueur faire disparaître sa pâleur maladive jusqu'à la naissance de ses cheveux.

Sa poitrine se souleva. Il inspira profondément et se mit à tousser. En sentant son souffle contre ma gorge, je souris malgré mes larmes.

— Dieu merci, murmurai-je.

Je le gardai serré contre moi, hésitant à le lâcher pour le moment. S'il luisait toujours, Nunce le verrait. Et puis c'était si bon de le tenir contre moi. Je n'avais encore jamais tenu un homme de cette manière.

Son corps était chaud à présent, non plus amorphe, mais animé du souffle régulier de la vie. Sa main libre se referma sur la mienne avec une merveilleuse vigueur. Aucun de nous ne portait de gants.

Nunce s'éclaircit la gorge.

— Il est sacrément puissant, ce remède.

Matt retira ses mains des miennes et profita que son corps était toujours dissimulé aux regards pour glisser la montre dans sa poche. Ses veines cessèrent immédiatement de briller. Il leva les yeux vers moi et me gratifia d'un sourire éblouissant qui éveilla quelque chose tout au fond de moi. Je lui souris à mon tour. Il était vivant. C'était tout ce qui comptait.

— Accordez-moi un moment, dit-il à Nunce. Je viens d'être ramené d'entre les morts par un ange magnifique. Pardonnez-moi de vouloir savourer cet instant aussi longtemps que possible.

L'un des policiers ricana.

— Debout, Glass, dit Nunce de sa voix monocorde. Miss, si vous voulez bien nous laisser.

Matt se leva et me tendit sa main. Je la saisis et le laissai m'aider à me relever. Du gras de son pouce, il caressa mes joues encore trempées de larmes.

— J'ai toujours su que vous me sauveriez un jour, dit-il. Seulement, je ne pensais pas que ce serait aujourd'hui.

— Ce n'était pas moi, lui dis-je. Je ne leur ai pas dit que vous étiez le Cavalier Noir.

Je voulais qu'il le sache. Il *fallait* qu'il le sache.

Il effleura mon menton.

— Je vous crois.

— Allez, Miss, il faut sortir, maintenant, dit Nunce en venant se placer à côté de nous. L'Agent Stanley va vous raccompagner.

Je secouai la tête. C'était injuste. Matt n'était pas le Cavalier Noir, c'était impossible. Je n'avais aucune preuve du contraire, hormis ce que j'éprouvais au creux de mon ventre. Je me tournai vers Nunce.

— Il est innocent, lui dis-je. Vous n'avez aucune preuve contre lui, à part quelques commérages malveillants.

— Ça suffit, Miss.

Des deux mains, il m'incita à sortir.

— Je refuse de partir ! C'est un scandale. Vous détenez un innocent…

— India.

Matt me saisit par les épaules, m'obligeant à lui faire face. Il avait l'air en bonne santé, son teint avait repris sa couleur habituelle, mais l'ombre de l'épuisement planait toujours sur lui. Il fallait qu'il rentre chez lui pour se reposer convenablement.

— Pas la peine de faire du grabuge. Dès que le Commissaire Munro saura que je suis ici, il me fera libérer.

Puis avec un regard noir en direction de Nunce, il ajouta :

— À condition que quelqu'un l'en informe, bien sûr.

— Le commissaire est trop occupé pour écouter vos histoires, dit Nunce. Si je l'envoyais chercher chaque fois qu'un suspect le réclame, il n'aurait jamais le temps de faire son travail.

Du grabuge. C'était la troisième fois en trois jours que j'entendais ce mot, alors qu'auparavant, je ne l'avais entendu qu'une fois : en référence à une émeute en Amérique rapportée dans la presse anglaise. Mais le journaliste, lui, était un Américain qui avait assisté à la scène.

Je dévisageai Matt. Il me regarda aussi, l'air perplexe.

— Je sais qui c'est, murmurai-je, à la fois écœurée et soulagée. Du grabuge.

Sur un signe de tête de Nunce, l'un des agents me prit par l'épaule et m'entraîna vers la porte. Celui qui avait les clés l'ouvrit.

— India ?

Je me retournai pour regarder Matt. Il avait les sourcils froncés et son inquiétude se lisait sur chacun des plis de son visage fatigué.

— Vous serez bientôt libre, lui promis-je. Je connais la véritable identité du Cavalier Noir.

— Qui est-ce ?

— Dorchester.

Le visage de Matt s'assombrit.

— Comment le savez-vous ?

— Ça suffit, dit Nunce. Faites-la sortir d'ici, Stanley.

Je me campai fermement sur le sol et croisai les bras. L'agent Stanley n'approcha pas plus.

— Il y a un individu qui se fait appeler Dorchester, dis-je à Nunce. C'est *lui*, le Cavalier Noir.

Il ne pouvait pas être le shérif, il était forcément le Cavalier Noir. Un shérif n'aurait pas eu besoin de rôder à travers la ville incognito en déguisant son accent.

Nunce frotta sa barbe hirsute.

— Où puis-je le trouver ?

— Près de Piccadilly, mais je ne connais pas son adresse exacte. Et il se peut qu'il m'ait aussi menti sur ce point.

— Pourquoi devrais-je vous croire, Miss ? Peut-être est-ce une ruse pour faire libérer votre ami Mr Glass. Quelle preuve avez-vous de la culpabilité de ce Dorchester ?

— Il a utilisé le mot *grabuge*.

Il me dévisagea, le regard vide.

— Et alors ?

— Seuls les Américains emploient ce mot, et Mr Dorchester disait être anglais. Il se prétendait de Manchester, d'ailleurs, alors qu'il n'en avait pas du tout l'accent. J'aurais dû m'en douter dès le début, mais... j'avais envie de le croire.

Je n'osais pas regarder Matt en face. Je ne voulais pas qu'il voie ma honte. J'avais voulu croire que Mr Dorchester m'appréciait pour mes qualités, et non pour ce que j'avais à lui offrir. Ce que j'avais pu être sotte ! Une fois de plus, je m'étais laissée aveugler par un numéro de charme et par mon besoin désespéré de me sentir appréciée. J'étais blessée par cette amère vérité, mais je n'avais pas envie de pleurer ; je ne ressentais que de la colère, et de la détermination à faire payer Dorchester pour ses crimes.

— Un simple mot ? maugréa Nunce. Ce n'est pas une preuve suffisante, Miss. Allez. Sortez d'ici.

— India ?

L'inquiétude dans la voix de Matt me fit relever la tête tandis que l'Agent Stanley m'attrapait le coude.

— Ça va aller ?

Je me redressai fièrement.

— Bien sûr. Et maintenant, Messieurs, si vous voulez bien m'excuser, j'ai un commissaire à aller voir avant qu'il ne rentre chez lui ce soir.

Matt sourit.

L'Agent Stanley m'escorta jusqu'à l'entrée du commissariat, mais je m'arrêtai net sur le seuil de la porte. Mr Dorchester était devant le comptoir, en grande conversation avec le policier en service.

— C'est lui, murmurai-je en attrapant la manche de l'Agent Stanley. C'est le vrai Cavalier Noir.

Le jeune policier boutonneux regarda Dorchester.

— Vous en êtes sûre, Miss ?

— Évidemment. Arrêtez-le.

Il se retourna pour regarder la porte derrière nous, qui était désormais fermée.

— Vous avez entendu l'Inspecteur. Un simple mot ne suffit pas pour arrêter un homme. Et puis il m'a l'air d'être un monsieur très bien.

— Ne pouvez-vous pas l'interroger ? Demandez-lui le nom du fleuve qui coule à Manchester, ou tout autre détail qu'un habitant de la ville connaîtrait.

— Comment s'appelle le fleuve qui coule à Manchester ?

Je poussai un soupir.

— L'Irwell. Allez-y. Parlez-lui.

Il ne bougea pas d'un pouce malgré mon insistance.

— Je dois suivre les ordres de l'Inspecteur, mais je vais lui demander son adresse actuelle, si ça peut vous faire plaisir.

Je m'apprêtais à lui répondre qu'il en faudrait bien plus pour me faire plaisir, quand Dorchester regarda soudain dans notre direction. Mon cœur fit un bond jusque dans mon gosier. Je m'efforçai de rester impassible, mais il avait dû déceler quelque chose dans mon expression, parce qu'il ne me salua pas d'un sourire comme l'aurait fait le charmant Mr Dorchester. Il lança un regard noir à l'agent qui m'accompagnait.

— Allez, dis-je au jeune policier. Allez lui parler, tout de suite.

Je m'en allai, saluant au passage Dorchester d'un signe de tête. Il porta la main au rebord de son chapeau. Cet échange était si formel et guindé que je me doutai qu'il savait exactement ce qui m'amenait ici, et ce que je pensais de lui.

Je sortis en hâte, bien décidée à m'éloigner de lui le plus vite possible. Le soleil avait disparu derrière les bâtiments, plongeant la rue dans une pénombre d'un gris verdâtre aux reflets fantomatiques. Je regardai par-dessus mon épaule, mais Dorchester n'était pas ressorti du commissariat.

Je m'engageai dans Piccadilly Street, une rue bondée où je me fondis dans la masse des autres piétons qui rentraient chez eux ou se dirigeaient vers les gares et les arrêts d'omnibus après leur journée de travail. Depuis Vine Street, il y avait plusieurs chemins possibles pour gagner la Digue Victoria ; certains m'auraient fait arriver plus vite à Scotland Yard, mais par souci de sécurité, je choisis de rester dans les rues les plus fréquentées. Même si, après avoir regardé plusieurs fois par-dessus mon épaule, j'avais la certitude que Dorchester ne me suivait pas, je ne voulais pas prendre de risque.

L'imposant édifice de la tour qui logeait Big Ben en son sommet avait quelque chose d'apaisant. Il était visible au-delà des nouveaux locaux de la Police Métropolitaine et s'élevait sereinement au milieu des cahots des voitures, charrettes et piétons qui fourmillaient tout autour, comme il l'avait fait toute ma vie durant. Mon père m'emmenait voir l'horloge géante, m'expliquant qu'elle fonctionnait selon les mêmes principes que ma propre montre de gousset.

Cette même montre qui, soudain, se mit à tinter dans mon réticule. Une montre qui n'avait jamais tinté auparavant, et qui n'était pas conçue pour cela.

J'ouvris mon réticule, mais je reçus par-derrière un coup violent qui me projeta en avant. Tout alla si vite que j'eus à peine le temps de pousser un cri avant qu'une main gantée ne se plaque sur ma bouche. Dans les ténèbres épaisses d'un profond renfoncement de porte, il me colla le dos contre les briques froides. Je ne voyais pas son visage, mais cet homme avait la taille, la carrure et l'odeur de Dorchester. Il avait dû se douter que je viendrais ici, et il avait pris un raccourci.

— Espèce d'idiote, gronda-t-il d'une voix grave et très différente de celle qui m'était familière.

Elle était rude et cruelle, avec un accent américain.

— Tu n'aurais pas dû te mêler des affaires de Glass. De *mes* affaires.

Comment cet homme avait-il pu me plaire un seul instant ? J'avais été bien naïve de croire à ses histoires. Je tâchai de lui résister, mais il était trop fort, m'écrasant de tout son poids, enfonçant mes omoplates dans le mur. Sa main gantée étouffait mes cris, et maintenant que l'heure de pointe était passée, il n'y avait plus un seul piéton aux alentours.

La panique envahit ma gorge. Je lançai des coups de pied, mais ces satanées jupes gênaient mes mouvements. Il se pressa encore plus contre moi, me bloquant les jambes pour m'empêcher de me débattre. J'étais immobilisée contre le mur, incapable de bouger ni de faire le moindre son.

— Si tu ne t'en étais pas mêlée, j'aurais enfin pu me venger de cette canaille. Oui, c'est moi qui ai dit à la police qu'il était le Cavalier Noir. C'était un plan infaillible. Il aurait été arrêté et jugé ici, où il n'a aucun ami susceptible de l'aider. Mais voilà que j'apprends qu'il a aussi le commissaire dans sa poche, alors je sais que je dois agir vite, avant qu'il ne soit libéré. Si je suis allé au commissariat, c'était pour lui faire un petit cadeau d'adieu.

La voûte en pierre renvoya l'écho d'un cliquetis suivi du crissement du métal frottant contre du métal. Je sentis dans mon cou la morsure d'un objet tranchant, juste au-dessus de mon col. Il avait un couteau : sans doute le « cadeau » qu'il réservait à Matt et comptait lui planter en plein cœur.

Je déglutis, fermai les yeux et priai désespérément pour qu'un passant me voie à la merci de ce misérable. Mais nous étions tous deux vêtus de sombre, les réverbères n'étaient pas encore allumés et, de toute façon, la rue était déserte.

— Mais on ne m'a pas laissé le voir, à cause de toi, sale petite garce. Je sais que c'est toi qui leur as parlé de moi. Je l'ai bien vu dans le regard de ce morveux, et dans celui de son chef quand il est ressorti. J'ai réussi à leur donner le change et à m'en tirer de justesse.

J'essayai de le mordre, mais ne parvins qu'à planter mes dents dans le cuir de son gant.

Il eut un petit rire. Ses dents blanches étincelèrent dans la pénombre et une lueur s'alluma dans ses yeux.

— Tu sais que l'homme que tu aides est un renégat ? C'était un hors-la-loi, lui aussi. Ah, ça, on peut dire que Glass a du sang sur les mains. Beaucoup de sang, même.

Ma respiration se bloqua. Mon corps se figea.

Il repartit de son rire cruel.

— Alors comme ça, il n'a pas cru bon d'en parler à sa douce amie, hein ? Il a horreur que le reste du monde soit au courant. Il a honte de son lien avec les Johnson. Mais ce n'est pas le pire, ça non, ma petite dame. Tu me prends pour un criminel ? Il est bien pire que moi. On a tous les deux commis des meurtres, mais moi, au moins, je n'ai jamais tué un membre de ma propre famille.

Je sentis un goût de bile qui montait dans ma gorge et m'étranglait, me brûlant les yeux et me piquant le nez. Les larmes me montèrent aux yeux, mais ne coulèrent pas. Il mentait forcément.

— Il a tué son propre grand-père, et de sang-froid, poursuivit Dorchester. Glass aurait pu le faire arrêter comme les autres membres de la bande du vieux, mais il a préféré l'abattre d'un coup de revolver. Mon petit frère faisait partie de la bande de Johnson. Ils l'ont pendu haut et court, alors que ce n'était encore qu'un gamin.

Il renifla et s'essuya le nez sur son épaule.

— Alors, qu'est-ce que tu dis de ça, Miss Bonnes Manières ? Qu'est-ce que tu penses de ton grand bellâtre héroïque, maintenant ?

Son souffle chaud me brûlait le front. La pointe acérée de sa lame m'entailla la peau. Un filet de sang coula jusque dans mon col. Je fermai les yeux en poussant un petit cri plaintif. Ma montre se remit à sonner, plus fort, cette fois. Je priai pour que quelqu'un l'entende et vienne voir d'où venait ce bruit.

Mais personne ne passa.

— Il viendra plus te sauver maintenant, dit Dorchester en ricanant. Il est sous les verrous, ça lui apprendra. Il finira bien par sortir, et c'est dommage. Mais quand il sortira, il apprendra que sa jolie petite copine a été victime d'un des innombrables assassins qui rôdent dans Londres, en plein sous le nez de Scotland Yard. Il m'a pris un être cher, alors je vais lui rendre la politesse.

Je voulus lui hurler que je connaissais à peine Matt, que je ne comptais pas pour lui. Mais je me doutais que cela n'aurait eu aucune importance. Dorchester me haïssait parce que j'étais du côté de Matt, et parce que j'avais attiré sur lui l'attention de la police. Il voulait ma peau, et j'aurais eu beau l'implorer, cela n'aurait rien changé. Avec sa main qui me bâillonnait, je ne pouvais même pas essayer.

Il appliqua un peu plus de pression sur la lame. Du sang frais jaillit et dégoulina le long de mon cou. Je fermai les yeux et priai pour le salut de mon âme. Qu'aurais-je pu faire d'autre ?

CHAPITRE 16

*D*orchester retroussa les lèvres et se pencha sur moi pour lécher le sang qui coulait dans mon cou. J'eus un haut-le-cœur. Il rit et recommença, se délectant de me voir si horrifiée. Il prenait plaisir à jouer avec la proie qu'il avait prise au piège.

Mon réticule bougea dans ma main. Mon cœur bondit dans ma poitrine et je poussai un cri étouffé, mais je tins bon. Si je n'avais pas entendu ma montre sonner un peu plus tôt, et si le mot *magie* n'avait pas été si souvent prononcé récemment, j'aurais pensé qu'une souris avait trouvé le moyen de s'y glisser. Mais une folle intuition tout au fond de moi le savait : c'était ma montre qui essayait de sortir.

J'avais les bras immobilisés, mais je pouvais bouger légèrement les mains. Je parvins à déplacer assez le réticule pour insérer mes doigts entre les lacets coulissants de son ouverture et l'ouvrir en grand. Ma montre se glissa d'elle-même au creux de ma main. Le boîtier en argent, d'habitude frais au toucher, était si chaud que je pouvais le sentir à travers mon gant.

Je revis passer dans mon esprit le souvenir de cette pendule de voyage que j'avais lancée pour assommer l'homme qui m'avait attaquée, le soir de la partie de poker. Il me vint une pensée étrange dont je n'arrivais pas à me défaire : si Dennison avait reçu cette horloge en plein dans le front, ce n'était pas parce

que j'avais bien visé ni parce que je l'avais lancée particulièrement fort. Mue par une volonté propre, la pendule avait infléchi
sa course pour l'atteindre. C'était bien de la magie.

Dorchester se remit à rire. Il me lécha l'oreille et appuya
encore plus fort sa lame contre mon cou. Je poussai un cri, non
pas à cause de la douleur intense, mais parce que la montre
m'avait échappé. Je l'avais perdue ! Non, non, NON !

Dorchester se figea. La pression de la lame s'atténua. Son
corps se mit alors à trembler violemment. Il me lâcha et recula en
chancelant, pris de convulsions. On aurait dit qu'il exécutait une
danse frénétique. Il essayait de parler, mais sans parvenir à articuler un seul mot. Ses yeux me supplièrent de l'aider, mais je ne
fis rien, bien que je sache que c'était ma montre qui le poussait à
agir ainsi. La chaîne s'était enroulée autour de son poignet et la
montre elle-même était pressée au creux de sa main.

Il tomba à genoux comme si quelqu'un de plus fort l'avait
poussé. Puis il s'effondra en avant, la tête la première, se fracas-
sant le nez contre les pavés.

Je pris mes jambes à mon cou.

— Au secours ! Aidez-moi !

Trois hommes se précipitèrent vers moi : deux d'entre eux
étaient des policiers en uniformes, et le troisième affirmait être
un inspecteur-chef de Scotland Yard.

D'un doigt tremblant, je leur montrai le renfoncement de
porte. Malgré ma frayeur, je parvins à bredouiller qu'il y avait là-
bas un homme du nom de Dorchester.

— C'est le bandit américain qu'on surnomme le Cavalier
Noir, et il s'en est pris à moi. Il… Il voulait m'empêcher de
parler.

J'arrivais tout juste à distinguer leur expression incrédule
dans la pénombre. Ils devaient avoir une foule de questions à me
poser, mais ils savaient que le plus urgent était de capturer mon
agresseur. Ils s'approchèrent du renfoncement avec précaution,
leur matraque levée. Je les suivis sans trop savoir à quoi
m'attendre.

L'agent qui marchait devant baissa sa matraque.

— Est-ce qu'il est mort ?

Je chancelai, le cœur au bord des lèvres. *Mon Dieu, faites qu'il ne soit pas mort.* Je savais qu'il serait pendu pour ses crimes, ici ou en Amérique, mais je ne voulais pas en porter la responsabilité. Je ne voulais pas que sa mort soit un effet de mes… pouvoirs.

Les agents empoignèrent Dorchester et l'éloignèrent de la porte. Il bougea et laissa entendre un gémissement. Je poussai un soupir de soulagement et m'approchai tout en restant à une distance prudente, jusqu'à atteindre l'embrasure de la porte. Ma montre brillait dans les ténèbres. Je me penchai et la ramassai. La chaleur avait disparu, elle ressemblait à une montre en argent parfaitement ordinaire.

— Qu'est-ce que c'est que ça, Miss ? me demanda l'inspecteur.

— Ma montre.

Je la lui montrai.

— Je l'ai laissée tomber en me débattant.

Il eut un hochement de tête satisfait.

— Comment avez-vous fait pour le neutraliser ? demanda-t-il tandis que les deux agents soulevaient ensemble son corps inconscient.

— Je… Je crois que la chance et le temps ont joué en ma faveur.

Je laissai retomber ma montre au fond de mon réticule.

— Le temps, surtout.

— Et donc, vous disiez qu'il était le Cavalier Noir ?

— C'est une longue histoire qui nécessite que je parle sur-le-champ au commissaire. Est-il dans son bureau ?

— Il est occupé, Miss.

— Ça m'est égal !

Décidément, cet homme était plus inaccessible que la Reine elle-même.

— J'ai des informations vitales à lui donner sur le Cavalier Noir ; à lui et à personne d'autre. Emmenez-moi le voir tout de suite. Je vous en prie, ajoutai-je sur un ton plus mesuré.

Il me considéra un instant, puis regarda le dos de ses hommes qui s'éloignaient en portant Dorchester.

— Sur le chemin de son bureau, vous pourrez m'expliquer comment vous avez découvert que cet homme était le Cavalier Noir.

Je lui saisis la main, reconnaissante.

— Allons-y, alors !

Tout en marchant, je lui indiquai mon nom et l'adresse de Matt, mais je lui dis que je réservais les détails concernant le Cavalier Noir au commissaire et à nul autre.

Il faisait sombre à l'intérieur, et l'inspecteur ordonna à l'un des agents en faction de lui donner une lampe. Elle éclairait assez pour nous permettre de trouver notre chemin dans les couloirs de Scotland Yard. Une odeur de peinture fraîche nous suivait. Les poignées de porte et les porte-manteaux en laiton étincelaient à la lueur de la lampe. Contrairement au commissariat de Vine Street, il n'y avait pas de barreaux aux fenêtres. Je me demandai où ils avaient emmené Dorchester, et s'il était revenu à lui.

Au deuxième étage, il me fit entrer dans un bureau au mobilier lustré et décoré d'un portrait de la reine sur le mur. La pièce était vide, mais semblait n'être que l'antichambre d'un autre bureau. L'inspecteur frappa à la porte, et je fus soulagée d'entendre une grosse voix bourrue nous dire d'entrer. Le commissaire n'était pas encore rentré chez lui.

Le Commissaire Munro était un homme à l'allure distinguée, avec des cheveux blancs sur les côtés de la tête, et gris sur le dessus. Sa moustache blanche était recourbée aux extrémités. Il portait un uniforme aux épaulettes chargées d'une quantité impressionnante de décorations, et une casquette était suspendue à un crochet à côté d'un autre portrait de la Reine. Il me détaillait de son regard pétillant d'intelligence où transparaissait la curiosité, mais aucune trace de malveillance.

Il se leva et me serra la main. L'inspecteur fit les présentations et lui fit un bref compte-rendu de notre rencontre. Le commissaire m'invita à m'asseoir et ordonna à l'inspecteur de me faire du thé.

— Non merci, dis-je. Ce n'est pas nécessaire.

Rien de ce qui pouvait retarder la libération de Matt n'était nécessaire.

— Miss Steele, comment pouvez-vous être sûre que l'homme qui vous a attaquée est le Cavalier Noir? me demanda le commissaire. Peut-être était-ce simplement un opportuniste qui a aperçu une jeune femme se promenant seule à la tombée de la nuit.

— Juste devant Scotland Yard ? Il faudrait que mon agresseur soit bien hardi pour oser une chose pareille. Non, Commissaire, il est le Cavalier Noir, il me l'a avoué lui-même.

Il se renversa en arrière, faisant grincer le cuir de son fauteuil. Il s'appuya sur ses accoudoirs et croisa les doigts.

— Le Cavalier Noir a déjà été appréhendé. Il est actuellement détenu au…

— Au commissariat de Vine Street. Oui, oui, je sais tout cela. Mais cet homme n'est pas le Cavalier Noir.

Ses sourcils blancs comme neige remontèrent sur son front.

— Mettez-vous en cause les qualifications de mon inspecteur ?

— Malgré toute son expérience, l'Inspecteur Nunce s'est laissé duper. L'homme qu'il a arrêté n'est pas le bon. Je crois savoir que vous le connaissez, Monsieur, et que vous pouvez attester de son innocence.

J'espérais que j'avais vu juste, et que le fait que Matt demande à parler au commissaire signifiait qu'il était digne de confiance. Après ce que m'avait dit Dorchester, je ne savais plus vraiment qui était Matt ni ce qu'il avait fait, mais je savais qu'il n'était pas le Cavalier Noir. Je savais également qu'il espérait que le commissaire serait en mesure de l'aider. C'était tout ce que j'avais besoin de savoir, du moins pour l'instant.

— Vous m'intriguez, dit-il. De qui s'agit-il ?

— De Mr Matthew Glass.

Le commissaire baissa les mains.

— Merci, Toohey, ce sera tout.

L'inspecteur, qui était resté debout derrière moi, sortit en refermant la porte derrière lui.

— Je veux que vous me racontiez toute l'histoire, dit le commissaire d'une voix calme, mais plus tranchante que l'acier. Tout de suite.

Je lui expliquai tout, du moins tout ce que je pouvais expliquer. J'omis de préciser comment je m'étais servie de ma montre pour échapper à Dorchester, et ne cherchai pas à deviner comment Matt pouvait connaître le commissaire, lui qui n'était à Londres que depuis une semaine.

Le commissaire se leva de son siège avant que j'aie achevé mon récit. Il attrapa son chapeau sur la patère et le cala sous son bras.

— On dirait bien que je vais devoir faire un tour à Vine Street avant de rentrer chez moi. J'espère que Mrs Munro ne m'en voudra pas trop pour ce retard.

Il s'arrêta dans un bureau du rez-de-chaussée pour recommander à l'inspecteur Toohey de mettre Dorchester sous bonne garde, puis il ordonna à l'un des agents de faire approcher sa voiture. Pendant que nous attendions, Big Ben sonna l'heure. Son timbre grave vibra au plus profond de moi. J'inspirai à fond, emplissant mes poumons de ce qui me paraissait être ma première véritable bouffée d'air depuis l'attaque de Dorchester.

Au cours du bref trajet pour revenir à Vine Street, le commissaire m'interrogea sur mon milieu, mon passé, et enfin, il chercha à savoir précisément comment j'avais réussi à échapper à Dorchester.

— Je ne sais pas, lui répondis-je honnêtement. Vraiment, je n'en sais rien. Il tenait son couteau ici, dis-je en touchant l'estafilade au-dessus de mon col, et l'instant d'après, il se tordait de douleur sur le sol.

— Une crise d'épilepsie, conclut-il d'un ton docte.

Je serrai mon réticule contre moi, palpant ses contours souples jusqu'à sentir sous mes doigts la forme familière de ma montre. Familière, réconfortante. Cette montre m'avait sauvé la vie, j'en avais la certitude. Elle avait essayé, avec son étrange sonnerie, de m'avertir que Dorchester était tout près, mais je ne l'avais pas écoutée. Elle avait ensuite sauté de ma main dans la sienne pour lui injecter une sorte de courant électrique.

Mais comment était-ce possible ? Par quelle logique expliquer qu'une montre puisse agir et *penser* par elle-même ? C'était insensé. Je devais avoir perdu l'esprit pour oser ne serait-ce que l'envisager. Et pourtant, je l'envisageais avec le plus grand sérieux. S'il n'y avait eu que ma montre, et que cet incident ponctuel, j'aurais été un peu plus sceptique, mais ce n'était pas la première fois. La pendule sur le manteau de la cheminée du tripot clandestin m'avait sauvé la vie, elle aussi. Je ne visais pas si bien que ça.

Peut-être toutes les montres étaient-elles magiques, et je n'avais encore jamais été dans une situation assez dangereuse pour être témoin de leur pouvoir ? Mais cela n'expliquait pas tous ces gens qui, tous les jours, étaient assassinés alors qu'ils avaient leur montre sur eux, ou alors qu'il y avait une horloge dans la pièce. La cloche de Big Ben ne s'était pas jetée sur mon assaillant non plus. Je souris à cette idée absurde, mais mon sourire disparut rapidement. J'avais manipulé la pendule du tripot ainsi que la montre dans mon réticule. Je les avais ouvertes toutes les deux, j'avais touché leur mécanisme.

La clé qui avait déclenché leur magie, c'était *moi*.

Mes doigts se resserrèrent autour de mon réticule. Le commissionnaire dit quelque chose, et je dus le prier de répéter. Ce n'est que lorsqu'un agent ouvrit la portière de la voiture que je pris conscience que nous étions arrivés au commissariat de Vine Street.

Des policiers sursautèrent en apercevant le commissaire, puis le saluèrent en claquant des talons. Un silence était tombé sur le commissariat, et c'était l'Agent Stanley qui se tenait au guichet à l'entrée, au lieu de son collègue bougon. Il sourit en me voyant, avant de rester bouche bée, stupéfait de reconnaître l'homme qui m'accompagnait.

— Suivez-moi, Commissaire, dit-il quand Munro demanda à voir Matt. Il n'avait pas demandé l'inspecteur-chef Nunce, mais bien Matt en personne.

Je le suivis, mais le commissaire m'ordonna de rester à l'attendre. J'hésitai un instant à protester, avant de décider de m'asseoir et de patienter. Il y avait sans doute des choses dont il devait parler seul à seul avec Matt avant de pouvoir ordonner sa libération.

S'il ordonnait sa libération, bien sûr.

Sinon, tous mes efforts auraient été vains. Mais je ne pouvais rien faire d'autre.

Il me sembla attendre une éternité avant que la porte ne se rouvre, mais d'après l'horloge qui était au mur, il ne s'était écoulé que dix minutes. Willie apparut sur le seuil. Elle me vit et sourit. Je lui rendis son sourire, me laissant envahir par le soulagement. Je me sentais toute guillerette.

Vinrent ensuite Duc, puis Cyclope, et enfin Matt, accompagné du commissaire. Nos regards se croisèrent brièvement avant que Willie ne se jette sur moi, me renversant presque par son étreinte enthousiaste. Elle me serra contre elle de toutes ses forces en riant.

— Je le savais, que tu nous sortirais de là ! s'écria-t-elle en me donnant un léger coup de poing sur le bras avant de me lâcher.

— Menteuse, dit Duc avant de l'écarter d'un coup de coude pour me serrer dans ses bras à son tour. Moi, je le savais, que vous alliez nous sortir de là. Je n'en ai jamais douté une seconde.

— Moi non plus, ajouta Cyclope en m'attirant d'un bras contre lui pour embrasser le sommet de mon crâne. Je vois que vous lui avez aussi rapporté sa montre, murmura-t-il en désignant Matt d'un signe de tête. Ça fait deux raisons de vous remercier, on dirait.

Ils eurent des documents à signer avant de retrouver pleinement leur liberté, mais il ne nous fallut pas longtemps, à Willie, Matt, Munro et moi, pour monter dans la voiture du commissaire qui nous attendait, tandis que Cyclope s'installait à côté du cocher et Duc à l'arrière, sur la plateforme prévue pour le laquais.

Willie, assise à côté de moi, me prit la main. Tantôt elle me souriait, tantôt elle reprenait un air grave. Je devinai qu'il y avait des choses qu'elle voulait me dire. Des choses qu'elle était embarrassée d'exprimer. Je pressai sa main dans la mienne pour lui faire comprendre que je lui pardonnais.

Je contemplai Matt d'un air béat, détaillant son visage sans jamais m'en lasser. Il avait encore l'air fatigué, mais ni épuisé ni malade, Dieu merci. Il sourit et porta machinalement la main à sa poche, où il avait glissé sa montre.

— Commissaire, dit-il soudain, je ne suis pas d'accord avec vous.

Je haussai les sourcils. Il était évident que j'assistais à la suite d'une précédente conversation à laquelle je n'avais pas été conviée.

— Ce n'est pas prudent, dit le commissaire en me lançant un

regard oblique. Moins il y aura de gens au courant, plus vous serez en sécurité.

— Miss Steele est la discrétion même. Elle n'en parlera à personne. Il me semble qu'elle s'est montrée digne de confiance, vous ne trouvez pas ?

Le commissaire n'ayant pas l'air convaincu, je décidai de leur faciliter un peu les choses.

— Parlez-vous du fait que vous travaillez avec les autorités américaines pour les aider à capturer des criminels ?

Tous les trois me dévisagèrent, stupéfaits.

— Dorchester m'en a un peu parlé, admis-je.

Matt inspira précipitamment. Il resta figé, les yeux fixés sur moi.

— Qu'a-t-il dit ?

Que vous aviez assassiné votre propre grand-père. Je détournai les yeux, incapable de soutenir son regard. C'était une chose d'être capable de tuer, mais tuer un membre de sa propre famille, c'était encore pire.

— Ne croyez pas tout ce que vous a raconté cet homme, Miss Steele, intervint Munro. À commencer par son nom. Scotland Yard enverra un télégramme en Amérique pour demander des informations complémentaires, et nous leur ferons parvenir un croquis de l'homme que nous avons arrêté pour vous avoir attaquée.

— Il vous a attaquée ! rugit Matt.

Munro agita la main.

— Elle est saine et sauve, vous le voyez bien.

Matt fut incapable de tenir en place pendant tout le reste du trajet jusqu'à Park Street. Il tambourinait du bout des doigts sur son genou, sur la cloison, la poignée de la portière, sur son siège... Personne d'autre que moi ne sembla le remarquer.

— Je devrais pouvoir vous aider à trouver son nom, dis-je. Il m'a dit que Mr Glass avait joué un rôle dans la mort de son jeune frère.

— Ça pourrait être n'importe qui, marmonna Willie.

Matt la fusilla du regard et elle haussa les épaules avant de tressaillir avec un coup d'œil dans ma direction.

— Son frère faisait partie de la bande de votre grand-père, précisai-je.

— Vous savez donc qui était mon grand-père, dit Matt sans faire d'autre commentaire.

— Oui.

Il baissa les yeux et se frotta le front. Au bout d'un moment, il se tourna vers le commissaire.

— À la lumière de cette information, je soupçonne Dorchester d'être un dénommé Patrick McTierney. Dites à vos hommes d'envoyer leur croquis au shérif de Lake Valley. C'est un brave homme, et la famille de Patrick McTierney vit dans sa zone de juridiction.

— Nom de nom, souffla Willie.

Elle se pencha en avant, appuyant ses coudes sur ses genoux, et secoua la tête.

— On craignait qu'il revienne se venger de toi un jour ou l'autre. Mais je m'attendais pas à ce que ça arrive ici.

— Vous ne l'avez jamais vu ? demanda Munro.

— Pas Patrick, dit Matt. C'est vrai, son jeune frère faisait partie de la bande de notre grand-père.

C'était à moi qu'il s'adressait, pas à Munro.

— J'ai fourni des preuves suffisantes pour le faire arrêter, et il a été pendu pour ses crimes.

— Ils avaient promis d'être indulgents avec lui parce qu'il était très jeune, dit Willie, l'air accablée. Mais ils n'ont pas tenu parole.

Ce n'était sans doute qu'une partie de l'histoire, mais je ne posai pas de questions, et Matt ne me donna pas de réponses. Il ne me les donnerait peut-être jamais. Je ne saurais peut-être jamais s'il avait tué son grand-père de sang-froid ni comment cet acte l'avait affecté. Je n'étais pas sûre de vouloir le savoir.

Nous descendîmes de voiture tous les trois, mais Munro retint Matt un instant.

— Vous pouvez lui dire tout ce que vous jugez qu'elle a besoin de savoir. Je me range à votre avis : elle s'est montrée digne de confiance.

Matt hocha la tête.

— Merci, Commissaire. Je vous tiendrai informé.

— Si vous restez à Londres, je pense avoir quelques missions à vous confier.

Le commissaire porta la main au rebord de son chapeau.

— Mais pour l'instant, profitez de votre liberté.

La porte d'entrée s'ouvrit et Miss Glass apparut, debout, toute droite, la tête haute.

— Enfin ! Vous voilà rentrés ! Eh bien, que m'as-tu rapporté, petit garnement ?

Matt gravit les marches et la serra contre lui. Elle lui tapota le dos tendrement.

— Comment ça, ce que j'ai rapporté ? demanda-t-il.

— De tes voyages, dit-elle. Harry, tu ne vas tout de même pas me dire que tu as fait le tour du monde, et que tu ne m'as rien rapporté, pas même une épingle à cheveux ?

Il resserra son étreinte.

— Les cadeaux sont dans mes bagages, qui arriveront demain.

Elle se mit à sourire en battant joyeusement des mains.

— Oh, j'ai hâte de voir ce que c'est !

Tout le monde se retira dans ses appartements pour faire un brin de toilette et se changer pour le dîner qu'avait préparé Polly. Je m'attendais à ne pas revoir Matt du tout, pensant qu'il irait directement se mettre au lit pour récupérer, mais il fut au salon avant moi, attendant qu'on sonne l'heure du dîner, seul.

— Je n'ai pas encore eu l'occasion de vous remercier, dit-il à mi-voix.

— Ce n'est pas la peine.

— Mais si, au contraire.

Il prit mes mains entre les siennes et mon cœur faillit s'arrêter de battre. Il se pencha vers moi. Il sentait un mélange unique de lavande et d'épices.

— Merci, India. Vous m'avez sauvé la vie, aujourd'hui, et je ne l'oublierai jamais.

Il pressa ses lèvres sur mon front, les laissant s'y attarder bien plus longtemps que ne le permettait la décence.

Je restai immobile, comme pétrifiée. J'attrapai ses mains et sentis ses doigts se resserrer autour des miens. Mon cœur s'emballa, mais j'y mis aussitôt le holà. Nous étions dans la vraie vie, pas dans un conte de fées. Il était reconnaissant, oui, mais rien de plus.

— Je vous dois une explication, dit-il en se reculant.

J'opinai, le cœur toujours coincé dans ma gorge, où il semblait avoir définitivement élu domicile.

— Travaillez-vous pour cette célèbre agence américaine de détectives ? Pink… quelque chose ? J'en ai entendu parler.

— Pinkerton. Non, je travaille pour mon propre compte, mais mon travail se rapproche de ce que font les agents de Pinkerton. Ma spécialité, c'est de capturer les hors-la-loi des États et territoires de l'Ouest américain. Le passé de ma famille me donne des connaissances que les shérifs n'ont pas. La famille de ma mère est relativement connue, et je me suis laissé entraîner dans cette vie quand je suis retourné vivre avec eux, après la mort de mes parents. Au bout d'un moment, j'ai fini par m'en aller, et Willie aussi.

Et maintenant, il les livrait aux autorités. C'était à la fois noble et sinistre. C'était tout de même sa famille, après tout.

— Je vous laisse imaginer l'ambiance aux repas de famille.

Il fit un sourire hésitant, comme pour voir comment j'allais réagir à sa plaisanterie cynique. Je lui rendis son sourire, mais avec une certaine froideur. Je ne savais pas encore trop quoi penser du métier qu'il faisait.

— Je connais ici plusieurs chasseurs de primes ; aussi, quand je leur ai dit que je venais à Londres, l'un d'eux a parlé de moi au Commissaire Munro en pensant qu'il pourrait avoir besoin de mes services. Vous comprenez, je suis spécialisé dans l'infiltration de bandes de hors-la-loi, et il s'était dit que je pourrais lui être utile pendant mon séjour. Mais Munro n'avait pas accepté son offre.

— C'est donc le Cavalier Noir qui vous a suivi en Angleterre, et non l'inverse.

Il confirma d'un hochement de tête.

— Est-ce également lui qui s'était introduit chez vous ?

— C'est ce que je crois maintenant, bien que je ne l'aie pas soupçonné sur le moment. Quoi qu'il en soit, je n'ai aucune preuve. J'ignore comment il a su où me trouver. Peut-être en fréquentant les cercles de jeu où l'on jouait au poker, et en suivant Willie jusque chez nous un soir. Cela faisait quelques jours que j'avais le sentiment qu'on nous suivait.

— C'est donc pour cela que vous passiez autant de temps à épier aux fenêtres.

Une pensée me vint soudain : Dorchester… ou plutôt, McTierney avait dû me suivre, moi aussi, une fois que j'avais commencé à travailler pour Matt. Cela expliquait qu'il ait surgi, parapluie à la main, devant la boucherie au moment exact où je m'y trouvais. Mon sang se glaça dans mes veines et je frissonnai.

— Pourquoi ne vous a-t-il pas simplement abattu en pleine rue ? demandai-je.

— Parce qu'il ne veut pas finir pendu pour ses crimes. Réussir à me faire payer à sa place, pour lui, c'était le scénario idéal. Jusqu'à maintenant, personne n'avait jamais vu son visage. Je le soupçonne d'être à l'origine de plusieurs attaques contre moi ces dernières années, mais je n'avais pas de preuves. Il a toujours agi en lâche, de façon sournoise, sans jamais révéler ouvertement qu'il était derrière ces tentatives.

— C'est affreux. Il vous considérait réellement comme responsable de la mort de son jeune frère.

— D'une certaine façon, c'est le cas. Je suis responsable d'un grand nombre de morts.

— Y compris celle de votre grand-père, dis-je à voix basse.

Il ferma les yeux quelques instants. Ses paupières étaient parcourues d'un réseau de fines veines bleu foncé. Il hocha la tête.

— Il m'a tiré dessus, et je l'ai abattu pour me défendre. Un jour, je vous montrerai peut-être la cicatrice laissée par la balle.

Son propre grand-père lui avait tiré dessus ! Je scrutai son visage, mais je n'y vis aucune cicatrice.

Il haussa les sourcils d'un air malicieux.

— Elle est sur une zone plus intime.

Mon visage vira au rouge brique. Il éclata de rire et je lui lançai un regard noir.

Il reprit mes mains dans les siennes. Son pouce caressa le mien et son visage changea, reprenant une expression sérieuse.

— Je sais que vous avez des questions à propos de la montre, dit-il en tapotant sa poche. Et je vois bien à présent qu'il faut que je vous le dise. Pouvons-nous en parler demain ? Cela nécessite une longue discussion, et je ne veux pas que Tante Letitia le sache.

Je me doutais aussi qu'il était trop fatigué pour avoir cette discussion. J'acquiesçai.

— Parfait.

Il me sourit à nouveau.

— Je suis heureux que vous ayez décidé de rester pour lui servir de dame de compagnie.

— Mais…

— Il me semble que je l'entends arriver. Venez, allons le lui annoncer.

Il m'offrit son bras.

Après une brève hésitation, je l'acceptai en secouant la tête avec un sourire amusé.

— Vous auriez dû faire de la politique. Vous avez un don pour faire adopter votre point de vue aux autres.

— C'est trop aimable à vous, surtout étant donné que vous me croyez rarement quand je suis sincère.

J'allais encore protester, mais il me décocha un sourire en coin presque enfantin, et je me sentis fondre intérieurement. Sans compter que Miss Glass s'avançait vers nous.

Matt lui annonça qu'il venait de m'engager pour être sa dame de compagnie. Elle se montra ravie, à la façon réservée des aristocrates. Elle me tapota la joue, puis insista pour être celle à qui son neveu donnerait le bras pour entrer dans la salle à manger, puisqu'elle était la femme qui tenait le rang le plus élevé dans la maison, et lui, l'homme le plus important. Il se contenta de lui offrir son autre coude, qu'elle accepta avec un sourire et des yeux brillants.

— Demain, Miss Steele, je vous emmène faire des emplettes, déclara-t-elle. Maintenant que vous êtes ma dame de compagnie, il va vous falloir de nouvelles robes. Les vôtres sont bien trop ternes.

CHAPITRE 17

Ma montre avait l'air parfaitement normale. Je passai toute la matinée à la démonter et à en inspecter le moindre mécanisme. Je ne vis rien d'anormal. Il n'y avait aucun engrenage de sonnerie, aucun marteau, aucun gong, ni aucun répéteur. C'était absolument impossible qu'elle ait sonné.

Je la remontai, tâche familière que j'aurais pu effectuer les yeux fermés. Ce n'était pas la première montre sur laquelle j'avais travaillé, mais c'était celle que j'avais ouverte le plus souvent. Mes parents me l'avaient offerte pour mon seizième anniversaire. Le boîtier en argent portait mes initiales, et à l'intérieur était gravé un message me souhaitant un bon anniversaire. C'était ce que j'avais de plus cher au monde.

Et maintenant, elle venait mystérieusement de me sauver la vie.

On frappa à ma porte et j'entendis la voix de Willie :

— India, c'est moi. Je peux te parler ?

— Bien sûr. Entre.

Elle ouvrit la porte juste assez pour se glisser dans la pièce et la referma en s'y adossant. Elle se mordait la lèvre et n'osait pas me regarder en face.

— Est-ce que je peux faire quelque chose pour toi, Willie ?

Elle souffla bruyamment.

— Je ne t'aurais pas vraiment taillée en pièces, tu sais.

Je me pinçai discrètement le dos de la main pour m'empêcher de sourire.

— Je sais. Merci de me rassurer.

— Matt dit que tu vas rester.

— Je vais être la dame de compagnie de sa tante.

Je n'avais eu le temps de parler de cette nouvelle situation ni avec l'un ni avec l'autre, mais je me sentais débarrassée d'un poids immense depuis que cette décision avait été prise. Je n'avais pas réalisé combien l'incertitude concernant mon avenir m'avait pesé.

Elle s'avança brusquement et m'attrapa par les avant-bras.

— Tu ne renonceras pas à trouver l'horloger, n'est-ce pas ?

— Matt n'a plus besoin de mon aide. Nous sommes allés voir tous les horlogers que je connais. Cyclope est capable de le conduire…

— Non, il faut que ce soit *toi* qui l'aides. Tu connais Londres mieux qu'aucun d'entre nous, et tu t'y connais aussi en montres.

Elle m'enfonça ses doigts dans les bras.

— Tu as vu ce que fait sa montre, India. Il faut absolument la faire réparer, c'est une question de vie ou de mort.

— Elle m'a l'air en parfait état de marche. Elle lui… redonne des forces quand il l'utilise.

— Son pouvoir diminue.

Elle me lâcha et se jucha au bord de la coiffeuse sur laquelle je travaillais. Elle baissa la tête et plusieurs mèches de cheveux lui tombèrent sur le visage.

— Avant, ses effets duraient des jours, mais plus maintenant. Un jour, elle cessera de marcher pour de bon.

— Et il n'y a personne d'autre qui puisse la réparer ?

— Pas à notre connaissance.

Quel genre d'horloger pouvait réparer une montre magique capable de ramener quelqu'un à la vie ? Un magicien, probablement. C'était une idée parfaitement absurde, mais dont je n'arrivais pas à me défaire.

— J'aiderai Matt chaque fois qu'il aura besoin de moi, lui promis-je. Et maintenant, dis-moi : veux-tu venir tout à l'heure faire des achats avec Miss Glass et moi ? Nous serions ravies que tu nous accompagnes.

— Pourquoi ? demanda-t-elle en pinçant entre ses doigts le tissu du pantalon qui lui couvrait les cuisses. Je suis totalement incompétente en matière de mode.

— À moins que tu ne caches secrètement ta féminité pour te protéger ?

Elle fit une grimace particulièrement inélégante pour une dame.

— Ça, ça m'étonnerait. En plus, je ne peux pas venir avec vous. Je retourne voir Travers pour lui annoncer que j'ai décidé de jouer contre lui pour regagner mon médaillon.

— Non ! Willie, ne fais pas ça. Tu as donné ta parole à Matt.

Elle se dirigea à grands pas vers la porte.

— Je n'ai pas le choix.

— Mais comment ? Tu as dit que tu n'avais pas d'argent.

— Je n'ai pas besoin d'argent.

— As-tu demandé à Matt de t'en prêter ?

Elle fit non de la tête.

— Il a déjà assez de soucis comme ça.

Elle ouvrit la porte d'un geste brusque, tombant nez à nez avec son cousin qui, le poing levé, s'apprêtait à frapper.

Il fit un pas de côté en haussant les sourcils pour la laisser passer en trombe.

— Pourquoi est-elle d'aussi mauvaise humeur ? demanda-t-il. Elle avait l'air contrariée quand je lui ai parlé tout à l'heure.

Je poussai un soupir.

— C'est cette histoire de médaillon qui la travaille encore.

Je m'abstins de préciser qu'elle comptait jouer pour le regagner. Cela ne me regardait pas, et elle n'apprécierait pas que je vende la mèche.

— Comment vous sentez-vous ce matin ?

— Mieux.

Il avait l'air en meilleure forme, mais maintenant, je m'attendais toujours à voir les signes de fatigue apparaître dans ses yeux.

— Mais je ne suis pas entièrement guéri.

Un ange passa. Suivi d'un second.

— Je ne le serai sans doute jamais, ajouta-t-il enfin.

Mon cœur se serra. Comme cela devait être affreux d'être constamment fatigué et de ne cesser de s'inquiéter pour sa santé. Personne ne devrait vivre cela, surtout pas un jeune homme aussi doué et athlétique que Matt.

— Non, India.

Je fus frappée d'entendre combien sa voix semblait affaiblie.

— N'ayez pas pitié de moi.

C'était plus facile à dire qu'à faire. J'examinai la montre dans ma main en passant mon pouce sur les initiales qui y étaient gravées.

— Parlez-moi de votre montre magique, Matt. Racontez-moi tout.

Il toucha la poche de son gilet. Peut-être ne voulait-il pas s'en séparer un seul instant, même chez lui. Après avoir vu ce qui arrivait lorsqu'on la lui retirait trop longtemps, je comprenais ses raisons.

Il referma la porte et s'assit sur la malle au pied du lit. Il se pencha en avant, les coudes appuyés sur ses genoux, et me regarda.

— Vous croyez donc en la magie.

— Je... Je ne sais pas encore. Ça semble si puéril et surnaturel, et pourtant j'ai vu certaines choses. Dites-moi ce que vous savez. Et dites-moi pourquoi je n'avais encore jamais entendu parler de montres magiques capables de restaurer la santé de quelqu'un.

— Vous n'en avez jamais entendu parler parce que la magie est taboue depuis des siècles. Au moyen-âge, les magiciens ont failli être exterminés suite aux crimes épouvantables qu'un petit groupe avait commis à l'aide de la magie. Sous l'effet de la panique, les gens s'en sont pris à tous les magiciens sans se limiter aux quelques coupables. Depuis tout ce temps, ceux qui ont réussi à leur échapper ont gardé leurs pouvoirs secrets, par peur.

Je hochai la tête, osant à peine respirer. Était-il possible qu'une telle histoire soit vraie ?

— Comment savez-vous tout cela ?

— L'un des hommes qui m'ont donné cette montre m'a tout

raconté. L'un des deux était l'horloger surnommé Chronos, et l'autre un chirurgien. Ils m'ont sauvé la vie.

— Un chirurgien ? Je crois qu'il va falloir que vous repreniez tout depuis le début.

Il me décocha un sourire en coin.

— Un peu de patience, j'y viens. Il y a cinq ans, j'ai failli mourir d'une blessure par balle. Il se trouve d'ailleurs que la balle avait été tirée par mon grand-père.

— Oh, Matt, murmurai-je.

— Je ne veux pas de pitié, India.

Je refermai la bouche et opinai sans un mot.

— J'étais dans une bourgade du nom de Broken Creek, et la fusillade a eu lieu devant le saloon. Par chance, un chirurgien de l'un des plus prestigieux hôpitaux de New York était de passage.

— Que faisait-il dans ce trou perdu si loin de chez lui ?

— Il était alcoolique, et il avait pris un congé pour se sevrer. Malheureusement pour lui, il n'y avait pas vraiment mis du sien. Mais heureusement pour moi, il était dix heures du matin quand j'ai été blessé, et le saloon n'était pas encore ouvert. C'était un excellent chirurgien, même quand il avait les mains qui tremblaient.

— C'était ?

— Il est mort. J'en suis sûr parce que je suis parti à sa recherche avant de venir ici. Je lui ai parlé quelques jours à peine avant sa mort. Avec tout ce qu'il buvait, j'étais même surpris qu'il ait survécu aussi longtemps. Lui, je connaissais son nom, voyez-vous, et j'espérais qu'il connaissait le vrai nom de Chronos. Ils avaient travaillé ensemble pour m'opérer après la fusillade. Je n'en ai aucun souvenir, mais Duc, Cyclope et Willie ont dit que c'était à la fois un véritable cauchemar et un rêve qui se réalisait. Ils m'ont dit que le Dr Parsons m'avait opéré sur une table du saloon. Il avait extrait la balle, mais il était en train de me perdre alors qu'il n'avait pas encore suturé la plaie. J'allais mourir, à moins que quelqu'un ne puisse faire un miracle.

— Ou de la magie.

Il hocha la tête.

— Mes amis m'ont dit qu'un petit attroupement s'était formé pour regarder le Dr Parsons m'opérer. Un autre homme s'est approché. Je l'avais déjà vu parler avec Parsons au saloon certains soirs. Il a demandé à Parsons s'il voulait essayer son idée, et Parsons lui a répondu qu'avec des méthodes de chirurgie traditionnelles, je n'avais aucune chance de survivre. Duc m'a dit que personne ne savait ce qu'il avait voulu dire, mais que Willie leur avait hurlé d'essayer tout ce qu'ils voudraient pour me sauver. Ils ont fait sortir tout le monde, mais Willie s'est cachée sous une table, dans un recoin sombre. D'après ce qu'elle m'a raconté, l'homme qui se faisait appeler Chronos m'a fouillé et a trouvé ma montre.

Il se remit à tapoter sa poche.

— Willie a failli se montrer pour le traiter de voleur, mais quand elle a vu ce qu'il en a fait, elle est restée cachée.

— Qu'a-t-il fait ? demandai-je, le souffle court.

— Chronos a tenu ma montre dans sa main, la paume levée, et il a murmuré quelques mots en fermant les yeux. La montre s'est mise à émettre de la lumière, mais aucun des deux hommes ne s'en est inquiété. Willie pense qu'à ce moment-là, j'avais arrêté de respirer, parce que Parsons a hurlé : « Maintenant ! C'est maintenant ou jamais ! » Chronos a pris ma main et l'a posée sur la sienne, avec ma montre entre les deux. Pendant qu'il psalmodiait, Willie a vu la lueur violette se répandre sous ma peau et couler dans mes veines.

— Je l'ai vue à l'œuvre.

Il poussa un grognement rauque en haussant un sourcil intrigué.

— Continuez. Que s'est-il passé ensuite ?

— Willie dit que le Dr Parsons s'est remis au travail, recousant ma blessure pendant que Chronos continuait de psalmodier en tenant ma montre contre ma paume. Quand Parsons a terminé, il a dit à Chronos que c'était fini, et Chronos a posé la montre sur la plaie. Le Dr Parsons s'est mis à psalmodier à son tour, et soudain, la montre a commencé à flamboyer. Willie dit qu'elle a cru qu'elle avait pris feu, mais la lumière a rapidement disparu. Mes veines avaient cessé de briller aussi. C'est là qu'elle a vu ma poitrine se soulever en une profonde inspiration. À partir de cet instant, je me souviens de tout. J'en garde un souvenir aussi net que si c'était hier. Je me suis assis. Ils m'ont fait boire une gorgée de whisky. J'étais encore couvert de sang, mais la plaie avait été recousue. C'est alors que le Dr Parsons m'a tendu la montre. Chronos et lui m'ont expliqué qu'elle me maintiendrait en vie. Chaque fois que j'éprouverais une fatigue anormale, je devrais tenir la montre dans la paume de ma main, et sa magie me ramènerait à la vie. J'ai cru qu'ils étaient complètement fous, et c'est d'ailleurs ce que je leur ai dit. Ils ont échangé un regard en soupirant et m'ont dit d'aller au diable, et qu'ils se moquaient bien de ce que je deviendrais. Mais il y avait quelque chose dans leurs yeux. Une sorte d'exaltation, je crois, comme s'ils venaient de remporter une victoire. Ils se collèrent de grandes claques dans le dos en se congratulant mutuellement. Ils se mirent à parler de l'avenir de leur découverte, et des implications pour le reste du monde, mais ils n'étaient pas d'accord : l'un des deux voulait la garder secrète, et l'autre la révéler. Je n'avais aucune idée de ce dont ils parlaient, mais cela paraissait n'avoir aucun rapport avec moi. C'était comme si j'étais sans importance.

— Vous étiez juste le premier mourant qu'ils avaient sous la main, dis-je. Ils voulaient tester leur magie, et vous étiez là au bon moment.

J'étais surprise d'accepter si facilement son histoire et la notion même de magie. Mais j'avais confiance en lui, et je savais qu'il n'y croirait pas sans avoir des preuves indéniables.

— Que s'est-il passé ensuite ? Avez-vous revu ces hommes à Broken Creek ?

Il secoua la tête.

— Je me suis levé et je suis parti. Un peu après, Willie m'a retrouvé. Elle était en état de choc. Elle m'a raconté ce qu'elle avait vu dans le saloon. Au début, aucun de nous ne l'a crue, mais une semaine plus tard, quand j'ai commencé à me sentir épuisé sans raison, elle m'a suggéré de tenir ma montre au creux de ma main pour voir ce qui se passerait. Je la croyais folle et j'ai refusé. Je suis rapidement tombé malade ; j'étais faible et je risquais de mourir. Aucun médecin ne savait ce que j'avais. Un jour, Willie m'a simplement glissé ma montre au creux de la main pendant que j'étais couché dans mon lit, et j'ai instantanément recouvré la santé. Totalement, pas comme vous me voyez maintenant.

— Ça ne vous a pas inquiété de voir vos veines s'illuminer ?

— Ça m'a terrifié. Mais j'en ai aussitôt senti les bienfaits sur ma santé. Je n'ai pas lâché la montre avant de me sentir parfaitement guéri. Nous avons discuté tous les quatre pour savoir ce que cela signifiait, et comment c'était arrivé. Cyclope avait entendu parler de magie, mais toujours à voix basse. Nous avons posé la question à sa grand-mère, mais elle a refusé d'en parler. Elle a dit que la magie était dangereuse, et que si elle restait cachée aux yeux du monde, c'était qu'il y avait une bonne raison. La seule information qu'elle nous a donnée, c'est que la magie est un don inné, que les magiciens naissent de parents qui sont eux aussi magiciens, mais qu'ils doivent être formés pour maîtriser efficacement leurs pouvoirs. À en juger par ce que Willie avait vu de l'opération, il était clair que Parsons et Chronos avaient trouvé un moyen de collaborer, et qu'ils étaient tous les deux des magiciens. Pendant cinq ans, j'ai utilisé la montre chaque fois que je ressentais une fatigue anormale, et elle fonctionnait parfaitement. Mais il y a quatre mois, ses pouvoirs ont commencé à faiblir, et j'ai besoin de m'en servir plus régulièrement. J'ai compris qu'il fallait que je retrouve Parsons et Chronos.

— Avant qu'elle ne cesse de marcher pour de bon, murmurai-je.

Il confirma d'un léger signe de tête.

Ma gorge se serra. Je tâchai de ne pas montrer de signes de pitié, mais je ne devais pas être très douée pour dissimuler mes pensées.

Il gardait les yeux fixés sur ses mains.

— J'ignorais tout de Chronos, mais je savais où travaillait Parsons, alors je suis allé à New York. Je l'ai trouvé sur son lit de mort, il ne lui restait plus que quelques jours à vivre.

— Qu'a-t-il dit ?

— Qu'il regrettait d'avoir fait cette expérience sur moi.

— Pourquoi ?

— Parce que cela revenait à se prendre pour Dieu. C'était l'idée de Chronos, de me ramener à la vie, et Parsons a eu l'impression qu'il lui avait forcé la main. Il n'avait pas revu Chronos depuis ce jour-là.

— Avait-il déjà beaucoup pratiqué la magie auparavant ?

— Rarement. Il pensait qu'il avait dû en parler à Chronos à Broken Creek, un jour où il était saoul, et que Chronos, qui était magicien aussi, avait commencé à échafauder des théories délirantes pour combiner leurs pouvoirs. Parsons m'a expliqué qu'il existe différents types de magie, selon la profession ou les talents du magicien. En tant que médecin, sa magie l'aidait à soigner les gens, mais il ne pouvait pas leur rendre la vie, seulement la prolonger à court terme. Il disait que, pour cette raison, elle était presque sans intérêt. Un ingénieur peut créer un acier d'une solidité supérieure, mais là aussi, cela ne dure qu'un certain temps. Un charpentier peut utiliser sa magie sur du bois pour l'empêcher de brûler, mais le charme ne tient que quelques heures. Mais Chronos avait découvert un moyen de combiner sa magie avec celle des autres pour en prolonger les effets.

— Mon Dieu.

C'était génial et fascinant, et pourtant si étrange. Une part de moi avait du mal à croire que j'étais en train de parler de magie tout en gardant mon sérieux. C'était peut-être un rêve qui me ferait bien rire demain, quand je me réveillerais.

Mais le hochement de tête sinistre de Matt était bien réel.

— Chronos n'avait encore jamais combiné sa magie avec celle d'un médecin. Il n'avait encore jamais collaboré qu'avec des charpentiers ou des magiciens de ce genre, jusqu'à ce jour à Broken Creek. Chronos savait qu'il pouvait prolonger la magie des autres magiciens, mais prolonger la vie d'un homme à l'article de la mort, c'était une expérience qui, à sa connaissance, n'avait jamais été tentée.

— C'est tout à fait remarquable. Et Parsons a donc mis de sa magie dans la montre, lui aussi ?

— La magie de ces deux magiciens est contenue dans la montre et en moi. Les deux ne peuvent pas être séparés trop longtemps, sans quoi la magie se dissipe ; et la montre ne peut pas fonctionner sur un autre humain, il n'y a que sur moi qu'elle marche. Elle fait partie de moi, au même titre que mon cœur ou mes poumons.

— C'est donc pour ça qu'elle ne luit pas dans la main de quelqu'un d'autre, dis-je, plus à moi-même qu'à lui. Parsons vous a-t-il dit ce qui s'était passé entre lui et Chronos après vous avoir guéri ?

— Une fois l'euphorie de leur succès dissipée, Parsons a dit à Chronos qu'il avait des réticences. Il a déclaré qu'il ne coopérerait plus jamais avec lui pour sauver une vie. Chronos est entré dans une colère terrible. Il a dit qu'ils étaient sur le point de faire une découverte d'une importance capitale pour l'humanité. Mais Parsons redoutait ce qui pourrait arriver si cette magie tombait entre de mauvaises mains. Chronos était furieux. C'était la première fois qu'il rencontrait un médecin avec des pouvoirs magiques, et il craignait de ne pas en trouver un autre de son vivant. Apparemment, c'est le type de magie le plus rare.

— Je me demande s'il a fini par en rencontrer un autre.

Matt haussa les épaules.

— Parsons n'a pas pu m'aider à réparer la montre. Comme le problème réside dans la magie du temps et non pas dans la magie médicale, il faut un magicien spécialiste des montres pour réparer celle-ci. Un horloger ordinaire n'en serait pas capable.

— Et si vous trouviez un autre horloger magicien ? demandai-je en enroulant mes doigts autour de ma propre montre. Quelqu'un d'autre que Chronos, mais qui aurait des pouvoirs magiques aussi ?

— Parsons avait l'air de penser que seul le même magicien pourrait la réparer.

Je baissai les yeux sur mon poing fermé. Le boîtier de ma montre était froid à présent, il n'était plus chaud comme la veille au soir, quand McTierney m'avait attaquée. Je déglutis péniblement. Une foule de questions et de théories se bousculaient dans ma tête, cherchant toutes à attirer mon attention. Je parvins à faire le tri parmi elles. Une seule chose importait pour l'instant : et si Parsons avait eu tort ?

— Matt, murmurai-je en levant les yeux vers lui.

Il s'accroupit devant moi. Ses yeux cherchèrent les miens, pleins d'inquiétude, mais aussi de curiosité.

— Qu'y a-t-il, India ?

— Hier soir… ma montre s'est enroulée autour du poignet de McTierney et l'a électrocuté. Ça a failli le tuer.

J'ouvris le poing et il prit la montre au creux de ma main. Il l'inspecta et ouvrit le boîtier.

— Est-ce votre père qui l'a fabriquée ?

J'acquiesçai.

— Pensez-vous qu'il ait pu être un magicien ?

— Je ne sais pas. Mais cette montre a sonné et bougé toute seule. Et je crois que la pendule du tripot clandestin m'a sauvée aussi. Je lui racontai la façon inattendue dont elle avait infléchi sa trajectoire quand je l'avais lancée pour assommer Lord Dennison.

— Vous faites bien de me le rappeler, dit-il d'un air sombre. Je devrais lui rendre une petite visite.

— Il n'en est pas question. Cet incident appartient au passé. Bref, ce que j'essaye de vous dire, c'est que j'ai eu cette pendule entre les mains. J'ai manipulé ses mécanismes pour m'occuper pendant que Willie jouait. De même que j'ai démonté et remonté cette montre des dizaines de fois.

Il ouvrit de grands yeux ronds.

— Vous pensez être *vous-même* magicienne ? Je vous avoue que je me suis posé la question. Ma montre chauffe légèrement quand vous êtes près de moi, comme si elle réagissait à votre présence.

Je haussai une épaule.

— Je ne sais pas quoi penser. Le concept même de magie est nouveau pour moi, et si étrange. Je ne m'y connais pas du tout.

Il replaça la montre dans ma paume et referma sa main autour de la mienne.

— Je n'y connais pas grand-chose non plus.

— Matt… Si j'en suis une… je peux peut-être vous aider.

Je posai la main sur la poche de son gilet. Sa montre émit une douce chaleur à mon contact. Il la sentit comme moi.

Il déglutit avec difficulté et hocha la tête. Puis il sortit la montre.

— Démontez-la. Faites ce que vous avez fait avec la vôtre et avec la pendule de l'autre soir, et nous verrons bien si cela fait une différence.

Je m'abstins de lui dire que je l'avais déjà fait avant de la lui rapporter au commissariat de Vine Street. Maintenant que j'en savais un peu plus, ma magie me montrerait peut-être quoi faire. Je me mis au travail sans tarder. Il ne resta pas. J'en retirai toutes les pièces et les étalai sur la table. Je les nettoyai, les inspectai et les remis en place. C'était facile, ce mécanisme n'avait rien de compliqué. Mais je ne sentis aucune énergie étrange, aucune force magique.

Matt revint en portant un plateau avec du thé et des sandwichs.

— Ma tante demande quand vous serez prête pour aller faire les boutiques, dit-il en posant le plateau près de moi. Avez-vous fini ?

Je refermai le boîtier de la montre et la lui tendis en la tenant par la chaîne. Il l'accepta et referma le poing autour. Elle se mit aussitôt à luire et la magie s'infiltra en lui, illuminant ses veines. Je la regardai remonter jusqu'à sa gorge, son visage et la racine de ses cheveux. Il respira profondément, plusieurs fois, puis remit la montre dans sa poche. Il avait retrouvé ses couleurs habituelles.

— Alors ? lui demandai-je sans pouvoir m'empêcher de me lever.

— Comment vous sentez-vous ?

— Je crois que je pourrais vous embrasser.

Ma respiration se bloqua.

— Elle fonctionne mieux maintenant, alors ?

— Je ne sais pas. Il me faudra attendre quelques heures pour le savoir, mais j'ai quand même envie de vous embrasser.

Il me sourit. Je ne l'avais jamais vu aussi heureux.

— Je vous ai choquée.

— Oui, répondis-je en me détournant pour qu'il ne me voie pas rougir. Revenez plus tard me dire comment vous vous sentez.

* * *

LA MONTRE de Matt n'était pas réparée. Son pouvoir ne faisait toujours effet que pendant quelques heures, alors qu'autrefois, il durait plusieurs semaines. C'est ce qu'il m'annonça en privé dans la bibliothèque après le dîner.

— Je viens encore de m'en servir, dit-il.

Je serrai ma coupe de brandy entre mes deux mains, les yeux fixés sur le liquide qu'elle contenait. Ma vision se troubla. Je la vidai d'un trait.

— Je suis désolée, Matt.

Il me prit délicatement le verre des mains.

— Ce n'est pas votre faute.

— Je sais, fis-je, découragée.

Mais je ne pouvais m'empêcher de penser que je l'avais déçu.

— Croyez-vous que ma magie est différente de celle de Chronos ?

— J'ai envisagé cette possibilité, mais honnêtement, je n'en sais rien. Peut-être votre magie est-elle encore à l'état brut, tout simplement, mais qu'avec de l'entraînement, vous pourriez apprendre à prolonger la vie de ma montre.

Mais il n'y avait personne pour me l'apprendre. Et étant donné le secret absolu qui entourait la magie, nous avions peu de chances de trouver un magicien dans les petites annonces des journaux. Pire encore, nous avions peu de chances de trouver Chronos lui-même.

— Nous pourrions éventuellement partager ces nouvelles informations avec la Guilde...

— Non, me coupa-t-il en reposant violemment le verre sur la table. Non, India, ne leur parlez surtout pas de magie. Vous avez vu leur expression. Ils vous détestent déjà. Cela ne ferait qu'empirer les choses pour vous. D'ailleurs, à en croire le Dr Parsons, les autorités ont très peur des magiciens. Nous n'avons pas de guildes en Amérique, mais il existe des comités et d'autres groupes qui régulent le commerce et l'artisanat. Il a dit que les magiciens n'y étaient pas les bienvenus, bien au contraire : ils sont haïs. Votre magie doit rester un secret, India. Vous comprenez ?

J'acquiesçai.

— Si Abercrombie et les autres membres avaient peur de moi, c'est qu'ils devaient se douter que j'avais des pouvoirs magiques, dis-je. Mais comment ? Croyez-vous qu'ils l'ont senti ?

— Peut-être. À moins qu'ils n'aient su que votre père avait des pouvoirs, même s'il ne s'en servait pas ? Peut-être l'ont-ils appris juste avant sa mort, puisque vous dites que ce n'est qu'à partir de ce moment qu'ils ont commencé à vous craindre.

— C'était un peu avant, quand il a essayé de les convaincre de m'accepter dans la Guilde, dis-je distraitement. Mais mon père n'était pas un magicien. Je l'aurais su, ou je m'en serais doutée. Il a toujours été on ne peut plus normal.

Il prit la carafe sur le buffet pour me resservir un verre et me le tendit.

— Je suis sûr qu'il y a une explication logique.

Je poussai un soupir.

— Il doit bien y en avoir une, je suppose.

Je bus en silence, sentant sur moi son regard intense, mais sans oser le regarder. Mes joues étaient déjà bien assez chaudes.

— Dites-moi ce que vous avez dit à Abercrombie pour qu'il renonce à m'accuser de vol. Il prétend que vous l'avez menacé.

— On ne peut pas vraiment appeler cela une menace. Je lui ai seulement expliqué que je travaillais pour la police sur deux continents et que je connaissais personnellement le Commissaire Munro. Et que, de ce fait, Munro croirait plus volontiers ma version des faits que la sienne.

— C'est tout ? Il n'y a eu aucune menace de violence physique ?

— Il se peut que j'aie utilisé un langage et un ton qui ont tendance à faire peur aux gens.

— Ah oui, cette voix-là. Je l'ai déjà entendue.

Je souris.

— Merci, Matt. Je vous en suis reconnaissante.

Il eut un geste évasif de la main.

— Ce n'est rien.

Je ne trouvais pas que ce n'était rien, mais je décidai de ne pas m'appesantir sur la question.

— Les autres savent-ils que j'ai essayé de réparer votre montre ?

Il hocha la tête.

— Ils ont insisté pour que je vous le demande.

Il plongea la main dans la poche intérieure de sa veste et en sortit une enveloppe.

— Il y a une autre raison pour laquelle je vous ai demandé de me retrouver ici.

— Oh ?

— Ceci est arrivé pour vous pendant que vous étiez sortie. Je tenais à vous le donner en privé.

C'était un télégramme envoyé d'Amérique.

— Il est écrit que Dorchester est effectivement Patrick McTierney.

Je poursuivis ma lecture et poussai un cri de stupeur :

— La récompense me sera envoyée à cette adresse sous la forme d'un lingot d'or !

Je me mordis la lèvre, mais je ne pus réprimer un sourire. Je relus le télégramme, puis levai les yeux vers Matt. Il sourit.

— C'est moi qui vais toucher la récompense ?

— Naturellement.

— Mais… c'est pour vous qu'il était là.

— C'est vous qui l'avez capturé.

— C'est votre métier, et vous avez tant de monde à votre charge.

— India, je suis assez riche pour subvenir seul à mes besoins. Mon père s'en est assuré. Après avoir échappé à sa famille en Angleterre, il a travaillé dur et bâti un empire commercial avec des ramifications partout dans le monde. Je n'ai pas besoin de cette récompense.

Il s'assit sur la table à côté de moi, les yeux pétillants.

— Alors ? Qu'allez-vous en faire ?

— Je ne sais pas. Combien font deux mille dollars en devises anglaises ?

— Environ quatre cents livres.

— Quatre cents !

Je vidai d'un trait le reste de mon brandy.

Matt me prit le verre des mains.

— Doucement, India, ou je vais devoir vous porter jusqu'à votre chambre.

C'est à peine si je l'entendis. Quatre cents livres, c'était plus que ce que mon père gagnait en un an. Cette somme suffirait-elle pour acheter ma propre boutique et mes propres instruments ? Suffirait-elle pour racheter la boutique à Eddie ?

Peut-être, mais je ne pouvais toujours pas avoir mon propre commerce. La Guilde ne m'accorderait jamais de licence. Je pourrais toujours m'acheter une petite maison avec une chambre supplémentaire que je mettrais en location. Les possibilités étaient infinies, et plutôt grisantes. Et le mieux, c'était que je n'avais pas besoin de me décider tout de suite. Pour le moment, je resterais vivre à Park Street en tant que dame de compagnie de Miss Glass.

— Matt, connaissez-vous un chargé d'affaires à Londres qui puisse m'aider à placer cet argent pour le moment ?

— L'avocat de mon père connaît certainement quelqu'un.

— Pas d'investissement risqué. Je ne veux pas le perdre.

— Dans ce cas, peut-être un coffre à la banque dans un premier temps, tant que vous n'en avez pas besoin.

Il leva son verre à ma santé.

— Félicitations, India, vous voilà désormais capable de subvenir vous-même à vos besoins. Vous l'avez mérité.

Son sourire en coin fit se répandre une douce chaleur dans tout mon corps. C'était sans doute le brandy qui me faisait cet effet.

— Matt ! cria Duc, de l'autre côté de la porte. Matt, tu es là ?

Il poussa la porte en grommelant.

— Bien. Va donc empêcher ta bécasse de cousine de faire la pire erreur de sa vie.

Matt me regarda avec un soupir. Il reposa son verre et s'écarta de la table.

— Qu'est-ce qu'elle est en train de faire, encore ?

— Elle s'apprête à partir chez Lord Travers pour essayer de regagner son médaillon.

— Comment ? demanda Matt. Elle n'a plus rien à parier.

— Elle a mis une robe.

— Merde.

Matt se précipita hors de la bibliothèque, et moi, je restai là, à me demander en quoi c'était un problème, que Willie porte une robe.

C'est alors que je compris. Ce qu'elle comptait offrir à Lord Travers pour le payer, c'était *elle*.

Je ramassai mes jupes et m'élançai à la suite de Duc et Matt. Je les trouvai dans la chambre de Willie, en train d'essayer de la dissuader. Elle avait légèrement fardé ses joues et ses lèvres, et ses cheveux lui tombaient en cascade sur les épaules. Elle était belle.

— Tu as l'air d'une pute ! rugit Duc.

— C'est le but, rétorqua-t-elle.

Elle coula un regard vers Matt, qui avait les épaules crispées, et dont tout le corps gonflait à chacune des grandes bouffées d'air qu'il inspirait. Je devinai que s'il respirait aussi profondément, c'était pour essayer de garder son sang-froid, mais ce n'était pas très efficace. J'étais bien contente que l'étincelle de fureur dans son regard ne soit pas dirigée sur moi.

Je m'interposai.

— Je te prêterai l'argent, dis-je à Willie. Je vais en recevoir bientôt. Lord Travers acceptera peut-être un billet à ordre en attendant.

Willie me dévisagea en clignant des yeux, ce qui ne les empêcha pas de s'emplir de larmes.

— Tu ferais ça pour moi ?

— Bien sûr.

— Je ne peux pas accepter. Je me suis mise dans ce pétrin, c'est à moi de m'en sortir. Merci, mais je ne veux pas de ton argent. Ni du tien, Matt.

— Je ne t'en propose pas, moi, gronda-t-il. Je vais le regagner pour toi, ce médaillon. Prends ton manteau.

Il tourna les talons et quitta la pièce d'un pas déterminé.

— Est-ce qu'il est bon au poker ? demandai-je dès qu'il fut trop loin pour m'entendre.

— C'est le meilleur, dit Willie à mi-voix.

— C'*était* le meilleur, rectifia Duc. Il n'a pas rejoué depuis la fusillade avec son grand-père. Il a renoncé à sa vie de parieur et d'ivrogne après ça.

— Ce n'est pas le genre de chose qui s'oublie, lui dit Willie.

— J'espère que non. Allons-y.

— Je vais chercher mon manteau, dis-je en courant vers ma chambre.

* * *

Mr Unger accepta d'organiser une partie privée entre Lord Travers et Matt. Le silence choqué qui avait saisi l'assistance en nous voyant entrer fut remplacé par les voix enthousiastes des joueurs qui pariaient avidement sur le vainqueur. Toutes les autres tables s'interrompirent pour que tout le monde puisse les regarder jouer. Unger réagença la pièce et Travers et Matt s'installèrent.

Lord Dennison se glissa entre Duc et moi. Sur son front, la cicatrice qu'il avait gardée de la blessure infligée par la pendule était encore rouge et à vif.

— Quelle charmante surprise, murmura-t-il d'une voix rauque dans mon oreille. Si votre ami perd, comptez-vous vous mettre en jeu, cette fois ? Je serais tenté de jouer…

Il décolla soudain du sol. Matt le tenait par le col, qu'il soulevait bien serré autour de sa gorge. Dennison, en se débattant, ne parvint qu'à devenir tout rouge et à provoquer quelques rires à ses dépens parmi les autres.

— C'est lui ? me demanda Matt, l'air menaçant.

Je levai le menton.

— Si je dis oui, qu'allez-vous lui faire ?

Matt regarda Dennison, puis moi, puis la table.

— Le plumer jusqu'à son dernier penny.

— Dans ce cas, oui, c'est lui.

Des murmures excités parcoururent la foule. Elle pressentait que la partie s'annonçait aussi dangereuse que palpitante. Matt fit tomber Dennison sur une chaise.

— Si vous ne jouez pas, je vous emmène dehors et je vous tanne le cuir.

— C'est un scandale ! bafouilla Dennison. Savez-vous qui je suis ?

— Éclairez-moi.

Dennison rajusta son col en étirant le cou.

— Je suis Lord Dennison ! Le fils du comte de Morecombe.

Travers gloussa d'un air méprisant.

— Ce n'est pas quelqu'un d'important. Allons, venez jouer. Il alluma un cigare et se renversa dans son fauteuil.

— Debout, lui intima Matt.

— Je vous demande pardon ?

Travers continua à mâchonner son cigare sans bouger d'un pouce.

— Levez-vous, que je puisse voir que vous ne cachez rien sur vous.

— Fouille dans ses poches, dit Willie.

— Morbleu ! maugréa Travers, mais il recula son siège et se leva pesamment. Jamais un *Anglais* ne m'a traité de cette manière.

Duc inspecta les poches de Travers ainsi que le fauteuil, et déclara qu'il n'avait rien trouvé de suspect.

Travers se rassit avec un rire supérieur.

— Je ne suis pas un tricheur.

Je mis un coup de coude à Willie, qui ouvrait la bouche pour protester. Elle la referma en grommelant.

— Distribuez les cartes, ordonna Matt au croupier, puis s'adressant à Dennison : Qu'avez-vous à miser ?

— Rien, dit Dennison. J'ai tout perdu aux dés.

— Êtes-vous venu avec un moyen de transport ?

— Bien entendu.

— Alors je l'accepte comme enjeu.

Lord Dennison perdit son attelage à la première manche. Il quitta la table la tête basse, en marmonnant que son père allait lui passer un savon quand il apprendrait ce qu'il avait perdu.

— Restez où je peux vous voir, ordonna Matt à Dennison en lui indiquant un endroit à bonne distance de moi.

Travers fut un peu plus difficile à battre, mais Matt y parvint avec une simple paire de huit au bout de seulement dix manches. Travers aurait pu gagner avec sa paire de valets, mais il se coucha trop tôt. Il lui rendit le médaillon.

Willie se jeta dessus et le passa autour de son cou. Matt se leva et salua d'un signe de tête Unger et le croupier.

— Attendez ! s'écria Travers en comprenant que Matt s'en allait. Une autre partie. Laissez-moi une chance d'apprendre de vous. Vous avez un talent admirable. Je n'ai absolument pas décodé votre technique, pas un instant.

Alors que Matt s'éloignait, il tenta de lui prendre le bras, mais le manqua et faillit dégringoler de sa chaise.

— Allons, Monsieur, nous trouverons bien un moyen de rendre les choses intéressantes pour vous. J'ai une fortune colossale. Demandez à n'importe qui ici.

Matt le toisa avec un profond mépris.

— Passez une bonne soirée.

Puis se tournant vers Dennison :

— Venez, vous me direz laquelle est votre voiture et vous annoncerez à votre cocher que vous n'avez plus besoin de lui.

Dennison descendit avec nous les escaliers et passa devant les portiers, la tête basse et les épaules tombantes. Dehors, un carrosse s'avança sitôt que l'un des cochers reconnut son maître. Dennison lui annonça la mauvaise nouvelle. Le cocher eut l'air anéanti.

— Mais j'ai une famille ! Comment vais-je faire pour la nourrir ?

— Venez travailler pour moi, lui proposa Matt. J'habite au seize de la rue Park Street. Duc, accompagne-le.

— J'y vais aussi, dit aussitôt Willie avec un regard en coin à Matt. Elle devait se douter qu'elle risquait d'essuyer sa colère pendant un certain temps, et elle voulait reculer ce moment autant que possible.

— Oserais-je vous demander de me reconduire chez moi ? demanda Dennison.

— Vous n'avez qu'à rentrer à pied, gronda Matt.

Il m'ouvrit la portière de sa propre voiture et m'aida à monter. Il grimpa à ma suite avant de refermer la portière. Cyclope se mit en route, et l'autre attelage lui emboîta le pas.

— Vous jouez bien, dis-je enfin après deux minutes de silence et de tension.

Il répondit par un grognement.

— Vous avez gagné, Matt. Alors pourquoi êtes-vous en colère ?

Il détacha son regard de la vitre pour se tourner vers moi. Ses yeux avaient perdu un peu de leur férocité glaciale, mais j'y décelai toujours une certaine froideur.

— Je ne suis pas en colère.

J'éclatai de rire.

Il se frotta les yeux, et je m'en voulus aussitôt de m'être moquée de lui. Le pauvre homme était épuisé.

— J'avais beaucoup de vices dans ma jeunesse, dit-il. Notamment les jeux d'argent et l'abus de boisson, souvent en même temps.

— Vous n'êtes pas obligé de vous expliquer.

— J'y tiens. Je veux que vous sachiez que j'ai arrêté parce que je n'aimais pas l'homme que je devenais quand je jouais et buvais comme ça. J'y ai renoncé après ma blessure. Les gens ont tendance à revoir leurs priorités quand leur vie en dépend.

Aucun de nous ne dit un mot de plus. On n'entendait plus que le chuintement des lanternes de la voiture, le claquement des sabots sur le pavé et le fracas des roues. L'air nocturne n'était pas froid, mais il était dense et étouffant. Je me sentais à l'étroit dans mon corset.

— Je suis désolée, finis-je par lui dire.

— Désolée de quoi ? Rien de tout cela n'est de votre faute.

— Désolée de vous avoir mal jugé. Je vois bien, maintenant, que ce n'est pas de la colère, mais de la tension. Vous vouliez quitter cet endroit au plus vite.

— Je ne voulais même pas y entrer, dit-il à voix basse. Parfois…

Il retira son chapeau et se passa la main dans les cheveux.

— Parfois, je suis tenté.

— Vous êtes pourtant capable de boire un verre ou deux sans faire d'excès, maintenant. Pourquoi vous priver d'une partie de poker de temps en temps ?

Il haussa les épaules.

— Je ne voulais pas prendre le risque de retomber dans mes anciens travers. Je n'avais pas joué depuis des années.

— Nous pourrions jouer à la maison. Cela pourrait aussi satisfaire Willie, et elle n'aurait plus besoin de sortir pour trouver des adversaires. Nous ne sommes pas obligés de jouer de l'argent, nous pouvons miser autre chose. Des allumettes ou des jetons.

Ses lèvres ébauchèrent un sourire. Il avait retrouvé son air malicieux. Son anxiété s'envola entièrement.

— Voulez-vous apprendre à jouer au poker, India ?

— Oui, si vous voulez bien m'apprendre.

Son sourire se fit résolument carnassier.

— Prenez garde à ne pas miser plus que vous n'êtes prête à perdre.

Je lui rendis son sourire malgré mon cœur qui palpitait frénétiquement.

— Vous aussi.

Ses yeux se voilèrent légèrement.

— Pour la première fois de ma vie, je crois que j'ai bien envie de perdre.

L'histoire de Matt et India se poursuit dans:
L'APPRENTI DU CARTOGRAPHE
Le deuxième tome de la série *Glass and Steele* par C.J. Archer

Abonnez-vous à la lettre d'information de C.J. pour être informé des nouveaux livres traduits en français. Les abonnés bénéficient également d'un accès exclusif à une nouvelle GRATUITE de GLASS AND STEELE. S'abonner : WWW.CJARCHER.COM

OBTENEZ UNE HISTOIRE COURTE GRATUITE.

J'ai écrit une histoire courte pour la série Glass & Steele, qui précède LA FILLE DE L'HORLOGER. Elle s'intitule LE JEU DU TRAÎTRE et suit Matt et ses amis dans la ville de Broken Creek, au Far West. Elle contient des spoilers pour LA FILLE DE L'HORLOGER, il faut donc l'avoir lue avant. Mais le plus beau, c'est que l'histoire est GRATUITE, exclusivement pour les abonnés à ma newsletter. Inscrivez-vous dès maintenant sur mon site, si ce n'est pas déjà fait :

WWW.CJARCHER.COM

Si vous êtes déjà abonné, vous trouverez les instructions dans ma newsletter.

MESSAGE DE L'AUTEURE

J'espère que vous avez pris autant de plaisir à lire LA FILLE DE L'HORLOGER que j'en ai pris à l'écrire. En tant qu'écrivaine indépendante, j'ai absolument besoin de faire connaître mes livres pour assurer leur succès. Aussi, si ce livre vous a plu, n'hésitez pas à en parler à vos amis et à laisser un avis sur le site de la boutique où vous l'avez acheté.

À PROPOS DE L'AUTEUR

C.J. Archer aime l'histoire et les livres depuis aussi longtemps qu'elle se souvienne et se sent chanceuse d'avoir trouvé un moyen de combiner les deux. Elle a passé sa petite enfance dans la beauté spectaculaire de l'arrière-pays du Queensland, en Australie, mais vit désormais dans la banlieue de Melbourne avec son mari, ses deux enfants et un chat noir et blanc espiègle nommé Coco.

Abonnez-vous à la newsletter de C.J. via son site Web pour être averti lorsqu'elle publie un nouveau livre : http://cjarcher.com Suivez-la sur les réseaux sociaux pour obtenir les dernières mises à jour :

facebook.com/CJArcherAuthorPage
instagram.com/authorcjarcher